World Classic Mystery and Thriller

世界经典推理小说

杨永胜　编译

百花洲文艺出版社

图书在版编目（CIP）数据

世界经典推理小说／杨永胜编译. —南昌：百花
洲文艺出版社，2018.2
ISBN 978－7－5500－2603－2

Ⅰ．①世… Ⅱ．①杨… Ⅲ．①推理小说－小说集－世
界 Ⅳ．①I14

中国版本图书馆 CIP 数据核字（2017）第 324600 号

世界经典推理小说

杨永胜 编译

出 品 人	杨建峰
出 版 人	姚雪雪
责任编辑	余丽丽
美术编辑	松 雪 王 进
制　　作	王 进
出版发行	百花洲文艺出版社
社　　址	南昌市红谷滩世贸路 898 号博能中心 A 座 20 楼
邮　　编	330038
经　　销	全国新华书店
印　　刷	河北鹏润印刷有限公司
开　　本	880mm×1230mm　1/32　印张　12.5
版　　次	2018 年 2 月第 1 版第 1 次印刷
字　　数	275 千字
书　　号	ISBN 978－7－5500－2603－2
定　　价	33.00 元

赣版权登字 05－2017－549

邮购联系　0791－86895108
网　　址　http://www.bhzwy.com
图书若有印装错误，影响阅读，可向承印厂联系调换。

前　言

美国推理小说之父 S. S. 范·达因曾说过：

> 推理小说是一种智力游戏，更像是一种竞赛，作者必须公平地和读者玩这场比赛，他必须在使用策略和诡计的同时，维持一定程度的诚实，绝不能像玩桥牌时作弊那样过分。他必须以智取胜，透过精巧又不失诚实的设计引起读者兴趣。

他的这段话，恰如其分地揭示了推理小说的本质和写作特点。

"推理小说"一名的使用首先出现于日本。 在日本文字改革时期，"日本侦探推理小说之父"江户川乱步与日本早期侦探小说名家木木高太郎提出将"侦探小说"改为"推理小说"。因为相对于广义的侦探小说来说，推理小说更注重科学的逻辑推理性，最注重运用推理的方式解开故事的谜题、揭示案情或者破案过程。 它不仅包括找出杀人凶手，还有找寻失物或解开奇异事件的谜底，而且揭开谜底的也并不总是侦探。

推理小说起源于美国，后发展于英国，并于二十世纪六七十年代以后兴盛于日本。 此后，日本便一跃成为世界推理小说的大本营，推理名家、推理名作层出不穷。 推理小说发展到今天，也在传统推理的形式上派生出了其他各种流派，如社会派、硬汉派、法庭派、变格派等。 但最为广大推理谜所推崇的，依然是正统推理（即本格派，以及后来复兴本格派所形成的新本格派），它始终是推理小说的写作主流。 这种推理形式从读者的阅读立场出发，由作者提供线索和情节，读者可以从中享受到自己参与解谜的乐趣。

　　当今的推理小说在内容、写作手法和深度、广度上都得到了进一步的扩展，并在解谜之外附加了较为深刻的社会意义，对人性的剖析也更加深入。 但无论怎么变化，推理小说的魅力都离不开精巧的布局、诡计设计和解谜策略这三大因素。 这些因素也直接影响着读者对推理小说的认可程度。 所以，在早期推理小说时期，人们对创作提出了"公平"的原则，即作者需要把所有的线索、人物、情节都展现在读者面前，由读者和作者比赛，看读者能不能先于作者解开谜题。 这在"黄金时代"推理文学三巨头之一的埃勒里·奎因的作品之中得到了充分的体现，很多长篇推理名篇中都会有专门的一个章节留给读者去思考，让读者根据前面所有的线索去找寻真相。

　　正因为如此，推理小说在早期及"黄金时代"创作时，形成了一些不成文的模式。 S. S. 范·达因曾建议，推理小说的写作须有一个人人遵守的法则，他也由此写下了《推理二十诫》。虽然，他的这些诫条并不能成为评判推理小说好坏的依据，然而，其精神至今仍被推理小说的爱好者们津津乐道。 1928 年，英国资深编辑及推理作家隆纳德·诺克斯在此基础上又立下了著名的《推理十诫》，对当时及后来的推理作家进行了写作上的规范，一度被奉为创作圭臬。

这些诫条的内容主要着眼于故事脉络的安排、角色类型和性格的塑造上，用现在的眼光来看，其中不乏一些过时或错误的认知，而且随着推理小说写作方式与风格的演变，当今的推理小说作家在写作时也不会刻意遵守十诫的内容，但不管怎样，这些诫条的存在仍然对推理小说的创作产生着很大的影响。

后来，日本新本格领军人物岛田庄司又提出了新本格创作的《七大诫条》，也成为当今推理小说创作的重要参考标准。

在推理小说的发展过程中，涌现了一大批推理小说爱好者们所推崇的大师级作家，如推理小说鼻祖埃德加·爱伦·坡，世界推理小说之父阿瑟·柯南·道尔，英国推理小说之父威廉·柯林斯，美国推理小说之父 S. S. 范·达因，黄金时期推理小说三巨头阿加莎·克里斯蒂、约翰·狄克森·卡尔、埃勒里·奎因，日本推理文坛三大高峰——江户川乱步、横沟正史、松本清张等。他们的代表作品至今仍是推理文学史上的一座座高峰，具有持久的阅读吸引力。

本书从推理小说的内容入手，将其中主要的解谜形式归纳为"密室疑云""密码真相""死亡谜局""心理玄机"四大板块，选择最能体现大师们写作特点的作品奉献给读者，让读者一窥推理小说的真容。 当然，短篇推理小说由于篇幅所限，在情节布局、诡计设计和解谜形式上，会有一定的局限性，但优秀的短篇推理小说仍能体现出推理小说最真实的解谜乐趣。

2018 年 1 月

目　录

密室疑云

斑点带子案

[英]阿瑟·柯南·道尔

八年来，关于我的朋友歇洛克·福尔摩斯的破案方法，我记录了七十多个案例。我粗略地翻阅了一下这些记录，发现这些案例多是悲剧性的，也有一些是喜剧性的，其中绝大部分是离奇古怪的，倒没有一例是平淡无奇的。这样的结果主要是因为福尔摩斯做工作与其说是为了获得酬金，不如说是出于对他那门技艺的兴趣和爱好。他对那些独特的或甚至近乎荒诞的案子情有独钟，而对于常规型的案情不屑一顾，拒不参与任何侦查。而在所有这些变化多端的案例中，我想不起哪一例会比萨里郡斯托克莫兰的著名家族罗伊洛特家族那一例更具有异乎寻常的特色了。

现在我谈论的这件事，发生在我和福尔摩斯交往的早期。那时，我们都是单身汉，在贝克街合住一套寓所。原本我早就可以把这件事记录下来，但当时我曾做出严守秘密的保证，直至上月，由于我为之做出过保证的那位女士不幸逝世，方才解除了这种约束。现在，该是使真相大白于天下的时候了，因为外界对于格里姆斯比·罗伊洛特医生之死众说纷纭，广泛流传着各种谣言。这些谣言使得这桩事情变得比实际情况更加的骇人听闻。

事情发生在一八八三年四月初。一天早上，我醒来时发现歇洛克·福尔摩斯已穿得整整齐齐，正站在我的床边。一般说来，他是个爱睡懒觉的人，而此时刚七点一刻。我诧异地朝他眨了眨眼睛，有点儿不太高兴，因为我自己的生活习惯是很有规律的。

"对不起，把你叫醒了，华生，"他说，"或许，我们今天注定是睡不好觉的，先是赫德森太太被敲门声吵醒，接着她报复似的来吵醒我，现在我便又来把你叫醒了。"

"那么，有什么事情吗，难道说失火啦？"

"不，是一位委托人。好像还是一位年轻的女士光临了，她情绪相当激动，坚持非要见我不可。现在她正在起居室里等着呢。你瞧，如果说有年轻的女士一大早就徘徊在这个大都市里，甚至把还在梦乡中的人从床上吵醒，我想，那必定是一件紧急的事情吧，因为她们不得不找人商量。假如这件事将是一件有趣的案子，那么，你肯定希望从一开始就能对此有所了解。所以我认为无论如何应该也把你叫醒，给予你这样一个机会。"

"我的朋友，那我是无论如何也不能失掉这个机会了。"

我最大的乐趣就是观察福尔摩斯进行专业性的调查工作，欣赏他迅速做出的推论。他敏捷、准确的推论完全像是出自于直觉，但却总是建立在逻辑的基础之上。他就是依靠这些解决了委托给他的种种疑难问题。我匆匆地穿上衣服，几分钟后已准备就绪，随同他来到楼下的起居室。一位女士正端坐在窗前，穿着黑色衣服，蒙着厚厚的面纱。

"早上好，小姐，"福尔摩斯愉快地说道，"我的名字是歇洛克·福尔摩斯。这位是我的挚友和伙伴华生医生。在他面前，你可以像在我面前一样地谈话，不必顾虑。哈！赫德森太太想得可真周到，她已经为我们烧旺了壁炉。请凑近炉火坐坐，我叫人给你端一杯热咖啡，我看你好像是在发抖。”

“我不是因为冷才发抖的。”那个女人换过了座位低声说道。

“那么，您是为什么呢？”

“福尔摩斯先生，是因为害怕和恐惧。”她一边说着，一边掀起了面纱。我们能够看出，她确实正处于万分焦虑之中，非常地引人怜悯。她脸色苍白，神情沮丧，双眸惊惶不安，酷似一头被追逐的小动物的眼睛。她的身材相貌看上去也就三十岁左右，但那头发却显得未老先衰，夹杂着几丝银丝，表情尤其萎靡憔悴。

福尔摩斯迅速地从上到下打量了她一下，探身向前轻轻地拍拍她的手臂，安慰她说：“你不必害怕，我毫不怀疑，我们很快就会把事情处理好的，我知道，你是今天早上坐火车来的。”

“这么说来，你认识我？”

“不，我注意到你左手的手套里有一张回程车票。你一定是很早就动身了，而且在到达车站之前，还乘坐过单马车在崎岖泥泞的道路上行驶了一段漫长的路程。”

那位女士猛吃一惊，惶惑地凝视着我的同伴。

“这里面没什么奥妙，亲爱的小姐，”福尔摩斯笑笑说，“你外套的左臂上至少有七处新溅上去的泥点，除了单马车以外，其他车辆是不会把泥巴甩成这样的，并且只有当你坐在车夫左面时才会溅到泥水的。”

“不管你是怎么判断出来的，你说得完全正确，”她说，“我六点钟前离家上路，六点二十到达了莱瑟黑德，然后乘坐开往滑铁卢的第一班火车来的。 先生，这么紧张的事情让我再也受不了啦，这样下去我会发疯的。 没有谁能够帮助我，只有那么一个人在关心我，可是他这可怜的人啊，也是爱莫能助。 我曾听人说起过你，福尔摩斯先生，我是从法林托歇太太那里听说您的，你曾经在她急需帮助的时候援助过她。 我正是从她那里打听到了您的地址。 噢，先生，难道您不可以也帮帮我的忙吗？ 至少能够为陷于黑暗深渊里的我指出一线光明吧。 目前我无力酬劳你对我的帮助，但在一个月或一个半月以内，我就可以结婚，那时我就能够支配自己的收入，你至少可以知道，我不是一个忘恩负义的人。"

福尔摩斯转身走向他的办公桌，打开抽屉的锁，从中取出一本小小的案例簿翻阅了一下。 "法林托歇，"他说，"是的，我想起了那个案子，那是件和猫儿眼宝石女冠冕有关的案子。华生，那还是在你来到这里之前的事情呢。 小姐，我只能说我很乐于为你这个案子效劳，就像我曾经为你的朋友那桩案子效劳一样。 至于酬劳，我的职业本身就是对它的酬劳；并且，你可以在你感到最合适的时候，随意支付我在这件事上可能付出的费用。 现在，请你讲讲这桩心事吧。"

"唉，"我们的客人说，"我之所以感到恐惧，正是因为我所担心的东西十分模糊，我的疑虑完全是由一些琐碎的小事引起的。 这些小事在别人看起来可能是微不足道的，在所有的人当中，甚至我最有权利取得其帮助和指点的人，也把关于这件事的一切都看作是一个神经质女人的胡思乱想。 他倒没有这么说，但我能从他安慰的话中和回避的眼神中觉察出来。 但我听说，福尔摩斯先生，您能看透人们心中隐藏着的种种邪恶。 请告诉我，在危机四伏的情况下，我该怎么办？"

"别急，我会十分留意你的讲述，小姐。"

"我的名字叫海伦·斯托纳，我和我的继父住在一起，他是位于萨里郡西部边界的斯托克莫兰的罗伊洛特家族中的最后一个生存者，那也是英国最古老的撒克逊家族之一。"

福尔摩斯点点头，说："这个名字我很熟悉。"

女人接着说："这个家族一度是英伦最富有的家族之一，它的产业占地极广，超出了本郡的边界，北至伯克郡，西至汉普郡。可是到了上个世纪，连续四代子嗣都是那种荒淫浪荡、挥霍无度之辈，而到了摄政时期，这个家族最终被一个赌棍搞得倾家荡产了。除了几亩土地和一座二百年的古老邸宅外，其他都已荡然无存，而即便那座邸宅也已典押得差不多了。最后的一位地主在那里苟延残喘，过着落破贵族的可悲生活。但是他的独生子，也就是我的继父，认识到他必须有所作为，于是从一位亲戚那里借了一笔钱，这笔钱使他得到了一个医学学位，并且出国到了加尔各答行医，在那里，他凭借着高超的医术和坚强的个性，打下了坚实的基础。可是正当事业稳步上升之际，由于家里几次被盗，他盛怒之下殴打当地人管家致死，差一点儿因此而被判处死刑。为此，他遭到了长期监禁。后来有机会返回英国，从此却变成一个性格暴躁、失意潦倒的人。

"罗伊洛特医生在印度时娶了我的母亲，她当时是孟加拉炮兵司令斯托纳少将的年轻遗孀，斯托纳太太。我和我的姐姐朱莉娅是孪生姐妹，我母亲再婚的时候，我们年仅两岁。她有一笔相当可观的财产，每年的进项不少于一千英镑。我们和罗伊洛特医生住在一起时，她就立下遗嘱把财产全部遗赠给他，但附有一个条件，那就是在我们结婚后，每年要拨给我们一定数目的金钱。我们返回英伦不久，我们的母亲就去世了。她是八年前在克鲁附近的一次火车事故中丧生的。此后，罗伊洛特医生放弃了重新在伦敦开业的想法，带我们一起到了斯托克莫兰祖先留下的古老邸宅里生活。而我母亲遗留的钱足够应付我们的一切需要，看来我们的幸福似乎是毫无问题的了。

"但是近来，我们的继父发生了可怕的变化。起初，邻居们看到罗伊洛特的后裔回到这古老家族的邸宅时都十分高兴。可是他却一反与邻居们互相往来交友的常态，把自己关在房子里，深居简出，甚至不管碰到什么人，都一味穷凶极恶地与之争吵。或许这种近乎癫狂的暴戾脾气在这个家族中是有遗传性的。我相信我的继父是由于长期旅居于热带地区，致使这种脾气变本加厉了。就这样，一系列毫无道理的争吵发生了。其中两次甚至一直吵到法庭。结果，他在村里成了一个叫人望而生畏的人，人们一看到他无不敬而远之。他还是一个力大无穷的人，当他发怒的时候，简直没什么人能控制得了他，上星期他把村里的铁匠从栏杆上扔进了小河，我花掉了尽我所能收罗到的钱以后，才避免了又一次当众出丑。

"事实上，他所谓的朋友只有那些到处流浪的吉卜赛人。他允许那些流浪者们在那块象征着家族地位的几亩荆棘丛生的土地上扎营，还会到他们的帐篷里去接受他们作为报答的殷勤款待，甚至有时候随他们出去流浪，最长可达数周之久。另外，他还对印度的动物有着强烈的爱好，这些动物是一个记者送给他的。目前有一只印度猎豹和一只狒狒，这两只动物就在他的土地上自由自在地跑来跑去，村里人就像害怕它们的主人一样害怕它们。

"通过我说的这些情况，你们不难想象我和可怜的姐姐朱莉娅是没有什么生活乐趣的。没有外人愿意和我们长期相处，在很长一段日子里，我们操持所有的家务。我姐姐死的时候才三十岁，可她早已两鬓斑白，未老先衰了，就和现在的我差不多。"

　　"那么，你姐姐已经死了？"

　　"她离开我们刚好两年，我想对你说的正是有关她去世的事情。在我们的那种生活里，我们几乎见不到任何年龄相仿或地位相同的人。但我们还有一个姨妈，她叫霍洛拉·韦斯法尔小姐，她是我母亲的亲姐妹，并且是个老处女。她住在哈罗附近，我们偶尔会得到允许到她家去短期作客。两年前，朱莉娅在圣诞节的时候去了她家，在那里认识了一个领半薪的海军陆战队少校，并和他缔结了婚约。我继父闻知这一婚约时并未表示反对，可是谁知，就在预定结婚的前两周内，可怕的事情发生了，从而使得我失去了唯一的伙伴。"

　　福尔摩斯一直仰靠在椅背上，闭着眼睛。但在这时他却半睁开眼睛，看了一眼他的客人说："请把这其中的细节说准确些。"

　　"好的，这对我来说虽然很痛苦，但也很容易，因为在那可怕的时刻里发生的每一件事都深深地印在了我的记忆中。我已说过，庄园的邸宅是非常古老的，只有一侧的耳房现在还住着人。耳房的卧室在一楼，起居室位于房子的中间部位。这些卧室中的第一间是罗伊洛特医生的，第二间是我姐姐的，第三间是我的。这些房间彼此互不相通，但是房门都朝向一条共同的过道开着，而三个房间的窗子都是朝向草坪开着的。发生不幸的那个晚上，罗伊洛特医生早早就回到了自己的房间，但我们知道他并没有睡去，因为我姐姐被他那强烈的印度雪茄烟味熏得苦不堪言。所以她离开自己的房间来到我的房间里逗留了一些时间，并和我谈起了她即将举行的婚礼。到了十一点钟，她准备回自己的房间，但走到门口时却停了下来，回过头来问我：'请告诉我，海伦，在夜深人静的时候，你听到过有人在吹口哨吗？'

"'从来没有。'我说。

"'我想你睡着的时候，不可能吹口哨吧？'

"'当然不会，你为什么要这样问？'

"'因为这几天的深夜，大约在清晨三点钟左右，我总是听到轻轻的，但很清晰的口哨声。我是一个睡不沉的人，所以就被吵醒了。我说不出那声音是从哪里来的，可能来自隔壁房间，也可能来自草坪。我当时就想，应该问问你是否也听到了。'

"'没有，一定是种植园里那些讨厌的吉卜赛人。'

"'很有可能。可是口哨声如果是从草坪那里传来的，奇怪的是你为什么没有听到？'

"'可能是我一直都睡得比你沉吧。'

"'好吧，不管怎么说，这都没什么关系的。'她对我笑笑就离去了。不一会儿，我就听到她的钥匙在门锁里转动的声音。"

"什么？"福尔摩斯说，"这是不是你们的习惯，夜里总是把自己锁在屋子里？"

"总是这样。"

"为什么呢？"

"我已经说过了，医生养了一只印度猎豹和一只狒狒。 不把门锁上，我们感到不大安全。"

　　"应该是这么回事。 请你接着说下去。"

　　"那天晚上，我睡不着。 不知为什么，总有一种大祸临头的模糊感觉压在心头上。 我还说过，我们是孪生姐妹，你知道，我们那种血肉相连的心灵纽带是多么的微妙。 那天晚上是个暴风雨之夜，外面狂风怒吼，雨点噼噼啪啪地打在窗户上。 突然，在风雨声中传来一声女人惊恐的狂叫，我听出那是姐姐的声音，便一下子从床上跳了起来，裹上了一块披巾就冲向了过道。 就在我开启房门时，我仿佛听到一声轻轻的就像我姐姐说的那种口哨声，口哨稍停时，我又听到哐啷一声，仿佛是一块什么金属东西倒在了地上。 就在我顺着过道跑过去的时候，只见我姐姐的门锁已开，房门正在慢慢地移动着。 我吓呆了，瞪大了眼睛，不知道会有什么东西从门里出来。 借着过道的灯光，我看见出来的竟是我姐姐。 她的脸由于恐惧而雪白如纸，双手摸索着寻求援救，身体就像醉汉一样摇摇晃晃。 我跑上前去拥抱住她，结果她瘫痪似的颓然跌倒在地，像一个正在经受剧痛的人那样翻滚扭动，四肢可怕地抽搐起来。 起初我以为她没有认出是我，可是当我俯身要抱她时，她突然发出凄厉的叫喊声，那叫声我是一辈子也忘不了的。 她叫喊的是'唉，海伦！ 天啊！是那条带子！ 那条带斑点的带子！'她似乎言犹未尽，还想说些别的什么，把手举在空中指向医生的房间，但是抽搐再次发作，她说不出话来了。 我疾步奔跑出去，大声喊我的继父，正碰上他穿着睡衣急急忙忙地从房间里赶过来。 他赶到我姐姐身边时，我姐姐已不省人事了。 尽管他给她灌下了白兰地，并从村里请来了医生，但一切努力都是徒劳的，因为她已奄奄一息，濒临死亡，直至咽气之前再也没有苏醒过。 这就是我那亲爱的姐姐的悲惨结局。"

"等一等，"福尔摩斯说，"你敢肯定听到那口哨声和金属碰撞声了吗？ 你能保证吗？"

"本郡验尸官在调查时也正是这样问我的。 我是听到的，它给我的印象非常深。 可是在猛烈的风暴声和老房子嘎嘎吱吱的一片响声中，我也有可能听错。"

"你姐姐还穿着白天的衣服吗？"

"没有，她穿着睡衣。 在她的右手中发现了一根烧焦了的火柴棍，左手里有个火柴盒。"

"这说明在出事的时候，她划过火柴，并向周围看过，这一点很重要。 验尸官得出了什么结论？"

"他非常认真地调查了这个案子，但是他找不出任何能说服人的致死原因。 我证明房门总是由里面锁着的，窗子也是由带有宽铁杠的老式百叶窗护挡着，每天晚上都关得严严的。 墙壁仔细地敲过，发现四面都很坚固，地板也经过了彻底检查，结果也是一样。 烟囱倒是很宽阔，但也是用了四个大锁环闩上了。所以可以肯定我姐姐在遭到不幸的时候，只有她一个人在房间里。 另外，她身上没有任何暴力痕迹。"

"会不会是毒药？"

"医生们为此做了检查，但查不出来。"

"那么，你认为这位不幸的女士是怎么死的呢？"

"尽管我想象不出是什么东西吓坏了她，可是我相信她致死的原因纯粹是恐惧和震惊。"

"当时种植园里有吉卜赛人吗？"

"有的，那里几乎总是有些吉卜赛人。"

"她提到的带子，从那带斑点的带子中你推想出什么来了吗？"

"有时我觉得，那只不过是精神错乱时说的胡话，有时又觉得可能指的是某一帮人。也许指的就是种植园里的那些吉卜赛人。他们当中有许多人都戴着带点子的头巾，我不知道这是否可以说明她所使用的那个奇怪的形容词。"

福尔摩斯摇摇头，好像这样的想法远远不能使他满意。他说："这里面另有原因，请继续讲下去。"

"这事情已经过去两年了，我的生活比以往更加孤单寂寞。直到最近，也就是在一个月前，我很荣幸有一位认识多年的亲密朋友向我求婚。他的名字叫珀西·阿米塔奇，是住在里丁附近克兰霍特的阿米塔奇先生的二儿子。我继父对这件婚事没有表示异议，我们商定在春天的时候结婚。两天前，这所房子西边的耳房开始进行修缮，我卧室的墙壁被钻了些洞，所以我不得不搬到我姐姐丧命的那间房子里，睡在她睡过的那张床上。昨天晚上我睁着眼睛躺在床上，回想起她那可怕的遭遇，在这寂静的深夜，我突然也听到曾经预兆她死亡的那轻轻的口哨声，请想想看，我当时被吓成什么样子！我跳了起来，把灯点着，但是在房间里什么也没看到。可是我实在是吓得魂不附体了，再也不敢上床。于是我穿上了衣服，等天一亮我就悄悄地出来了，在邸宅对面的克朗旅店雇了一辆单马车，坐车到莱瑟黑德，又从那里来到您这里。"

福尔摩斯说："你这样做很聪明，没有什么需要补充的吗？"

"是的，没有了。"

"不，罗伊洛特小姐，你并没有完全说出来，你在袒护你的继父。"

"哎呀！ 您这是什么意思？"

福尔摩斯没有回答，只是拉起了我们客人那黑色花边袖口，露出她白皙的手腕，手腕上印有五小块乌青的伤痕，正是四个手指和一个拇指的指痕。

"很明显，你受过虐待。"福尔摩斯说。

这位女士满脸绯红，遮住受伤的手腕说，"他是一个身体强健的人，他也许不知道自己的力气有多大。"

大家沉默了好长时间。 福尔摩斯将手托着下巴，凝视着噼啪作响的炉火。 最后他说："这是一件十分复杂的案子。 在决定采取什么步骤以前，我希望了解的细节将会多得不可胜数的。不过，我们已经刻不容缓了。 假如我们今天到斯托克莫兰去，我们是否可能在你继父不知道的情况下，查看一下这些房间呢？"

"可以的，刚巧他说过今天要进城来办理一些十分重要的事情。 他可能一整天都不在家，这就不会对你有任何妨碍了。 虽然我们有一位女管家，但是她已年迈，而且愚笨，我很容易就能把她支开。"

"好极了，华生，你不反对走一趟吧？"

"绝不反对。"

"那么，我们两个人都要去的。 你自己有什么要办的事吗？"

"既然到了城里，有一两件事我想去办一下。 但我将乘坐十二点钟的火车赶回去，好及时在家里等候你们。"

"你可以在午后等我们。我还有些业务上的小事情要料理一下。稍后你一起和我们吃些早点吧。"

"不，我得走啦。我把我的烦恼向你们吐露出来后，心情轻松多了。我盼望下午能再见到你们。"我们的客人把那厚厚的黑色面纱拉下来蒙在脸上，悄悄地走出了房间。

"华生，你对这一切有何想法？"福尔摩斯向后一仰，又靠在了椅背上。

"在我看来，这是个十分阴险毒辣的阴谋。"

"是够阴险毒辣的。"

"可是，如果这位女士所说的地板和墙壁没受到什么破坏，而由门窗和烟囱又钻不进去人，在这种情况下她姐姐怎么会莫名其妙地死去呢？我想当时，无疑是还有人在屋里的。"

"那么，夜半哨声是怎么回事？那女人临死时非常奇怪的话又如何解释呢？"

"我想不出来。"

"我们先来看看这些情况：夜半哨声；同这位老医生关系十分密切的一帮吉卜赛人的出现；我们有充分理由相信医生企图阻止他继女结婚这个事实；那句临死时提到的有关带子的话；以及海伦·斯托纳小姐听到的金属碰撞声——那声音可能是由一根扣紧百叶窗的金属杠落回到原处引发的。当我们把所有的这些情况联系起来的时候，我有充分根据认为：沿着这些线索就可以解开这个谜。"

"可是，那些吉卜赛人都干了些什么呢？"

"我想象不出。"

"我觉得任何这一类的推理都有许多缺陷。"

"是的。恰恰就是由于这个原因，我们今天才要到斯托克莫兰去。 我想看看这些缺陷是无法弥补的，还是可以解释清楚的。 可是……真见鬼！ 这又是怎么回事呢？"我的伙伴突如其来地叫喊一声，是因为我们的门突然被人撞开了。 一个彪形大汉堵在了房门口。

来人的装束很古怪，既像一个专家，又像一个庄稼汉。 他头戴黑色大礼帽，身穿一件长礼服，脚上却穿着一双有绑腿的高筒靴，手里还挥动着一根猎鞭。 他长得如此高大，头顶的帽子都擦到房门上的横楣了，而身体宽得把门的两边堵得严严实实。他那张布满皱纹、被太阳晒得发黄且充满邪恶的宽脸来回向我们瞧着。 而那双凶光毕露的深眼睛和细长的高鹰钩鼻子使他看起来就像一头老朽、残忍的猛禽。

"你们俩谁是福尔摩斯？"这个怪物问道。

"先生，我就是，可是失敬得很，你是哪一位？"我的伙伴平静地说。

"我是斯托克莫兰的格里姆斯比·罗伊洛特医生。"

"哦，医生，"福尔摩斯和蔼地说，"请坐。"

"不用来这一套，我知道我的继女到你这里来过，因为我在跟踪她。 她对你都说了些什么？"

"今年都这个时候了，天气居然还这么冷。"

"她都对你说了些什么？"老头子暴跳如雷地叫喊起来。

"但是我听说番红花将开得很不错。"

我的伙伴谈笑自如。 这位客人却向前跨上一步，挥动着手中的猎鞭说："哈！ 你想搪塞我，是吗？ 我认识你，福尔摩斯，你这个无赖！ 我早就听说过你，一个爱管闲事的混蛋！"

我的朋友微微一笑。

"福尔摩斯，好管闲事的家伙！"

福尔摩斯更加笑容可掬。

"福尔摩斯，你这个苏格兰场的自命不凡的跟屁虫！"

福尔摩斯咯咯地笑了起来，指着门说："你的话真够风趣的，但出去的时候请把门关上，因为有一股穿堂风正在刮过。"

"别急，我把话说完就走。 我知道斯托纳小姐来过这里，我跟踪了她。 我可是一个不好惹的危险人物，你最好别干预我的事情！ 你瞧这个。"他快步向前走了几步，抓起火钳，用他那双褐色的大手轻易间就把它拗弯。 "小心别让我抓住你！"他咆哮着，顺手把弯曲的火钳扔到壁炉里，大踏步地走出了房间。

"真像是个非常和蔼可亲之人。"福尔摩斯哈哈大笑着说："我的块头儿没有他那么大，但是，假如他多待一会儿的话，我会让他看到我的手劲并不比他小。"说着，他拾起那条钢火钳猛一使劲，又把它弄直了。 "更好笑的是，他竟那么蛮横地把我和官方侦探混为一谈！ 不过这段插曲却为我们的调查增添了些风趣，只希望我们的小朋友不会由于粗心大意而被这个老畜生跟踪上受到什么折磨。 好了，华生，我们叫他们开早饭吧，饭后我要步行到医师协会去，希望在那里能搞到一些有助于我们处理这件案子的材料。"

福尔摩斯回来时已将近一点钟。 他手中拿着一张蓝纸，上面潦草地写着一些笔记和数字。 "我看到了那位已故妻子的遗嘱，"他说，"为了确定它确切的意义，我不得不计算出遗嘱中所列的那些投资有多大进项。 其全部收入在那位女人去世的时候略少于一千一百英镑。 而现在由于农产品价格下跌，至多不超过七百五十英镑。 而每个女儿一结婚就有权索取二百五十英镑。 所以很明显，假如两个小姐都结了婚，这位医生就会只剩下菲薄的收入了，甚至即使一个结了婚也会弄得他很狼狈。 我早上的工作并没有白费，因为它证明了他有着强烈的动机以防止这一类事情发生。 华生，现在再不抓紧就太危险了，特别是那老头子已经知道我们对他的事感兴趣了。 所以你最好能尽快准备好，然后我们去雇一辆马车前往滑铁卢车站。 假如你悄悄地把你的左轮手枪揣在口袋里，我将非常感激。 对于能把钢火钳拗弯的先生，枪才是最好的保障，再加上一把牙刷，那就是我们全部的需要了。"

我们在滑铁卢正好赶上一班开往莱瑟黑德的火车。 到站后我们从车站旅店雇了一辆双轮轻便马车，沿着萨里单行车道行驶了五六英里。 那天天气极好，阳光明媚，晴空中白云轻飘。 树木和路边的树篱刚刚露出第一批嫩枝，空气中散发着令人心旷神怡的湿润的泥土气息。 对于我来说，至少这春意盎然的景色和我们从事的险恶案子形成了奇特的对照。 我的伙伴双臂交叉地坐在马车的前部，帽子耷拉下来遮住了眼睛，头垂到胸前，深深地陷入沉思之中。 蓦地，他又抬起头来拍了拍我的肩膀，指着对面的草地说："你瞧，那边。"

那边是一片树木茂密的园地，随着平缓的斜坡向上延伸，在最高处形成了密密麻麻的一片丛林。 树丛之中矗立着一座古老邸宅的灰色山墙和高高的屋顶。 "斯托克莫兰？"他说。

"是的，先生，那是格里姆斯比·罗伊洛特医生的房子。"马车夫说。

"看来那里正在装饰房屋，那也正是我们要去的地方。"

马车夫遥指左面的一簇屋顶说，"村子在那儿，但如果你们想到那幢房子去，你们跨过篱笆两边的台阶，再顺着地里的小路走会更近一些。就是那儿——那位小姐正在走着的那条小路。"

"我想，那位小姐就是斯托纳小姐吧，"福尔摩斯手遮眼睛上，仔细瞧着说，"是的，我看我们最好还是照你的意思办。"

我们下了车，打发走马车走上台阶时，福尔摩斯说："我认为还是让这个家伙把我们当成是这里的建筑师，或者是来办事的人好些，省得他闲话连篇。午安，斯托纳小姐。你瞧，我们是说到做到的。"

我们这位早上来过的委托人急急忙忙地赶上前来迎接我们，脸上流露出高兴的神色。"我一直在焦急地盼着你们，"她热情地和我们边握手边大声说，"一切都很顺利。罗伊洛特医生进城了，看来他傍晚以前是不会回来的。"

"我们已经很高兴地认识了医生。"福尔摩斯把经过大概地叙述了一番，听得斯托纳小姐的整个脸和嘴唇都变得雪白。

"天哪！"她叫道，"那么，他一直在跟着我！"

"看来是这样。"

"他太狡猾了，我无时无刻不感到受着他的控制。他回来后会怎么说呢？"

福尔摩斯笑道："他必须先保护好自己，因为他可能发现，有比他更狡猾的人在跟踪他。今天晚上，你一定要把门锁上不放他进去。如果他很狂暴，我们就送你去哈罗你的姨妈家里。现在，我们得抓紧时间，所以，请马上带我们到需要检查的那些房间去吧。"

这座邸宅是用灰色的石头砌成的，石壁上布满了青苔，中央部分高高矗立，两侧是弧形的边房，像一对蟹钳似的向两边延伸。 一侧的边房窗子已经破碎掉了，用木板堵着，房顶也有一部分坍陷下来，完全是一副荒废残破的景象。 房子的中央部分也已年久失修。 但右首边那排房子却比较新，窗子里窗帘低垂，烟囱上蓝烟袅袅，显然正是这家人居住的地方。 靠山墙竖着一些脚手架，墙的石头部分已被凿通，此时却没有工人。 福尔摩斯在那块草草修剪过的草坪上缓慢地走来走去，十分仔细地检查着窗子的外部。

"我想，这是你过去的寝室，当中那间是你姐姐的房间，挨着主楼的那间是罗伊洛特医生的卧室。"

"一点儿不错。 但是现在我在当中那间睡觉。"

"我想这是因为房屋正在修缮中的缘故，但顺便说说，那座山墙似乎并没有急着修缮的必要吧。"

"根本就不需要，我想那只不过是要我从我的房间里搬出来的一个借口。"

"啊，这很说明问题的。 这狭窄边房的另一边正是那条三个房间都朝向它开着的过道吧，那里面当然也有窗子啦？"

"有的，不过是一些非常窄小的窗子。 太窄了，人钻不进去。"

"既然你俩晚上都锁上房门休息，从那一边想进入你们的房间当然是不可能的。 现在，麻烦你到你的房间里去，并且闩上百叶窗。"

斯托纳小姐照办后，福尔摩斯又仔细地检查了开着的窗子，然后用尽各种方法想打开百叶窗，结果都失败了，甚至连一条能把刀子插进去撬起闩杠的裂缝也没有。 随后，他用凸透镜检查了合叶，合叶是铁制的，牢牢地嵌在坚硬的石墙上。 他有点儿困惑地搔着下巴说：

"我的推理肯定有些说不通的地方。 如果这些百叶窗闩上了，是没有人能够钻进去的。 好吧，我们来看看里边是否有什么线索能帮助我们弄清事情的真相。"

一道小小的侧门通向刷得雪白的过道，三间卧室的房门都朝向它。 福尔摩斯不想检查第三个房间，所以直接来到了第二间，也就是斯托纳小姐现在的寝室，也正是她的姐姐不幸去世的那个房间。 这是一间简朴的小房间，按照乡村旧式邸宅的样式盖成的，有低低的天花板和一个开口式的壁炉。 房间的一隅立着一只带抽屉的褐色橱柜，另一隅安置着一张窄窄的罩着白色床罩的床，窗子的左侧是一只梳妆台。 房间里的全部摆设就是这些家具再加上两把柳条椅子，另外正当中还有一块四方形的威尔顿地毯。 房间四周的木板和墙上的嵌板是些蛀孔斑斑的棕色栎木，十分陈旧，并且褪了色。 这些木板和嵌板很可能在当年建筑这座房子的时候就已经有了。 福尔摩斯搬了一把椅子默默地坐在墙角，眼睛却前前后后、上上下下不停地打量着。 最后，他指着悬挂在床边的一根粗粗的铃铛拉绳问："这个铃通向什么地方？"那绳头的流苏实际上就搭在枕头上。

"通到管家的房间里。"

"看样子它比其他东西都要新些。"

"是的，才装上一两年。"

"我想是你姐姐要求装上的吧？"

"不是，我从来没听说她用过它。 我们想要什么东西总是自己去取的。"

"是啊，看来没有必要再安装这么好的一根铃绳。 对不起，让我再花几分钟来搞清楚这地板。"福尔摩斯说着趴了下去，拿着放大镜迅速地前后匍匐移动，仔细地检查着木板间的裂缝。 接着对房间里的嵌板做了同样的检查。 最后他走到床前，目不转睛地把它打量了好一阵子，又顺着墙上下来回打量。 末了，他把铃绳握在手中，突然使劲一拉。 "咦！ 这只是做样子的。"他说。

"不响吗？"

"不响，上面甚至没有接上线，这太有意思了。 现在你能看清，绳子刚好系在那个小小的通气孔上面的钩子上。"

"多么荒唐的做法啊！ 我以前从来没有注意到这个。"

"非常奇怪！"福尔摩斯拉着铃绳默默地说，"这房间里有一两个十分特别的地方。 例如，多么愚蠢的造房人才会把通气孔朝向隔壁房间，花费同样的工夫，他本来可以把它通向户外的。"

"那也是新近的事。"这位小姐说。

"是和铃绳同时安装的吗？"福尔摩斯问。

"是的，有好几处小改动是那时候同时进行的。"

"这些东西实在太有趣了：做样子的铃绳，不通风的通气孔。 你要是允许的话，斯托纳小姐，我们再到里面那一间去检查检查。"

格里姆斯比·罗伊洛特医生的房间比他继女的较为宽敞，但房间里的陈设也是那么简朴。 一张行军床，一个摆满多是学术性书籍的小木制书架，床边是一把扶手椅，靠墙有一把普通的木椅，一张圆桌和一只大铁保险柜。 福尔摩斯在房间里慢慢地绕了一圈，全神贯注地逐一地将它们都检查了一遍。 他敲敲保险柜问道："这里面是什么？"

"我继父业务上的文件。"

"噢，那么说你见过它的里面了？"

"仅仅一次，那是在几年以前。我记得里面装满了文件。"

"比方说，里边不会有一只猫吗？"

"不会，这多么奇怪的想法啊！"

"哦，看看这个！"他从保险柜上边拿起一个盛奶的浅碟。

"不，我们没养猫。但是有一只印度猎豹和一只狒狒。"

"啊，是的，当然！印度猎豹差不多就是一只大猫，但我敢说要满足它的需要，一碟奶怕是不怎么够的。还有一点我必须确定一下。"他蹲在木椅前，聚精会神地检查了椅子面。"噢，差不多解决了。"说着，他站起来把放大镜放在衣袋里，忽又说道："喂，这儿有件很有意思的东西！"

那是挂在床头上的一根鞭子。不过，这根鞭子是卷着的，而且打成了结，以使鞭绳能够盘成一个圈。

"你怎么理解这件事，华生？"

"那只不过是一根普通的鞭子。但我不明白，为什么要打成结？"

"并不那么普通吧？唉，这真是个万恶的世界，一个聪明人如果只把脑子用在为非作歹上，那就糟透了。我想我现在已经察看够了，斯托纳小姐，如果你许可的话，我们到外面的草地上去走走吧。"

我从来没有见到过我的朋友在离开调查现场时，脸色是那样的严峻，或者说，表情是那样的阴沉。我们在草坪上来来回回地走着，无论是斯托纳小姐或者是我，都不想打断他的思路，直到他自己从沉思中恢复过来为止。 他说："斯托纳小姐，现在最重要的是，你在一切方面都必须绝对按照我所说的去做。"

"好的，我一定照办。"

"事情非常严重，已经不容有片刻犹豫。 你的生命可能取决于你是否听从我的话。"

"我向你保证，我一切听从你的吩咐。"

"首先，我的朋友和我都必须在你的房间里过夜。"

斯托纳小姐和我都惊愕地看着他。

"对，必须这样，让我来解释一下。 那就是村里的旅店吧？"

"是的，那是克朗旅店。"

"好得很。 从那里看得见你的窗子？"

"当然。"

"你继父回来时，你一定要假装头疼，把自己关在房间里。然后，当你听到他夜里就寝后，就打开你那扇窗户的百叶窗，解开窗户的搭扣，把灯摆在那里给我们作为信号，随后带上你可能需要的东西，悄悄地回到你过去住的房间。 我相信，尽管那间房子尚在修理，但你还是能在那里住一夜的。"

"是的，没问题。"

"其余的事情就交给我们处理吧。"

"可是，你们打算怎么办呢？"

"我们要在你的卧室里过夜，我们要调查打扰你的这种声音是怎么来的。"

"我相信，福尔摩斯先生，你已经打定了主意。"斯托纳小姐拉着我同伴的袖子说。

“也许是这样。”

“那么，发发慈悲吧，告诉我，我姐姐到底是怎么死的？”

“我希望在有了更确切的证据之后再说。”

“你至少可以告诉我，我的想法是否正确，她也许是突然受惊而死的。”

“不，我不认为是那样。 我认为可能有某种更为具体的原因。 好啦，斯托纳小姐，我们必须离开你了，如果罗伊洛特医生回来见到了我们，我们就会无功而返的。 再见，你要勇敢些，只要按照我告诉你的话去做，请尽可以放心，我们将会彻底解除威胁着你的危险。”

福尔摩斯和我在克朗旅店的二层订了一间卧室和一间起居室。 在这里，我们可以从窗子俯瞰斯托克莫兰庄园林荫道旁的大门和住人的边房。 黄昏时刻，我们看到格里姆斯比·罗伊洛特医生驱车过去，他那硕大的躯体和给他赶车的瘦小少年形成强烈的对比。 那男仆在打开沉重的大铁门时稍稍费了点事，我们听到医生嘶哑的咆哮声，并且看到他由于激怒而对男仆挥舞起了拳头。 马车继续前进，接着我们看到树丛里突然照耀出一道灯光，原来这是有一间起居室点上了灯。

这时，夜幕逐渐降临。 我和福尔摩斯正坐在一起谈话，他说：“你知道吗，华生，我正是因为有顾虑，才邀请你和我一起来的，因为它确实存在着明显的危险因素。”

“我能助一臂之力吗？”

“你在场可能会起很重要的作用。”

“那么，我当然应该来。”

“非常感谢！”

"你提到了危险。 显然，你在那些房间里看到的比我多得多。"

"不，我们看到的一样多，只是我多推断出了一些东西而已。"

"除了那铃绳以外，我没有看到其他值得注意的东西。 至于那东西有什么用途，我承认，那不是我所能想象得出来的。"

"你也看到那通气孔了吧？"

"是的，但是我想在两个房间之间开个小洞，并不是什么异乎寻常的事。 那洞口是那么的窄小，连个耗子都很难钻过去。"

"在我们没来以前，我就知道一定会发现个通气孔。"

"什么？ 亲爱的福尔摩斯！"

"没错，我知道的。 你记得当初她在叙述中提到她姐姐闻到了罗伊洛特医生的雪茄烟味吧。 这立刻就能表明在两个房间当中必定有一个通道。 并且只可能是非常窄小的，不然在验尸官的询问中，就会被提到。 因此，我推断是一个通气孔。"

"但是，那又会有什么妨害呢？"

"至少在时间上有着奇妙的巧合，凿了一个通气孔，挂了一条绳索，睡在床上的一位小姐送了命。 这难道还不足以引起你的注意吗？"

"我仍然看不透其间有什么联系。"

"你注意到那张床有什么特别之处吗？"

"没有。"

"它是用螺钉固定在地板上的。 你以前见到过一张那样固定的床吗？"

"我不敢说见到过。"

"那位小姐移动不了她的床。 那张床就必然总是保持在同一相应的位置上，既对着通气孔，又对着她从来没有用过的铃绳。"

"福尔摩斯，"我叫了起来，"我似乎隐约地领会到你暗示着什么。 我们刚好来得及防止发生某种阴险而可怕的罪行！"

"真够阴险可怕的。 一个医生堕入歧途，就会成为相当可怕的怪物，因为他既有胆量又有知识。 帕尔默和里查德就在他们这一行中名列前茅，但这个人更高深莫测。 当然，华生，我想我们比他更高明。 只是在天亮之前，还有很多叫人担惊受怕的事情，看在上帝的分上让我们静静地抽一斗烟，换换脑筋，暂时想点愉快的事情吧。"

大约九点钟，树丛中透过来的灯光熄灭了，庄园邸宅一片漆黑。 又两个小时缓慢地过去了，在钟声敲响十一点的时候，我们的正前方突然出现了一盏孤灯，照射出明亮的灯光。

"那正是我们的信号！"福尔摩斯跳了起来。

我们向外走的时候，福尔摩斯和旅店老板交谈了几句话，解释说我们要连夜去访问一个熟友，可能会在那里过夜。 很快，我们就来到了漆黑的路上，夜风吹在脸上，在朦胧的夜色中，只有昏黄的灯光在引导我们去完成阴郁的使命。 由于山墙年久失修，到处都是残垣断壁，我们轻易地就进了庭院。 我们穿过树丛，又越过草坪，正待通过窗子进屋时，突然在一丛月桂树中窜出了一个丑陋畸形的孩子，扭动着四肢纵身跳到草坪上，随即飞快地跑过草坪消失在了黑暗中。

"天哪！"我低声叫道，"你看到了吗？"

福尔摩斯也吓了一跳，用他那像老虎钳似的手攥住了我的手腕。接着又低声地笑了起来，把嘴唇凑到我的耳朵上说："真是不错的一家子！这就是那只狒狒。"

我已经忘了医生所宠爱的奇特动物，他可还有一只印度猎豹呢！那家伙可能随时都会趴在我们的肩上。随后，我学着福尔摩斯的样子脱下鞋，钻进了卧室，直到这时我才稍稍安稳了一些。

我的伙伴毫无声息地关上了百叶窗，把灯挪到桌子上，向屋子四周瞧了瞧，室内的一切和我们白天见到的一样。他蹑手蹑脚地走到我跟前，把手圈成喇叭形对着我的耳朵小声说："哪怕是最小的声音，都会破坏我们的计划。"那声音轻得我刚能听个明白。

我点头表示听见了。

"我们必须摸黑坐着，不然他会从通气孔发现亮光的。"

我又点了点头。

"千万别睡着，这关系到你的性命。把你的手枪准备好，以防万一我们用得着它。我坐在床边，你坐在那把椅子上。"

我取出左轮手枪，放在桌子角上。

福尔摩斯带来了一根又细又长的藤鞭，把它放在身边的床上。床旁边放了一盒火柴和一个蜡烛头。然后，他吹熄了灯。

那夜的黑暗无论如何也让我无法忘记。百叶窗把可能照到房间的最小光线都遮住了，我们在伸手不见五指的漆黑中等待着。我听不见一点声响，甚至连喘气的声音也听不见。但我知道，我的伙伴正睁大眼睛坐在和我只有咫尺之隔的地方，并且一样地紧张。

外面偶尔传来猫头鹰的叫声，有一次就在我们的窗前发出两声长长的猫叫似的哀鸣，显然那只印度猎豹正在到处乱跑。 我们还听到远处教堂深沉的钟声，每隔一刻钟就沉重地敲响一次。 而每一刻钟仿佛都无限地漫长。 钟声敲了十二点、一点、两点、三点，我们就那样一直沉默地端坐着，等待着可能出现的任何情况。

突然，从通气孔的方向闪现出一道瞬间即逝的亮光，随之而来的是一股燃烧煤油和加热金属的强烈气味。 显然，隔壁房间里点着了一盏遮光灯，并且我听到了轻轻挪动的声音。 可是接着，一切又都沉寂下来，只有那气味越来越浓。 我竖起耳朵坐了足足半个小时，突然，我听到另一种声音，那是种非常柔和轻缓的声音，就像烧开了的水壶咝咝地喷着气。 在我们听到这声音的一瞬间，福尔摩斯突然从床上跳了起来，划着了一根火柴，并用他那根藤鞭猛烈地抽打起铃绳。

"你看见了没有，华生？"他大声地嚷着，"你看见了没有？"

我却什么也没有看见。 但就在福尔摩斯划着火柴的时候，我却听到一声低沉的、清晰的口哨声。 突如其来的耀眼亮光照在我疲倦的眼睛前，虽然让我看不清他拼命抽打的是什么，但我却看到他的脸像死人一样苍白，布满恐怖和憎恶的表情。

福尔摩斯停止抽打后，注视起了通气孔。 黑夜的寂静之中，突然爆发出一声我有生以来听到过的最可怕的尖叫，那叫声越来越高，交织着痛苦、恐惧和愤怒，简直恐怖到了极点。 后来据说这喊声把远在村里，甚至教区里的人们都从熟睡中惊醒了。 此时，这一叫声也使得我们为之毛骨悚然。 我站在那里，呆呆地望着福尔摩斯，他也呆呆地望着我，直到最后的回声渐渐消失后，一切才又恢复了原来的寂静。

"这是怎么回事？"我忐忑不安地说。

"事情已经结束了。"福尔摩斯说，"总的来看，这可能还是最好的结局。带着你的手枪，我们到罗伊洛特医生的房间去。"

福尔摩斯点着了灯，表情非常严峻地走过了过道。他敲了两次卧室房门，里面没有回音，他便自行打开了门，我打开枪机紧跟在他身后走了进去。出现在我们眼前的是一幅奇特的景象——

桌上放着一盏遮光灯，遮光板半开着，一道亮光照到柜门半开的保险柜上。桌旁那把木椅上坐着格里姆斯比·罗伊洛特医生，他身上披着一件长长的灰色睡衣，睡衣下面露出一双赤裸的脚脖子，两脚套在红色土耳其无跟拖鞋里，膝盖上横搭着那把短柄长鞭子。他的下巴向上翘起，眼睛恐怖、僵直地盯着天花板的角落，额头上绕着一条异样的、带有褐色斑点的黄带子，那条带子似乎正紧紧地缠在他的头上，我们走进去的时候，他既没动弹，也没有作声。

"带子！带斑点的带子！"福尔摩斯压低声音说。

我跨前一步，却见他那条异样的头饰蠕动起来！他那头发中间骤然钻出一条又粗又短、长着三角形的头和有着胀鼓鼓脖子的毒蛇！

"这是一条沼地蝰蛇！"福尔摩斯叫道，"印度最毒的毒蛇。这人被咬后十秒钟内就死去了。真是恶有恶报，阴谋家掉进他给别人挖的陷阱中了。来吧，先把这畜生弄回它的巢里去，然后把斯托纳小姐转移到安全的地方，再让地方警察知道这里发生了什么事情。"说着，福尔摩斯迅即从死者膝盖上取过打狗鞭子，将活结甩过去套住那条蛇的脖子把它拉了起来，又伸长手臂提着它扔进了铁柜子里，随手将柜门关上。

这就是斯托克莫兰的格里姆斯比·罗伊洛特医生死亡的真实经过。这个叙述已经够长的了，至于我们怎样把这悲痛的消息告诉给那吓坏了的小姐；怎样乘坐早车送她去哈罗，交给她好心的姨妈；以及冗长的警方调查怎样得出最后的结论，认为医生是在不明智地玩弄他豢养的危险宠物时丧生的等等，就没必要在此一一赘述了。而关于这件案子我还不太了解的一些情况，福尔摩斯在第二天回城的路上告诉了我。他说：

"亲爱的华生，我曾经得出了一个错误的结论，这说明依据不充分的材料进行推论将是多么的危险：那些吉卜赛人的存在，那可怜的小姐使用的'band'（带子）一词，无疑是表示她在火柴光下仓皇一瞥时所见到的东西，这些情况足够引导我追踪一个完全是错误的线索。当我认清那威胁到室内之人的任何危险既不可能来自窗子，也不可能来自房门时，我立即对此案做出了新的考虑。同时，我的注意力迅速地被那个通气孔和悬挂在床头的铃绳吸引住。当我发现那根绳子只不过是个幌子，那张床又是被螺钉固定在地板上的时候，我便立即找准了方向。我怀疑那根绳子只不过是起着桥梁的作用，是为了方便什么东西钻过洞孔到这边的床上来，我立即就想到了蛇。我知道医生豢养了一群从印度运来的动物，当我把这两件事联系起来时，便已经预知了后果。那是种使用任何化学试验都检验不出来的毒素，这个念头只有受过东方式的锻炼，而且聪明又冷酷的家伙才会想到。从他的观点来看，这实在是个完美的计划，确实，这需要眼光多么敏锐的验尸官才够检查出那毒牙咬过的两个小黑洞。 接着我想起了口哨声。 当然，天一亮他就必须把蛇召唤回去，以免他想要谋害的人看到它。 他训练那条蛇能一听到召唤就回到他身边，很可能就是利用我们所见到的牛奶来刺激它的。 他在认为是最合适的时候把蛇送过通气孔，使它顺着绳子爬到床上。 蛇也许会、也许不会咬床上的人，这可能使她在整整一周的晚上都幸免于难，但她迟早是逃不掉的。

"而我在走进他房间之前就已得出了这个结论。 对他椅子的检查证明，他常常站在椅子上，为了够得着通气孔这当然是必要的。 而保险柜和那一碟牛奶以及鞭绳的活结，足以消除我余下的任何怀疑。 斯托纳小姐听到的金属哐啷声很明显是由于他继父急急忙忙地把那条可怕的毒蛇关进保险柜时引起的。 事情确定下来后，你已知道我采取了什么方法来验证它。 我听到那东西咝咝作响的时候——当然，你也听到了，我马上点着灯并用力抽打它。 结果不仅把它从通气孔赶了回去，还使得它反过去扑向了它的主人。 因为我那几下藤鞭激起了它的本性，于是它就对第一个见到的人狠狠地咬了一口。 为此，我无疑得对罗伊洛特医生的死负有间接责任。 好在凭良心说，我并不怎么为此感到内疚。"

（童辉　译）

逃出十三号牢房

[美] 杰克·福翠尔

一

为奖励奥古斯都·S. F. X. 范杜森在科学上的杰出贡献，不同学会都给他颁发了荣誉头衔，以至于他的名字后面出现一长串字母。他的名字和他的长相一样令人难忘：个子矮小，瘦削的双肩下垂，胡子被剃得精光，因长期在工作室内工作而使得脸色苍白。由于经常要注视细小的东西，他的眼睛总是眯着的，蓝色的眼珠只有通过厚厚的眼镜片后面的狭缝才能勉强看出。他的眼睛上面是高得异乎寻常的额头，还有头上浓密而蓬乱的黄发。整体看上去，一种古怪的感觉迎面袭来。

范杜森教授的德裔祖父在科学界相当有名，因此，思考要合乎科学的逻辑的意识自小就被灌输进了他的脑子中，养成了科学的逻辑思考方式。长大后，有三十五年的时间被他花费在证明二加二等于四——有可能等于三或五上。他还主张凡事有果必有因，前因后果只有通过全神贯注的思考才能得出。顺便提一句，范杜森教授的另一个标志，就是他头上戴的八号帽子。

在一场国际象棋锦标赛上，他证明了一个不会下棋的人，只要可以进行一连串的逻辑思考，就可以击败职业的国际象棋世界冠军。 从那以后，新闻界就称他为"思考机器"，甚至一连串的荣誉称号都被省略掉了。 而他也没有辜负"思考机器"的美称，日复一日、年复一年地躲在他狭小的实验室中，思考一些会使科学界同仁震惊或者人心惶惶的事。

除了一些科学家偶尔来访之外，"思考机器"几乎没有访客。 这天傍晚，来了两位访客——查尔斯·瑞森博士和艾尔弗雷德·菲尔丁博士，有事找他讨论。

"这不可能！"在谈话中，瑞森博士一口否决。

"没有不可能的事，""思考机器"更加肯定地说，"头脑必定能主宰世界上所有的事情，当这个事情被科学界的同仁认清的时候，才会取得飞跃一般的进步。"

"那你认为我们造出宇宙飞船是可能的事吗？"瑞森博士问。

"那从来就不是不可能的事，""思考机器"断言，"它将来必定会被人给造出来的。 我现在太忙了，不然的话我自己就能制造出来。"

"我早就听你这么说过，"瑞森博士微笑了一下说，"可这没有意义。 头脑也许能主宰所有的事情，但是并没有任何证据——确实的证据，有些事不是你想一想就会有结果的。"

"举个例子。""思考机器"说道。

瑞森博士吸着烟，想了一阵子。 "就比如说越狱吧，"他说，"没有人只靠'想'就能逃出监狱。 如果可以的话，监狱中早就空无一人了。"

"我还是那句话，越狱完全可以依靠一个人的头脑。""思考机器"不耐烦地说。

瑞森博士开始觉得有点儿意思了。"假如，"他想了一下说，"有个人被判了死刑，被关在了监狱里，他理所当然会只想着要逃出去——如果你是这个犯人，你能行吗？"

"当然可以。""思考机器"肯定地说。

"当然，"菲尔丁博士第一次说话，"你可以，但是在监狱中，你没有机会拿到炸药。"

"我不会那样做，""思考机器"说，"你们可以拿我当成死刑犯，而我仍能逃离监狱。"

"你事先不能将逃脱工具带进去。"瑞森博士说。

听到瑞森博士说的话，"思考机器"显然有点儿恼怒了，镜片后面仅有的"小缝"也合了起来。"无论什么时候、无论哪一所监狱，仅带必备的衣物，一个星期内我都能逃出去。"他一字一板地说。

菲尔丁博士点燃了手中的一根雪茄。

瑞森博士挺直身子，显出很有兴趣的样子，"你是说，你真的只用脑子就能够越狱？"他再问。

"当然。""思考机器"回答。

"那你亲自证明你的话，如何？"

"没问题。""思考机器"的语气没有任何变化。

瑞森博士跟菲尔丁博士又互望一眼。"你想尝试一下？"菲尔丁博士问。

"当然，"范杜森教授回答，语气中带上了讽刺的味道，有些冲，"为了用实践证明我的理论，我干过许多比这更离谱的事。"

此时，似乎双方都动了肝火。当然，要是真的给范杜森机会从监狱中逃脱，那这件事就太荒谬了。 可是，范杜森教授坚持通过越狱来证明自己的理论，所以事情就这么定下来了。

"现在就开始吧。"瑞森博士说。

"我想明天开始更合适，""思考机器"说，"因为——"

"不行，必须从现在开始，"菲尔丁博士打断了"思考机器"的话，冷淡地说，"你被逮捕了，会被关在牢房里——哪个死刑犯是在被捕前做好准备的？ 所以你没有事先得到警告，也无法跟朋友联络，你将受到死刑犯的待遇。 这样你同意吗？"

"好，既然你坚持，现在就开始。""思考机器"站起来说。

"那么，就假定关你的监狱是奇泽姆监狱。"瑞森博士说。

"那就奇泽姆监狱的死牢吧。"

"有什么要带的随身衣物吗？"

"最多只能带，""思考机器"说，"鞋、袜子、裤子、一件上衣。"

"可以对你搜身，对吧？"

"你可以把我当成一般囚犯对待，我的要求只有这一点。""思考机器"说。

说是实验，其实也很费劲，在这场实验真正开始进行前，要安排一些法律上的程序，比方说，需要得到市政府及奇泽姆监狱的允许，等等。 但是，三位教授的名望和影响力都非比寻常，市政府的一些官员只是打了几通电话就同意了，但在负责监狱的市长官员那里花了不少力气。 教授对他说这只是一场科学实验，官员被说得晕头转向，尽管一头雾水，但还是答应了。 答应了之后，他就对监狱长说，有史以来，奇泽姆监狱最尊贵的犯人就是范杜森教授。

在确定入狱之后，"思考机器"将入狱的东西准备好，然后把女佣兼管家叫了过来。

"玛莎，"他说，"现在是晚上九点二十七分，我要出去一段时间。一个星期之后的今天，在晚上九点三十分时，这两位先生，可能还另有一两位客人，来此共进晚餐。记住了，瑞森博士最喜欢吃朝鲜蓟。"

交代完玛莎之后，范杜森就和另外两位博士见面，然后三个人一起乘车来到了奇泽姆监狱。

监狱长早就收到命令准备好等着他们了。他只知道他将看守范杜森——如果他看得住的话——为期一个星期。也就是说，虽然范杜森教授并没犯什么罪，可是必须像对待囚犯那样对待他。

在进入了监狱之后，瑞森博士对监狱长说："搜身吧。"

于是，监狱长叫来警卫对"思考机器"搜身。"思考机器"的兜被清洗一空，他的白色上衣没有口袋，袜子和鞋子也被命令脱下来后再穿上。搜身结束了，"思考机器"身上什么东西都没有。

站在一旁的瑞森博士，看到了"思考机器"虚弱的身子、毫无血色的面孔、瘦削白皙的双手，不禁对"思考机器"引发怜悯之心。

"你确定要继续吗？"他问。

"如果我不进行这场实验，你会认为我能逃脱吗？""思考机器"反问他。

"当然不。"

"好，那就继续吧。"听到"思考机器"这种使人恼火的回答，仅有的一丝同情之心也从瑞森博士的心中消失了。他一定要将实验进行到底。

"他有可能和外面进行联系吗？"瑞森博士下定决心了，于是问监狱长。

"绝对不可能！"监狱长说，"他不能接触到任何能写的东西。"

"他可能通过你的狱警传递信息吗？"

"一个字都不会，无论是直接的还是间接的。"监狱长说，"这一点你放心好了，每一个他说的字，狱警都会报告给我。"

"这里看起来防备得滴水不漏。"菲尔丁博士兴致勃勃地说。

"当然，如果他承认逃脱失败，"瑞森博士说，"要求放他出去，你可以让他离开。"

"当然。"监狱长回答。

"思考机器"原本只是静静地站在一旁听，听到这时，他开口了，"我有三个要求，批不批准由你决定。"

"特别许可是不会被允许的。"菲尔丁博士警告"思考机器"。

"我不会提过分的要求。""思考机器"坚定地说，"我只是想要一些刷牙粉。你去买给我就行，我真的只是要一般的刷牙粉和五美元的钞票一张、十美元的钞票两张。"

听到"思考机器"的要求，瑞森博士、菲尔丁博士及监狱长三人交换了一个惊讶的眼神。刷牙粉的要求是可以理解的，可是三张钞票有什么用呢？他们一头雾水。

"有人能用二十五美元收买你的手下吗？"瑞森博士问监

狱长。

"不可能，即便是两万五千美金！"监狱长回答。

"好吧，就给他这些东西。"菲尔丁博士说，"我看这没什么诡异之处。"

"你最后的要求是什么？"瑞森博士问。

"我要求我的鞋子被擦亮。""思考机器"说。

三人再次交换了惊讶的眼神。虽然这个要求有点儿匪夷所思，但他们经过考虑认为，把鞋子擦亮似乎并不影响什么，于是马上就同意了。在等候刷牙粉和擦鞋子的过程中，监狱长把"思考机器"带入了监狱里的一间牢房。

"这是十三号牢房，"监狱长带他们穿过三道钢门后说，"这是死刑犯住的地方，没有我的准许，没有人能够出来，关在这里的犯人也不准跟外面联系。我用我的名誉发誓，这里是安全的。特别是，这里距离我的办公室只隔了三道门，没有什么特别的响声能逃过我的耳朵。"

"这间牢房你们满意吗？""思考机器"的话里不无讽刺。

"相当满意。"瑞森博士和菲尔丁博士也语气不善地回答。

于是，沉重的钢门被拉开，"思考机器"走了进去。接着，钢门关上，监狱长在门上加了两道钢锁。这时，里面传出了一阵细小而急促的奔跑之声。

"什么声音？"瑞森博士站在钢门外问。

"老鼠，一群一群的老鼠。""思考机器"嘲弄地说。

门外，监狱长和两位博士相互道过晚安之后正要转身离开，"思考机器"把他们叫住，问："现在几点了，监狱长？"

"晚上十一点十七分。"回答的人是监狱长。

"谢谢。 一个星期之后的晚上八点半，我和这些绅士将在你的办公室里见面。""思考机器"自信满满地说。

"你要是做不到呢？"监狱长问道。

"没有'要是'这回事。"范杜森说道。

二

奇泽姆监狱的建筑材料是宽阔而庞大的花岗岩，监狱共有四层。 它的四周被十八英尺高的花岗岩围墙围了起来，墙壁内外平滑如镜，连攀岩高手也无法徒手爬上去。 此外，五英尺高的尖锐钢条还安置在了墙的上面。 这道围墙就是自由人与囚犯之间不可逾越的界线，即便有人能够逃出牢房，也不可能翻越它。

牢房与墙壁之间有大约二十五英尺宽的空地，是那些被允许自由活动的囚犯的操场，但是住在十三号牢房的囚犯则无此权利。 四个持枪警卫不分昼夜地在空地四周巡逻，每人负责空地的一角。

巨大的弧光灯在空地四周被高高地架起，夜里就朝四周不停地扫射。 因此，到了夜间，这些空地几乎跟白天一样明亮，每个角落都无法逃脱警卫的视线。

"思考机器"在入狱之前已经清楚地了解了这些警戒设施，不过现在只有通过牢房上装有钢条的小窗户才能看到外面。

看着看着，黑夜过去，清晨到来。 这是他入狱之后的第一个早晨。 他看到了一直翱翔在天空的水鸟，隐隐约约还可以听到船的马达声。 于是，他想到不远处有河道。 同时，从同一个方向还传来了男孩玩耍时发出的呼喊声。 他知道，在围墙和河道之间，可以玩耍的空地一定是存在的。

奇泽姆监狱是公认的最牢不可破的监狱，从未有人成功越狱。"思考机器"躺在床上四处张望，他猜测这牢房有二十年的历史，旧旧的，但仍然非常坚固；窗户上的钢条大概是新装的，一丝铁锈都没有；窗户不大，想拆下钢条钻出去有点儿异想天开。

但墙壁的坚固和窗户的狭小并没使"思考机器"泄气，相反，他眯起眼睛，对那台巨大的弧光灯细细打量。现在外面阳光充足，他看到监狱大楼和弧光灯被一根电线连了起来。他推测那根电线就在离这间牢房不远的墙上。"思考机器"觉得这根电线让他离越狱又近了一步。

"思考机器"看腻了窗户，就把注意力放回了室内。十三号牢房既不在地下，也不在高层上，而是同办公室一起在一楼。"思考机器"还记得当时进来的时候，监狱长的办公室就在四级台阶之上，因此，牢房的地板可能只比地面高三四英尺而已。窗口外面的地面他看不到，可是再往远处看，就能看到监狱外墙脚下的地面。所以，从窗口跳下去不难。

接着，"思考机器"仔细回想他进来的时候看到的，究竟有什么设施安装在了牢房外面。

首先，监狱外墙有个建在墙壁内的警卫岗亭，两道钢制的铁门在亭子上，无论什么时候都有警卫值班。他当初是先通过一道门，确认身份之后，经过监狱长允许后，第二道门才打开，让他们进入监狱的。监狱长的办公室在监狱的主体建筑群中，要从室外空地走进监狱长办公室，必须通过一道钢制的铁门，而且，办公室门上有一个窥视孔，办公室里的人不开门也能看到外面。 如果要从监狱长办公室到十三号牢房，得先通过一道木门和两道钢门进入走廊，一到走廊就见到了牢房的门，只不过门上有两道锁。

"思考机器"重新计算了一次，要经过七道门，才能走到外面成为一个自由人。 当然，他要走出去的话，关键并不在那几道门。 因为他并非总是一人独处，早上六点，狱警会送早餐来；正午时分送午餐；傍晚六点则是晚餐；晚上九点还会有人来巡房一次。 而且不仅仅是门与巡查的问题，这里除了一张铁床外，这牢房里什么都没有。 铁床还非常牢固，除非拿铁锤用力敲或用锉刀锉，否则根本就拆不开——没有任何工具的"思考机器"当然拆不开，此外，桌子、椅子、铁皮也不存在。 甚至当他进餐时，狱警就站在门外看，等他吃完后把盛饭菜的木盆收回。

"监管系统很不错嘛，""思考机器"不得不在心中称赞一番，"等出去之后，我一定要好好研究一下，没想到监狱里面的学问也这么大。"

称赞之后，"思考机器"把以上几个状况都考虑了一遍，然后又将他的牢房仔细地检查了一遍。 他爬上床，从天花板到四周的墙壁，他看过了每块砖头以及砖头中间的水泥，没有发现任何松动的砖头。 于是，他在地板上到处反复跺脚，发现地板是由一块完整的水泥构成的。

检查完毕，坐在铁床上的他开始了自己漫长的思考。 对奥古斯都·范杜森教授这部"思考机器"来说，又有工作可做了。

突然间，有只老鼠跑过他的脚背，打断了他的沉思。 不一会儿，老鼠在牢房的一个黑暗的角落里消失了。 "思考机器"

眯起眼睛仔细注视老鼠消失的地方，看到许多小眼珠在黑暗中回视着他。他数了一下，一共有六对，要是再多的话他就看不过来了。

"思考机器"依然坐在床上，但是却看出牢房的钢门和地面之间，有个两英寸高的空隙。他注视着那道空隙，身子突然向有老鼠的角落逼近。一阵细碎的奔跑声从角落中传出，还有一些老鼠受惊的尖叫声，但声音迅速消失了。

他看得很清楚，门缝并非老鼠的逃跑路线，但老鼠却全都不见了。那么，这里肯定有可以离开这个牢房的途径，虽然可能那只是个小洞。"思考机器"没有犹豫，他立刻趴在了地上仔细地搜索了起来，用他细长的手指在黑暗的角落里摸索。

最后，他在墙角找到了一个缺口，一个略大于银钱的圆洞，老鼠就是从这里跑出去的。他把手指伸进那个小洞，小洞的后面大概是个被废弃的排水管道，里面很干燥且满是灰尘。

他对这个发现感到很满意，坐回床上又沉思了一个多小时，然后通过小窗口观察外面的状况。这时，外墙的警卫正好望过来，看到"思考机器"的头出现在十三号牢房的窗口，可是范杜森没看到警卫。

正午时分，狱警送来了令人生厌、寡淡无味的牢饭。平常在家时，他对菜的要求就很少，因此，虽然牢饭味道很差，他也二话不说拿起就吃。同时，他还跟在外面等着的狱警攀谈起来。

"在过去的几年中，这地方没什么变化吗？"他问。

"没什么。"狱警知道他不是真的犯人，于是和善地回答，"新墙是在四年前被建立的。"

"那牢房呢？"

"牢房外的木墙重新油漆过了，我们七年前翻修过下水道。"

"噢！""思考机器"问，"河离这里远吗？"

"大概有三百英尺吧。有个供孩子用的棒球场在外墙和河道中间。"说到这里，狱警脸上露出了警惕的表情，"思考机器"看到了，也就不问了。

"思考机器"吃完了饭，当狱警收拾好要离开时，"思考机器"问能否给他一些水。"我很爱渴，"他解释说，"你能否留下一小盆水给我？"

"我要请示监狱长。"狱警不敢擅自决定，便走开了。

半个钟头后，狱警带着一个盛着水的小木盆回来了。"监狱长说，这个木盆你可以留下。"狱警对他说，"但是，我要时不时地检查这个小盆，如果它被打破了，你的别的要求就不会被允许了。"

"谢谢你，""思考机器"微笑着说，"它会完好无缺的。"

狱警点了点头，继续巡逻的工作。两个小时之后，当他再次经过十三号牢房时，怪异的声音从牢房里传了出来。他停下脚步，看到"思考机器"趴在牢房的角落里，还有几声惊惶的尖叫从角落中传出。

"哈，抓到你了！"他听到了"思考机器"开心的声音。

"什么被你抓到了？"他问。

"一只老鼠。""思考机器"回答，并站起来走到门边对狱警说："你看。"

狱警看到一只小灰鼠被"思考机器"用手夹着，仍在挣扎。他把老鼠夹住了之后，还把老鼠举到门边，就着灯光端详。

"这是一只田鼠。""思考机器"说。

"除了抓老鼠，你就不能做点别的事吗？"狱警有些恼火了，问他。

"老鼠本来就不应该属于这个地方，""思考机器"不快地说，"把它拿走杀了。好多只还在里面跳舞呢。"

狱警皱着眉头接过扭曲蠕动的老鼠，用力摔到地板上，老鼠就停止了挣扎。"思考机器"没什么表示，狱警就离开了。接着，他把原委报告给了监狱长，监狱长只微微一笑，默不作声。

当天下午，"思考机器"向窗外望时又被十三号牢房外的警卫看到了。接着，他看到一只手从窗口伸出，有个白色的东西飘了下来，掉在了牢房外面的地上。他走过去捡起来，发现那是一张五美元钞票，用一团从白色上衣撕下的碎布绑住。不过，当他再望向窗口时，面孔消失了。

警卫冷冷地笑了笑，把碎布和五美元钞票都送到了监狱长的办公室。在办公室里，监狱长高度重视这件事。他跟着警卫一起检查"思考机器"扔出来的东西，发现碎布的外层有用墨水写成的字，虽然有点儿模糊，不过依稀可以辨认出"请发现者将其交给瑞森博士"的字样。

"啊，"监狱长笑着说，"一号逃亡计划失败了。"接着他想了一下，说："可是，为什么要交给瑞森博士呢？"

"而且，墨水和笔是从哪来的呢？"警卫也很奇怪。

监狱长望着警卫，警卫回望着监狱长，两个人都疑惑不解。

"好吧，让我们看看他想对瑞森博士说什么。"监狱长展开了卷着的碎布片，然后惊讶地小声说："啊，啊，什么？ 这些是什么？"

警卫凑过来看，上面原来是一个奇怪的句子："Epacseotd-netniiyawehttonsisihT"

监狱长花了一个小时猜测这些字符的含义，又将半个小时花在囚犯为何跟瑞森博士联络上——"思考机器"就是与瑞森博士打赌，才被关到了这里，瑞森绝不可能帮他逃离。 接下来，监狱长也花了一些时间猜测"思考机器"又是从什么地方拿到的书写工具，哪里来的墨水。 为了要弄清楚这一点，他再次将碎布摊开来检查。 这显然是白色衬衫上的布，边缘还参差不齐。

布的来源弄清楚了，监狱长知道，"思考机器"不可能得到墨水和铅笔，而且布上的字也不像是用墨水笔或铅笔写的。 那"思考机器"是凭借什么写的呢，这仍然是个谜。

监狱长打算自己去找出答案。 "思考机器"是他的犯人，他对看护好他有责任，如果这个囚犯想送出某些特别的信息给其他人来帮助自己逃脱，他就一定要找出信源和信道，以便及时制止，就跟对付其他一般的囚犯一样。

想到这里，监狱长就向十三号牢房走去。 他从门上的小窗户看进去，发现"思考机器"正趴在地上，专心致志地捉老鼠。虽然"思考机器"是背对着门，但一听到监狱长的脚步声，他就立刻跳了起来。

"真是丢脸，""思考机器"愤怒地说，"怎么会有这么多的老鼠存在于一个管理完善的监狱中呢！"

"其他囚犯从没抱怨过，"监狱长说，"我带了一件衬衫给你，你把身上的衣服脱下来给我。"

"为什么？""思考机器"立刻反问。他的声调有点儿不自然，似有不安的情绪。

"你想送信给瑞森博士。"监狱长严肃地说，"你是我的犯人，我还是有权利阻止你的。"

"思考机器"沉默良久。"好吧，"他最后说，"就按你说的做吧。"

监狱长笑了。囚犯脱下自己的白衬衫，将监狱长带来的普通囚衣穿上。监狱长仔细检查了"思考机器"的衬衫，不时地将衬衫撕破的地方与那块碎布相比较。

"思考机器"在一旁好奇地看着，然后发问："是不是警卫将它拿给你的？"

"不错，"监狱长得意地说，"你的一号逃亡计划失败了。"监狱长发现碎步的形状和白衬衫上撕破的地方正相符，于是露出了满意的笑容。

"你哪来的笔？"监狱长问。

"我想，找出答案是你自己的事情。""思考机器"显得有些暴躁。

听到他说的话，监狱长恼火了，正打算开口骂人，但通过及时吸气将情绪控制住了。他仔细地将牢房检查了一遍，却什么东西都没找到，就连牙签火柴一类的都没找到。"思考机器"用的是什么墨水，仍然是个谜。监狱长离开十三号牢房时很不愉快，不过至少已经将上衣当作了战利品，他的心里还是有些安慰的。

"哼，只会玩在布上写字的小把戏，还想逃出去！"监狱长自满地说。他把碎布放在办公桌的抽屉里，想看看后面还会有什么事。"这家伙如果从我的监狱逃出去，我就上吊！不，辞职。"他愤愤地说。

入狱后第三天，"思考机器"越发不像话了，竟然公开对狱警行贿。

第三天，狱警送晚餐给他，正在等着拿回他的饭盆时，他开口了。

"监狱的排水管直接通到河里去，是这样吗？"他问。

"对啊。"狱警说。

"我想，管子不大吧。"

"小到你爬不进去，如果你想从那里面逃出去的话。"狱警露出牙齿嘲笑地说。

"思考机器"不说话了，静静地吃完晚餐，然后问："你知道我没犯罪，对吧？"

"当然。"

"如果我要求的话，我可以随时出狱，对吗？"

"对。"

"我进来时，深信我能从这里逃出去。""思考机器"眯起眼睛观察狱警的反应，"你是否会考虑收下我的钱帮我逃出去？"

狱警是个老实人，看着瘦削、疲倦的"思考机器"，几乎要怜悯他来。

"我想，监狱的生活对你这种人大概太重了。"狱警说。

"可是，帮我的提议你会考虑吧？""思考机器"几近哀求地说。

"绝不！"狱警不耐烦地说。

"五百块，""思考机器"怂恿道，"我又没犯罪。"

“不！”狱警一口回绝。

“一千块怎么样？”

“不，”狱警坚定地说，“就算你给我一万块，让我帮你越狱也不可能！你需要通过七道门，而我只有两道门的钥匙。”然后他快步走开了，免得再受到“思考机器”的纠缠。他离开之后，立即向监狱长报告了刚刚发生的事。

当他向监狱长报告之后，监狱长冷笑起来，说：“二号逃亡计划也失败了。先是想把密码传递出去，现在是贿赂，接下来会是什么呢？”

狱警退出了监狱长的办公室，监狱里很安静。

傍晚六点，狱警照例送晚餐到十三号牢房去。快走到时，一阵刺耳的沙沙声传到了他的耳朵里，有如某种钢铁相互摩擦似的。接着，怪声停了下来，好像是被他的脚步声打断的。这名狱警在监狱里工作很久了，也经验丰富，于是将脚步放重，做出远离十三号牢房的假象，其实仍然留在原地。等了一会儿，又响起了那个沙沙声。狱警蹑手蹑脚地走到牢房门外偷偷向里窥视。他看到铁床上的“思考机器”靠在小窗口边做着什么，从他的手臂前后移动的样子，像是在用锯条锯窗户上的钢条。

狱警小心翼翼地返回办公室，跟监狱长说明了情况，于是两个人一起出了门，向十三号牢房悄悄进发。才刚刚走到牢房门口，锯钢条的声音已经清晰地传了过来。监狱长听了一阵子，突然出现在门口，脸上带着微笑问：“你在干什么？”

“思考机器”从他站着的位置转过头来，立刻跳到地面上，急着要把手上的东西隐藏起来。监狱长走入牢房，向他伸出了手。“交出来。”监狱长说。

"绝不！""思考机器"愤怒地回答。

"算了，交出来吧，"监狱长催促道，"我可不愿意再对你搜身了。"

"就不。""思考机器"仍然坚持。

"那是什么？锉刀吗？"监狱长问。

"思考机器"默不作声地瞪着监狱长，脸上露出极度失望的表情。监狱长已经开始同情这个家伙了。"三号逃亡计划失败了，是吗？"监狱长好心地问道，"糟透了，对吧？"囚犯仍旧一声不发。"搜他身。"监狱长只能下令。

狱警走过去，在"思考机器"身上仔细地搜索，最后还是把那把约一寸长、弯成半月形的钢片从他腰带中搜了出来。

"哼，"监狱长从狱警手上接过钢片，"用鞋跟带进来的。"他愉快地笑着说。

狱警尽责地继续搜查，在他腰带的另一侧又找到了一片同样的钢片。钢片的边缘有些磨损，锯过窗户的痕迹显而易见。

"这种东西对窗上的钢条没用。"监狱长说。

"我就可以。""思考机器"坚定地说。

"花六个月，有可能。"监狱长好心提醒他，看到他发红羞愧的脸，不禁摇摇头。"想放弃了吗？"他问"思考机器"。

"我还没开始呢。""思考机器"立即回应。

监狱长和狱警把牢房又仔细地搜了一遍，连床铺也翻过来检查了，但是什么东西都没找到。监狱长站到床上，看过囚犯的越狱成果后，他不禁失笑。

"你锯得那么辛苦，只不过让钢条更亮了一点而已。"他对气馁的"思考机器"说。然后，他抓住那根钢条用力摇动，钢条纹丝未动，在水泥中的它们很坚固。他将其他钢条一一试过，每一根都没问题。于是，他从床上跳了下来。

"放弃吧，教授。"他提议道。

可是，"思考机器"摇摇头。于是，两位狱警都放弃了劝告，径直走出了牢房。而"思考机器"则在床沿坐下了，双手抱头，不知又在思考什么。

"我看，他是发了神经了。"狱警说。

"他当然不可能成功越狱，"监狱长说，"不过，他是个聪明的家伙，我实在很想知道那密码是什么意思。"可监狱长怎么看都不明白碎布上那些文字的意思，只好放弃。

第二天清晨四点，剧变发生了。监狱中传来一阵可怕的叫声，声音是从某一间牢房传出来的，那是一种极度恐惧、痛苦的声音。监狱长带着三名狱警，直奔通往十三号监狱的长廊。

他们快到时，那个牢房又传出了一声尖叫，然后成了哀号声。其他牢房里的囚犯都在各自的牢门前好奇地张望着，不知道出了什么事情。这次，监狱长听出来了，那声音好像是从十三号牢房的方向传来的。

"又是那个十三号牢房的蠢货。"监狱长抱怨道。

这时，监狱长已经出现在了十三号牢房的门口，一位狱警点亮了灯火，监狱长向牢房里看去，十三号牢房内的囚犯正鼾声如雷。正当他们想进去细看的时候，刺耳的尖叫声又传了过来，是从楼上传来的。监狱长的脸色发白，跟其他人跑上楼去。

原来，声源位于十三号牢房的正上方，位于四层的四十三号牢房。在牢房里，囚犯蜷缩在角落中。

"怎么了？"监狱长走到四十三号牢房门口问。

"谢天谢地，你们可算来了。"囚犯冲到牢门的栏杆前叫着。

"出什么事了？"监狱长再问，然后打开门走进牢房。 于是，囚犯立即跪倒在地，用冰冷的双手紧抱住监狱长的腿。 他一脸苍白，眼睛圆睁，不停地发抖。 "别让我再待在这间牢房里了！ 求你让我出去！"囚犯恳求着。

"到底怎么了？"监狱长不耐烦地又问了一次。

"有声音……声音……"囚犯紧张地望着牢房四周。

"什么声音？"

"我……我不能说。"囚犯结结巴巴地说，接着歇斯底里地喊叫："让我出去！ 帮我换间牢房，任何一间都好，只要不是这里！"

监狱长跟三名狱警交换了一下眼神，然后发问："这个家伙是谁？ 他犯了什么罪？"

"他叫约瑟夫·巴拉德，"一位狱警回答，"他把强酸泼向了一位女士的脸，那位女士后来因此死亡。"

"可是，警方没有证据，"囚犯喘着气说，"他们没有证据。 求你了，给我换个房间吧。"说话的时候，囚犯一直抱着监狱长的腿。 监狱长用力把他踢开，他盯着那个可怜的家伙，那人就像孩子一样，被某种东西吓坏了。

"听着，巴拉德，"最后，监狱长说，"如果你听到什么声响，我要知道。 告诉我！"

"不，不行！"囚犯仍旧哭丧着脸说。

"哪来的声音？"

"我不知道，哪都有，我听到了！"

"声音是什么样的？"

"求你了，别再问我！"囚犯恳求着。

"必须回答。"监狱长严厉地说。

监狱长的样子让囚犯害怕极了，于是他边哭边回答："说话声。但是绝不是人类的！"

"说话声？绝不是人类？"监狱长迷糊了。

"含糊不清的……远远的……就像幽灵一样！"囚犯解释道。

"是从监狱里面发出的吗？"

"我不知道从哪里来的……就在这里，哪都有，到处都有！"

监狱长想了解事情的经过，可是巴拉德非常固执，什么都不肯说，只是不断地恳求把他换到另外一间牢房去，要不然就让狱警陪他到天亮。监狱长觉得事情没有那么简单，于是拒绝了他的所有要求。

"听好了，"监狱长说，"如果你再鬼叫，我就把你关到隔离室去。"说完，监狱长转身离去，但是依然不知道事情究竟是怎么回事。最后，巴拉德在靠近牢门的地方呆坐到了天亮，他的眼睛无神地凝视着半空，恐惧几乎使他苍白的脸变了形。

当天，也就是"思考机器"入狱的第四天，"思考机器"情绪异常高涨。他大多数时间都站在窗口向外望着，并继续给警卫丢了一小块碎布。警卫立刻捡起来拿去给监狱长，上面写着："还有三天了。"

监狱长丝毫没有对看到的字句感到惊奇，他知道"思考机器"的意思是离打赌的日期只有三天了。但是，让他感到不解的是，字条是怎么写出来的？ "思考机器"的布是从哪得到的？ 字是用什么东西写的？ 他仔细检查碎布，那是块白布，是好材料的衬衫布。 他将这块碎布跟以前收到的那块布片，以及他从"思考机器"身上没收来的衬衫相比，这块布显然不是这件衬衫上的。

"他哪来的书写工具呢？"监狱长大声地问自己，声音回荡在办公室里，却无人回应。

当天稍晚，"思考机器"透过窗户问警卫，"今天是这个月的几号？"

"十五号。"警卫对他说。

"思考机器"在自己脑中做了个天文学演算，算出九点后月亮才能出来。 他接着问警卫： "那是谁负责维护那些弧光灯？"

"电力公司的专职人员。"

"难道没有电工吗？"

"没有。"

"我想，你们要是自由雇电工的话，一定能省下好多钱。"

"那与我无关。"警卫回答。 回答了问题之后，警卫发现"思考机器"在窗口频频露脸，但看起来总是无精打采的，眼神中似有期待。 过了一段时间，他对那个狮子般的大头便不去理会了。 因为他从前监管的其他囚犯也有过同样的表情，毕竟，自由大于一切嘛。

下午时分，在早班警卫交班之前，窗口上又出现了"思考机器"的大头。 他伸出手来，好像攥着什么东西，然后松开。 那样东西飘到地上，警卫捡起来一看，赫然在手的是一张五美元的钞票。

"那是送给你的。""思考机器"喊道。照例，警卫又将钞票交给了监狱长。监狱长狐疑地接过钞票，"要特别小心十三号牢房送出的东西。"监狱长说。

"他说是送给我的。"警卫对监狱长说。

"就算是小费吧，"监狱长说，"没有理由让我反对你拿这笔钱。"说到这里，他突然沉默了。他想起来了，入狱前，"思考机器"带了一张五美元和两张十美元钞票，一共是二十五美元。已经有一块碎步和一张五美元了，那是"思考机器"第一次丢出来的。

可是，现在摆在桌子上的是一张五美元。照理说，"思考机器"应该只剩下两张十美元钞票才对。"可能是跟别人换过钞票了。"监狱长叹了口气。

想到这里，他决定要将十三号牢房从里到外再彻底搜查一次。要是在他的监狱中囚犯可以随意写字条、换钞票，做一些无法解释的事，那么，这座监狱一定有什么地方出问题了。于是，他计划半夜三点去查房。时间对"思考机器"来说很重要，夜晚是最合适的时间。

半夜三点，监狱长悄悄走到十三号牢房门外。他先站在牢房门外倾听，除了有规律的呼吸之声，什么声音都没有。他轻轻地用钥匙打开双重锁，走进牢房，再将门关上，把灯猛地照在了犯人的脸上。

要是监狱长的意图是吓他一跳的话，他可要大失所望了。因为"思考机器"仅仅是静静地睁开眼睛，伸手拿过眼镜戴上，语调平静地问："是谁？"

监狱长的搜查工作更不用提了。他搜查得仔细又仔细，任何一处都仔细地检查。 他找到了地上的圆洞，把手指探进去，过了一阵子，好像摸到什么东西，在灯下仔细一看。

"呀！"他叫道。

他摸到的是一只老鼠，一只死老鼠。 他把死老鼠扔到一旁，继续他的搜查。 "思考机器"一声不吭地站起来，把死老鼠踢到牢房外的走廊上。

然后，监狱长站到床上，用力摇晃窗上的钢条。 每一根都很牢固，牢门上的钢条也一如既往。

接下来，监狱长把搜寻目标定位在了犯人的衣物上。 从鞋开始，但鞋里面没藏任何东西；其次检查腰带，腰带也没藏东西；接下来是裤兜，从一个兜里，他掏出了一些钞票，拿到灯光下仔细一看。

"五张一美元的钞票。"他大吃一惊。

"对。"囚犯说。

"可是……可是最初你只带进了一张五美元和两张十美元的钞票啊！ 为什么……你是怎么办到的？"监狱长语气急促地问。

"那不用你关心。" "思考机器"说。

"难道是我的属下帮你换了钞票？"

"思考机器"毫不迟疑地回答道："当然不是。"

"那么，是你自己造的？"监狱长已经做好接受一切事情的准备。

"那和你没关系。"囚犯还是同样的回答。

监狱长怒视着这个知名的科学家。 许久，他感觉到，不，他清楚地知道，这个人正在戏弄他，可是他不知道他是如何办到的。 如果这个人是真正的囚犯，他可能会动用严刑撬开他的嘴，不管那是不是精心编造的谎言。

可是，他终究不是真正的囚犯。 于是，两人许久都不出声，结果监狱长猛然转身，将牢房门重重地关上了。

监狱长回到办公室去，刚要躺下来休息一会儿，那瘆人的叫声再次传来。 他看了一下挂钟，才四点十分。 他咒骂了几声，重新点亮提灯，又一次来到了四楼。

不用说，还是巴拉德那个家伙挤在牢门栅栏前大声号叫。当他的脸被监狱长的灯照上时，他停了下来。 "让我出去，让我出去，"他叫着，"我干的，是我干的，我杀死了她。 把它弄走！"

"把什么东西弄走？"监狱长问。

"是我把强酸泼到她脸上的，是我干的，我认罪了！ 让我离开这里！"巴拉德大声尖叫着。

监狱长觉得巴拉德实在是很可怜，于是给他换了牢房。 一进入走廊，巴拉德就有如受惊的小动物，缩在角落里，双手掩住耳朵。 他过了半个小时才镇定下来，然后终于断断续续地说出了事情的经过。

原来，昨天夜里四点，一种声音传到了他的耳朵里，含糊不清，好像是从坟墓传来的抽泣声。 "那声音说些什么？"监狱长感到很好奇。

"酸……酸……酸！"囚犯结结巴巴地说，"它控诉我。强酸，那个女人的脸被我泼上强酸，那个女人死了。"他恐惧得全身战栗。

"酸？"监狱长很困惑，觉得巴拉德的话很费解。

"酸。 我听到的就是这个字，而且重复了好多次。 那声音还有别的内容，但我没听清楚。"

"这是昨天晚上发生的事，"监狱长问，"今天晚上又怎么了，让你怕成这个样子？"

"还是同样的字，"囚犯说，"酸……酸……酸！"他用手将脸捂住，想要镇静下来。"我用酸泼她的脸，可是我没打算杀她。我听到了这些，这些话在控诉我！"他嘟囔着，逐渐安静下来。

"还有其他的声音吗？"

"有，但我很困惑，只有一点点……几个字。"

"那是什么？"

"我听到'酸'这个字讲了三遍，接着传来的便是常常的呻吟，然后听到……听到'八号帽子'，我听到两次。"

"八号帽子？"监狱长自言自语，"那是什么玩意，'八号帽子'？"

"这家伙一定是着了魔了。"一个狱警断言。

"说得没错，"监狱长说，"这家伙是着了魔了。他可能听到了什么，把他吓坏了。八号帽子！什么玩意？"

接着，监狱长给巴拉德换了牢房，事情就此了结。

"思考机器"入狱的第五天，监狱长已经很疲劳了，他希望这场实验能早日结束。他知道这位知名的科学家正在跟他开玩笑，而"思考机器"仍继续他的玩笑。他刚刚又丢下一块碎布给窗外的警卫，上面写着"只剩两天"。同时附赠一张五美元。

监狱长清楚地知道，这个住在牢房里的囚犯没有五美元的纸币！同样的，他也不可能有笔、墨水、碎布！但是，他的确扔出了这些东西。 这都是事实，而不只是纸上的理论，莫名其妙的事情让他身心俱疲。 还有那恐怖又奇怪的"酸"和"八号帽子"，同样的问题也在困扰着他。 这两个词看起来没什么特别含义，只不过是个发疯的囚犯在胡言乱语而已。 可是，自"思考机器"入狱以来，已经发生了很多不可思议的事情。

第六天，有瑞森博士和菲尔丁博士署名的信来到了监狱长手中，说他们在后天，也就是星期四晚上，会到奇泽姆监狱来。如果那时范杜森教授还在监狱，希望能在监狱里与他会面。

"如果他还未逃出？！"监狱长冷冷地笑了，"逃出监狱？！ 做梦！"

同样的，第六天，"思考机器"也让监狱长着实忙了一通。他一共送出三个信息，和往常一样写在碎布上，信息跟星期四晚上的约会有关。 在入狱前，那时间就已经确定了。

第七天下午，监狱长在巡房时走过十三号牢房，往里面瞅了一眼。 "思考机器"这会儿正在铁床上睡他的大觉，牢房中看起来没什么异样。 监狱长发誓不会让任何人在这一时间段——下午四点到晚上八点半之间离开牢房。

后来，在巡房结束时，他又走过十三号牢房，人睡觉时的呼吸声传到了他的耳朵中。 他多了个心眼，又靠近牢门观察了一下。 平时他当然不会这样做，可"思考机器"非比寻常。

他看到小窗口射入一缕阳光，正落在熟睡者的脸上。 监狱长这才意识到"思考机器"也很疲倦和憔悴，他心中不禁涌起了一阵怜悯，心存内疚。

晚上六点多，监狱长找来狱警，问："十三号牢房有什么情况吗？"

"没问题，监狱长。"狱警回答，"但他没怎么进餐。"

接着，到了晚上七点，见到了瑞森博士和菲尔丁博士，监狱长心里很踏实。他很想将他收集到的那些碎布拿出来，逐一对两人解释这段时间发生的事情。值得一谈的事多得很，在他开口之前，驻守靠河边空地那一区的警卫走入办公室。

"一区那边的弧光灯灭了。"警卫告诉监狱长。

"该死，那家伙是个不祥之人，"监狱长怒喝道，"自从他入狱之后，怪事一件接着一件。"

警卫重回自己的工作岗位，监狱长给电力公司打了电话。

"这里是奇泽姆监狱，"他说，"弧光灯需要人马上过来修理。"

对方答应立刻派人来，监狱长挂上电话，自己到牢房外面的空地上查看。瑞森博士和菲尔丁博士则坐在办公室内等候。这时，大门的警卫送来一封专人递送的信，将它放在监狱长桌子上。瑞森博士碰巧看到了寄信人地址，于是等警卫走出去后，把信拆开了。

瑞森博士看了之后，神情大变，说："是范杜森。"

"发生什么了？"菲尔丁博士问。瑞森博士一声不响地把信递给对方看。

"巧合，"菲尔丁博士对自己说道，"一定是巧合。"

快晚上八点时，监狱长回到了办公室。一个电力公司的职员乘马车过来，准备开始进行修理工作。

监狱长和墙外的警卫通话问道："一共有几个电力公司的人进来？"电话那边似乎已经告诉了他答案，于是他说："四位？三位穿工作服的技师和一位领班？穿着大衣戴丝质帽子？很好，要确定只有四个人出去，没别的事了。"

然后，监狱长转身面对两位访客说："我们这里不得不多加小心，特别是在这个节骨眼上。"他的语调中有些讽刺的意味，"有个大科学家正在此'服刑'。"他漫不经心地打开那封信，把它拆开。"看完这封信，我会跟两位解释。啊，老天！"他突然停住，目瞪口呆地坐下，一动不动。

"怎么了？"菲尔丁博士问。

"是范杜森送来的，"监狱长结结巴巴地说，"是晚餐的请帖！"

"什么？"两位访客同时站了起来。只有监狱长还茫然地坐着，眼睛长久不离开那个信封，然后突然回过神来，大声冲走廊上的警卫喊："快到十三号牢房去，看看牢里面有没有人！"

警卫也回过神来，冲了出去。

办公室里，两位博士仔细地打量那封信。"是范杜森的笔迹没错，"瑞森博士说，"我见过好多次了。"

话音未落，大门警卫请求通话，监狱长在恍惚中拿起话筒，"喂？有两位记者？让他们进来。"他转身面对两位来客说："他不可能跑出去，他不可能跑出去。"

正在这个时候，派去查房的警卫回来了。

"他还在牢房里，监狱长，"警卫说，"我看到他还在床上躺着。"

"瞧，我不是告诉过你们吗？"监狱长松了一口气，"可是，这封信他是怎么寄过来的呢？"

这时，一阵敲击声从办公室和牢房间的钢门传出。"是那些记者，让他们进来吧。"监狱长对警卫交代了一声，再转身吩咐两位来客，"请不要在记者面前谈论这次的事情，他们总是捕风捉影。"

警卫打开了钢门，走进来两位男士。"晚安，先生们。"其中一位说。那是监狱长的老相识记者韩钦森·哈契。

"喂，"另外一个人不快地对监狱长说，"我已经来了。"

监狱长目瞪口呆，一句话也说不出来，那个说话的竟是"思考机器"！

瑞森博士跟菲尔丁博士也都表现出惊奇的样子，不过，他们没和监狱长共患难过，所以只是"惊奇"而已。记者韩钦森·哈契也站着不动，眼中目光如炬。

"你……你……怎么办到的？"过了好一会儿，监狱长才唏嘘道。

"回牢房去。""思考机器"用不耐烦的口气回答。对此，他的同仁并不吃惊。于是，仍处于迷糊状态的监狱长带头往牢房走去。

到了十三号牢房，"思考机器"停住了脚步，他说："点亮灯。"

于是，监狱长打开灯火。十三号牢房看来并无异常，铁床上的仍是"思考机器"。这真是怪事！看着床上躺着的人的一头黄发，再看看站在自己身边的人，监狱长如在梦中。

他双手颤抖着打开牢门，"思考机器"带头走了进去。

"看这里。""思考机器"说。他对着牢房下面的钢条踢了一下，有三根弯了出去，第四根断了，滚到走廊上。"还有这里。"这位"前囚犯"说。接着，他走上铁床，手伸到小窗口一扫，钢条齐齐折断并倒了下来。

"床上躺着的是什么？"逐渐恢复神志的监狱长问。

"一顶假发，""思考机器"回答。 然后，他指着床说："搬开被子。"

监狱长闻言，走过去搬开了被子，居然是一堆粗绳埋在了被子的下面，约有三十英尺长，另外还有一把短剑、三把锉刀、十英尺长的电线、一把钢钳、一把粗头铁锤，还有一把德林加手枪摆在上面。

"这些你是如何做到的？"监狱长着急地问。

"今晚九点半请各位与我共进晚餐，""思考机器"微笑着说，"动身吧，迟到了可就不好了。"

"这些你究竟是如何办到的？"监狱长坚持再问。

"对于懂得动脑的人，你是管不住他的，""思考机器"说，"动身吧，迟到了真的不好。"

于是，一行人来到了范杜森的家里，这次的宾客有瑞森博士、菲尔丁博士、监狱长以及记者韩钦森·哈契，但是，他们情绪都不高，话谈得很少。 按照一星期前的吩咐，佣人准时上菜，朝鲜蓟正合瑞森博士的胃口。 最后，晚餐告一段落了，"思考机器"眯着眼睛盯着瑞森博士，问："我的话你信了吗？"

"相信。"瑞森博士说。

"这场公开的实验你承认吗？"

"承认。"

在场的其他人，尤其是监狱长，正急不可待地等着谜底。

"你能否告诉我们，你是如何做到的。"说话的是菲尔丁博士。

"对，别卖关子了。"监狱长也说。

"思考机器"推了一下自己的眼镜，扫视了他的宾客一周，开始娓娓道来。

他说："当时我们的约定是，我只是将一些必备的衣物带了进去，在一个星期内逃离监狱，对吧？ 之前，奇泽姆监狱我从来没去过。 入狱前，我提出要求，我需要一盒刷牙粉，两张十美元、一张五美元的钞票，并将我的皮鞋擦亮。 你们当时拒绝也没关系，不过，你们都同意了。

"我知道，牢里一定没什么可用的越狱工具，因此，当监狱长把我关进牢房时，我好像是孤立无援了，除非三件看似无用的东西能被我利用起来。 这些东西无关痛痒，即使是死囚也可以带进来，没错吧，监狱长？"

"刷牙粉跟擦亮的鞋可以，但是钞票禁止。"监狱长回答。

"在有心人手中，没什么是安全的。""思考机器"继续说，"第一天晚上，除了睡觉及捉老鼠，我什么事都没做。 你们都以为我在外面有帮手，其实不是这样的。"

监狱长瞪了他一眼，好像要说什么，但最后也只是灰着脸继续吸烟。

"第二天早上六点，狱警送早餐来，"科学家继续说，"他告诉我午餐时间是十二点，晚餐是傍晚六点。 也就是说，除了这两个时间段，其他都是我的个人时间。 因此，我在早餐后就开始通过窗子观察外面。 我一看就知道，即使能从窗口逃走，我也爬不过围墙。 所以，我就把它放弃了。

"不过，我发现河道在围墙外面，有个游乐场在河道和监狱之间。 我的推测在后来和警卫的谈话中也得到了证实。 我发现了一件很重要的事，那就是，任何人从那个方向都能靠近监狱的围墙，且不会引起别人的注意。

"同时，又有一件事吸引了我的注意，离我的窗口三四英尺的地方就是连接弧光灯的电线，必要时我可以轻而易举地切断那些电线。"

"哦，这就是你后来切断电线的方法。然后呢？"监狱长问。

"从窗口观察够了之后，""思考机器"继续说，"我开始考虑是否能从监狱内部逃出去。最容易的方法就是原路返回，所以我开始回想是怎样进入牢房的。但是，从我的牢房到外面，一共要经过七道门，因此，这条路径我暂不考虑。当然，我也无法挖开坚硬的花岗岩墙壁逃出去。"

"思考机器"在这里停了一下，瑞森博士点起一根雪茄。"思考机器"不说话，其他人也一句话不说，几分钟后，成功逃脱的科学家再次开口："当我在思考时，我的脚背上爬过了一只老鼠，老鼠激发了我的灵感。牢房中至少有半打老鼠，那些小眼睛在黑暗中发绿光。可是，牢房下面的缝隙并不是他们出入的地方。我故意惊吓它们，老鼠也没从牢门下逃出去，但是都不见了。因此，必然有通道在牢房中。

"我搜查了一下，找到了那条通道。那是被废弃的排水管，里面满是灰尘和泥沙，老鼠能从这条管子进出，而有管子则必然有出口。那到底会通向什么地方呢？一般来说，管子是通往外面的。监狱的外面就是河，河或者靠河的地方应该是它的出口，老鼠应该就是从那个地方来的。水管的材质是铁或者铅，中间不太可能有破洞，所以，我想老鼠一定是从管子进出牢房。

"当狱警带午餐来时，他还告诉我两件重要的事。第一，七年前才翻修的下水道；其次，河道离监狱大概有三百英尺。所以，这是属于下水道的管子。接下来，我要考虑的事就是出口是河还是陆地。为了确定这一问题，我捉了几只老鼠检查，我捉老鼠的时候恰巧被狱警看到了。要知道，老鼠都是从管子进出牢房的，而且是田鼠，不是家鼠。并且，我捉到的老鼠的身上都是干燥的，所以，我知道管子通往陆地，情况看来不错。

"当然，要想在这里找到突破口，我就必须将监狱长的注意力转到别处去。监狱长已经知道我越狱的意图，他一定会特别小心，我的行动势必更加困难，因此，要些诡计是必需的。"

"思考机器"说到这里，羞愧的神情浮现在了监狱长的脸上。

"首先，我给监狱长一个印象，我要跟瑞森博士通信。我用上衣的布当作纸，写上一些字，绑在一张五美元的钞票上，再写上瑞森博士的名字，然后丢到窗外。我知道，这一定会到监狱长的手中，我原以为监狱长会出于好奇，将纸条交到瑞森博士的手中。监狱长，你还有我送出的第一块碎布吗？"

监狱长把那块碎布拿出来，问："这上面的意思是什么？"

"倒过来念。""思考机器"说。

监狱长依言试读。"This，this，"他试了几次，然后露出了笑容，将全句读出，"This is not the way I intend to escape（我不用这种方式脱逃）。"

"哈，真是出人意料。"监狱长咧着嘴笑了起来。

"我知道这招会奏效，""思考机器"说，"如果你真能读懂这张字条，那我就遇到麻烦了。"

"你用的书写工具是什么？"瑞森博士看了看碎布，就递给了菲尔丁博士。

那位"前囚犯"伸出他的脚，那双鞋的鞋油已经全没了。"用这个。鞋上的鞋油用水浸润一下，就是我的墨水；我的笔就是领带顶端的金属片。"

看了"思考机器"的鞋子，监狱长半是钦佩，半是宽慰地放声大笑。他说："你的行为太让人难以捉摸了，请继续吧。"

"字条事件使得监狱长坐不住了，正如我所希望的那样。""思考机器"说，"查房成了监狱长的习惯，可是，他每次都搜不到东西。最后，无聊会让他放弃这习惯。他也果然如此了。"

听到这里，监狱长面露羞愧的神色。

"监狱长拿走了我的白衬衫，找到了我衬衫上布的来源，撕口刚好与我送出的两块碎布吻合，他得意极了。但是，他没想到，一块九平方英寸的布已经卷成一团藏在口中了。"

"九平方英寸大的布片？"监狱长问，"哪来的？"

"衬衫中间系扣子的布料是三层的，""思考机器"解释，"我把最里面的一层撕下来，留下的两层供你检查，你果然没看出来。"

又是一阵沉默，监狱长尴尬地对大家笑了笑。

"让监狱长的好奇心满足了之后，我开始准备脱逃的计划。"范杜森教授说，"我根据自己的判断确信，游乐场必然是下水道的出口，我知道那边有许多男孩在玩耍，老鼠从有男孩的地方进入我的牢房。这个条件，我能不能利用一下呢？"范杜森接着说道。

"首先，一条可靠的牢固的长线是必需的。　所以，你们看我的脚，"他脱下鞋子掀起裤脚，把两只袜子露给大家看。　原来，坚韧的棉线都已经拆下。　"开始拆棉线的时候费了点劲，之后就顺多了。　四分之一英里的长线我有了。

　　"接着，我在布上写了一些字——当然，我写得相当辛苦——向这位先生解释我入狱的原因。"他指着韩钦森·哈契说，"我知道他会帮助我，在事情结束之后他也会得到独家新闻。　我把十美元和这块布绑在了一起，并且在布上写着：'若将这样东西送给《美洲日报》记者韩钦森·哈契，会另外得到十美元报酬。'

　　"下一步，我要做的是将信送到游乐场去，希望能被人看到。　为了达到这个目的，当时，我捉了一只老鼠，把信和钱用线捆在了它的腿上，将棉线绑在它另一条腿上，再将老鼠放进旧水管的入口。　我想惊慌的老鼠会一直跑到水管外，到了空地，安全的意识才会促使它啃掉布和钱。

　　"于是，我握住棉线的一端，老鼠跑进去后我很焦急。　这样其实非常冒险：那只老鼠可能半路会把棉线咬断，棉线也可能在半路被其他老鼠咬掉，就算棉线侥幸没断，布片和钞票也可能掉在没有人能找到的地方。　总之，可能出错的状况太多了。　我紧张地等了好几个小时，当我手中的线所剩无几时，棉线停了下来，我想老鼠应该已经跑到了水管的尽头。　在布上面，我把详细的行动方案写给了韩钦森·哈契先生，但问题是，他会看到布片上的字吗？

　　"当时我只能等。　考虑到这个方案很可能会失败，于是，我做了两手准备。　我试着贿赂狱警，因此知道外面有七道门，他却只有其中两道门的钥匙。 接着，我再搞些让监狱长着急的把戏。 我把支撑鞋跟的钢片抽出来，假装要锯窗口上的钢条。 监狱长相当恼火，顺便也养成了经常摇晃我牢房里的钢栅栏的习惯。 当然，当时什么也没有。"

对于"思考机器"的冷言冷语，监狱长已经不再有什么感觉，只是尴尬地笑。

"计划已经执行，我只能等待结果。"科学家继续说，"我不知道字条能否被人看到，更别提字条是否被送到了目的地。我不敢将棉线往回拉，那是我唯一的希望。"

"当天晚上我上床时，不敢睡着，生怕错过哈契先生的回应。 等到凌晨三点半，我终于感觉到棉线动了。 对于一个在死刑室内的人，没有比这更叫人高兴的了。""思考机器"停下来，转身面向记者说："我想，下面该你登场了。"

"有个在那个游乐场上玩棒球的小男孩，把捡来的布拿给我。"韩钦森·哈契说，"我认为这件事很有新闻价值，于是就把十元钱给了那个小孩，小男孩给了我几卷线，还有一团用细线绑住的布片。 范杜森教授在布片上指示我，要我去小男孩来的地方。 等凌晨两点钟再去那个地方，如果找到一条棉线，就轻轻地将线头抽动三下，停一下，然后再抽动第四次。

"凌晨两点，我用手电去那找棉线。 大约一小时二十分钟之后，半掩的排水管埋在草丛中，我在管子里看到了棉线。 我根据指示拉动线头，那头很快就传来了回应。

"在棉线上，我绑了坚固的麻线，范杜森教授开始往里面拉。 我的心突突地跳个不停，生怕线会断。 后来，麻线被拉了进去，我又将金属线接在了麻线尾，金属线被拉进了牢房之后，我们就有了一条可靠的、不怕老鼠咬的联络线路，连接着下水道和十三号牢房。"

"思考机器"将手举起来，韩钦森·哈契停止了解释。

"做这些事一定要安静，"科学家说，"可是当金属线拉入牢房时，我几乎要乐得叫出声来。接着，哈契先生准备好的东西被我用金属线拉了进来。同时，我也试着将下水管道当成通话器，但效果并不好，他听得不太清楚。可我又不敢说得太大声，怕会引起其他人的注意。不过，最后他总算是明白了我需要的物品。因为他开始听不清楚我说的'硝酸'这两个字，所以"酸"这个字被我说了很多次。

"后来，我听到楼上牢房传来尖叫，楼上可能也接有排水管，应该有人听到了我说的话。所以，当监狱长走过来时，我就赶紧假装睡觉。如果监狱长查房，我整个脱逃计划就泡汤了，还好监狱长只是走过而已。后来我听狱警说，有个囚犯听到了我说的话，以为是上帝在对他说话，吓得招了供。至于他听到的'八号帽子'，他没听错，那正是我帽子的尺码，我让哈维先生帮忙带过来。

"排水管藏匿东西很方便。当你来检查时，我把东西往排水管里一塞就行了。监狱长的手指太粗，伸不到水管深处，所以，里面的东西你摸不到。可是，我的手指就可以伸进去。为了安全，下水管里还被我塞了一只死老鼠，你记得吧？"

"对。"监狱长露出无奈的表情。

"我猜想，检查的人要是摸到了死老鼠，肯定会认为里面什么都没有，肯定会停下来吧。当天晚上，哈契先生送了些零钱过来。

"第二天晚上，我也得让警卫看到我，所以，我会在窗口呆望几个钟头，让警卫看到我。此外，我还特意把字条丢在他面前，我知道他一定会拿给监狱长看，让监狱长怀疑狱警有可能会帮助我。有时候，我也跟警卫讲话，发现监狱里的电力必须借助外面，如果出了什么问题，得叫外面的电力公司派人过来。

"这让我畅通无阻。最后一天傍晚，等天色一暗，我就将窗外的电线切断。要切断电线很简单，一根沾了硝酸的铁棍就行了。电线断了之后，窗外就一片漆黑。当有电力公司的职员进来时候，哈契先生也就能混进来了。

"当然，装有硝酸的细瓶子从排水管中送了进来，有了硝酸的帮助，把窗户和门上的铁栅栏弄开就不是什么难事了，只是需要耗费一些时间。入狱后的第五、六、七三天，我就在警卫的监视下，用硝酸腐蚀钢栅栏，并用刷牙粉防止泄露。我知道狱警在检查栅栏是否牢固时，老是抓住栅栏的上半部分摇晃，于是，栏杆的底部就被我做了文章，而且栅栏没全切断，表面上看起来是毫无异样的。""思考机器"又停了一会。

"我想你们大概都清楚了，"他继续说，"其他我没解释的一些小把戏，只不过想糊弄一下监狱长和狱警。床上的黄色假发和那一大堆绳索及器械，是为了和哈契先生配合用的，他说这样更有戏剧效果。那封信是我写的，由专人送出去给哈契先生，再由他寄去给监狱长的。我想，这些就够了。"

"你是如何离开监狱的，然后又是如何进来的？"监狱长问。

"简单得很。"科学家说，"我用硝酸切断了弧光灯的电线，这一点我曾说过。我知道，如果检修的话，一定要花不少时间。当警卫向你报告灯坏了的时候，我就折弯了栅栏，费了一番力气从窗子里钻出去，然后在外面把钢条掰回去，在阴暗中等待着技师们的来临。 哈契先生就是三位技师中的一个。

"他给了我一件技师的衣服。 当你——监狱长——到我牢房外的空地巡视时，我离你不到十英尺远。 哈契先生跟我扮成技师的模样，从监狱大门走出去，假装要到车上去拿工具。 大门的警卫刚刚放技师进去，所以没有怀疑，看都不看就让我们通过了。 在车上，我换回了平时的衣服，走到监狱大门要求见监狱长。 然后，我们见到了你，就这样。"

大伙又静默了几分钟。 忽然，瑞森博士高声喝道，"精彩！"他叫着，"太神奇了！"

"哈契先生怎么会那么巧和电力公司的人同来呢？"菲尔丁博士问。

"电力公司的经理就是他的父亲。""思考机器"回答。

"要是没有哈契先生做帮手呢？"

"至少有一位朋友会帮助囚犯越狱的。"

"假设说——仅仅是假设——要是牢房中的下水管不能用呢？"监狱长好奇地问。

"那还有两个思路呢。""思考机器"神秘地说。

电话铃突然响了，是找监狱长的。 "灯没有问题？"监狱长在电话上问，"很好，电线在十三号牢房外面断了？ 我知道。 多出一个电力公司的技师？"

"多出的那个就是我。""思考机器"说。

"哦，"于是，监狱长对着电话说，"不要为难第五个人了，他没说谎。"

（许亚红 译）

卧铺快车疑案

[爱尔兰] 佛里曼·维尔斯·克洛伏特

一九〇九年秋季，凡在英格兰的人都会记得在一辆向西北方向行驶的快车经过普雷斯顿和卡莱尔之间时所发生的可怕惨剧。当时这件事得到了广泛的关注，这不仅是因为事件本身引人注意，而且更多的是事件所被披上的神秘外衣。

最近，一个偶然的机会使我了解到了这个事件的真正谜底，在事件主角的明确愿望下，我现在主动把这一事件的事实公布于众。因为从一九〇九年到现在已是很长一段时间了，请原谅我从当时众所周知的事件回忆起。

那年十一月初的一个星期二，晚上十点半的卧铺火车像往常一样离开尤斯顿驶向爱丁堡、格拉斯哥和苏格兰。通常这列火车是很拥挤的，主要是些商人，他们喜欢在伦敦完成一天的工作，在路途中睡觉，到达北方目的地，然后悠闲地洗个澡，吃过早饭，再去工作。事件发生的那个晚上也不例外，两个机车拖着八节大卧铺车厢，两节头等车厢，两节三等车厢，和两节大蓬货车，这些车厢一半是到格拉斯哥的，其他是到爱丁堡的。

火车后部分的组成一定要记住，因为这对理解后面的故事情节很有必要。列车最后面挂的是去格拉斯哥的货车，一种长长的有转向架的八轮车，由警卫琼斯负责。挨着货车的是一节三等车厢，接着是一节一等车厢，都是开往同一城市的。这些车厢都很满，尤其是三等车厢。 在一等车厢的前面是四节开往格拉斯哥的卧铺车厢的最后一节。 各车厢的通道是贯通的，铁路官员们可以在路途中随意通过它。

我们主要关注的是头等车厢，我们知道它的前面是卧铺车厢，后面是三等车厢，再后面是货车。 在车厢的两头各有一个洗手间，车内共有六个包厢，最后两个包厢即靠近三等车厢的两个是可吸烟包厢，中间的三个是无烟包厢，第一个即挨着卧铺车厢的是女士包厢。 头等车厢和三等车厢里的过道都在行使方向的左手位置，即在包厢的右侧。

火车驶出尤斯顿的时候天色已经很暗，没有月光，而且天空乌云密布。 据后来的回忆，那段时间的气候曾经非常干燥，尽管那晚看上去要下雨，但一晚上都滴雨未下，终于在次日早晨六点钟的时候，大雨倾盆而下。

正如侦探们后来指出的，从他们的观点出发，出现这种天气简直是太不幸了。 因为如果晚上留下了脚印，地面会因为太硬而不会很明显，而且又遇到了大雨，那任何踪迹都会消失得无影无踪。

火车正点运行，先后在拉格比、克鲁和普雷斯顿停车。 离开普雷斯顿车站后，警卫琼斯抽空到前面去往爱丁堡方向的车厢和一个收票员说话。 他离开货车，穿过相邻的三等车厢的过道。

在过道的尽头，在与一等车厢相连的过道里有一位女士和一位先生，显然是丈夫和妻子，女士正尽力抚慰着她带的一个孩子，希望孩子能不哭了。 那位先生向警卫琼斯解释说他们的孩子病了，为了不打扰其他乘客，他们就把孩子带到了包厢外边。

琼斯说了一些安慰的话。

然后，琼斯打开过道通往两边车厢的两道门，进入一等车厢，随手把门又带上了。门上有弹簧锁，关门时就自动锁上了。

头等车厢的过道空无一人，当琼斯走过时，他发现所有包厢的窗帘都放下了，只有一间例外——女士包厢。包厢里有三位女士，灯全开着，警卫注意到三人中有两人在读书。

继续前行，琼斯发现连接头等车厢和卧铺车厢的连廊的两道门也锁着，他开门通过，又随手关好了。在卧铺车厢乘务员的包厢里，两个车厢乘务员在谈话。一人在包厢里面，另一人站在过道里，后者移开身体让警卫过去，然后又恢复了原来的姿势。和他们交谈了几句后，琼斯继续向前走。

他和收票员的事办完后，警卫琼斯返回货车。在路上，他发现情况和刚才是一样的——两名乘务员在卧铺车厢后部，那位带小孩的女士和先生在三等车厢的前端，头等车厢过道没有人，而且头等车厢两头的门都是锁好的。这些细节，当时仅是经人简单提起过，但后来却起了重大的作用，尤其是使这一悲剧更富有神秘色彩。

在到达卡莱尔前一小时，火车从威斯特摩兰高地的荒野经过，司机突然踩了刹车——一开始只是轻轻的，然后力量逐渐加大了。正在货车后部检查运货单的警卫琼斯认为这是信号检查，但地点不太适宜。于是他放下手里的工作，沿货车车厢向前走了几步，然后放下左侧的窗户向外沿着火车行驶的方向望去。

火车正好走到了一个路堑上，货车前面头等和三等车厢的灯光隐约地照亮了前面不远处的火车倾斜转弯。 正如我前面所说，夜很黑，除了转弯外，琼斯什么也看不见。 火车沿弯道向右侧转弯，他想可能从另一侧可以更好地观察，因此他就到车厢的另一侧，向车外望去。

看不到信号灯，也没有任何可以说明火车减速的原因，他的目光沿火车扫视，发现头等车厢有点儿不对劲。 在车厢的后部窗户上有倾斜的身影，正在拼命地做着手势，好像是遇到了迫在眉睫的危险，希望引起别人的注意。 警卫立刻穿过三等车厢到了头等车厢，在那里他发现了奇怪而又令人莫名其妙的情况。

过道还是空无一人，但是最后一个包厢的窗帘被拉开了。透过玻璃向里看，琼斯看到里面有四个男人。 其中两个从对面的窗户上探出身去，另外两个正在摸索着过道门的插销，像是想把门打开。 琼斯抓住外面的扶手帮忙，但他们却指着相邻包厢的方向，于是警卫听从了他们的示意，移到第二道门。

这个包厢的窗帘也被拉开了，同样在这里门也打不开。 当警卫向里面看时，映入眼帘的是一片悲惨景象。

一个女人正在拼命地拉着过道门的扶手，她脸色苍白，脸上的表情是极度的恐惧。 她在拉门时还在不停地向后看，好像在后面的阴影里藏着鬼怪。 当琼斯跃上前去开门时，他顺着女人的眼神望去，不禁倒吸了一口冷气。

在包厢的内侧，正对着车头，有一具女尸蜷缩在角落里。她全身瘫软，头向后仰，在垫子上形成了一个很不自然的角度，一只手沿着座位的边缘无助地垂下。 她差不多有三十岁，穿着红棕色的绒毛上衣，戴着无边女帽。 警卫无暇顾及这些细节，他的注意力被吸引到她的前额上，在左眉上方有一个阴毒的小洞口，鲜血顺着衣服淌下来，在座位上留下了一摊血迹。很明显她死了。

事情到此并未结束。在对面的座位上是一个男人，就警卫琼斯所见，他也死了。

很明显他坐在角落的位置上，向前倒下，胸部倒在女人的双膝之间，头栽到了地板上。他的身体缩成一团，扭曲的样子很难看——就像用灰色粗呢外套包了一堆不成形的东西，但可以看出是脑袋上的黑发。头上的血还在滴着，地面上那个不祥预兆的血点越来越大。

琼斯飞身就去撞门，但没把门撞开。门被固定住了，用一种很奇妙的方法锁住了，只留了一英寸宽的缝隙——这个女士和那不幸的同伴就被困在包厢里了。

当她和警卫努力将门打开时，火车停了。琼斯马上意识到现在他可以从外面进入这个包厢。

他大声地向那个狂乱的女士喊，让她放心，然后转身跑进最后一节包厢，试图从那里到铁路上去，然后再返回有尸体的那个包厢。但在这里他又一次受到了阻碍，因为那两个人还没有把门打开。当他抓住扶手帮助他们时，他注意到旅客们已经打开了对面的门，下到了轨道上。

他猛然想到，这个时间有一列上行列车从这里经过。担心会造成事故，他沿着过道跑向卧铺车厢，他确信在那里可以找到开着的门。在靠近他这面的门果然是开的，他跳到铁路上，他叫了一个服务员跟他一起去，让另外一名服务员留在原地，不许其他人通过。然后他到已经下车的人群中，警告他们要小心上行的火车，之后几个人齐心合力把发生惨剧的包厢的门打开了。

首先是如何把受伤的女士拉出来，他们面临的是一项困难而又骇人的任务。门被尸体挡住了。门口是如此之狭小，只允许一个人工作。琼斯叫列车服务员去找医生，他自己爬了上去。他先是警告那位女士不要看他在做什么，然后抬起那具男尸，架着他到了角落的座位上。

　　死者有一张有棱有角的脸，刮得干干净净，线条粗犷，大鼻子，大下巴。在脖子上，正好在右耳下边有一个弹孔。由于头部中弹的原因，流了很多血。警卫认为，这个男人已经死了。没有丝毫的退缩，琼斯把尸体的脚抬起来，先是男人的，然后是女人的，把他们放到座位上，这样地上除了血迹外就没有别的东西了。然后他把自己的手帕放在女尸的脸上，将毯子卷起来掩盖血迹。

　　"女士，请吧。"他说着，扶着这位女士向已经被打开的门走去，女士的背朝着那两具死尸，在门口有人帮忙把女士扶了下去。

　　在此时，列车服务员在三等车厢找到了医生。经过简单检查后医生宣布两人都已死亡。包厢的窗帘被放下了，外面的门也被锁上了，警卫叫乘客们马上上车各就各位，继续他们的旅程。

　　消防员沿车厢过来了，他们想查明到底哪里出了差错。听他们回来说，司机无法充分缓解制动，因此对火车进行了一次检查，检查发现头等车厢后面的呼叫盘被人扭动了，这表明有人在那节车厢曾牵动过通讯线路。这点可能有些人不一定知道，这会使空气在火车管道和空气之间流通，从而影响到刹车，使制动不能完全缓解。进一步的调查发现火车的通讯线路软软地挂在最后一节吸烟车厢里，这表明是那里的四个人之一拉响了警报。这样圆盘又被转回正常位置，乘客们重新就座。火车在延误了十五分钟之后，重新出发了。

在到达卡莱尔之前警卫琼斯把头等和三等车厢里的所有乘客的名字和地址以及车票号码等都记录下来了。客车和货车都被仔细检查了，座位下、厕所里、行李后面无疑都没有藏人，事实上，火车上的任何地方都没有藏着什么人。

一位卧铺车厢的服务员，从普林斯顿站一直到检查结束一直站在最后一节卧铺车厢后面的过道里，他确信在这段时间内，只有警卫一人通过了。他认为把卧铺车厢乘客的名字都记录下来根本没有什么必要，但他们的车票号码还是需要记下的。

到达卡莱尔后，案件被移交给了警方。头等车厢被调到旁边的轨道上，门被锁好并封死了。坐头等车厢的旅客被暂时滞留录口供。然后开始了一场非常仔细的检查和调查。还需作一些调查，才能使真相大白。

警方所采取的第一个步骤就是检查列车暂停时的地点环境，希望能在铁路沿线发现些陌生人的痕迹。假设的理论是这样的：发生了谋杀，凶手在火车停下时，跳下火车，跑向荒地，顺路逃跑了。

因此，天亮以后一列专列载着一群侦探到了火车停车地点，对铁路沿线和铁路两边的土地进行了彻底细致的检查，但什么也没有发现。没有捡到任何陌生人可能留下的东西，没有脚印，也没有任何标记。前面提到过，天气对调查人员来说很不利。前些天的干旱使得地面非常坚硬，没有任何沉陷，因此没有什么明显的标志留下。即使有标志留下，也没有什么用处，因为清早的一场大雨已经把一切都冲洗得干干净净了。

停车地点周围的调查毫无进展，侦探们把注意力转移到了邻近的车站。在出事地点不远有两个车站，都没有发现有陌生人。甚至没有任何火车在这两个车站停留过；事实上，在卧铺快车经过后，没有任何火车，无论是货车还是客车都没有在附近任何地方停留过。因此如果凶手离开了快车，那么他就不可能是坐火车逃走的。

调查人员又把注意力转移到了附近的乡村道路和乡镇，试图发现一点儿踪迹，但这一次他们依旧不那么走运。如果有凶手作案，并在火车停的时候离开了，那么他就是消失在空气中了，根本找不到凶手的任何踪迹。

在其他方向所做的调查也没有取得任何成果。

死亡的夫妇经人辨认是郝瑞修·路维尔林夫妇，来自哈力法科斯百老路的戈登豪华住宅区，路维林先生是约克郡钢铁创始人的一个大公司的新合伙人。他有三十五岁了，已进入上层社会，据说有些钱财。他为人和蔼但有点儿多情，据调查没有任何敌人。他的公司可以证明他在周四要到伦敦赴一个商务约会，然后在周五还要到卡莱尔赴约，他出事时乘坐的火车时间和他的安排是一致的。

他的妻子是一个附近商人的女儿，二十七岁，是一个漂亮女性。他们结婚才一个多月，事实上，他们的蜜月才过去仅仅一周。是否路维林夫人有什么明确的理由非要陪伴丈夫去旅行，现在无法查明。据调查她也没有任何敌人，也看不出有任何导致这一悲剧的动机存在。

从死者身上取出的子弹证明两宗杀人案所使用的是同一武

器——小口径连发左轮手枪，现代设计。 但在社会上这种枪支有成千上万，这一发现也没有任何意义。

和死者一起乘车的布莱尔·布斯女士称她是在尤斯顿上车的，坐在了靠近过道的位置。 在开车前两分钟，死者夫妇才上车。 他们相对坐在两个角落里。 在整个行程中，只有收票员在离开尤斯顿不久后进来过一次，没有任何其他乘客进入这个包厢，他们三人也没有离开过车厢，甚至门都没开过。

路维林先生对他的妻子很关心，开车后两人谈了一会话，然后在经过布莱尔·布斯女士同意后，他拉上了窗帘，把灯光挡住，就开始休息了。 布莱尔·布斯女士也打了几个盹，每次醒来时，她四周望望，一切如旧，然后突然附近一声很响的爆炸声把她从睡梦中惊醒了。

她跳起来，这时她的膝盖部位有一道光闪过，又发生了第二次爆炸。 她惊恐地把灯罩扯下来，这时她注意到在过道门里面升起些烟雾，门被打开了约一英寸，空气中有燃烧的火药味道。转过身，她看到路维林先生重重地向前倒下，倒在妻子的双膝之间，然后她又发现了路维林夫人前额上的洞，这时才明白他们遭到了枪击。

她吓坏了，撩起过道门盖住了扶手的帘子，试图走出去呼救。 但是她开不了门。 当她意识到自己和两具死尸被锁在一起时，她更加恐惧。 在绝望中，她扯了通讯线，但火车并没有停止的意思。 她继续拼命拉门，好像过了很长时间，直到警卫出现，她才获救。

在回答问题时，她进一步说，她撩开帘子时，过道是空的，在警卫到来之前她没有发现任何人。

最后一间包厢里的四个人是一起的，从伦敦到格拉斯哥去，开车后，他们玩了一会儿纸牌，到午夜时，他们放下窗帘，盖上灯罩休息了。在整个行程中除了收票员外，没有任何人进入过包厢。但在离开普林斯顿后，门曾被打开过。一个人被停车吵醒了，吃了些水果，把手搞脏了，因此到厕所洗手了。当时门很正常地开了，这个人在过道里没有发现任何人，也没有发现有什么不对头的。

不知什么时候，四个人都被两声枪响吵醒了。起初他们认为是起雾信号，但随即意识到他们离机车那么远，不可能听到的。同样他们像布莱尔·布斯女士一样，把过道门的帘子拉开，把灯罩移开，试图离开包厢，但他们同样发现开不了门，他们也没有在过道发现任何人。他们意识到有重大情况发生了，于是拉动了通讯线，同时向窗外招手，希望引起注意。通讯线很松软地垂下来了，这样就解释清楚了布莱尔·布斯女士所说的和事实之间的关系，她说曾拉动过通讯线，通讯线又被发现软软地垂挂在最后一节包厢里。很明显，布莱尔女士先拉了通讯线，火车刹了车，男士们第二次拉动只是把通讯线的松软状态从一个包厢传到了下一个包厢。

火车停车时，位于惨剧发生包厢的前面两节包厢里没有任何人，但在最后一节无烟包厢里有两位绅士，在女士包厢里有三位女士。他们都听到枪声了，但跟火车的噪音比起来，枪声并不很大，因此没有引起他们的注意，所以也无意去调查。在火车离开普林斯顿到紧急停车这段时间，绅士们没有离开过包厢甚至没有拉起过帘子，他们对事情一无所知。

在随后一节包厢的三位女士是一位母亲和两个女儿，是在普林斯顿上的火车。她们在卡莱尔下车，无意睡觉，因此帘子一直开着，灯也没有罩上，两个人在读书，第三个坐在过道旁边。这位女士肯定地说她在车上除了看见警卫走过去外，没有发现任何人。

她把警卫的活动进行了描述——首先向机车走去，然后返回货车，最后，火车停后跑步奔向机车。和其他证据完全吻合，无疑她的话是值得信赖的。火车停车和警卫的匆忙引起了她们的兴趣，三位女士都来到了过道上，在开车之前一直没有回去，她们都说在那期间没有人经过。

对打不开的门进行检查之后发现，是一个明显为作案准备的小木楔被楔进了地板和门的底部构架之间，这样就使门不好开了。很明显，作案是有预谋的，其中的细节都在事先被精心计划了。对车厢进行细致入微的检查后仍然没有发现任何可疑的物品或线索。

通过比较乘客们所持的车票，有一点差异被发现了。只有一张票没有被算进去。有一张在尤斯顿售出的到格拉斯哥的单人头等车厢票没有被收上来。那么购买者或者是没有旅行，或者是在某中间车站下车了。

在火车离开伦敦后查票的收票员认为在惨剧发生的隔壁无烟车厢坐的是两名男子，其中一名持的票是到格拉斯哥的，另一名是到一个中间车站的，当然他也不敢确认了。至于到底是什么车站或者两人的外部特征，他更回忆不起来了。也可能是子虚乌有。

但是这个收票员的记忆并没有错，因为警方成功地找到了其中的一名乘客，希尔医生，他是在克鲁站下的车，他可以把失踪的到格拉斯哥车票的情况解释出来。当他在尤斯顿上车的时候，一个约三十五岁的男人已经在包厢里了。 这个男人是金发碧眼，蓄着胡子，穿着做工考究的暗色衣服。 他没带行李，只有一本防水布包着的小说。 两人曾聊过天，当这个陌生人知道医生住在克鲁时，他说他也在那里下车，并请医生推荐旅馆。他解释自己本来要去格拉斯哥的，并买了去那里的票，但决定中断旅程，想于第二天到切斯特去看一个朋友。 他问医生他的票第二天晚上能否用来完成旅程，如果不行，是否可以退款等等。

当他们到达克鲁后，两人都下车了，医生提出要为他带路，但是这个陌生人婉言谢绝了，说他要照看行李。 当医生离开时，他看见那个陌生人正向货车的方向走去。

在审讯当时在克鲁站值班人员的时候，没有任何人有印象在货车见过这个人，也没有任何人问过行李。 但是这些事实是在惨剧发生几天之后才了解到的，因此很难进行确认。

通过调查克鲁和切斯特所有的宾馆，没有发现任何与那个陌生人相像的人以任何方式住过那里的宾馆，也没有发现他的任何踪迹。

这些就是在对凶杀案的延期审讯中得到的一些事实，人们都认为很快就会解开这个谜，但日复一日，没有任何新的信息出现，大家的兴趣逐渐衰退，被转移到别的渠道上去了。

但曾几何时，对这个案子的争议还是很大的，开始它被认为是自杀案，一些人认为路维林先生先射杀了妻子，后射杀了自己；另一些人认为两人都是死在妻子之手。 但这些理论没有被人们接受，也没有得到证实。

一些人匆忙指出不仅左轮手枪不见了，而且在两具尸体上都没有火药烧黑的痕迹。 众所周知，如果是自我伤害，要想造成这样的伤势，伤口上不可能不留痕迹，因此很明显这是谋杀。

明确是谋杀后，理论家们开始争论说布莱尔·布斯女士是凶手。但这一提议很快就被推翻了。她没有杀人动机，她的为人大家是知道的，她的供词经验证都是真实的，所有这些都可以证明她没有杀人。左轮手枪的失踪也对她有利。枪没在包厢里，也没有藏在她身上，唯一的可能就是她把枪从窗口扔出去了，但是尸体的位置使她无法靠近窗口，加上她的衣服上没有一点儿血迹，根本无法相信她搬动过这两具死尸，更不要说她根本没有这个力气。

但最终证明她的清白的是过道门上的木楔。很明显她不可能从外面把门楔上然后再进入包厢。大家都相信把门掩住的人就是凶手，而且门还留了一个一英寸的缝隙，这样这一观点就更成立了，这样做的动机很明显是留一个射击用的缝隙。

最后，医学证明显示，如果路维林夫妇坐的位置以及子弹的来向正如布莱尔女士所说，那么现场所见子弹从身体上穿过的方向和她所说的也是相符的。

但是对布莱尔持怀疑态度的人不愿放弃他们的观点，他们说在怀疑布莱尔的理由中，有一条是很有分量的，那就是门上的木楔。他们还塑造出了一个很有创造性的理论来应和自己。他们认为在到达普林斯顿之前，布莱尔女士就离开了包厢，关上身后的门，把门楔上了，然后在车站停留时，她从其他车厢经过，然后从外面的门再次进入自己的包厢。

为了反驳这一观点，有人指出，在普林斯顿站之后，那个吃水果的绅士曾开过门，如果那时布莱尔已经被关在了自己的包厢，她就不可能把另一道门也楔上。两个人都与木楔有关简直是不可思议，因此很明显布莱尔是清白的。肯定是另外有人把两道门都给楔上了，其目的是为了防止那些可能听到枪声的人出来打搅他在过道的行动。

车厢尾部包厢里四位绅士的情况与此类似，因此他们也与楔门没有关系。

这些观点站不住脚，这些理论家也就不再提了。公众或报刊再没有提出进一步的建议。即便对那些幕后人来讲，这个案件考虑时间越长，看上去就越复杂。

所有在场的每一个人都受到了伦敦警察厅严格的审查，但最终都排除了怀疑，最后就好像根本就没有发生过什么谋杀一样不了了之了。警察厅的一位局长和负责这个案件的检察员的一次谈话对这一案件的神秘性做了个很好的总结。

"很烦人，确实是这样，"局长说，"我承认你们的结论不错，但咱们再来审视一番，其中必有漏洞。"

"必有漏洞，局长，但我审查了一次又一次，直到我都快发疯了，但每次得到的结果都是一样的。"

"我们再试一次，我们从火车包厢凶杀案开始，我们确认这是一起谋杀案，不是吗？"

"是谋杀案，局长。左轮手枪失踪、无火药烧黑痕迹以及门被楔上了可以证明这一点。"

"是的。那么当时检查时，凶手要么在车上，要么在那之前已经离开了。我们轮流考虑这两种情况，首先是搜查，很有效吧？"

"绝对有效，局长。我和警卫以及服务员进入车厢，谁也没有掉以轻心。"

"很好，先考虑那些在车上的人，有六个包厢。第一节有四个男士，第二节是布莱尔女士，他们是清白的，你很满意吧？”

“非常满意，局长。门上的木楔可以排除他们。”

“这样一来，我想。第三和第四个包厢是空的，但在第五节包厢有两位绅士，他们情况怎么样？”

“局长，您是知道他们的，大设计师戈登·麦科林爵士和阿伯丁大学的教授赛拉斯·亨费尔，根本不用怀疑这两人。”

“但是，检察官，你要知道，在这种案子中，要怀疑所有人。”

“是的，局长，我对他们进行了细致的调查。但结果仍和我的观点一致。”

“从我所做的调查看，我感觉你是对的。让我们来看看最后一节包厢。女士包厢，那三位女士怎么样？”

“同样清白。她们的品行同样不用怀疑，而且那位母亲已经年长，胆子很小，不敢说谎，我对那个女儿是否会说谎有疑虑，但是自始至终，从我对她们的盘问中，没有发现任何可疑的证据。”

“过道和洗手间是空的？”

“是的，局长。”

“那么，车停时在车上发现的所有人都可以确凿无疑地被排除了？”

“是的，不可能是我们刚才提到的任何人。”

“那么凶手必定是离开了车厢？”

“是的，这就是困难所在。”

“我知道，我们接着进行。我们真正面临的难题是他究竟是怎么离开车厢的？”

"是的，局长，我从来没遇到过更棘手的难题。"

局长停顿下来，思索了一下，随手拿起一根烟点着了。然后他又开始了。

"那么，不管怎么说，他没有从天花板或者地板上溜走，或者从车厢里面任何固定设施溜走。因此他肯定是用最常见的方式溜走的——从门。当然在车厢两头各有一门，车厢里每侧还有六个门。因此他是从十四个门之一走的，是不是啊，检察官？"

"是的，局长。"

"很好，先说两头的，连接过道的门都是锁着的吗？"

"是的，局长，两头都是锁好的，但是这不算什么，普通的车厢钥匙就可以把门打开，凶手也可能有钥匙。"

"是的，我们现在再想想他不会逃向卧铺车厢的理由。"

"在火车停下之前，局长，宾特莉女士，就是一位在女士包厢的女士，朝过道里面看过，两名卧铺车厢服务员站在他们车厢内靠近一等车厢的这边。车停后，三名女士都站在过道里，一名服务员在卧铺车厢过道里，所有这些人都确认在普林斯顿和火车搜查之间，除去警卫外，再无其他人穿过。"

"那些服务员怎么样？可靠吗？"

"威尔科克斯已经工作十七年了，杰佛里六年，两人的品行都非常好。当然他们也在被怀疑之列，我也作了例行调查，但找不到任何不利于他们的证据，我很满意他们没事。"

"看起来好像凶手没有向卧铺车厢的方向跑。"

"我确信这一点。局长，我们有两批互不接触的证人，女士们和服务员们。如果说他们合伙欺骗警察，那简直是不可思议。有一方想说谎是有可能的，但双方都要说谎是不可能的。"

"是的，听起来很对。那么另外一头，三等车厢那头是怎么回事？"

"在那头，"检察员答道，"史密斯夫妇和他们生病的孩子。他们在过道里，靠近连廊的门，谁从那里经过都逃不过他们的眼睛。我让孩子接受了检查，确实是病了。那对父母非常仁爱，性格堪称典范，毋庸怀疑。他们说只有警卫一人曾从那里经过，我相信他们。但是我对此还不满意，我检查了坐三等车厢的所有人，发现了两点：首先，在检查时，车厢里所坐的人全部是从普林斯顿上车的；其次，除去史密斯夫妇外，从普林斯顿到紧急停车这段时间，没有任何人离开过车厢。这说明惨剧发生之后，没有任何人离开头等车厢来过三等车厢。"

"那个警卫怎么样？"

"这个警卫品行也不错，他没有可怀疑之处，因为在火车紧急刹车后，有好几位乘客以及史密斯夫妇都看见他跑着穿过三等车厢。"

"那就很明显了，凶手肯定是通过十二个侧门之一逃走了。先考虑那些在包厢侧的门。第一、二、五和六车厢有人，他不可能从那里穿过。那就剩下第三和第四个门了，他会不会从其中一个逃走呢？"

检察官摇头。

"不，局长，"他答道，"那同样是不可能的。你应该还记得，在案件发生几秒后一直到车停下来，末端包厢里的四位绅士中有两位向车外列车行驶方向看过。如果有人开门爬到脚踏板上，他们肯定是会看到的。警卫琼斯也向车那侧看了，同样没有看到人。车停后，同样还是这两个人以及其他人下了车，他们都说任何时候这些门都没有开过。"

"嗯，"局长停顿了一下，"看来情况确实如此。那么，我们必须要考虑过道侧的门啦。因为警卫到达现场的时间相对较早，凶手必定在火车减速前就逃走了。当警卫在过道处理拉门时，凶手肯定是将身子贴在了车厢外侧。当火车停止时，所有的注意力都被集中到了对面，即包厢那一侧，因此凶手可以轻松跳下车然后逃走。我的想法怎么样，检察官？"

"这些我们也仔细调查了，局长。首先，第一和第二包厢的帘子很早就拉起来了，凶手逃出必定会被发现。但我发现这一点无效，因为在布莱尔女士和末端包厢的绅士拉开帘子之前，至少十五秒钟过去了，在这十五秒钟里，凶手可以很容易地放下窗户，开门，出去，拉起窗户，关门，然后蹲在脚踏板上，逃避人们的视线。我估计在警卫琼斯从货车向外看的时候，至少三十秒钟已经过去了。只要有时间，他就可以做你刚才预想的事情。但是另一件事证明他并没有这样做。当火车暂停时，琼斯跑步穿过三等车厢，那个带着生病小孩的史密斯先生不知道出了什么情况，试图跟随琼斯去一等车厢。但在他还没有到达门之前，门就被琼斯带上了，弹簧锁把门锁紧了。因此史密斯先生把过道的最后一个窗户放下了，把头探出去向前看，他事后说他确信当时在一等车厢的脚踏板上没有任何人。为了验证史密斯先生所说确切与否，我们采取了下面的方法。在一个黑夜，我们开着同样的火车，以同样的方式照明，当到达那段路轨时，我们发现从窗口望出去，可以清楚看到蹲在脚踏板上的身影。这说明拐弯处照亮的一侧与四周的黑暗形成了对照。因为当时史密斯先生是觉得有特殊情况而特意向外望的，因此我们接受了他的观点。"

"你是对的，很有说服力，当然，警卫的证词也可说明这些。 他在向外看时也没有看见任何人。"

"是的，局长。 我们同样发现在货车也可看到蹲伏的人，原因是一样的——被照亮的转弯。"

"在警卫通过三等车厢时，凶手不会逃脱吧？"

"不会，因为在警卫向外望之前，过道的帘子已经被拉开了。"局长皱了皱眉。

"很费解，"他又陷入了沉思。 一段沉寂之后，他继续说道：

"情况会不会是这样的，在开枪杀人之后，凶手躲在了洗手间，然后在火车停下来时，借大家慌乱之机，从一个过道门溜走了，跳到铁轨上，溜之大吉了？"

"不，局长，这个情况我们也调查了。 如果他藏在了洗手间，那他就不可能再出来了。 如果他向三等车厢跑，那史密斯夫妇会看见他，而且一等车厢的过道从警卫到来一直到搜查开始都有人观察。 我们已经证实当警卫通过女士包厢时，女士们立刻就来到了过道上，在末端吸烟包厢里的四位绅士中的两位在女士们出来后一直在通过窗户向外观望。"

又一段沉寂，局长在若有所思地吸着烟。

"你说法医有些说法，是吗？"他终于发话了。

"是的，局长。 他认为凶手在开枪后马上从过道侧的一道门逃走了，可能是最后一道门，从那里他爬到了车厢外面某个不能被人从窗口发现的位置，然后在火车停靠时跳到地面上。 他建议说是顶上、缓冲器或者下面的那级脚踏板。　乍看起来是这么回事，但是我试验的结果并非如此。　首先顶部是不可能的，因为它是大弧形的，而不是平顶，因此在门上边缘处没有手可以抓的地方。　缓冲器也是难以接近的。　从尾部门的把手和挡板到车厢角落的缓冲器的距离是七英尺二英寸。　也就是说，任何成年男人都无法从这边够得着那边，而且在经过阶梯时他没有任何东西可以抓得住。　下面的那级脚踏板也不可能。　首先它和上级不一样，是断开的而不是连续的，每道门下只有一段很短的阶梯，因此没有人能够抓住上面的同时通过下面；其次，我不能想象任何人在知道迎面碰到的第一个月台就会把他扫下火车的情况下，还甘愿冒险。"

"也就是说，检察官，你已经证明了在案件发生时，凶手就在车厢里，但在搜查时他不在车厢里了，他不是在间歇时离开的，我不觉得这是个令人信服的结论。"

"我知道，局长。　我非常抱歉，但这是我从开始就遇到的难题。"局长把手放在下属的肩膀上。

"这个分析行不通，"他和蔼地说，"真的行不通。　我们再试试看，抽支烟，仔细考虑一下，我也要考虑一下，明天再来见我。"

但是这个谈话已经把这个案件公正地总结了。　香烟也没有带来任何灵感，随着时光飞逝，没有任何进一步的事实被发现，人们对这一案件的兴趣也渐渐淡忘了。　最后它成了伦敦警察厅年志上一系列悬案之一。

现在我再次回到前面提到过的一次非凡经历吧。　那次经历使我，一个默默无闻的行医者，居然揭开了那个谜。　我和这个案子本身没有任何联系，其中的细节都是从当时的官方报告得知的，我得以参阅了这些报告作为对我所提供的信息的报答。 事情是这样的。

四周前的一个晚上，在劳累了一整天后，我点着了烟斗，这时我接到了离我诊所不远的一个小村庄旅店的传唤。 一个骑机动车的人在十字路口和汽车撞了，伤得很厉害。 我看了一眼就知道他已无药可救了。 事实上，他的生命只能再延续几个小时了。 他很镇静地问我情况怎样。 按照平时的惯例，我问他是否需要叫什么人来，他盯着我说：

"医生，我想做一个声明。 如果我告诉你，你能否给我保密，然后我死后通告给当局和公众？"

"当然，"我答道："但是不是需要派人去叫你的朋友或牧师？"

"不用，"他说，"我没有朋友，我也不需要牧师。 你像是个明白人，我愿意告诉你。"

我弯腰把他安排得尽量舒服一些，然后他开始用微弱的声音慢慢讲述起来。

"我尽量简洁，因为我觉得自己时间不多了。 你是否记得在几年前，路维林夫妇乘坐一列驶向西北方向的火车，在距卡莱尔南部约五十英里的地方被枪杀了？"

我依稀还记得这件事。

"卧铺快车疑案，报纸上是这么说的吗？"

"是的，"他答道，"他们没能破了这个案，也没有抓到凶手，但是这个凶手要偿还了，我就是那个凶手。"

他那种镇静、深思熟虑的说话方式使我感到震惊。 但我马上想到他正在与死神抗争来把真相告诉我，不管我的心里想什么，去听、去记是我的义务。于是我坐下来，尽量轻声地说："我会仔细记录你告诉我的话，在合适的时间我会通知警方。"

他那刚才焦虑地盯着我的眼神，露出了放松的神情。

"谢谢，我要抓紧了。我叫休伯特·布莱克，我住在霍伍市韦斯科特花园二十四号，在十年零两个月前我住在布拉德福，在那里我遇到了我认为在世界上最好的姑娘——格拉迪斯小姐。我很穷，但是她很富裕。我对追求她没有信心，但是她鼓励我，我终于向她求婚了，她也答应要嫁给我，但要求订婚要保密几天。我对她如痴如狂，她说什么我都答应。于是我什么也没有说，当时我的行为举止由于狂喜可能像疯子一样了。

"一天，我们遇到了格拉迪斯，我跟他们做了介绍。之前我也曾见过他：他非常友好，看上去也喜欢和我在一起。事后我才知道，他们竟然从那时起开始交往了。

"她答应我的求婚一周后，在哈力法科斯有一个大型舞会，我要去那里见格拉迪斯，但在最后一刻，我接到电话说妈妈病得很厉害，我必须去看妈妈。我回来时，接到了格拉迪斯给我的一个便条，说她很抱歉，我们的订婚是个错误，我们必须结束它。我一再追问，明白了到底发生了什么事。给我点酒，我快要不行了。"

我倒了点白兰地，送到他的唇边。

"好一些了。"他继续连停带喘地向下讲：

"我发现路维林迷上格拉迪斯已经有一段时间了。他知道我是她的朋友，因此就千方百计讨好我，目的是想让我把格拉迪斯介绍给他。我真傻，还真的介绍他们认识了，为他们提供了机会。然后当他就在我上班不在时去见她，并抓住时机，趁热打铁。　格拉迪斯看出了他要的是什么，但她不知道他是不是认真的。　正在这时我向她求婚了，她当时的想法是先把我稳住，以免漏掉大鱼。　路维林很富裕，你是知道的。　她一直等到了舞会。　然后她约了他，我被抛弃了。　简直妙极了，不是吗？"

我没有回答，他继续说：

"那之后，我几乎发疯了，我失去了理智，并去找他摊牌，但是他却当面嘲笑了我。　我当时就想要拧下他的头，但是男管家正好来了，所以当时无法干掉他。　我无法描述我所经历的苦痛，我要报复。　机会来了，我跟踪他们，然后得手把他们干掉了。　我在火车上射杀了他们，先射杀了格拉迪斯，然后当路维林被惊醒跳起的时候，也被干掉了。"

他停顿了一下。

"告诉我细节，"我说。　过了一会儿，他继续讲，声音更微弱了。

"我事先制订了一个在火车上把他们干掉的计划，然后在整个蜜月期间都跟踪他们，但一直没有机会下手。　但那次的环境还是很合适的。　在尤斯顿我跟踪他，听到他订了去卡莱尔的票，于是我也订了去格拉斯哥的票。　我进入相邻的包厢，那里有一个很健谈的人，我试图通过让他相信我要在克鲁下车，而为自己获取一些不在犯罪现场的辩解。　我确实在克鲁下车了，但又回到了车上，继续到那节包厢，帘子都放了下来。　没有人知道我在里面。　我等啊等啊，一直等列车来到了夏普山山顶，因为我想在人少的地方可能更容易逃脱。　然后，当机会到来时，我用木楔封住了包厢的门，开枪打死了他们两个。　我离开火车，避开铁路，穿越乡间，直到重新找到了路。　我白天躲藏，晚上赶路，第二天晚上到了卡莱尔，从那里我放松地坐上了火车，从没有人怀疑过我。"

他停顿了一下，精疲力竭，死神离他很近了。

"告诉我，"我说，"就一句话，你是如何从车里出来的？"

他微微一笑。

"再多来点酒"，他低声说。我又递给他一杯白兰地，之后他继续用微弱的声音讲述，中间夹杂着长时间的停顿，我在这里不想重现。

"我预先计划好了。我想如果在火车运行过程中，在警报拉响之前能到缓冲器上，那我就安全了。往窗外看的人都看不到我。当火车停时，我知道它很快就要停了，我就会跳下逃走。难点是如何从过道到缓冲器。我是这样做的：

"我带着十六英尺长的优质棕色粗丝绳和相同长度的细绳。我在克鲁下车后，我去了火车的一个角落，通过找地方点烟尽量靠近这个角落。没有人看到我在干什么，我把粗绳子的一头穿过缓冲器上面的支架把手，然后我溜到最近的一道门那，把绳子松开，但抓紧两头。我假装在门那摸索，好像门开得不顺，但自始至终，我都在把绳子穿过把手挡板，并把两头系好。如果你能明白我的话，你应该知道这会形成一个连接火车缓冲器支架把手和门把手的粗绳圈。绳子的颜色和车厢是一致的，根本看不出来，然后我又上车就座了。

"动手时间一到，我先把过道门用木楔卡住了。然后我打开了外面的窗户，把粗绳圈的一头扯进来，在上面又绑上了细绳。然后我拉住粗绳圈的一侧，细绳就经过角落里的支架把手又回到了窗户。绳索是丝做的，因此动作做起来很顺，也没有在支架上留下痕迹。 然后我把细绳的一头穿过把手挡板，拉紧，把两头系起来。 这样在门和火车角落之间就有了一条拉紧的细绳圈。

"我打开门，拉起窗户。 门上挡了一块我带来的木块，由于风吹会关上的门，这样就关不严了。

"然后我开了枪。 当我从外面发现他们都被射中后，我来到外面，把木头踢飞，把门关上了。 然后利用扶手上绑的细绳，我沿脚踏板走到了缓冲器。 我把粗绳和细绳全都砍断，把它们从身后收上来，放在口袋里，这样就没有任何踪迹了。

"当火车停下来时，我滑到了地面上。 人们从另一面下车，因此我沿着车厢蹑手蹑脚地往前走，直到离开人们的视线，然后我爬上转弯，逃走了。"

这个人显然是竭尽全力说完了这番话，因为他话音一落，就闭上了眼睛，几分钟后进入了昏迷状态，不久就死了。

和警方取得联系后，我开始执行他临死前的第二个嘱托，也就是现在这个故事。

（拓维　译）

黑玫瑰城堡

[日] 横沟正史

迷宫专家

富士夫游走在一个洞穴里，伸手不见五指，内部的通道四通八达，宛若迷宫一般。 富士夫一直在迷宫里东走西奔。 始终绕不出去，心中的不安和恐惧越来越重。 更坏的是，即使他现在想往回走也不可能了，因为他根本不知道该怎样才能走到原点。

（啊！ 这座漆黑的地底迷宫里竟然只有我一个人……）

富士夫几乎要哭出来，他感到十分孤独、害怕。 他想大声叫喊却喊不出，声音好像被卡在喉咙里。

（我会不会葬身在这个黑暗的迷宫里却没有人知道呢？）

在地底迷宫里，富士夫不停地走着，无边无际的恐惧感使一阵阵凉意从他的心底升起……终于，他的眼泪忍不住流下来。

就在这时，一阵敲击洞壁的声音不知从什么地方传来。

一听到声音，富士夫心中顿时萌生一线生机。

（有人……有人来救我了！）

"救命啊！ 我在这里……"富士夫拼命叫喊着。

突然间，他从梦中惊醒过来。

（原来是做了一场噩梦啊！）

明白不过只是个梦，富士夫顿时松了一口气。但是，他不仅让这个噩梦吓出一身冷汗，一颗心也扑通扑通地加速跳动。富士夫回想起先前自己在梦中大呼救命的情景，忽然觉得很难为情，他不禁躺在床上侧耳倾听，看是否有人听见他的叫声，赶来查明情况。

（如果有人听见我的叫声，那就糗大了。）

幸好家中依然一片寂静，其他人似乎都在熟睡。他翻了个身，打算继续睡觉。可是，人一旦从噩梦中惊醒，就很难再入睡了，而且越是想入睡，头脑反而越清醒了。因此富士夫索性把睡觉的念头打消，开始回想刚才做的噩梦。

富士夫为什么会做那个噩梦呢？关于这一点，他自己倒是非常清楚。

现在，我们就开始述说他会做那个噩梦的缘由吧！

那天，在八月的炎炎夏日下，富士夫和叔叔小田切博士走了十几公里，当抵达"黑玫瑰城堡"时，整个人变成一团棉花般虚弱无力，两条腿沉重得提不起来。

富士夫是国中二年级的学生，今年十四岁，小田切博士——他的叔叔，借着暑假带他到伊豆半岛的温泉区避暑。虽然富士夫是个非常聪明的孩子，但身体却不是很健壮，因此小田切博士打算多利用这个暑假好好锻炼他的体格。他每天拉着富士夫旅游或到海水浴场游泳，今天他们更是一口气走了十几公里来到"黑玫瑰城堡"，并打算在这里住下。

关于"黑玫瑰城堡"的来历，小田切博士在途中已经为富士夫介绍过了。

"我曾经说过，如果有机会来这里的温泉区，一定要再次拜访'黑玫瑰城堡'，里面住了一个非常可怜的人。 '黑玫瑰城堡'的主人原本是一位子爵，叫古宫一摩。 古宫子爵是一位非常有趣的人，对建筑有特别的研究，算得上是日本相当有名的大师。 古宫子爵在大学毕业之后，出国游历，四处参观外国的建筑物。 在旅游途中，他对欧洲的古堡产生了浓厚的兴趣，因此一回到日本，便开始在伊豆半岛上建造这座'黑玫瑰城堡'。城堡里面的装修、摆饰全部由欧洲进口，尽管它的外观看上去没有欧洲古堡那么雄伟、宏大，但只要你一走进这栋建筑物里，马上就会感染到欧洲古堡的神秘气氛。

"尽管他现在已经不是子爵，但我还是习惯这样称呼他。古宫子爵有一个嗜好，可以说非常奇特……"

"叔叔，古宫子爵到底有什么样奇特的嗜好？"

"外国的古老建筑物大多数都和迷宫有着密不可分的关系，像埃及古老的金字塔，还有在希腊文化之前，兴盛于地中海克里特岛古文明的遗迹，看起来都宛如一座迷宫。

"此外，罗马的地下基地里也有地下通道，以便联系罗马城和附近村庄；那些地下通道四通八达，有如蜘蛛网一般，也算是另一种形式的地下迷宫，古宫子爵就是研究这一类迷宫的专家。"

"叔叔，为什么古宫子爵喜欢研究迷宫呢？"

"我听说，他是想在伊豆半岛的某个地方，设计修建成一座规模庞大的迷宫，借此吸引外国观光客前来参观……啊！ 到了，富士夫，你看，那栋建筑物就是'黑玫瑰城堡'。"

听了小田切博士的解释之后，第一次看到"黑玫瑰城堡"时的感觉，富士夫永远也忘不了。

冒失男子

在一座低矮的山丘上，"黑玫瑰城堡"矗立而起，尽管外观看起来不够雄伟、宏大，但是观测哨、尖塔和钟楼等高耸入云的样式却十分奇特。 每当落日余晖映照在这栋建筑物上，所烘托出的美景，实在是难以言传。

"叔叔，真是美极了，这栋城堡好美啊！"

富士夫忍不住忘情地发出一连串惊叹声。

"是啊！ 不过在这栋宏伟的建筑物里，却曾经发生过一段令人感伤的故事，如今住在城堡里的人甚至没有时间流下伤心的泪水。"

"叔叔，那究竟是什么样的故事？"

"我现在正要告诉你……"

当他们两个人一边说着，一边走上通往"黑玫瑰城堡"的缓坡时，从旁边的树林里突然跳出来一个男人。 那个男人一看到他俩，便大吃一惊地停下脚步，接着又惊慌失措地跑开了，小田切博士和富士夫也被他吓了一大跳，因为男人的长相和装扮非常奇特。

那男人看起来像一头黑熊，戴着一副大墨镜，脸上还长满了胡子。 此外，有一道很长的疤痕从他的额头延伸到左眼角，乍一看会吓人一大跳，加上他的穿着十分落魄，好像身上穿着一大块抹布似的，手里还拿着一根粗粗的拐杖。

小田切博士和富士夫互相对看了一眼，之后那个男人立刻转开脸，一溜烟跑开了。

"叔叔，那个人是……"

"嗯，那个人啊……如果他这样鬼鬼祟祟晃来晃去的话，对'黑玫瑰城堡'里的每一个人我们都要多加小心……"

小田切博士叨念了几句之后，突然想起一件事，转头问富士夫：

"对了，富士夫，刚才我说到哪了？"

"叔叔刚才说到'黑玫瑰城堡'里发生过一段令人感伤的故事，那究竟是什么样的故事呢？"

"这个事情的确是非常奇怪……古宫子爵在一天晚上，就像烟霞一般突然消失不见了。"

"为什么，古官子爵会像烟雾一般地消失了？"

"不知道。就在去年夏天的某个晚上，古官子爵走进寝室，他的夫人和女儿都有看见，可是到了第二天，古宫子爵却不见踪影！奇怪的是，当时家中的玄关、后门以及所有窗户都上了锁，一点儿看不出古宫子爵有离家出走的迹象。

"古官子爵的家人把城堡中的每个角落都搜遍了，却始终没找到他，所以我才会说古宫子爵就像烟雾般消失得无踪无迹。"

"真是奇怪。"

"虽然古宫子爵失踪了，但是他的夫人和女儿却一直相信，总有一天他会再度回到'黑玫瑰城堡'，可是一年过去了，古宫子爵依然毫无音讯，因此子爵夫人——达子和女儿美智子整日以泪洗面。达子夫人由于哭得太伤心，听说已经双目失明了。"

听到这么悲惨的故事，富士夫不由得也跟着叹了一口气。

"叔叔，美智子今年几岁？"

"她比你小一岁，今年十三岁，你们两个应该可以成为好朋友。啊！对了！古宫子爵失踪的时候还有另一件奇怪的事发生！"

"是什么样的怪事？"

"古宫子爵有收藏宝石的嗜好，他曾经收集了许多钻石、红宝石等，可是他的家人在他失踪之后，却始终没找到这些宝石。"

"这倒是很奇怪。"

不久，他们来到"黑玫瑰城堡"。

由于事前小田切博士已经联络妥当，因此达子夫人和美智子都出来迎接他们。自从双眼失明后，达子夫人总是戴着一副绿色墨镜。尽管美智子只是个十三岁的小女孩，但由于父亲无故失踪的悲惨遭遇，使她比同年龄的女孩看起来要早熟、懂事。

那天晚上，"黑玫瑰城堡"里除了小田切博士和富士夫之外，还有一位客人。他叫柳泽一郎，四十岁左右，个子很高，是一位非常有教养的绅士，他是一名律师，最近在"黑玫瑰城堡"附近买下一栋别墅作为避暑之用。

"最近柳津先生每天都会到我们家来坐坐，否则家里只有年幼的美智子和帮佣，实在教人不放心……"达子夫人说道。

在"黑玫瑰城堡"用过晚餐后，小田切博士、富士夫和柳泽一郎一起来到会客室聊天。

由于白天富士夫走了一段很长的路，在聊天的时候不时地打瞌睡，最后终于支撑不住睡着了。

九点左右，柳泽一郎把他抱到二楼的房间里睡觉。但富士夫实在太累了，对这件事他完全没知觉。

后来，柳泽一郎和小田切博士一直聊到十二点，才回自己的别墅。

当晚，富士夫在房里醒来后，便再也无法入睡了。

他开始回想在今天前来"黑玫瑰城堡"的途中，叔叔告诉他的关于城堡的事情。

突然间，富士夫听见从某个地方传来敲打墙壁的声音。

咚咚咚……敲打墙壁的声音一直持续不断。

富士夫这才想起这种声音先前他在睡梦中就曾听到，但是现在他绝对不是在做梦，的确是有人在敲打墙壁……

想到这，他立刻从床上坐了起来，环视着整个房间内部，然后发现一件难以形容的怪事。

奇怪的大时钟

由于富士夫是在睡着的时候被柳泽一郎抱到这个房间的，所以在这之前，他根本不知道一个大时钟放在房间的角落。

在外国把这种时钟叫作"爷爷钟"，大约有一个人那么高。

因为大时钟的钟面涂了夜光涂料，所以在黑暗中，富士夫能看见那座大时钟，而且能清楚地看见现在的时间。

此外，钟面下方有一扇玻璃门，足可供一人进出，里面有一个左右摇晃的金色钟摆。

富士夫不经意地瞥了钟摆一眼，现在的时间是十点半，突然他的眼睛不由得睁大了……

（这是怎么回事？ 难道我还在做梦？ 左右摇晃的钟摆怎么会浮现出一张人的脸？）

"啊！"

富士夫不由得紧紧地抓住床单的一角。

那真的是一张人脸，而且一张脸涂成白色，两边还画着红色的心型和方块——就像马戏团中经常出现的小丑脸蛋。

那张脸不但一直看着富士夫，还张大嘴巴笑着。

富士夫摇摇头，心里想自己果然还在做梦。

如果他不是在做梦，左右摇晃的钟摆怎么可能突然变成一张人脸呢？

但富士夫并不是在做梦，他不仅看到一张脸，接下来还看见一个人形……

只见那个人穿着宽松、白底红色圆点图案的衣服，好像是马戏团里的小丑戏服。

（天啊！ 大时钟里面竟然有人……）

就在富士夫吓得正要大声尖叫的时候，大时钟的玻璃门突然往左边打开，紧接着，从里面跳出来一个奇怪的小丑。

看到这突如其来的怪异景象，富士夫吓得大叫一声，迅速将脸埋在床上，不敢再看下去。

接着，富士夫感到一只强而有力的手从身后一把把他抱住，同时他的鼻子被手帕捂住，一阵刺鼻的味道由鼻子直冲他的脑门。

不大一会儿，富士夫就不省人事了。 他当然一概不知接下来发生的事情。

当富士夫清醒过来的时候，阳光洒满了整个房间。

躺在床上，富士夫望着天花板，思绪仍然混乱不清。

瞬间，他的脑海里又浮现出昨天晚上发生的事情。

富士夫马上从床上坐起来，定睛一看，果然有一个大时钟放在房间的角落，金色的钟摆一左一右地摆动着。

他将视线移到钟面上，指针指向的时刻是十一点钟。

富士夫从床上跳下来，慢慢走向大时钟，然后伸手去摸钟面下方的玻璃门。门没有上锁，一下子就打开了。

富士探头进去，摸了摸大时钟后面的板子，结果嘎的一声板子掉下来，后面露出一个好大的洞。

他赶紧跑出房间，可是才跑到门口，便愣住了。

富士夫茫然地看了看四周，发现大时钟后面的墙壁就是走廊上的墙壁，上面丝毫没有挖掘的痕迹。

再说，怎么会有人去挖一个通向走廊的大洞呢？

当富士夫发现墙上并没有预期的洞口时，的确感到有些失望。

（这是怎么回事？难道昨晚发生的一切只是出于我的幻想？大时钟后面的板子是因为太老旧、钉子松动的缘故才会掉下来，昨晚发生的事情其实只是一场梦，全是因为我太累了……嗯，一定是这样，不然时钟里面怎么可能会有一个人走出来，怎么会发生这种怪事呢？而且那个男人，还穿着怪异的小丑服装……一定是我自己在做梦！）

尽管富士夫不断地说服自己相信那只是一场梦，但心底仍觉得有些说不通的地方。

于是他待在房里让自己冷静一下，然后又把房间的角落查巡一遍，才换好衣服下楼。

这时，柳泽一郎和小田切博士正在愉快地聊着。

一看到富士夫，小田切博士便忍不住笑了起来。

"已经日上三竿了，富士夫，你怎么还是一副没有睡醒的样子？哈哈哈！快去洗洗脸，早饭已经给你准备好了，达子夫人说今天要让我们见识一下古宫子爵的收藏品。"

红宝石

等富士夫吃过早餐后，大家在达子夫人的带领下，参观古宫子爵的收藏品。

在楼下大厅四壁的房间里，我们看到那些收藏品，全都是古宫子爵不惜重金买回的珍奇宝物，包括外国中世纪的盔甲，印度的可怕佛像，西洋的盾、剑、头盔，以及刻印着各式图腾的瓦片等等，整面墙壁上都挂满这些宝物，还有一些摆放在屋子里。

"自从我丈夫失踪之后，我就决定尽量不要进入这个房间。虽然我的双眼已经失明，但是这个房间里的味道还是会让我想起杳无音讯的丈夫……"

达子夫人异常悲伤地说道。

小田切博士和柳泽一郎都点了点头，对于达子夫人的遭遇，两人都非常同情。

这时，突然听到美智子尖叫起来。

"美智子，你怎么了？"

达子夫人着急地问道。

"妈妈，佛像手中的那把剑上钩着一个奇怪的东西。"

美智子一边说着，一边伸手把钩在剑上的小布条取下来。

富士夫看了一眼美智子手中的布条之后，吓得瞪大了双眼。

（白底红色圆点图案的布条……这不是跟他昨晚看到的马戏团小丑身上穿的衣服花色一模一样吗？）

“看来有人跑进这个房间，而且衣服还被这把剑钩破了。妈妈，这块布条看上去好奇怪哦……你们看！”

这时，一阵清脆的声响从美智子的脚下发出。

她本能地往后跳开，弯腰从地板上捡起一个东西。

“啊！ 这……”

美智子的手里拿着一颗红宝石，声音颤抖着说：

“妈妈，这是和爸爸一起消失不见的红宝石！”

“美智子，你是说那颗我们找不到的宝石吗？”

“是啊！ 它就掉在这里的地板上，你摸摸看。”

于是达子夫人伸出手去摸美智子捡到的红宝石。

“美智子，这颗红宝石怎么会掉在地板上？ 当初我们找了很长时间都找不到……”

这时，柳泽一郎开口说：

“夫人，会不会是之前它就掉在地板上而你们没有留意到？毕竟它只是一颗小宝石……”

“不可能，我每天都到这个房间仔细查看每个角落，它掉在地板上我怎么可能会注意不到？ 我觉得爸爸一定在某个地方躲着，这个房间昨天我也照例进来过，但是当时并没有看见布条和红宝石。”

美智子说话的口气相当激动，小田切博士和柳泽一郎不禁面面相觑。

发生了这一段插曲，因此大伙参观宝物的兴致也就此打住。

如果美智子所言不假，那么可以断定昨天晚上有人潜入“黑玫瑰城堡。”

后来他们询问佣人，佣人说城堡的前、后门都牢牢地锁着，而且所有的窗子也都从里面上锁。

"真是奇怪……"

"嗯，的确有些不对劲。"

小田切博士和柳泽一郎彼此看了对方一眼，感到一头雾水。

但是对自己的想法，美智子仍然相当坚持。

"不，一点儿都不奇怪……我想一定有人从某处悄悄地进入这个房间，而且我知道这个人是谁。"

"你知道这个人是谁？"

柳泽一郎吃惊地问道。

"那个人每天都在城堡附近徘徊，他脸上有一道疤痕，我想……他一定是从某个地方潜进城堡的。"

美智子的情绪相当冲动，说完便忍不住哇的一声哭出来。

双目失明的达子夫人心乱如麻，不知道该说什么才好。

就在这时，富士夫开口问道：

"叔叔，昨天晚上，你们聊到几点才睡觉？"

对这个问题，小田切博士感到非常讶异，他回答说：

"我和柳泽先生一直聊到十二点左右。富士夫，有什么不对吗？"

"没什么，我只是随便问问而已。"

那个奇怪的小丑从大时钟走出来是在十点半左右，如果当时大家都还没有睡觉的话，应该会听见声音才对。

（难道……那真的只是一场梦？）

富士夫的发现

那天晚上吃过晚饭后，达子说她头痛，便立刻回房去了。

稍后，美智子也以头痛的理由跟着母亲一同回房。

奇怪的是，在八点左右，富士夫竟然也说自己昨晚没睡好，就回到自己昨天睡觉的房间。

最后只剩下小田切和柳泽一郎，两人开始下起日本象棋。

富士夫回到房间后，根本没有丝毫睡意。每当他需要思考事情，就是非常想睡，还是可以让脑子继续运转。

被佛像手中的剑钩住的布条，以及掉在地板上的红宝石，富士夫回想着这一切……的确有人在昨天晚上潜入"黑玫瑰城堡"，而且那个人是从大时钟里面走出来的。

可是，大时钟后面的墙壁上并没有任何机关。

（这又是为什么呢？难道真的是我自己在做梦……）

富士夫连续把大时钟的玻璃门打开、关上好几次，忽然间灵光一闪，他大叫一声便站在原地不动。

（当时那个大时钟的玻璃门是往左开的……）

这件事的确跟常理不符。

一般而言，门应该是往右开才对，可是昨天晚上那扇玻璃门却是往左打开，接着从里面走出来一个奇怪的小丑……

（为什么会这样呢？）

富士夫专心地思索着这个问题。

顷刻间，他突然想到一件事，于是再度把房间检查一遍。

就在这时，他听见上楼的脚步声，立刻打开房门叫道：

"叔叔、叔叔！"

"富士夫，你还没睡啊！"

"叔叔，柳泽先生回去了吗？"

"嗯，他刚回去。你有什么事吗？"

"请您进来一下，我有话要跟叔叔说。"

小田切博士进房里后，富士夫立刻把门关上，然后把他昨天晚上亲身经历的事情简明扼要地讲了一遍。

小田切博士听完富士夫的叙述，立即吃惊地把那个大时钟检查了一遍。

不一会儿，他失望地说：

"富士夫，你果然是在做梦，后面的墙上根本没有任何机关。"

"不，叔叔，昨晚我明明看见那扇玻璃门是往左边打开的，可是刚才我检查之后，却发现它是往右边打开的，叔叔，为什么我会把往右边打开的门，看成是往左边打开的呢？"

"富士夫，你到底在说些什么？ 你的意思我完全听不明白。"

"叔叔，你真的不懂吗？ 那么，你来看着这个。"

富士夫将挂在大时钟对面墙上的黑色窗帘卷起来，不料那里竟然也出现一个大时钟！

瞬间小田切博士睁大了眼睛，随即明白那是镜子里的时钟映像。

"叔叔明白了，你昨天晚上看到的是镜子里的时钟映像。所以看起来才会左右相反。"

"没错。 叔叔，当小丑跳进来的时候，我的确是脚向着门的方向睡在床上。 当时昏黄的月光从右边照进来，因此我记得非常清楚。 那时我听见奇怪的声响，于是朝门的方向看去，时钟是位于那个位置。"

"这么说来，你昨天晚上看见的是真的时钟……"

"不，叔叔，昨天晚上我看到的是映在镜子里的时钟，也就是说，昨天晚上门的旁边有一面镜子，镜子的对面是那个大时钟，只是后来大时针和镜子的位置被小丑调换了。"

"我想小丑之所以要把镜子和时钟的位置互调，主要是为了误导我，也就是说，他不想让我知道时钟真正的位置，因为有一个洞穴在真正时钟的后面。"

接着，小田切博士和富士夫合力推开镜子，结果正如富士夫所说，有一道门型的裂缝在镜子后面的后壁上。

一看到这个门型裂缝，小田切博士不禁大吃一惊。

就在下一秒钟，忽然一些声响从墙壁里传出。

"啊！他来了！"

富士夫小声说道。

他立刻把灯关掉，和小田切博士躲在暗处等待着。

咚咚咚……从墙壁里面传出的声音愈来愈清晰，听起来好像有人在墙壁后面的楼梯走着。不久，那个人大概爬完楼梯，在门型裂缝的对面脚步声停顿下来，可能正在观察房内的动静。

富士夫的额头不断冒着冷汗，心脏也跳得非常急促。

他咬紧牙关，静待下一秒钟会发生什么状况。

接着，他们听见啪嗒一声，墙上的门型裂缝就像弹簧一般朝房里推开，昨晚那个奇怪的小丑走了进来。

在微暗的光线下，小丑睁大眼睛环顾房里的一切，但这时又发生一件怪事……

只见从小丑的身后走进来另一道人影，喊道：

"伪君子？"

话声刚落，那道人影立即扑向前面的小丑，刹那间，两道人影扭打起来，倒在地板上发出巨大的声响。

看到眼前这一幕，富士夫被吓得不知所措。

这时候，一阵慌乱、急促的脚步声从走廊上传来。

"怎么了？ 发生了什么事？"

"富士夫，你怎么了？"

听到达子夫人和美智子的呼唤声，富士夫终于清醒过来，在他打开房门的同时，小田切博士也打开了房里的灯。

他们看见一个精疲力竭的小丑躺在地板上，以及一个脸上有疤痕的男人、他正吃力地从地上爬起来。

"啊！ 你、你是什么人？"

一听到小田切博士的声音，脸上有疤痕的男人摇摇头，难过地说：

"小田切、达子、美智子…… 你们认不出我是谁吗？我……我是古宫一摩啊。"

说完这句话之后，自称是古宫一摩的男人便倒在富士夫的床上。

十点半之谈

由于发生了一件离奇的事情，导致古宫一摩无缘无故地失踪了一年。

他除了喜欢研究外国城堡之外，对迷宫也发生了深厚的兴趣。 正因为如此，在建造"黑玫瑰城堡"的时候，古宫一摩便悄悄地构筑了一条秘密通道。

他有时喜欢乔装成老百姓的模样，跑到附近的小镇、村落去玩，而且没有人能识破他的伪装，他因此感到十分自豪。

大约在一年前的某个晚上，古宫一摩乔装成老百姓，从秘密通道到附近的小镇去玩，不料却在回家途中掉落悬崖，幸好这次意外并未夺走古宫一摩的性命。

在清晨时分，他清醒过来，但由于头部受到严重的撞击，对以前的事他没有任何印象，连自己叫什么名字、家住何处、有妻有女的事全都不记得了，他好像变成另外一个人似的，糊里糊涂地来到东京。

在失去记忆的那段期间，他只能当建筑工人维生，度过了一个年头。

直到有一天，从鹰架上掉下来一根木材，击中他的头部，他失去了知觉。

不知他遭受这一击是幸，抑或不幸，当他恢复意识的时候，他终于想起自己的真实身份是古宫一摩。

于是古宫一摩将事情的原委，"黑玫瑰城堡"的秘密通道和自己收藏的许多宝物，都告诉了当时雇用他的山胁工头。

一听到这件事，山胁工头便把古宫一摩拘禁起来，然后以柳泽一郎的名义，把"黑玫瑰城堡"旁边的别墅买下，伺机悄悄地从神秘通道进入城堡盗取宝物。

因此那个小丑其实是柳泽一郎装扮的，他真正的身份则是山胁工头。

费尽千辛万苦，古宫一摩才逃脱出来，回到"黑玫瑰城堡"附近，监视山胁工头的一举一动，并决定在今天晚上活捉他。

至此，所有事情都真相大白了。

看到古宫一摩平安返家，达子夫人和美智子心里真是高兴极了。

第二天，古宫一家和小田切博士、富士夫五人聚在一起庆祝，席间大伙一直称赞富士夫的机智表现。

但是，富士夫从映在镜子上的时钟看到小丑出现的时间究竟是几点钟呢？

他当时看到的时间是十点半，那么正确的时间应该是……

关于这一点，各位读者只要将时针对着镜子观察就可以知道正确的时间了。

（葛红晓　译）

密码真相

金甲虫

［美］埃德加·爱伦·坡

瞧！瞧！这家伙在穷跳！

他给毒蜘蛛咬了。

——《错中错》①

多年前，我跟一位名叫威廉·勒格朗的先生结成知己。　他出身胡格诺教徒②世家，原本家道富裕，不料后来连遭横祸，只落得一贫如洗。　为了免得人穷受欺，就远离祖辈世居的新奥尔良城，在南卡罗来纳州查尔斯顿附近的苏里文岛上安了身。

这座岛与众不同，几乎全由海沙堆成，长约三英里，宽里没一处超过两三百步。　有条小得看不大清的海湾，横贯小岛和大陆之间，缓缓穿过一大片芦苇丛生的烂泥塘，水鸡就爱在那一带做窝。　不难想象，岛上草木寥寥无几，就是有，也都长得矮小。　参天高树根本看不到。　西端有座毛特烈堡③，还有几间简陋木屋，每逢盛暑，便有人远避查尔斯顿城里的尘嚣和炎热，租

---

① 《错中错》，爱尔兰戏剧家亚瑟·墨菲（1727—1805 年）写的一出趣剧。　以上引句系爱伦·坡杜撰。

② 胡格诺教，十六、十七世纪时，法国一种新教，其教徒曾遭屠杀，后亨利四世颁布"南特敕令"，承认宗教自由，胡格诺教遂得到默认。　法皇路易十四取消此令，受迫害的胡格诺教徒大批逃奔英、德、美诸国。　流亡美国者多半定居于南卡罗来纳州。

③ 毛特烈堡，美国独立革命时，为了防御英军侵犯，威廉·毛特烈将军（1731—1805 年）在苏里文岛上建立一堡，后遂称为毛特烈堡。　南北战争时，南方同盟政府在该堡发动军事叛变，内战就此爆发。

了木屋住下。 靠近西端，倒可以看到一簇簇棕榈；但除了这一角，和海边一溜坚硬的雪白沙滩，全岛密密麻麻地长满芬芳的桃金娘。 英国园艺家异常珍视这种灌木，这种灌木在当地往往长得高达十五英尺到二十英尺，连成树丛，密得简直插不下脚，散发出馥郁香味，到处弥漫。

在这片树丛深处，靠近小岛东端，比较偏僻的那一头，勒格朗盖了小小一间木屋。 当初我跟他萍水相逢，他就住在那里了。 这个隐士身上有不少特点引人瞩目，令人敬佩，所以我们不久便成了朋友。 我看出他富有教养，聪明过人，就是感染了愤世嫉俗的情绪，心里忽而热情洋溢，忽而郁郁寡欢，这种怪脾气动辄发作。 他手边书籍倒有不少，就是难得翻阅。 主要消遣只是钓鱼打猎，否则便顺着沙滩，穿过桃金娘丛，一路溜达，或者拾取贝壳，或者采集昆虫标本——他收藏的昆虫标本，连史璜麦台姆①之流也不免眼红。 每回出去走走，总随身带着一个名叫丘比特的老黑人。 勒格朗家道败落前，丘比特就解放了，可他自以为理该寸步不离地侍候"威儿小爷"②，任凭威胁利诱，都不能把他打发走。 想来是勒格朗的亲戚，认为这流浪汉精神有点儿失常，才想出办法让丘比特渐渐养成这种倔脾气，好监督他，保护他。

在苏里文岛所在的纬度上，冬天难得冷到彻骨，秋季时节根本不必生火。 可话又说回来，一八×ⅹ年十月中旬光景，有一日居然冷得出奇。 太阳快下山，我一脚高一脚低地穿过常青灌

---

① 史璜麦台姆（1637—1680 年），荷兰著名博物学家，著有《昆虫史》。
② 即威廉少爷。 本文中丘比特说的都是弗吉尼亚州一带黑人的方言。

木丛，朝我朋友那间木屋走去。 当时我住在查尔斯顿，离开苏里文岛有九英里路，来往交通工具又远不如目前这么方便，因此有好几个星期没去探望他了。 我一到木屋前，照例敲敲大门，竟不见有人应门，我知道钥匙藏在哪里，一找就找到了，打开门，直闯进去。 只见壁炉里烈火熊熊。 这可稀罕，倒也正中下怀。 我脱掉大衣，在一张扶手椅上坐下，靠近哗哗剥剥烧着的柴火，就此耐心等待两位主人回来。

天黑不久，他们回来了，亲热透顶地款待我。 丘比特笑得嘴也合不拢，满屋乱转，杀水鸡做晚饭。 勒格朗正犯着热情洋溢病——不叫作病，那叫什么好呢？ 他找到了一个不知名的新品种双壳贝，此外，追踪结果，仗着丘比特帮忙，还抓到一只金龟子，照他看，完全是新发现，不过他希望明天听听我怎么看。

"何不就在今晚呢？"我一边问，一边在火上搓着双手，心里可巴不得那一类金龟子统统给我见鬼去。

"唉，早知道你来就好了！"勒格朗说，"可有好久没见到你了，我怎么料得到你偏偏今晚来看我呢？ 刚才回家来，路上碰到了毛特烈堡的葛××中尉，一时糊涂，竟把虫子借给了他；因此得到明天早晨你才看得到。 在这儿过夜吧，等明天太阳一出，我就打发丘①去取回来。 真是美妙极了！"

"什么？ ——日出吗？"

"胡扯！ 不是！ ——是虫子。 浑身金光熠亮——约莫有大核桃那么大——靠近背上一端，长着两个黑点，漆黑的，另一端还有一个，稍微长点。 触须是……"

---

① 丘比特的简称。

"他身上可没锡，威儿小爷，我还是这句话，"这时丘比特打岔道，"那是只金甲虫，纯金的，从头带尾，里里外外多是金子，只有翅膀不是——我一辈子还没碰到过这么重的虫子呢。"

　　"得，就算是吧，丘，"勒格朗答道，照我看，他其实不必说得那么认真，"难道你这就可以听凭水鸡烧煳？那身颜色……"这时他回头对我说话了——"说实在的，你看了真会同意丘比特那套想法。甲壳上一层熠亮金光，你长了眼睛也没见过——到明天，你自己看吧。暂且我倒可以把大概样子告诉你。"说着就在一张小桌边坐下；桌上放着笔墨，就是没纸。他在抽屉里找了找，可一张也没找到。

　　"算了，"末了他说，"这就行。"说着从坎肩袋里掏出一小片东西，我还当是龌里龌龊的书写纸呢。他就拿笔在上面画起草图来。他画他的，我还觉得冷，照旧坐在炉火边。他画完，也没欠身，便把画递给我。我刚接到手，突然传来一阵汪汪吠叫，紧接着又响起嚓嚓抓门声。丘比特打开门，只见勒格朗那条纽芬兰大狗冲了进来，扑到我肩头，跟我百般亲热；因为以往我来做客，对它总是非常关怀。转眼间它不再欢蹦乱跳，我就朝纸上看了看，说实话，我朋友究竟画的是什么，真叫人摸不着头脑。

　　"呃！"我默默打量了一会儿道，"我不得不实说，这是只稀奇的金龟子；真新鲜，这种东西压根就没见过——要么算是头颅骨，或者说骷髅头，在我眼里，再也没比这更像骷髅头的了。"

　　"骷髅头！"勒格朗照说了一遍。"嗯——对——不用说，画在纸上，准有几分相仿，顶上两个黑点好比眼睛，呃？

底下那个长点就像嘴——再说整个样子又是鹅蛋形的。"

"也许是吧，"我说，"可话又说回来，勒格朗，你恐怕画不来画。 我得亲眼看见了才能知道这甲虫是什么模样。"

"随你说吧，"他道，心里有点儿火了，"我画画还算过得去——至少应该这样——拜过不少名师，也自信不算个笨蛋。"

"那么，老兄，你在开玩笑啰，"我说，"这实在称得上头颅骨——照一般人对这种生理学标本的看法，我倒不妨说，这是个顶呱呱的头颅骨——你那只金龟子要是像头颅骨的话，管保是人间少见的怪虫。 嘿，凭这点意思，倒可以兴出种恐怖透顶的迷信。 我看你不妨取个名，叫作人头金龟子，或者诸如此类的名称——博物学上有不少类似的名称呢。 话再说回来，你谈到的触须在哪儿呀？"

"触须！"勒格朗说，看他模样，一听这话，顿时莫名其妙地面红耳赤了，"我敢说你一定看见。 画得就跟原来一样分明呢，我看画得够清楚了。"

"得，得，得，"我说，"也许你是画得够清楚了——可我还是没看见。"我不想惹他发火，没再讲什么，就把纸递给了他；不过，事情闹得这么尴尬，倒万万没想到；他为什么不痛快，我也摸不着头脑——就甲虫图来说，上面的的确确没画着什么触须，整个形状也真跟平常的骷髅头一模一样。

他火冒三丈地接了纸，正想揉成一团，分明打算扔进火里，无意中朝那图样瞅了一眼，仿佛猛然全神贯注在上面了。 脸色一阵红，一阵白。 坐在椅上，仔细端详了好久，才站起身，从桌上取了支蜡烛，走到屋子远头一角，在只大箱子上坐下，又心痒难耐地把纸打量了一通；翻来倒去看，却是一言不发。 他这副举止真叫人大吃一惊；不过看来还是小心为妙，最好别说什么，免得火上加油。 不久，他从衣袋里掏出皮夹，小心翼翼地把纸夹好，再放进写字台，上了锁。 这时他才镇静下来，可原先那副热情洋溢的神气竟一扫而空了。 看他模样，要说是愁眉苦脸，还不如说茫然若失。 夜色愈来愈浓，他神志愈来愈恍惚，想得出了神，不管我说什么俏皮话，都逗不起他的劲头。我从前常在他家里过夜，这回本也打算住一宿，可眼见主人这般心情，就觉得还是走的好。 他没硬留，我临走时，他竟亲热逾常地握了握我的手。

这一别，过了个把月，一直没见到勒格朗，可他的听差丘比特竟来查尔斯顿找我了。 好心肠的老黑人那副丧气相我还是头回见到，就不由得担心朋友遭了什么大祸。

"呃，丘，"我说，"怎么回事？ ——少爷好吗？"

"唉，说实话，小爷，他不见得很好呐。"

"不好！ 真替他难受。 他有什么不爽快？"

"呔！ 就是啊！ ——他从没啥不爽快——可他实在病得凶。"

"病得凶，丘比特！ ——你干吗不早说？ 他病倒在床上吗？"

"没，没那样！ ——哪儿都没倒下——糟就糟在这儿——我真替可怜的威儿小爷急死了。"

"丘比特，你到底说的是什么呀？ 你说少爷病了。 难道他没说哪儿不舒服？"

"哟，小爷，为了这件事发火可犯不着——威儿小爷根本没说有啥不舒服——可他咋会低着头，耸着肩，脸色死白，就这样走来走去呢？ 这不算，还老解蜜蜂——"

"解什么，丘比特？"

"在石板上用数目字解蜜蜂——这么稀奇的数目字，可压根没见过。 说真的，我吓破了胆。 得好好留神他那手花招。 那一天，太阳还没出来，他就偷偷溜了，出去了整整一天。 我砍了根大木棍，打算等他回来，结结实实揍他一顿——可我真是个傻瓜蛋，到底不忍下毒手——他气色坏极了。"

"呃？ ——什么？ ——懂了，懂了！ ——千句并一句，我看你对这可怜家伙还是别太严——别揍他，丘比特——他实在受不了——可你难道闹不清他这病怎么犯的，或者说他怎会变成这副模样？ 我跟你们分了手，难道碰到过什么不痛快的事？"

"没，小爷，那次以后，没碰到过啥不痛快的事——恐怕那以前就出了——就在您去的那天。"

"怎么？ 你这是什么意思？"

"呃，小爷，我是指那虫子——您瞧。"

"那什么？"

"那虫子——我打保票，威儿小爷准给金甲虫在脑门哪儿咬了一口。"

"你怎有这么个想法，丘比特？"

"爪子满多，还有嘴巴。 我出娘胎还没见过那么个鬼虫子——有啥挨近，他就踢呀咬的。 威儿小爷起先抓住了他，可后来又只好一下子放他跑了，说真的——那工夫准给咬了一口。 我自己总归是不喜欢那虫子的嘴巴模样，所以绝不用手指头捏住他，用找到的一张纸抓住他。 包在纸里，还在嘴巴里塞了张纸——就这么着。"

"那么，照你看，少爷当真给甲虫咬了一口？ 这一咬，才得了病？"

"用不着我看——我心里有数。 他要不是给金甲虫咬了一口，又咋会一心想金子呢？ 这以前，我就听说过那种金甲虫了。"

"可你怎知道他想金子呢？"

"我怎知道？ 嘿，因为他做梦谈到——我这就有数了。"

"好，丘，你也许说得对；可我今天怎么这样荣幸，什么风把你吹了来？"

"咋回事，小爷？"

"勒格朗先生托你捎来什么口信吗？"

"没，小爷，我带来了这份天书。"说着就递给我一张字条，内容如下：

××兄：

　　为什么好久不来了？希望别因为我有什么冒犯，一时气昏了；不，你不至于这样。

　　上次分手以后，心里当然惦念得很。我有话要跟你谈，可就是不知道怎么说才好，也不知道是否要谈。

　　前几天，我不大舒服，可怜的老丘好心好意关怀我，反把我惹火了，差点没发出来。你信吗？——有天，我趁他不防偷偷溜走，独自一人，在大陆上那带山里消磨了一天，他竟备了根大棍，打算教训我。我敢说，要不亏我这副病容，准逃不了一顿打。

　　我们分手以来，标本柜里可没添上什么新标本。

　　如果你有便，无论如何请跟丘比特来一次。请来吧。但愿今晚见到你，事关紧要。确实是非常重要的大事。

弟

威廉·勒格朗谨启

这字条上有些语气，看得我忐忑不安。 全信风格跟勒格朗的文体大不相同。 他在梦想什么呀？ 那海阔天空的思潮里又有什么新奇的怪念头了？ 他有什么"非常重要的大事"要办呢？ 丘比特谈到的那种情况，明明不是好兆头。 我生怕这位朋友不断遭到飞来横祸，终于折磨成精神病，因此当场就准备陪黑人走了。

到了码头上，只见我们乘坐的小船船底放着一把长柄镰刀和三把铲子，明明全是新的。

"这些干什么用，丘？"我问道。

"这是镰刀和铲子，小爷。"

"一点不错，可搁在这儿干什么？"

"这是威儿小爷硬叫我给他在城里买的镰刀和铲子，我花了一大笔钱才搞到手呢。"

"可'威儿小爷'究竟要拿镰刀铲子派什么用场呢？"

"我可闹不清，我死也不信他闹得清。 不过这全是那虫子捣的鬼。"

看来丘比特脑子里只有"那虫子"了；从他嘴里既套不出满意的答复，我就登上船，扬帆起航了。 乘着一阵劲风，不久便驰进毛特烈堡北面的小海湾，下了船，走上两英里来路，下午三点光景，到了木屋前。 勒格朗早已等得不耐烦。 他又紧张又热诚地握住我的手，我不由得吓了一跳，心头顿时大起疑窦。 他脸色竟白得像死人，深陷的眼睛闪出异彩。 我问了他身体好坏，一时不知说什么是好，就随口问他有没有从葛××中尉手里收回金龟子。

"要回来了，"他答道，脸色顿时通红，"第二天早晨就取回来了。 说什么也不会再把那金龟子放手啦。 你知道吗，丘比特那套看法倒没错。"

"哪种看法？"我问道，心头不由得涌起不祥的预兆。

"他不是认为那是个真金的虫子吗。"他说得一本正经，我不由得大惊失色。

"我要靠这虫子发财了，"他满面春风地接着说，"要重振家业了。 那么，我看重它，有什么奇怪吗？ 财神爷认为应该送到我手里，我只有好好派个用处，它既是金库的钥匙，金子就会落到我手里。 丘比特，把金龟子给我拿来！"

"啥？ 虫子，小爷？ 我还是别去找虫子麻烦的好；应该您自己去拿。"勒格朗这就神气十足地站起身，从玻璃盒里拿了甲虫给我。 这只金龟子可真美，在当时，博物学家还不知道有这种甲虫呢——就科学观点来看，自然是个重大收获。 靠近背上一端，长着两个滚圆的黑点，另一端还有长长的一点。 甲壳硬得很，又光又滑，外表像磨光的金子，重得出奇。 我把这一切琢磨了一下，怨不得丘比特有那套看法了；不过，勒格朗怎么也有这么个想法，我可说不出。

"我请你来，"我把甲虫仔细端详了一番，他就大言不惭道，"我请你来给我出个主意，帮我认清命运神和那虫子的奥妙……"

"亲爱的勒格朗，"我打断他话头，大声叫道，"你一定有病，还是预防一下的好。 你应该躺下，我陪你几天，等你好了再走。 你又发烧又……"

"按按脉看。"他说。

我按了一下，说实话，一点儿发烧的症状都没有。

"大概你有病，就是没发烧。 这一回，请照我话做吧。 先去躺下，再……"

"你弄错了，"他插嘴道，"我目前心情这么激动，身体不能再好了。 你要是真希望我身体好，就要帮我消了这份激动。"

"怎么帮呐？ "

"方便极了。 我和丘比特就要到大陆那边山里去探险。 这次探险，需要靠得住的人帮忙。 只有你才信得过。 不管成败，你目前在我身上看到的这股激动心情自会冰消。"

"我很愿意效劳，"我答道，"不过，你是不是说，这毒虫跟你到山里去探险有关系？ "

"就是。 "

"那么，勒格朗，这种荒唐事我可不干。 "

"真遗憾——实在遗憾——我们只好自己去试一下了。 "

"你们自己去试一下！ 这家伙管保疯了！ ——嗳，慢着！ ——你们打算去多久？ "

"大概整整一宿吧。 马上就动身，好歹也要在天亮前赶回来。 "

"那么千万请你答应我，等你这个怪念头一过去，虫子的事（老天爷呐！ ）合你心意地解决了，就立刻回家，我做你的大夫，我怎么说，你就怎么做。 "

"好，我答应；这就出发吧，可不能多耽搁了。 "

我闷闷不乐地陪他走了。 我，勒格朗，丘比特，还有那条狗——我们在四点光景出发。 丘比特扛着镰刀铲子，这一切，他硬要归他拿，照我看，不是他过分巴结、卖力，只是生怕少爷随手摸到罢了。 他那副态度真倔到了家，一路上就是嘀咕着

"鬼虫子"这几个字眼。 我掌着两盏牛眼灯①；勒格朗得意地拿着金龟子，拴在一根鞭绳头上；一路走，一路滴溜溜转着，活像个变戏法的。 看看这一举止明摆着他神经错乱，我简直忍不住掉下泪来。 可心想最好还是凑合凑合他那番意思，至少目前应该这样，还没想出较有把握的对策前只好迁就他。 我一面拼命向他打听这番探险的目的，结果总是白费口舌。 他既把我哄来了，就不愿谈到什么次要的话题，随便问什么，只回答一句"回头瞧吧"就算了。

我们乘着划子，渡过苏里文岛那头的小海湾，到了大陆岸边，爬上高地，直奔西北，穿过不见人烟的荒地，一路走去。勒格朗头也不回地开路；走走停停，查看记号，看来全是他上回亲手做的。

我们这样走了两个钟头光景，太阳下山，才到了一片空前萧索的荒地。 这是高原地带，靠近一座几乎无法攀登的山顶，从山脚到山尖密密麻麻地长满树，到处都是大块巉岩，好似浮在土上，大半靠着树，才没滚下山沟。 四下深谷又给这片景色平添了一副阴森、静穆的气氛。

我们登上这片天然平地，上面荆棘丛生，不久就看出，要不用镰刀砍伐一下，简直没法插脚；丘比特就按着少爷吩咐开出条路来，直到一棵半天高的百合树②脚下。 这棵树跟八九棵橡树一起耸立着，长得树叶葱翠，姿态美妙，而且桠枝四展，形状庄严，那八九棵橡树都远远赶不上，我可没见过这么美的树。 我

---

① 一种提灯，装有一活门，可开关。
② 百合树，又名郁金香树，产于北美，属木兰科，叶截形，多少成分裂状，花绿黄色，如郁金香，木料可制家具。

们刚到百合树前，勒格朗就回过头问丘比特是否爬得上去。 老头一听这话，仿佛有点儿踌躇，总不应声。 过了半天才走到巨大的树身前，慢吞吞绕了一圈，全神贯注地端详了一番。 打量好，光是说了一句：

"行，小爷，丘这辈子见过的树都爬得上去。"

"那么赶快爬上去，眼看天就要黑得伸手不见五指了。"

"得爬多高，小爷？"丘比特问道。

"先爬上树干，回头再告诉你往哪儿爬——嗨——慢着！把这甲虫带去。"

"那虫子，威儿小爷！ ——金甲虫！"黑人一边叫，一边惊慌得直往后退，"干啥要把虫子带上树？ —— 我死也不干！"

"丘，你这么大个子的黑人，不敢捏住一只伤不了人的小死虫，就拿着这绳子带上去吧——可你要不想法子带上去，我只好拿这铲子砸烂你脑袋。"

"咋回事，小爷？"丘说，一眼就看出他羞得只好照做了，"总是要跟老黑奴嚷嚷。 不过说笑罢了。 咱见那虫子害怕！那虫子算啥？"说着小心翼翼地捏住一头绳子，尽量将昆虫拿得离身子远远的，准备爬树了。

百合树，或者叫作 Liriodendron Tulipiferum，是美洲森林树木中最最雄伟的一种，幼年期间，树身特别光滑，往往长得老高，横里一根桠枝也没有；到了成熟时期，树皮上才长出疙瘩，凹凹凸凸，树干上也有了不少短枝，因此当下看看难爬，其实倒不难。 丘比特双臂双膝尽量紧紧钩住巨大树身，两手攀住疙瘩，光脚趾踩着疙瘩爬上去，有一两回差点没摔下来，最后终于一耸一挺地爬到头一个大桠枝上，看模样他还当万事大吉了呢。其实眼下爬树的虽然离地六七十英尺，倒是毫无危险了。

"现在得往哪儿去，威儿小爷？"他问道。

"顺着最大一根树枝爬上去——就是这边一根，"勒格朗说。黑人马上听从了，显然不费周折就爬了上去；愈爬愈高，愈爬愈高，到后来四下的密密树叶终于把那矮胖个儿遮得不见影踪。转眼传来了他的声音，听来像在喊叫。

"还得爬多高？"

"爬得多高了？"勒格朗问道。

"不能再高了，"黑人答道，"从树顶上看得见天啦。"

"别管天不天的，照我的话做吧。往下看看树身，把这边桠枝数一数。爬了多少根啦？"

"一，二，三，四，五——这边，我爬了五根大桠枝啦，小爷。"

"那么再爬上一根。"

过了片刻，又传来了他的声音，说已经爬到第七根桠枝上了。

"嗨，丘，"勒格朗叫道，一听便知道他心头兴奋万状，"我要你在那桠枝上往前爬，能爬多远就多远。一见什么稀罕东西，就通知我。"

我原先不过有些疑心这位仁兄精神失常，如今认清了，只好断定他发了疯，就急急乎想逼他回家。我正在暗自琢磨用什么法子是好，忽然又传来了丘比特的声音。

"实在吓得利害，不敢爬远了——这根桠枝统统死光了。"

"你说是根枯枝，丘比特？"勒格朗抖声颤气叫道。

"就是，小爷，死得连口气都没有。——实实在在是咽气了——归天啦。"

"究竟怎么办是好？"勒格朗问道，看光景他苦恼极了。

"怎么办！"我说，暗自庆幸总算可以插下嘴了，"回家去睡觉。嗨，走吧！——这才听话哩。天晚了，再说，你总也记得答应我的话。"

"丘比特，"他对我理都不理，径自叫道，"你听见了吗？"

"听见了，小爷，听得不能再清楚了。"

"那么拿刀子试试木头，看看是不是烂透了。"

"是烂了，小爷，那可没差，"过了片刻，黑人答道，"烂虽烂，可没烂透。就我一个人，还敢再往前爬点路，说真的。"

"就你一个人！——这是什么意思？"

"唉，我指的是那虫子。虫子重得很哩。如果先把他扔下，光是一个黑人的分量，桠枝倒吃得住。"

"你这十恶不赦的坏蛋！"勒格朗叫道，心里那块石头分明落了地，"你跟我这么瞎扯，安的是什么心？你要是把甲虫扔掉，看我不叫你脑袋搬家。嗨，丘比特，听见了吗？"

"听见了，小爷，跟苦命黑人何必这么大叫大嚷。"

"好！听着！——你要是还敢往前爬，看到有危险才不过去，手里不把甲虫扔掉，等你下来，就送你块银元。"

"我爬啦，威儿小爷——不爬着吗，"黑人立即答道，"现在差不多到梢上了。"

"到梢上了！"这时勒格朗简直失声尖叫了，"你是说，爬到桠枝梢上了？"

"眼看就要到梢上了，小爷——啊——啊——啊——啊——

啊哟！ 老天爷呐！ 这儿树上是啥东西呀？"

"啊！"勒格朗叫道，他是乐极忘形了，"什么东西？"

"哟，不过是个头颅骨——不知啥人把他脑袋留在树上，乌鸦把肉全都吃光了。"

"你说是头颅骨！ ——好极了！ ——怎样钉在桠枝上？——用什么拴住的？"

"一点儿不错，小爷，得瞅瞅。 哟，说真的，怪到极点了——头颅骨上有个老大钉子，就把它钉在树上。"

"好，丘比特，我怎么说，你就怎么办吧——听见吗？"

"听见，小爷。"

"那么听仔细了——把头颅骨上的左眼找到。"

"哼！ 嗬嗬！ 真妙！ 根本没眼睛哩。"

"真笨死了！ 你分得出哪是左手，哪是右手吗？"

"分得出，分得出——完全分得出——这是左手，我劈柴就用左手。"

"可不！ 你是个左撇子；你左眼就在左手那一边。 我看，你这就可以找到头颅骨上的左眼，原先长左眼的窟窿了。 找到了吗？"

隔了老半天，黑人才问道：

"头颅骨上左眼，是不是也在头颅骨左手那一边？ ——因为头颅骨上根本一只手也没有——算了！ 找到了——这就是左眼！ 要我拿它咋办？"

"拿甲虫打左眼里扔下来，绳子尽量往下放——可加小心，别放掉绳子。"

"有数了，威儿小爷；拿虫子放进那洞里，真容易极了——

在下面看好！"

说话间，丘比特根本不见影儿；这早晚，夕阳依然昏昏照着我们这块高地，他好容易才放下来的甲虫，倒一目了然，拴在绳头上，就在余晖中闪闪发光，浑像磨光的金球。金龟子悬空挂着，一放掉，就会落在我们脚前。勒格朗劈手拿过长柄镰刀，恰好在昆虫下面，划出个直径三四码的圆圈，划好，就吩咐丘比特放掉绳，爬下树来。

这时，我朋友在甲虫落下的地方，分毫不差地打进一个木桩，又从口袋里掏出皮尺，将一头钉在靠近木桩的树身上，拉开皮带尺，到木桩那儿，再顺着百合树和木桩那两点形成的直线方向，往前拉了五十英尺，丘比特就拿长柄镰刀砍掉这一带的荆棘。勒格朗又在那儿打下一个木桩，以此作为圆心，马马虎虎画了个直径四英尺光景的圆圈。于是拿了把铲子，再分给我和丘比特各人一把，请我们赶快挖土。

说实话，我平时就不爱这种消遣，尤其在这刻工夫，真巴不得一口谢绝；一则天快黑了，再则走了那么多路，实在累得慌；可偏偏想不出法子溜走，又怕一开口拒绝，那位仁兄就会不得安生。要能靠丘比特帮忙，我早想法逼这疯子回家了；无奈老黑人的脾气早就摸熟，无论在什么情况下，要靠他帮忙跟少爷争一场，都断断没指望。南方人纷纷流传地下埋着宝藏，我深信勒格朗准是中了这类鬼话的毒；他找到了金龟子，就把心头那套幻想当了真，或许是因为丘比特一口咬定那是"一只真金的虫子"，他才信以为真的吧。神经不正常地轻易就相信这种鬼话，如果跟心眼里那套想法恰巧吻合，尤其容易上当，于是我就想起这可怜家伙说过，甲虫是"他金库的钥匙"。总而言之，我心乱如麻，不知如何是好，最后才决定，既然不干不行，干脆动手拉倒——认认真真地挖土，这样就好趁早拿出铁证，叫这位空想家相信自己是异想天开。

两盏牛眼灯全点上了，我们一齐动手，起劲干活，其实这股劲儿用在正事上才好呢。看看灯火射在我们身上，照在工具上，我不由得暗自思量，我们这伙人多像画中人，人家无意中闯进来，包管觉得我们干的活多稀罕，多可疑。

我们一刻不停地挖了两个钟头。大伙不大吭声，那条狗对我们干的活感到莫大兴趣，一味汪汪叫，害得我们大为不安。后来闹得实在不可开交，我们才提心吊胆，或者不如说，生怕这么乱叫惊动附近过路人，勒格朗才这么担心；我倒巴不得有人闯进来，好趁机逼这流浪汉回家。丘比特就顽强而沉着地爬出土坑，拿一条吊袜带缚住这畜生的嘴，一片叫声终于哑寂，他才威凛凛地呵呵一笑，重新干活。

过了两个钟头，我们已经挖了五英尺来深，可是金银财宝根本不见踪影。大家便一齐住手，我真恨不得这出滑稽戏就此散场。勒格朗显然狼狈不堪，若有所思地抹了抹额角，竟又动手挖了。那直径四英尺的圆圈早已挖好，如今又稍微挖大了些，深里再挖上两英尺。可还是什么都没挖到。这淘金人终于满脸失望，痛苦万分地爬出土坑，慢吞吞地勉强穿上干活前脱掉的外套。我始终不吭声，对他深深同情。丘比特一看到少爷的手势，就动手收拾工具。收拾好，取下狗嘴上的吊袜带，我们便默默无言地打道回府了。

我们往回走了十来步路，勒格朗突然大骂一声，迈开步走到丘比特跟前，一把揪住他的衣领。黑人吓了一跳，眼睛嘴巴张得老大，一松手，扔掉铲子，双膝扑通跪下。

"你这坏蛋!"勒格朗咬牙切齿地迸出一个个字眼道,"你这狼心狗肺的恶鬼! ——说真的,你讲! ——马上回答我,别支支吾吾! ——哪——哪一只是你的左眼?"

"啊哟,威儿小爷! 难道这不是我的左眼?"丘比特吓得没命,哇哇喊叫,手伸到右眼上,拼死紧紧按着,好似生怕给少爷剜掉眼睛。

"我早料到了! ——我早知道了! 哈哈!"勒格朗大叫大嚷,松手放了黑人,径自蹦蹦跳跳,打了几个旋,闹了一阵,他那跟班吓得瞠目结舌,爬起身,默不作声地朝我和少爷看来看去。

"嗨! 咱们得回去,"勒格朗道,"戏还没完呢。"说着又领头朝百合树走去。

我们走到树脚下,他说:"丘比特,过来! 头颅骨是脸朝外钉在桠枝上呢,还是朝桠枝钉着的?"

"脸朝外的,小爷,这样乌鸦才没费劲,正好吃掉眼睛。"

"好,那么你刚才从哪只眼里放下甲虫的,这只,还是那只?"勒格朗一边说,一边摸摸丘比特两只眼睛。

"这只,小爷——左眼——您咋吩咐,我就是咋做来的。"可黑人指的恰恰是右眼。

"行了——咱们还得试一次。"

我这才明白这位朋友看看好似发疯,其实倒还有条有理,或者说我只是自以为弄明白罢了。 他将标志甲虫落地点的木桩取起,朝西移了三英寸光景;再照前从树身最近一点上拉开皮带尺,到木桩那儿,又笔直往前拉了五十英尺,离开刚才挖出的坑几码路,圈出个地方。

这时便绕着新地位,画了个圆圈,比刚才那个多少大些,我们又动手挖了。 我真累到极点，可心里不知怎么起了变化，不是只想摆脱肩头这份重活，反而感到说不出的兴趣——而且还激动呢。 说不定，勒格朗这种放荡举止间有什么打动了我的心眼——不知是深谋远虑的神气，还是从容不迫的态度。 我来不及地挖着，一边挖，一边还想到原来自己巴不得找到虚无缥缈的金银财宝，我那不幸的伙伴就是梦想发财才发了神经。 我们挖了一个半钟头光景，我满脑袋全是这种想入非非的念头，狗忽然又大叫特叫，打扰了我们。 刚才分明只是因为乱起哄，瞎胡闹，才不安，可这回声调却又尖厉又正经。 丘比特又想绑住它嘴，它就拼命抗拒，跳进坑里，疯也似的扒开烂泥。 不到片刻，扒出了一堆尸骨，恰好是两具四肢俱全的骷髅，还夹着几个铜扣，以及烂成灰的呢绒般的东西。 铲掉一二铲土，便挖出一把西班牙大刀，再往下挖，又见三四个金银硬币散在各处。

眼见这一切，丘比特那份高兴简直按捺不住；他少爷脸上反而是大失所望，可还是催我们使劲挖下去，话还没说完，我靴尖突然钩住一个半埋在浮土里的大铁环，绊了一跤。

我们眼下干得可认真，这么兴奋的十分钟，倒从没碰到过。在那片刻工夫中，我们顺利地挖出了一只长方形木箱。 看这木箱丝毫无损，异常坚固，显然经过什么矿物质——大概是升汞处理。 这只箱子长三英尺半，宽三英尺，高二英尺半。 四周牢牢包着熟铁皮，钉着铆钉，整只箱子给拦成一格格的格子。 左右两头，靠近箱盖，各有三个铁环，总共六个，可以给六个人当把手抓着。 尽管我们一齐使出吃奶力气，箱子也只是略动几分。我们顿时看出这么笨重的东西没法搬动。 幸好箱盖上只扣着两个活动扣。 我们拉开这两个扣子——焦急得一边发抖，一边喘

气。 一眨眼工夫，整箱价值连城的金银珠宝就在面前闪闪发光
了。 灯光泻进坑里，乱糟糟一堆黄金珠宝反射出灿烂光芒，照
得我们眼花缭乱。

我瞪着眼盯着那工夫的种种心情，不想细谈了。 首先自然
是惊奇。 看上去勒格朗兴奋得没一丝力气，话也少说了。 一时
间，丘比特脸色死白，当然这是说，一般黑人的黑脸上能显得多
白，他就有多白。 看模样他呆若木鸡，吓做一团。 不久他在坑
里双膝跪下，两条光胳膊插进金子，直埋到胳膊肘，就这样插着
不伸出来，好似乐滋滋的在洗澡一般。 临了，才深深吁了口
气，仿佛自言自语，大声喊叫：

"这全亏金甲虫！ 好看的金甲虫！ 可怜的小金甲虫，我用
那种粗话咒骂的东西！ 难道你不害臊，黑奴？ —— 回答
我呀！"

后来我少不得提醒他们主仆二人，暂且想法把宝贝搬走再
说。 天愈来愈晚了，得趁天亮前尽力将宝贝搬到家里。 大家心
里全都像团乱麻，该怎么办才好，真难说，左思右想地考虑了老
半天，才把箱子里的财宝搬出三分之二，分量轻了，费上一番手
脚，箱子总算起出了坑。 搬出来的宝贝就藏在荆棘里，留下狗
守着，丘比特还严厉地叮嘱一番，我们要没回来，无论什么缘
故，都不准离开，也不准张嘴乱叫。 我们这才扛着木箱，匆匆
回家了；大大辛苦了一场，到半夜一点，才算平平安安到达木
屋。 我们真累坏了，再要马上动手工作，可不合人情。 休息到
两点钟，吃了晚饭；屋里倒凑巧有三只结实的口袋，就随身带
走，赶紧回到山里去了。 将近四点，才走到坑边，将剩下的金
银财宝尽量均分成三份，坑也不填，就动身回到木屋里，再次将

肩头的金银担子藏在屋内，这时东方树梢上刚露出几道蒙蒙曙光。

这早晚，我们累垮了；可当时兴奋过度，反而睡不好。辗转不安地睡了三四个钟头，大家像事先商定似的，一齐起身，检点金银财宝了。

那笔财宝竟有满满一箱，我们花了整整一天，又干了大半个晚上，才检查完毕。一箱财宝放得不整不齐，也不分门别类，全都乱糟糟堆着。我们仔细分了类，才晓得手边的财富比开头想象的还要多。硬币方面，按照当时兑换的牌价，尽可能准确地估计了一下，其价值总共值四十五万多块钱。没一块是银币。统统是金币，五花八门的，法国、西班牙、德国的都有，还有几个英国几尼①，此外还有一些压根没见过的赝币。有几个重甸甸的大硬币，差不多磨光了，花纹根本看不清。美国货币却一块也没有。珠宝的价值更难估计。其中有钻石——有些大得很，亮极了——总共一百一十颗，没一颗不大；十八块灿烂夺目的红宝石；三百一十块翡翠，全很美；还有二十一块蓝宝石，外加一颗猫儿眼。镶嵌托子全拆掉了，宝石都乱七八糟地扔在箱子里。我们在其他金器中拣出那些托子，看来个个都给锤子砸扁，好像是免得给人认出。此外还有无数纯金首饰：将近两百只又厚又重的指环和耳环；昂贵的金链——我要没记错的话，总共有三十根；八十三个又大又沉的十字架，五只价值连城的金香炉；一只偌大的金质五味酒钵，精工雕着葡萄叶和酒仙像；还有两把细工镂刻的剑柄，以及好些小物件，我可记不起来了。

---

① 英国一六六三年至一八一三年发行的金币名。一七一七年，将其价值定为二十一先令。

这种种贵重物品共重三百五十多常衡①磅。 我可没把一百九十七只上等金表算在这里头；其中三只，每只足足值五百块钱；好多都是老古董，算做时计，可不值一个子儿；零件多少有点儿锈坏了，但都镶满珠宝，配着高价的金壳。 当天晚上，我们估计那箱宝贝共值一百五十万；等到后来将珠宝首饰卖掉（有几件没卖，留着自用），才晓得价值估得实在太低了。

我们终于查点完毕，兴奋异常的心情消退了几分，勒格朗看我沉不住气，急着想知道这离奇古怪的哑谜谜底，就把一本细账原原本本地谈了出来。

"你总记得，"他说，"那天晚上，我把画好的金龟子草图递给你。 你总也回想得起，当时你一口咬定我画得活像骷髅头，我就对你大动肝火。 你开头说得这么死，我还当你开玩笑；可后来想起昆虫背上有三个怪点，才承认你那番说法有点儿事实根据。 话虽这么说，你笑我画不来画，心里还是生气——人家都认为我是个出色的画家呢——所以，你把羊皮递给我，我就打算揉成一团，气呼呼地扔进火里。"

"你是指那张纸片吧，"我说。

"不；看看很像纸，我开头也当是纸，可在上面一画，就看出原来是张极薄的羊皮。 那张羊皮脏得很，你总记得吧。 回过头来说，我正要揉成一团，无意中朝你看过的草图溜了一眼，这一看，就不必提有多惊奇了，说来不信，我自以为那儿画着甲虫图，谁知竟瞅见了骷髅头像。 我一时吓呆了，怎么也没法有条有理地开动脑筋。 我知道自己画的跟这骷髅头绝不相同——虽然大体轮廓有几分相仿。 我马上拿了根蜡烛，坐到屋子另一

_____

① 常衡量一般衡量米、炭等粗重物品；至于量金银珠宝则用金衡量。

头，更仔细地朝羊皮上打量了一通。 翻过羊皮，就看到自己画的那张画还是老样子。 一开头心里只觉得奇怪，外形轮廓居然不差分毫——怎么原先竟不知道有这等异常的巧合，羊皮一面画着个头颅骨，背后恰正是我那张金龟子图，而且这头颅骨的轮廓和大小，全跟我画的一模一样。 我刚才说，碰到这等异常的巧合，我一时愣住了。 人家碰到这种巧合，通常总要出神。 心里拼命想理出个头绪——前因后果的关系——可就是办不到，一时麻木了。 等到我清醒过来，才渐渐明白，不由得吓了一跳，连那种巧合也没那么叫我吃惊。 我清清楚楚、明明白白地记起来了，当时画金龟子草图，羊皮上可没什么画。 绝对没有；我记得当初想找个最最干净的地方，正反两面都先后翻过。 要是画着头颅骨，当然不会看不到。 这真是个谜，只觉得无从解释；不过，就连在开头一刹那间，我心灵深处已经隐隐掠过阵阵念头，好像萤火虫一闪，经过昨夜那番奇遇，真相终于大白。 我当下站起身，把羊皮藏好，等你们全走了，再去思索。

"等你走了，丘比特睡着了，我就把这事更有条理地研究了一番。 首先琢磨的是羊皮怎么落到我手里。 我们发现金龟子的地点，就在小岛东面里把路远，靠近满潮标上方大陆岸上。 我刚抓住甲虫，就给狠狠咬了一口，不由得马上扔了。 丘比特为人一向谨慎，眼看虫向他飞去，先在四下找寻叶子什么的，好拿来抓虫。 在这一刹那间，我跟他全一下子瞅见了羊皮，当时我还当是纸呢。 羊皮半埋在沙里，一角翘起。 就在找到羊皮的附近，我看到一堆破船，模样好像长舢板。 看光景堆在那儿有好久好久了，因为船骨样子简直看不出来。

"回过头来说，丘比特捡起羊皮，把甲虫包在里头，交给我。 不久我们就打道回府，路上碰到葛××中尉。 我拿虫子给他看看，他请求我让他带到堡里去。 我刚答应，他就将虫子塞进坎肩袋里，外面可没包羊皮，他打量甲虫那当儿，羊皮一直捏在我手里。 大概他生怕我改变主意，认为最好马上把这个意外收获拿到手吧——你知道，他对一切跟博物学有关的东西才迷呢。 就在那时，我准是不知不觉拿羊皮放进口袋里了。

"你总记得，当时我为了要画甲虫的草图，走到桌边，在放纸的地方找了一下，却找不到。 在抽屉里找找，也没找到。 在口袋里掏掏，但愿找到封旧信，手恰巧摸到了羊皮。 我把羊皮落到手里的情形，这么详细地说了出来；因为这印象特别深刻。

"不消说，你会当我异想天开——可我早就摸出内在关系了。 我把一个大连环套的两个环节连上了。 海边搁着条船，离船不远有张羊皮——可不是纸——上面画着个头颅骨。 你自然会问，'这里头有什么关系呀？'我回答你，头颅骨，或者说骷髅头，是人所共知的海盗标记。 碰到交锋，总是扯着骷髅头旗。

"我刚说过那是张羊皮，不是纸。 羊皮才耐久呢，简直永远烂不掉。 小事情可难得记在羊皮上；因为光是用来画画图，写写字，那还不如用纸呢。 这一想，就提醒我骷髅头里有点儿道理，有点儿连带关系。 我也没忽略羊皮的样子。 虽然有一角不知怎的弄坏了，倒还看得出原来是长方形的。 人家记备忘录，记什么需要永志不忘，仔细保存的事情，用的正是这种羊皮。"

"可你不是说画甲虫那时，羊皮上没头颅骨吗，"我插嘴道。 "既然，照你说法，头颅骨准在你画金龟子之后一段工夫里画上去的（怎么画的，是谁画的，只有天晓得喽），那怎会把小船和头颅骨扯在一起呢？"

"唉，怪就怪在这里；不过，我当时倒没动什么脑筋，就把这一谜底解决了。我步步踏实，因此答案只有一个。比方说，我是这样推论的：我画金龟子那当儿，羊皮上明明没头颅骨。等画好，交给你，一直眼睁睁看着你，直看到你把画还给我。因此头颅骨不是你画的，当时也没别人画。那就不是人力所为了。话可说回来，画总是画上去了。

"我想到这地步，就拼命回想当时发生的一切小事，果然一清二楚地回想起来了。当时天气很冷（啊，这真是难得的巧事！），壁炉里生着火。我走得热了，坐在桌边。可你呢，拖了张椅子挨着炉边坐着。我正把羊皮交到你手里，你刚打算看，那条狗'伍尔夫'进来了，扑到你肩上。你左手抚摩它，撵它跑，右手捏着羊皮，懒懒地垂在两膝间，恰恰靠近炉火。我一时还当火苗烧着了纸，正想叫你，谁知还没开口，你已经拿开了，正忙着看画呢。我一想到这些详细经过，顿时肯定，我看见羊皮上画着的头颅骨，就是热力显现出来的。你也晓得自古以来有种化药剂，可以用来写在纸上或皮纸上，只有给火一烤，字迹才会显出。人家常拿不纯的氧化钴溶在王水里，再加四倍水稀释，结果就调出绿色溶液。含杂质的钴溶解在纯硝酸里，就调出红色溶液。写在纸上的药剂冷却以后，经过相当一段时期，长短可没准，颜色就褪了，不过再加热，又一清二楚了。

"我于是把骷髅头仔细端详了一通。骷髅头外边一圈，就是靠近纸边的一圈，比其他部分清楚得多。那明明是热力不全面，不匀称的缘故。我马上点了火，让羊皮的每一部分都烤到炽热的火力。 开头，只不过是头颅骨那模糊的线条烤得深了些，可坚持试验下去，后来就在羊皮一角，斜对着画出骷髅头的地方，清清楚楚地显出一个图形。 我开头还当作山羊。 再仔细一看，才弄明白原来画的是羔羊。"

"哈！ 哈！"我说，"我自然没资格笑你——一百五十万块钱是笔大数目，不是闹着玩的——可你总不见得打算在那个连环套里弄出第三个环节来吧——海盗和山羊之间找得到什么特别关系？ ——要知道，海盗跟山羊毫不相干；山羊跟畜牧业才有关系呢。"

"可我不是说过，那不是山羊的图形吗。"

"得，就算是羔羊吧——也差不多一样。"

"差不多，但并不完全一样，"勒格朗说。 "你总听到过一个名叫基德船长①的人吧。 我当下把那动物图形看作一种含义双关，或是象形文字的签名。 我说这是签名；因为看到它在皮纸上的地位，就触动了灵机。 照这样看来，斜对角那个骷髅头，就是标记或印信的样子。 可是除此之外，其他什么都没看到——没有我想象中的文件——没有给我联系上下文的原文，我真心冷。"

"你大概想在标记和签名之间找到信件吧。"

"正是诸如此类的东西。 老实说，我心头禁不住有种预感，总觉得就要发一大笔横财了。 为什么有这个想法，可说不

---

① 指威廉·基德（1645—1701年），原是英国武装民船船长，奉令至美洲沿海一带及印度洋捕海盗，结果反而当了海盗，横行西班牙商船航路，抢劫商船，1701年在波士顿被捕，5月23日在伦敦被处绞刑，至死未供出埋赃所在。相传该项财宝埋在纽约东南长岛上。 本文中谈到的苏里文岛，在美国独立革命前，原是海盗窝，其北面有一棕榈岛，旧名长岛，爱伦·坡由此产生联想，将本文中的所谓宝藏说成基德船长埋下的赃物。

上。 也许，要说是信以为真，还不如说但愿如此；丘比特说甲虫是纯金的，你可知道，他这句话竟叫我异想天开？ 接着又出了一连串意外和巧合——全都非常离奇。 这些事偏偏都凑在那一天，那一天竟然冷得该生火，也许是冷得该生火吧，要没生火，狗要没偏巧在那一刻工夫闯了进来，我压根看不到骷髅头，也不会享有那笔财宝，你看多巧啊！"

"讲下去吧——我实在等不及啦。"

"好吧。 你当然听到过不少当前流传的故事——有无数捕风捉影的谣言散布说，基德那伙人在大西洋沿岸什么地方埋着财宝。 这些谣言一定有些事实根据。 传了那么久，还不断流传，我看，只是因为宝藏还埋着没被发掘的缘故。 要是基德一时把赃物埋了起来，事后又取走了，这些谣言传到我们耳朵里，就不至于像目前这样千篇一律了。 要注意，这些故事讲的都是找寻财宝的，不是找到财宝的。 要是这海盗取回了财宝，事情就会告一段落。 照我看，大概是出了什么意外——比方说指示藏宝地点的备忘录失落了——他才没办法重新找到，而且这个意外给他的喽啰知道了，否则他们可能根本不会听说有过什么藏宝的事。 他们盲目乱找，白白忙了一阵，结果还是找不到，目前这种家喻户晓的流言就是他们先传开来的，后来就举世流传了。你有没有听说过大西洋沿岸发掘过什么大宝藏？"

"从没听说过。"

"可大家都知道基德的家私多得数不清。 因此我认为一定还埋在地里；告诉你，听了可别吓一跳，我心里存着股希望，几乎蛮有把握的，我希望这张意外找到的羊皮，就是失落的宝藏图。"

"那你当时怎么进行下去呢？"

"我再把皮纸放在火上，慢慢加热，可什么也没看到。 我就认为可能是皮面上那层尘土碍了事；因此小心地浇上热水，漂洗一下，洗好了，放在平底锅里，有头颅骨的一面朝下，再把锅放在火旺的炭炉上。 不到几分钟，锅就烧得火烫了，我拿起羊皮一看，心里这份乐就不必提了，只见上面有几处地方出现了一行行数字似的东西。 我再把羊皮放在锅里，烤上一分钟。 等到拿出来，上面的字全部出来了，正跟你现在看到的一样。"

勒格朗早把羊皮重新烤过，说到这儿，就拿给我看了。 只见骷髅头和山羊之间，潦潦草草地写着如下的红色符号：

53‡‡†305))6*;4826)4‡·)4‡);806*;48†

85↗60))85;]8*;:‡*8†83(88)5*†;46(;88*96

?;8)†(;485);5*†2:*‡(;4956*2(5*−4)

8↗8*;4069285);)6†8)4‡‡;1(‡9;48081;8:8‡1;

48†85;4)485†528806*81(‡9;48;(88;4(‡?34;

48)4‡;161;:188;‡?;

"可我还是莫名其妙，"我把羊皮还给他说。 "如果哥尔昆达的珠宝①，只消等我解了这哑谜就归我，我也包管没法弄到手。"

"话可说回来，"勒格朗道，"这谜底根本就不难解，你乍一看这些符号，以为很难，其实并不难。 谁看了都会马上猜

---

① 哥尔昆达，印度南部城市，古时著名的钻石市场。

144

到，这些符号是密码，换句话说，其中都有含义；不过，就我对基德的了解看来，他不见得会想出什么比较深奥的密码。我当下肯定，这是种简单的密码——可水手头脑简单，要没密码书，也休想解开。"

"你当真解开了？"

"那还不容易，比这费解一万倍的都解开过呢。由于周围环境的影响，加上生来癖好，我对这种哑谜一向很感兴趣，我不信人类的巧妙心计想得出一种哑谜，人类的巧妙心计就不能用适当方法解开。说真的，只要确定符号连贯清楚，我简直没想到要推究其中含义有什么困难。

"就目前的例子来看——当然，一切秘密文件都一样——首先要晓得密码采用哪种语言；因为解谜的原则，尤其是比较简单的密码，全得看独特的熟语特征，并且要根据这些特征的不同而变化。一般说来，打算解谜的人只有一个办法，就是拿自己懂得的语言，根据可能性，一一试验，试到猜中为止。不过，眼前这份密码，有了签名，一切困难都迎刃而解了。'基德'这个字眼的双关意义①只有在英文里才能体会。要没这层原因，我早先试试法文和西班牙文了，因为在南美洲北岸一带②出没的海盗，要写密码，用的当然是这两种语言。但事实上，我还是假定这种密码是英文。

"你瞧这些字全连在一起。要是分开，猜起来就容易得多。在那种情况下，该先从整理分析较短的字眼着手，要是找

---

① "基德"在英文是 Kidd，"羔羊"是 Kid，读音相似。
② 指原西班牙属南美北岸（自巴拿马海峡至俄利诺柯河或亚马河止），加勒比海之南部或全部，即西班牙商船往来东西两半球之航路。

得到一个单字，找是多半找得到的，比如说 a 或 1，那我就认为保险可以解开谜底。 可是，这份密码全连在一起，我头一步就是确定用得最少的字和用得最多的字。 全部统计下来，我列了这样一张表：

8 的符号计有 33 个。

; 的符号计有 26 个。

4 的符号计有 19 个。

‡ 和) 的符号各有 16 个。

* 的符号计有 14 个。

5 的符号计有 12 个。

6 的符号计有 11 个。

(的符号计有 10 个。[①]

† 和 1 的符号各有 8 个。

0 的符号计有 6 个。

9 和 2 的符号各有 5 个。

: 和 3 的符号各有 4 个。

? 的符号计有 3 个。

ʃ 的符号计有 2 个。

] —和 · 的符号各有 1 个。

"回过头来谈吧，在英文里，最常见的字是 e 字。 按照使用多少的次序排列是： aoidhnrstuycfglmwbkpqxz。 e 用的次数最

---

① 根据哈柏版本和诺甫版本的 《爱伦·坡全集》 以及其他版本， 均无此句， 疑系爱伦·坡漏笔， 本文根据日本教文馆一九〇七年出版， 弗吉尼亚·加纳编辑的 《爱伦·坡散文故事集》， 以及美国巴尔的摩， 葛拉蒙出版社印刷的限定版 《神秘与幻想故事集》 （一九四一年版） 照加一句。

多，不管多长的一句独立句子里，难得看见这个 e 字不作主要字的。

"说到这里，我们一开头就有了根据，不仅仅是单纯的猜测了。 这种表显然可以派用处——但在这一份密码里，只能靠它帮助解决极小部分的疑难。 至于这份密码里用得最多的符号是 8 字，不妨一开头就假定这 8 字代表普通字母中的 e 字。 为了证明这个推测是否正确，请看看这 8 字是否时常叠用——因为在英文里，e 这个字母常常叠用——举例来说，像'meet''fleet''speed''been''agree'等等字里，都是叠用的。 就眼前这个例子来看，密码虽短，这 8 字叠用的次数倒不下五次之多。

"那么就算 8 是 e 吧。 说起来，在所有英文字眼里头'the'这个字眼是最常用的；那么，就看看，有没有一再出现同样排列的三个符号，而且最后一个符号是 8 字。 如果看到有这么排列的字重复出现，那么十之八九就代表'the'这个字眼了。查上一遍，发现这样排列的字出现七次之多，符号是；48。 因此，不妨假定；代表 t，4 代表 h，8 代表 e ——现在最后一个字肯定没错了。 这一来，咱们已经向前迈了一大步。

"不过，确定了一个单字，就能确定非常重要的一点；换句话说，就能确定其他几个字眼的字头和字尾了。 试引全文倒数第二个；48 这三个符号的例子来看吧——这字离密码结束不远。咱们知道紧接着的；是一个字眼的字头，接在这个'the'字后面的六个符号中，倒认出了五个之多。 不妨把这些符号用知道的代表字母这样列出来，空下一格填那个未知的字母——

t eeth。

"咱们把全部字母都一一试填在这个空当里，还是拼不出一

个字尾是 th 的字眼。 既然以 t 开头的字眼里，th 用不上去，这就可以马上撇开这两个字母，把这字缩短成

      t ee，

要用得着的话，就像先前一样，再把字母逐一填进去，只有拼出一个'tree'①字读得通。 这就又认出个新字，r 字是由（的符号代表的，'the tree'两字又恰恰是并列的。

"再看看这两个字眼后面一小段，又看到；48 三个符号的排列，就用来当作头先那个字眼的语尾吧。 可以排出这么几个字：

      the tree：4（‡? 34the，

换个样，用已经知道的普通字母代替，这就认出是：

      the tree thr‡? 3h the。

"好，如果让未知的符号空着，或者用小点代替，就认出这样的字：

      the tree thr…h the，

这就马上认出明明是'through'一个字眼②。 这一发现倒提供了三个新字，o、u 和 g，三个字分别由‡? 、和 3 三个符号代替。

"就这样把密码从头到尾仔细看一遍，看看有没有已经知道的符号连在一起的，离开头不远，倒有这么排列的符号，

      83（88，或者写成 egree，

---

① 英文：树。
② 英文：经过。

148

这一看就知道准是'degree'①这字眼的结尾部分，这又多认出了一个字，d 是用 ⤋ 代表的。

"在'degree'这字眼后面四个字，看出这一组符号，

　　　; 46（: 88 ＊。

"把这些已知的符号翻译出来，未知的照旧用小点代表，就认出：

　　　th · rtee,

这么排列顿时叫我想起'thirteen'②这个字眼，这又提供了两个新符号，i 和 n 是分别由 6 和 ＊ 代表的。

"现在再引密码开头几个字看看，看到这一组符号，

　　　53 ⁺⁺⁺
　　　　 ⁺⁺⤋。

"照旧翻译出来，得出

　　　· good,

这就可以肯定，头一个字准是 A 字，因此开头两个字眼就是'A good'。

"为了避免混乱起见，现在该把已经发现的线索，列成一张表格。 列出的表是这样的：

　　　5 等于 a

　　　⁺ 等于 d

　　　8 等于 e

---

① 英文：度。
② 英文：十三。

3 等于 g

4 等于 h

6 等于 i

* 等于 n

† 等于 o

(等于 r

; 等于 t

? 等于 u

"这一来，已经认出十一个重要字眼，解谜的详细情形也不必再说下去了。 我已经谈得不少，谅你也相信这类密码不难解决；你对发现这些密码的理论也有几分底了。 不过，实在说，眼前碰到的这种密码是最最简单的一种。 如今只消把羊皮上那些解释出来的符号，全部译给你看。 请看：

一面好镜子在皮肖甫客店魔椅四十一度十三分①东北偏北最大树枝第七根桠枝东面从骷髅头左眼射击从树前引一直距线通过子弹延伸五十英尺。

"可这个哑谜看来还是费解得很，"我说，"'魔椅''骷髅头''皮肖甫客店'这一切都是隐语，怎么弄得懂真正的意思呢？"

"老实说，"勒格朗道，"乍一看的话，这件事看上去还是很难。 我一开头就尽力按照写密码的原意，把全文分为原来的

---

① 根据哈柏版本及诺甫版本的 《爱伦·坡全集》 均作四十一度十三分，但伐金版本及其他版本又作 "二十一度十三分"， 密码中的符号亦因此略有不同， 本文从哈柏版译出。

句子。"

"你是说加标点吧？"

"是诸如此类的东西。"

"可怎么办得到呢？"

"我想写密码的把这些字不分句地连在一起，自有目的，这样就好增加解谜的困难。 说起来，心眼不太灵的，要想这么做，十之八九会做过了头。 在写密码过程中，写到一个段落，自然需要加句点或逗点，在这种地方，他往往把符号连接得更近些。 倘如仔细看看这一份原稿，就不难辨别出有五处地方特别靠拢。 根据这种暗示，我就这样分了句：

"一面好镜子在皮肖甫客店魔椅——四十一度十三分——东北偏北——最大树枝第七根桠枝东面——从骷髅头左眼射击——从树前引一直距线通过子弹延伸五十英尺。"

"就算这么分法，我还是莫名其妙"，我说。

"有几天工夫，我也是莫名其妙，"勒格朗答道，"那几天里，我一直在苏里文岛附近一带，尽心竭力地找寻所谓'皮肖甫客店'的房子；不消说，'客店'是废字，不去管它。 眼见在这方面打听不到什么消息，我就打算扩大调查范围，更有系统地调查一下，正在那时，有天早晨，我心血来潮，忽然想起这个'皮肖甫客店'可能跟一家姓贝梭甫①的世家有些瓜葛，不知多少年前，那家人家在苏里文岛北面四英里来路地方有过一座古老的府邸。 我于是上庄园去，重新向庄园中那些上年纪的黑人打听。 后来终于有一个年近古稀的老太婆说，听说过贝梭甫堡那

---

① "皮肖甫"在英文中是 Bishop，"贝梭甫"是 Bessop，读音有点儿相似。

么个地方，她大概可以领我去，不过又说那既不是城堡，也不是客栈，而是座高高的岩壁。

"我答应重重酬她一笔辛苦钱，她犹豫了一下，就答应陪我去了。 我们没费多大周折就找到了，我一打发她走了，就着手勘查一下。 那座'城堡'是堆乱七八糟的断崖峭壁，其中一个峭壁不但外貌兀然独立，像假山石，而且高耸云霄。 我爬上去，到了壁顶，就不知道下一着怎么走是好了。

"我正忙着动脑筋，突然瞅见岩壁东面伸出窄窄一道岩檐，大约在我站着的岩顶下面一码地方；约莫突出十八英寸光景，最多只有一英尺宽，就在岩檐上面的悬崖中有个壁龛，看上去跟老辈人使用的一种凹背椅相差不多。 我就肯定那儿正是原稿上提到的'魔椅'，哑谜的全部谜底也就解了。

"我知道，'好镜子'只能指望远镜；因为'镜子'一字，当水手的难得指其他东西。 我顿时明白，得用望远镜照一下，而且得在一定地点瞭望，绝不能换个地方。 我干脆认为'四十一度十三分'和'东北偏北'那两个短语，就是指望远镜对准的方向。 发现了这一切，我真是兴奋到了极点，赶紧回家，取了望远镜，重新回到岩壁上。

"我往下爬到岩檐，就此看出只有采取一种姿势，才可以坐在上面。 事实证明我早先那个想法丝毫不错。 我用望远镜照了。 不消说的，'四十一度十三分'只能指肉眼看得见的地平线上面的高度，因为'东北偏北'那个短语明明是表示地平线的方向。 我马上用袖珍指南针确定了这个'东北偏北'的方向；再凭猜测，尽量拿望远镜朝接近四十一度的角度看去，我小心翼翼地将望远镜上下移动，移到后来，只见远处有棵大树，比一切树都高，树叶间有个圆形裂口，或者说是空隙，我就全神贯注在上面了。 只瞅见裂口当中有个白点，开头可看不清是什么。 将望远镜的焦点对准，再望一下，才看出原来是个人头骨。

"发现了这个人头骨，我顿时大为乐观，自信谜语解开了；因为'最大树枝，第七根桠枝东面'那一句，只能指头颅骨在树上的地位，至于'从骷髅头左眼射击'那句话，也只有一种解释，正是找寻宝藏的办法。 我看出方法就是从头颅骨的左眼射下一颗子弹，从树身最近一点划出一条直距线，换句话说，就是直线，穿过'子弹'，或者说子弹落下的地方，再延伸五十英尺，就会指出一定地方——我看，地下至少可能藏着一笔财宝。"

"这些一听就很明白，说来虽然巧妙，倒也清楚简单，"我说，"你离开了'皮肖甫客店'，又怎么办呢？"

"这个嘛，我仔细看清那棵树的方位就转身回家了。 不料，一离开'魔椅'，那个圆口竟不见了；后来，随便怎么照，也瞅不见一眼。 照我看，这一切中最最巧妙的是这个事实，要不从岩壁正面檐上观看，随便哪个地点都看不到圆口，我一再试验，所以深信这是个事实。

"我那次上'皮肖甫客店'去探险，丘比特是陪着去的，过去几个礼拜中，他准是瞅见我那种神魂颠倒的举止，就格外留神，不让我单独出去。 可是，第二天，我起了个早，想法偷偷溜了，到山里去找寻那棵树。 费了不少手脚才找到。 等晚上回到家里，我这个听差竟打算狠狠揍我一顿。 以后的奇遇，你也跟我一样熟悉了。"

"我看，"我说，"当初你头一回挖土，挖错了地方，都怪丘比特脑子笨，没从头颅骨左眼吊下甲虫，却从右眼吊了下来。"

"说得对。这一错，就跟'子弹'差了两英寸半光景，换句话说，跟树身最近的木桩差了两英寸半光景；如果宝藏恰正在'子弹'下面，倒也没什么；可是，'子弹'跟树身最近一点，只不过确定一条直线方向的两点罢了；当然，这个错误开头尽管微乎其微，可是直线愈拉愈长，错误就愈来愈大，等拉了五十英尺远，就失之毫厘，差之千里了。要不是我深信宝藏确实埋在那儿什么地方，咱们也许要白辛苦一场啦。"

"可你当初大吹大擂，还有你那样挥舞甲虫——有多古怪呵！当时我想你准疯了。你何不从头颅骨中吊下子弹，干吗偏要吊下虫子呢？"

"啊哈，说老实话，当时瞧你分明疑心我脑子不对头，多少有点儿生气，就打定主意弄点玄虚，随意暗中罚你。因此故意挥舞甲虫，因此故意从树上吊下甲虫。听到你讲甲虫重得很，我才有了吊下甲虫的念头。"

"嗯，我懂了；现在只有一件事，我还弄不明白。坑里找到的那两副骷髅骨，该怎么解释呢？"

"这问题，我也跟你一样无从解释。但仿佛只有一个说法讲得通——要是认为我看法里指的暴行真有其事，那真可怕。事情很明白，基德——如果真是基德埋藏这笔财宝的话，这点我可深信不疑——事情很明白，他准有帮手帮他埋。等埋好了，他或许认为最好把参加埋的人全都干掉。说不定，他趁助手在坑里忙着，用锄头把他们砸两下就完事了；说不定要砸十来下——谁说得上？"

（徐汝椿　译）

跳舞的小人

[英]阿瑟·柯南·道尔

　　福尔摩斯弯着瘦长的身子，埋头盯着面前的一只化学试管，试管里正煮着一种特别恶臭的化合物。　他已经不声不响地坐了好几个小时了，从我这里望去，他那脑袋垂在胸前的样子，就像一只瘦长的怪鸟，全身披着深灰的羽毛，头上的冠毛却是黑的。

　　他忽然说："华生，原来你不打算在南非投资了，是吗？"

　　我吃了一惊。　虽然我已习惯了他那各种奇特的本领，但如此突然地道破我的心事，仍令我无法解释。

　　"你怎么会知道？"我问他。

　　他在圆凳上转过身来，手里拿着那支冒气的试管，深邃的眼眸里露出似笑非笑的神情。

　　"怎么，我的华生，你很吃惊吗？"他说。

　　"我是吃惊了。"

　　"我应该叫你把这句话写下来，签上你的名字。"

　　"为什么？"

　　"因为过了五分钟，你又会说这太简单了。"

　　"我一定不说。"

　　"你要知道，我亲爱的华生，"他把试管放回架子上去，以一副教授对待学生的口吻说："做出一串推理来，循序渐进下去，使每个推理相对于它前面的那个推理更简明些，实际上这并不难。　然后，只要把中间的推理统统去掉，对你的听众仅仅宣布起点和结论，就可以得到惊人的，也可能是虚夸的效果。所以，我只是看了你左手的虎口，就得知你没打算把你那一小笔资本投到金矿中去，这并不难。"

"我看不出有什么关系。"

"似乎没有，但是我可以告诉你这一连串的密切关系。这根非常简单的链条中不可或缺的是：第一，昨晚你从俱乐部回来，你左手虎口上有白粉；第二，只有在打台球的时候，为了稳定球杆，你才在虎口上抹白粉；第三，没有瑟斯顿做伴，你从不打台球；第四，你在四个星期以前告诉过我，瑟斯顿有购买某项南非产业的特权，再有一个月就到期了，他很想你跟他共同使用；第五，你的支票簿锁在我的抽屉里，你一直没跟我要过钥匙；第六，你不打算把钱投资在南非。"

"这太简单了！"我叫起来了。

"正是这样！"他有些不屑地说，"每个问题，一旦给你解释过，就变得很简单。但我还有个不大明白的问题，你看看怎样能解释它，我的朋友。"他把一张纸条扔在桌上，又做起了他的分析。

我看见纸条上画着一些荒诞无稽的符号，十分诧异。

"嘿，福尔摩斯，这是一张小孩子的画。"

"噢，那是你的想法。"

"难道会是别的吗？"

"这正是希尔顿·丘比特先生急着想弄明白的问题。他住在诺福克郡马场村庄园。这个小谜语是今天早班邮车送来的，他则正准备乘第二班火车来这儿。门铃响了，华生，或许他刚好到了。"

楼梯上响起一阵沉重的脚步声，不一会儿走进来一个身材高大、体格健壮、脸刮得很干净的绅士。　他那明亮的眼睛，红润的面颊，说明他生活在远离贝克街迷雾的地方。　他刚进门的时候，似乎还带来了少许的充满东海岸那种浓郁、新鲜的空气。他跟我们握过手，正要坐下来的时候，目光落在那张画着奇怪符号的纸条上。

　　"福尔摩斯先生，您怎么解释它呢？　他们告诉我您喜欢离奇古怪的东西，我看再找不到比这更离奇的了。　我把这张纸条先寄来，是为了让您在我来以前有时间研究它。"

　　"的确是一件很难看懂的作品，"福尔摩斯说，"乍一看就像孩子们开的玩笑，纸上横着画了些正在跳舞的奇形怪状的小人。　您怎么会重视一张如此奇怪的画呢？"

　　"不，我倒是不重视，福尔摩斯先生。　可是我妻子很重视。　这张画把她吓坏了。　虽然她什么也不说，但我能从她眼里看出那种惊恐，所以就想请您帮我把这件事彻底弄清楚。"

　　福尔摩斯把纸条举起来，让太阳光照着它。　那是从记事本上撕下来的一页，上面那些跳舞的人是用铅笔画的，排列如图：

　　福尔摩斯仔细看了一会儿，然后很小心地把纸条叠起来放进皮夹子里。　他说："这可能是一件最有趣、最不平常的案子。您在信上告诉了我一些细节，希尔顿·丘比特先生。　但是我想请您再给我的朋友华生医生讲一遍。"

　　这位客人说："我不大会讲故事。"他那双大而有力的手，一会儿握紧，一会儿放开，神经质一般。 "如果我有什么没讲清的地方，您尽管问我好了。 就从我去年结婚前后开始吧：我先表明一下，虽然我不是个有钱人，但我们这一家子已在马场村住了大约有五百年，在诺福克郡也没谁比我们一家更出名的了。去年，我到伦敦参加维多利亚女王即位六十周年纪念，住在罗素广场的一家公寓里，因为我们教区的帕克牧师住的也是这家公寓。 这家公寓里还住着一位年轻漂亮的美国小姐，她姓帕特里克，全名是埃尔茜·帕特里克。 不出几日，我们便成了好朋友。 而不到一个月的时间里，我便疯狂地爱上了她。 我们悄悄地在登记处结了婚，然后以夫妻的身份回到了诺福克。 或许您觉得一个名门子弟，竟然以这种方式娶一个身世不明的妻子，简直是在发疯。 不过福尔摩斯先生，如果您要是见过她，认识她的话，我想您一定会理解的。

"关于结婚这点，她很直爽。 事实上，埃尔茜的确是个直爽的人，甚至直截了当地给过我改变主意的机会，但我怎么会呢？ 她对我说：'我一生中一直在和一些可恨的人来往着，现在我只想把他们全部忘掉。 我不愿再提及过去，因为这会使我痛苦。 如果你娶我的话，希尔顿，你会娶到一个没做过任何亏心事的女人。 但是，你必须向我保证，不必对我刨根问底，并允许我的某些沉默。 如果这条件太苛刻的话，那你就回诺福克去，让我照旧过着我的孤寂生活吧。'就在我们结婚的前一天，她对我说了这些话。 我告诉她我愿意依她的条件娶她，并且一直遵守着我的诺言。

"我们结婚到现在已经一年了，一直过得很幸福。 可是，大约一个月以前，也就是六月底，我首次看到了烦恼的预兆。那天我妻子接到了一封贴着美国邮票的信，她的脸色立即变得煞白，读完信便把它扔进火里烧了。 后来她没再提起这件事，我也没问，因为我必须遵守诺言。 从那时候起，她就没有过片刻的安宁，脸上总带着恐惧的样子，好像在等待着什么。 但是，除非她开口，我什么都不便说。 请注意，福尔摩斯先生，她是一个老实人。 不论她过去的生活中有过什么不幸，那也不会是她自己的过错。 我虽是个诺福克的普通乡绅，但在英国再没谁的家庭声望能高过我了。 她很明白这一点，在没结婚之前就很清楚。 她绝不愿意给我们家的声誉带来任何污点，这我完全相信。

"噢，现在我谈谈这件事的可疑之处吧。 大概一个星期以前，就是上星期二，我发现窗台上画了一些跳舞的滑稽小人，跟那张纸上的一模一样，是粉笔画的。 我以为是小马倌画的，可他发誓说并不清楚怎么回事。 不管怎样，那些滑稽小人是在夜里画上去的。 我把它们刷掉了，后来跟我妻子提到这件事，让我意外的是，她表示出了过分的关注，并要求我如果再有这样的画出现时，一定得让她看看。 整整一个星期，什么事情也没有发生。 但昨天早晨，我在花园日晷仪上找到了这张纸条，我拿给埃尔茜一看，她立刻昏倒了。 醒来后她就像在做梦一样，精神恍惚，眼睛里充满了极度的恐惧。 也就是在那时候，福尔摩斯先生，我写了一封信，并把那张纸条一起寄给了您。 我之所以不能把这张纸条交给警察，因为他们一定会笑话我，但是您会给我出主意，虽然我并不富有，但如果我妻子有什么祸事临头的话，我愿意倾家荡产来保护她。"

这是个在英国本土长大的漂亮男子——纯朴、正直、文雅，有一双诚实的蓝眼睛和一张清秀的脸。 从他的面容中，可以看出他对妻子的钟爱和信任。福尔摩斯聚精会神地听他讲完了这段经过以后，坐着沉思了一会儿。

"你不觉得，丘比特先生，"他终于说，"最好的办法还是直接求你妻子把她的秘密告诉您？"

希尔顿·丘比特摇了摇头。

"诺言毕竟是诺言，福尔摩斯先生。假如埃尔茜愿意告诉我，她就会告诉我的。假如她不愿意，我不能强迫她说出来。但我可以自己想办法呀，我一定得想办法。"

"好吧，我很愿意帮助您。首先，您家里来过陌生人没有？"

"没有。"

"我猜你那一带是个很平静的地方，任何陌生面孔出现都会引人注意的，是吗？"

"在我家近前是这样的，但离我们那儿不太远，有好几个饮牲口的地方，那里的农民经常留外人住宿。"

"这些难懂的符号显然有其含义。假如是随意画的，咱们多半解释不了。从另一方面看，假如是有意为之的话，我相信咱们会把它彻底弄清楚。但是，仅有的这一张画太简短，使我无从着手。您提供的这些情况又太模糊，不能作为调查的基础。我建议你回诺福克去密切注视，把可能出现任何新的跳舞人都照原样临摹下来。非常可惜的是，早先那些用粉笔画在窗台上的小人，没有复制下来。您还要细心打听一下，附近来过什么陌生人没有。您几时收集到新的证据，就再来这儿。我现在能给您的只有这些建议。如果有什么紧急情况，我随时可以赶到您家里去。"

面谈过后，福尔摩斯变得非常沉默。一连数天，我几次见他从笔记本中取出那张纸条，久久地研究上面写的那些古怪符号，但他绝口不提这件事。差不多两个星期以后，有一天下午我正要出去，他把我叫住了。"华生，你最好别走。"

"怎么啦？"

"因为早上我收到希尔顿·丘比特的一份电报。你还记得他和那些跳舞的人吗？他应该在一点二十分到利物浦街，并且随时可能到这儿。从他的电报中，我推测已经出现了重要的新情况。"

我们没等多久，这位诺福克的绅士便坐马车直接从车站赶来了。他像是又焦急又沮丧，目光倦乏，满额皱纹。

"这件事真叫我受不了，福尔摩斯先生，"他说着，就像个筋疲力尽的人一屁股坐进椅子里，"当你感觉到无形中被人包围，又不清楚算计你的是谁的时候，那该有多么糟糕啊！加上它正在一点一点地折磨着你的爱妻，那就更叫人无法忍受了。她被折磨得消瘦了许多，我眼见她瘦下去却无能为力。"

"她说了什么没有？"

"没有，福尔摩斯先生。她还没说。不过，有好几回这个可怜的人儿似乎想说，又鼓不起勇气开口。我也试着来帮助她，大概我做得很笨，反而吓得她不敢说了。她讲到过我的古老家庭、我们在全郡的名声和引以为自豪的清白名誉，每当这时，我总以为她就会说到要点上来了，但不知怎么，话题还没有讲到那儿就岔开了。"

"那么，你自己有所发现吗？"

"有的，我的发现还很多，福尔摩斯先生。我给您带来了几张新画，更重要的是我看到那个家伙了。"

“怎么？ 是画这些符号的那个人吗？”

“就是他，我看见他画的。 上次我来拜访您以后，回到家里的第二天早上，头一件见到的东西就是一行新的跳舞的人，是用粉笔画在工具房门上的。 这间工具房挨着草坪，正对着前窗。 我照样临摹了一张，就在这儿。”他打开一张叠着的纸，把它放在桌上。 下面就是他临摹下来的符号：

（跳舞的小人符号）

“太妙了！”福尔摩斯说，“太妙了！ 请接着说吧。”

“临摹完了，我就把门上这些记号擦了，但是过了两个早上，竟然又出现了新的。 我这儿也有一张临摹的。”

（跳舞的小人符号）

福尔摩斯搓着双手，高兴得笑出声来。

“咱们的资料积累得很快呀！”他说。

“过了三天，我在日晷仪上找到一张纸条，上面压着一块鹅卵石。 纸条上很潦草地画了一行小人，跟上一次的完全一样。从那以后，我决定在夜里守着，于是取出了我的左轮手枪，坐在书房里不睡，因为从那儿可以望到草坪和花园。 大约在凌晨两点的时候，我听到后面有脚步声，原来是我妻子穿着睡衣走来了。 她央求我去睡，我就对她明说要瞧瞧谁在捉弄我们。 她说这是毫无意义的恶作剧，要我不去理它。

“她说：‘假如真叫你生气的话，希尔顿，咱们俩可以出去旅行，躲开这种讨厌的人。’

“‘什么？ 让一个恶作剧的家伙把咱们从这儿撵走？’

“‘去睡吧，’她说，‘咱们白天再商量。’

"月光下，她正说着，我忽然发现她的脸变得更加苍白，紧张得用一只手紧抓着我的肩膀。 就在对过工具房的阴影里，好像有什么东西在移动。 我仔细看时，原来是个黑糊糊的人影，偷偷绕过墙角走到工具房门前蹲了下来。 我抓起手枪正要冲出去，我妻子使劲把我抱住。 我用力想甩脱她，她拼命抱住我不放手。 最后，我还是挣脱了。 可当我打开门跑到工具房前，那家伙不见了。 但他留下了痕迹，门上又画了一行跳舞的人，排列跟前两次的完全相同，我已经把它们临摹在那张纸上。 我把院子各处都找遍了，也没见到那个家伙的踪影。 让我没想到的是，他并没有走开，因为早上我再检查那扇门的时候，发现除了我已经看到过的那行小人以外，又添了几个新画的。"

　　"那些新画的您有没有画下来？"

　　"有，很短，我也照样临摹下来了，就是这一张。"

　　他又拿出一张纸来：

　　"请告诉我，"福尔摩斯说，从他眼神中，我可以看出他非常兴奋，"这是画在上一行下面的呢，还是完全分开的？"

　　"是画在另一块门板上的。"

　　"好极了！ 这一点对咱们的研究来说非常重要。 我觉得这件事有希望了。 希尔顿·丘比特先生，请您讲下去。"

　　"再没有什么要讲的了，福尔摩斯先生，只是那天夜里我很生气，包括生我妻子的气，因为如果不是她的阻拦，我很可能会抓住那个偷偷溜进来的流氓。 她说是怕我会遭到不幸。 但我脑子里却闪过了一个念头：也许她担心的正是那个人会遭到不幸吧，因为我已经怀疑她知道那个人是谁，而且她懂得那些古怪符号是什么意思。 可是……福尔摩斯先生，她的话音、她的眼神都不容置疑。 我相信她确实是关心我的。 这就是全部情况，现在我需要您指教我该怎么办。 我甚至想叫几个农场的小伙子埋伏在灌木丛里，等那个家伙再来就狠狠揍他一顿，以后他就不敢再来打搅我们了。”

"这个人过于狡猾，恐怕不是用这样简单的办法可以对付的，”福尔摩斯说，“您能在伦敦待多久？”

"今天我必须回去。 我不放心妻子整夜一个人待在家里。她神经很紧张，也要求我回去。”

"也许您回去是对的。 但如果您能留下的话，或许一两天后我可以跟您一起回去。 您先把这些纸条给我，过后也许我会去拜访您，着手解决一下您的难题。”

这位客人走之前，福尔摩斯仍保持着他那种职业性的沉着。但我看得出来，他的沉着中隐含着很大的兴奋。 而当希尔顿·丘比特的宽阔背影刚从门口消失，我的伙伴就急急忙忙地跑到桌边，把所有的纸条都摆在面前开始了精细复杂的分析。 他把画着小人和写上字母的纸条一张接一张地来回掉换，一边干了两个小时，全神贯注的过程中完全忘了我在旁边。 他干得顺手的时候，便一会儿吹哨，甚至唱几句；而遇到困难时，就好一阵子皱起眉头、两眼发呆。 最后，他满意地叫了一声，从椅子上跳起来，在屋里走来走去，不住地搓着双手。

后来，他在电报纸上写了一张很长的电报。 "华生，如果回电中有我希望得到的答复，你就可以在你的记录中添上一件非常有趣的案子了，我知道使他烦恼的原因啦！”

当时，我非常想问个究竟，但我知道他喜欢在特定的时间

164

以自己的方式来谈他的发现。 所以我只好等着那个时刻快些到来。

然而，发出去的电报迟迟不见回复。 我们耐着性子等了两天。 在这两天里，只要门铃一响，福尔摩斯就侧着耳朵听。 第二天晚上，来了一封希尔顿·丘比特的信，说他家里平静无事，只是那天清早又看到一长行跳舞的人画在日晷仪上。 他临摹了一张，附在信里寄来了：

福尔摩斯伏在桌上，对着这张怪诞的图案看了几分钟，猛然站起来发出一声惊异、沮丧的喊叫，脸色似乎都在瞬间憔悴了。

"对于这件事咱们再不能听其自然了，"他说，"今天晚上有去北沃尔沙姆的火车吗？"

我找出了火车时刻表。 末班车刚刚开走。

"那咱们明天就提前吃早饭，坐头班车去！"福尔摩斯说，"现在非咱们出面不可了。 噢，咱们盼望的电报来了——怎么样，完全不出我所料！ 看了这封电报，咱们更要赶快让希尔顿·丘比特知道目前的情况，因为这位诺福克的糊涂绅士已经陷入了奇怪而危险的罗网。"

后来证明情况确实如此。 一连串事件的发生，使"马场村庄园"在英国一度成为人人皆知的名词。

我们在北沃尔沙姆下车，刚一提到我们要去的目的地，站长就急忙朝我们走来。 "你们两位是从伦敦来的侦探吧？"他说。

福尔摩斯的脸上有点儿厌烦的神情。

"你凭什么知道的呢？"

"因为诺威奇的马丁警长刚打这儿过，我听到了消息。 也许您二位是外科医生吧，她还没死，至少最后的消息是这样讲的。 可能你们还赶得上救她，但也只不过是让她活着上绞架罢了。"

福尔摩斯的脸色阴沉，焦急万分，却说："我们是要去马场村庄园，不过我们没听说那里出了什么事。"

"事情可怕极了，"站长说，"希尔顿·丘比特和他妻子都被枪打了。 她拿枪先打丈夫，然后打自己，这是他们家的佣人说的。 男的已经死了，女的也没有多大希望了。 唉，他们原是诺福克郡最老、最体面的一家呢！"

福尔摩斯什么也没说，赶紧上了一辆马车。 在这长达七英里的途中，他再没有开口。 我很少见他如此失望过，一路上总是心神不安。 在他仔细地逐页查看各种早报的时候，我就注意到他是那么的忧心忡忡；而现在，他曾担心的最坏情况突然变成了事实，使他感到一种茫然的抑郁。 他靠在座位上，默默地想着这令人沮丧的变故。 其实，这一带有许多使我们感兴趣的东西，因为我们正在穿过一个英国独一无二的乡村，零落、分散的农舍表明如今聚居在这一带的人已经不多了，但四周都可以看到方塔形的教堂耸立在一片平坦青葱的景色中，述说着昔日东安格利亚王国的繁荣昌盛。 当一片蓝紫色的日耳曼海终于出现在诺福克青葱的岸边时，马车夫用鞭子指着从小树林中露出的老式砖木结构的山墙说："那儿就是马场村庄园。"

马车驶到带圆柱门廊的大门前，我看见了网球场边那间引起过我们种种奇怪联想的黑色工具房和那座日晷仪。 同时，一个短小精悍、动作敏捷、留着胡子的人从马车上下来，自我介绍说是诺福克警察局的马丁警长。 当他知道了我们的身份时，显然很是惊讶。

"啊，福尔摩斯先生，这件案子是今天凌晨三点发生的，您在伦敦怎么听到的？ 而且跟我一样快就赶到了现场？"

"我已经料到了。 我来这儿是希望阻止它发生。"

"那您一定掌握了重要的证据，在这方面我们一无所知，因为据说他们是一对最和睦的夫妻。"

"我只有一些跳舞的人作为物证，"福尔摩斯说，"以后我再向您解释吧。 现在，既然没来得及避免这场悲剧，我也只能利用目前掌握的材料来伸张正义了。 您是愿意让我参加您的调查工作呢，还是宁愿让我自由行动？"

警长坦诚地说："如果能跟您共同行动的话，我会感到很荣幸。"

福尔摩斯说："那好，我希望马上听取证词，并进行检查，一点也不能耽误了。"

马丁警长不失为明智人，他让我的朋友自行其是，自己则负责起了记录工作。 楼上下来了本地的外科医生，他是个满头白发的老年人，报告说丘比特夫人的伤势很严重，但不一定会致命。 子弹是从她的前额打了进去，恐怕要过一段时间才能恢复知觉。 至于她是被打伤的还是自伤的问题，他不敢冒昧表明。但这一枪肯定是从近距离打出的，且房间里只发现一把手枪，里面的子弹只打了两发。 希尔顿·丘比特先生的心脏被子弹打穿了。 可以设想是希尔顿先开枪打妻子，也可以设想他妻子是凶手，因为那支左轮就掉在他们正中间的地板上。

"有没有把他搬动过？"

"没有，只把他妻子抬出去了。我们不能看着她伤成那样还在地板上躺着。"

"您到这儿多久了，大夫？"

"从四点钟一直到现在。"

"还有别人吗？"

"有的，就是这位警长。"

"您什么都没有碰吧？"

"没有。"

"您考虑得很周全。是谁去请您来的？"

"这家的女仆桑德斯。"

"是她发觉的？"

"她跟厨子金太太两个。"

"现在她们在哪儿？"

"在厨房里吧，我想。"

"我想，咱们最好马上听听她们怎么说。"

这间有橡木墙板和高窗户的古老大厅变成了调查庭。福尔摩斯坐在一把老式的大椅子上，脸色憔悴，双眼却闪闪发亮。我看得出那是种坚定不移的决心，似乎要用毕生的能力来追查这件案子，一直到为这位没能搭救的委托人报完仇为止。

大厅里除了上述人者，还有个呆头呆脑的本村警察。询问开始了，这两个妇女讲得十分清楚。一声爆炸把她们从睡梦中惊醒，接着又响了一声。她们睡在两间连着的房间里，金太太这时已跑到了桑德斯的房间里，并一起下了楼。书房门是敞开的，桌上点着一支蜡烛。主人脸朝下趴在书房正中间，已经死了。夫人就在挨近窗户的地方蜷着，脑袋靠在墙上。她伤得非常重且满脸是血，正大口大口地喘着气，已经无法说话了。走廊和书房里满是烟和火药味儿。 窗户是关着的，并且从里面插上了；关于这一点，她们两人都说得很肯定。 她们立即叫人去找医生和警察，然后在马夫和小马倌的帮助下把受伤的女主人抬回她的卧室。 而出事前夫妻两个已经就寝了，她穿着衣服，他在睡衣外面套着便袍。 书房里的东西都没有动过。 就她们所知，二位主人感情很好，从来没有吵过架。 她们一直把他们看作是非常和睦的一对。

在回答马丁警长时，她们肯定地说所有的门都从里面关好了，谁也跑不出去。 在回答福尔摩斯的问题时，她们都说记得刚从顶楼跑出来时就闻到了火药的气味。 福尔摩斯对马丁警长说："我请您注意这个事实。 现在咱们可以彻底检查那间屋子了。"

书房并不大，靠墙的三面都是书。 对着一扇朝向花园的窗户，有一张书桌。 我们首先注意的是这位绅士的遗体。 他摊开四肢横躺在屋里。 子弹从正面射入心脏留在了身体里，所以他当时就死了，还不算很痛苦。 他的便袍上和手上都没有火药痕迹。 据乡村医生说，女主人的脸上有火药痕迹，但是手上没有。

"没有火药痕迹并不能说明什么，要是有的话，情况就完全不同了，"福尔摩斯说，"除非是很不合适的子弹，在发射时火药才会朝后面喷出，否则打多少枪也不会留下痕迹的。 我建议不妨把丘比特先生的遗体搬走。 大夫，我想您还没有取出打伤女主人的那颗子弹吧？"

"那需要做一次复杂的手术，才能取出子弹来。 但是那支左轮里面还有四发子弹，所以六发子弹都有了下落。"

"好像是这样，"福尔摩斯说，"也许您也能解释打在窗户框上的那颗子弹吧？"他突然转过身去，指向窗户框，只见框下一英寸的地方有个小窟窿。

"一点儿不错！"警长大声说，"您怎么看见的？"

"因为我在找它。"

"惊人的发现！"乡村医生说，"您完全对，先生。那说明当时一共放了三枪，因此一定有第三者在场。可他是谁，又是怎么跑掉的？"

"这正是咱们就要解答的问题，"福尔摩斯说，"马丁警长，您记得在那两个女仆讲到她们一出房门就闻到火药味儿的时候，我说过这一点极其重要，是不是？"

"是的，先生。但是坦白说，我当时不大懂您的意思。"

"这就是说在打枪的时候，门窗全都是开着的，否则火药的烟不会那么快便吹到楼上去。这必须要书房里有穿堂风才行。但门窗敞开的时间很短。"

"这您怎么来证明呢？"

"因为那支蜡烛并没有给风吹得淌下蜡油来。"

"对极了！"警长大声说，"对极了！"

"当我肯定了这场悲剧发生的时候窗户是敞开的之后，就设想到其中可能有个第三者，他站在窗外朝屋里开了一枪。这时候如果从屋里对准窗外的人开枪，就可能打中窗户框。果然，那儿有个弹孔。"

"但是窗户怎么关上的呢？"

"女主人出于本能的第一个动作当然是关上窗户——啊，这是什么？"

那是个镶银边的鳄鱼皮女用手提包，它小巧精致，就在桌上放着。 福尔摩斯把它打开，将里面的东西倒了出来。 手提包里只装了一卷英国银行的钞票，五十镑一张，一共二十张，用橡皮圈箍在一起。

"这个手提包必须加以保管，它还要出庭作证呢，"福尔摩斯把手提包和钞票交给了警长。 "现在咱们必须弄清楚这第三颗子弹。 从木头的碎片来看，这颗子弹显然是从屋里打出去的。 金太太，您说过您是给很响的一声爆炸惊醒的。 您的意思是不是在您听起来它比第二声更响？"

"怎么说呢，先生，我是睡着了给惊醒的，所以很难分辨。不过当时听起来是很响。"

"您不觉得那可能是在同一时刻放出两枪的声音吗？"

"这我可说不准，先生。"

"我认为那的确是两枪的声音。 警长，这里再没什么可以研究的了，或许咱们到花园里可能会发现新的证据。"

花坛一直延伸到书房的窗前。 当我们走近花坛的时候，大家不约而同地惊叫起来。 原来，花坛里的花被踩倒了，潮湿的泥土上满是脚印。 那是男人的大脚印，脚趾特别细长。 福尔摩斯像猎犬般地继续搜寻，突然兴奋地叫了一声，弯腰捡起来一个铜质小圆筒。

"果不出我所料，"他说，"那支左轮有推顶器，这就是第三枪的弹壳。 马丁警长，我想咱们的案子差不多办完了。"

这位乡村警长的脸上满是惊讶，显然也对福尔摩斯神速巧妙的侦察过程充满了敬意。 开始他还想提出些主张，现在却钦佩不已，只想得到最确切的答案，于是问：

"您猜想是谁打的呢？"

"我以后再谈。 在这个问题上，有几点我目前对您还无法解释。 既然我已涉入此案，还是按照自己的想法进行侦破的好。 之后，我会把这件事一次性地说个清楚。"

"随您便，福尔摩斯先生，只要我们能抓到凶手就可以。"

"我并不想故弄玄虚，但在行动之前先做冗长复杂的解释，这很不合适。 现在一切线索我都有了，即使这位女主人再也不能恢复知觉，咱们仍旧可以把昨天夜里发生的事情一一设想出来，并且保证使凶手受到法律制裁。 首先我想知道，这附近是否有一家叫作'埃尔里奇'的小旅店？"

问过所有人之后，福尔摩斯并没有找到答案。 谁也没有听说过这么一家旅店。 最后小马倌提供了点线索，他记得有个叫埃尔里奇的农场主，住在东罗斯顿那边，离这里只有几英里。

"是个偏僻的农场吗？"

"很偏僻，先生。"

"也许那儿的人还不知道昨晚这里发生的事情吧？"

"也许不知道，先生。"

"备好一匹马，我的孩子，"福尔摩斯说，"我要你送封信到埃尔里奇农场去。"

他从口袋里取出许多张画着跳舞小人的纸条，把它们摆在书桌上，坐下来忙了一阵子。 最后，他交给小马倌一封信，嘱咐他把信交到收信人手里，并特别叮嘱不要回答收信人可能提出的任何问题。 我看见信外面的地址和收信人姓名写得很零乱，不像福尔摩斯一向写的那种严谨的字体。 信上写的是：诺福克，东罗斯顿，埃尔里奇农场，阿贝·斯兰尼先生。

"警长，"福尔摩斯说，"我想您不妨打电报请求派警卫来。 如果我的判断没有错的话，您可能有一个非常危险的犯人要押送到郡监狱去。 可以让送信的小孩帮您把电报带出去发。华生，要是下午有去伦敦的火车，我看咱们就赶这趟吧，因为这件侦查工作很快就要结束了，而我还有一项颇有趣的化学试验要完成。"

小马倌走后，福尔摩斯吩咐所有的佣人：如果有人来看丘比特太太，便立刻把客人领到客厅里，绝不能说出丘比特太太的身体情况。 他再三强调佣人要记住这些话。 最后，他领着我们到了客厅，表明现在的事态并不在我们的控制之下，请大家先尽量休息一下，等着瞧究竟会发生什么事。 乡村医生则去照看病人去了，所以留下来的只有我和警长。

"我想，我能够用一种有趣又有益的方法来帮你们消磨一小时，"福尔摩斯边说边把他的椅子挪近桌子，又把那几张画着滑稽小人的纸条在桌子上摆开，"现在，我必须先告诉你们一些有趣的情况，那是希尔顿·丘比特先生两次来贝克街找我商量的时候我听他说的。"他简单扼要地重述了一遍先前的情况，接着说："摆在我们面前的，就是这些罕见的作品。 要不是它们成了这场悲剧的先兆，那么谁见了它都只会一笑置之。 我比较熟悉各种形式的秘密文字，也写过一篇关于这个问题的粗浅论文，其中分析了一百六十种不同的密码。 但是，这一种我还是第一次见到。 想出这一套方法的人，显然是为了使别人以为这是随手涂抹的儿童画，而看不出这些符号所隐藏的信息。 但只要能看出这些符号所代表的字母，再应用秘密文字学的规律来分析，就不难找到答案。 第一张纸条上的那句话很短，我只能稍有把握假定 🏃 它代表 E。 你们也知道，在英文字母中 E 最常见，它出现的频率非常之高。 在第一张纸条上有十五个符号，其中有四个完全一样，因此把它估计为 E 是合乎道理的。 这些图形中，有的还带一面小旗，有的没有小旗。从小旗的分布来看，带旗的图形可能是用来分割句子的，以便把整个句子划分成一个个单词。我们完全可以先这样假设，同时记下 E 是用此图 来代表的。

"但现在最麻烦的问题是，除了 E 以外，英文字母中每个字母出现频率的多少，其顺序并不很清楚。总体说来，字母按出现次数排列的顺序大致应是：T, A, O, I, N, S, H, R, D, L; 其中 T、A、O、I 出现的次数几乎不相上下。要是为了得出这个结论而把每一种组合都尝试一遍的话，那将是一项无休止的工作。所以，我只好等来了新材料再说。希尔顿·丘比特先生第二次来访时，果真给了我另外两个短句子，以及似乎只有一个单词的一句话，就是这几个不带小旗的符号。在这个由五个符号组合的单字中，我找出了第二个和第四个都是 E。这个单词可能是 sever（切断），也可能是 lever（杠杆），或者 never（绝不）。毫无疑问，使用'绝不'这个词来回答某项请求的可能性极大，而且种种情况都表明：这是丘比特太太写的答复。假如这个判断正确的话，我们现在就可以说， 三个符号分别代表 N、V 和 R。

"事实上，破解到这里的时候，我面临的困难仍然很大。但我突然间又来了灵感，我设想：假如这些恳求是来自一个在丘比特太太年轻时候就跟她亲近之人的话，那么一个两头是 E，当中有三个别的字母的组合很可能就是 ELSIE（埃尔茜）这个名字。我检查的时候发现，这个组合曾经三次构成一句话的结尾。这样的一句话肯定是对'埃尔茜'提出的恳求。这一来我就找出了 L、S 和 I。可是，究竟恳求什么呢？在'埃尔茜'前面的一个词，只有四个字母，末了的是 E。这个词必定是 Come

174

（来）无疑。 我试过其他各种以 E 结尾的四个字母，都不符合这种情况，如此我便找出了 C、O 和 M。 现在我还可以再来分析一下这第一句话，我把它分成单词，还不知道的字母就用'点'来代替。 经过这样的处理，这句话就成了这个样子：

. M. ERE.. ESLNE.

"现在，第一个字母只能是 A。 这是最有帮助的发现，因为它在这个短句中出现了三次。 第二个词的开头是 H 也是显而易见的。 于是这句话便成了：

AM HERE A. E SLANE.

如果再把名字中所缺的字母添上，结果便是：

AM HERE ABE SLANE.

（我已到达，阿贝·斯兰尼。）

"我现在有了这么多字母，便能够很有把握地解释这第二句话了。 这一句读出来则是：

A. ELRI. ES。

"而在这一句中，只能在缺字母的地方加上 T 和 G 才有意义（AT ELRIGES 意为：住在埃尔里奇），并可以假定这个名字是写信人住的地方或者旅店。"

马丁警长和我带着很大的兴趣听着福尔摩斯的讲解，很快便把我们的疑问都解答了。

"后来你又是怎么做的，先生？"警长问。

"我有充分理由猜想阿贝·斯兰尼是美国人，因为阿贝是个美国式的编写，而且这些麻烦的起因又是从美国寄来的一封信开始的。 我也有充分理由认为这件事带有犯罪的性质。 女主人说的那些暗示和她对丈夫的要求，都促使我从这方面去想。 所以我才给纽约警察局的朋友威尔逊·哈格里夫发了一个电报，问他是否知道阿贝·斯兰尼这个名字。 他回电说：'此人是芝加哥最危险的骗子。'就在我接到回电的那天晚上，希尔顿·丘比特给我寄来了阿贝·斯兰尼最后画的一行小人。 我用已经知道的这些字母译出来这样一句话：

ELSIE. RE. ARE TO MEET THY GO.

再添上 P 和 D，这句话就完整了（ELSIE PREPARE TO MEET THY GOD 意为：埃尔茜，准备见上帝），显然，这说明了这个流氓已经由劝诱改为恐吓。 对芝加哥的那帮歹徒我很了解，所以我想他可能会很快把恐吓的话付诸行动。 于是我立刻和华生医生来诺福克，但是很不幸，我们还是来晚了。"

"能跟您一起处理案子，使我感到荣幸，"警长热情地说，"不过恕我直言，您只对您自己负责，我却要对我的上级负责。假如这个住在埃尔里奇农场的阿贝·斯兰尼真是凶手的话，却要是在此时逃跑的话，那么受到严厉处分的便是我了。"

"您不必担心，他不会逃跑的。"

"您怎么知道他不会？"

"逃跑就等于他承认自己是凶手。"

"那就让我们去逮捕他吧。"

"我想他马上就会来这儿。"

"他为什么要来呢？"

"因为我已经写信请他来。"

"简直不可思议，福尔摩斯先生！ 为什么您请他，他就得来呢？ 这简直就是在向他通风报信，使他逃走啊！"

"不会的，就因为我编造出来的那封信，使得那位先生此刻正在到来的路上呢。"福尔摩斯说，"要是我没有看错，就在门外的小路上，有一个身材高大、皮肤黑黑、挺漂亮的家伙正迈着大步走来。 他穿了一身灰法兰绒的衣服，戴着一顶巴拿马草帽，两撇倒立胡子，大鹰钩鼻，一边走一边挥动着手杖。"

"先生们，"福尔摩斯小声说，"我看咱们最好都站在门后面。 对付这样一个家伙，必须多加小心。 警长，您准备好手铐，让我来同他谈。"

我们静静地等了片刻，不可思议的事情便发生了。 门开时，我的朋友所描述的那个人果然走了进来。 福尔摩斯立刻用枪柄照他的脑袋给了一下，同时马丁也把手铐套上了他的腕子。 他们的动作是那么快、那么熟练，这家伙还没明白怎么回事就无法动弹了。 他瞪着一双黑眼睛，把我们一个个都瞧了瞧，突然苦笑起来。

"先生们，这次你们赢啦。 好像是我撞在什么硬东西上了。 我是接到希尔顿·丘比特太太的信才来的。 这里面不至于有她吧？ 难道是她帮你们给我设下了这个圈套？"

"希尔顿·丘比特太太受了重伤，现在快要死了。"

这人发出一声嘶哑的叫喊，响遍了全屋。

"你胡说！"他拼命嚷道，"受伤的是希尔顿，不是她。谁忍心伤害小埃尔茜？ 我可能威胁过她——上帝饶恕我吧！ 但是我绝不会碰她一根头发。 你收回自己的话！ 告诉我她没有受伤！"

"发现的时候，她已经伤得很重，就倒在她丈夫的旁边。"

来人悲伤地呻吟一声，坐在了长靠椅上，用铐着的双手遮住自己的脸，一声不响。过了五分钟，他抬起头来绝望地说："我没有什么要瞒你们的。如果我开枪打一个先向我开枪的人，就不是谋杀。如果你们认为我会伤害埃尔茜，那只是你们不了解我，也不了解她。世界上确实没有第二个男人能像我爱她那样爱一个女人。我有权娶她。很多年以前，她就向我保证过。凭什么这个英国人要来分开我们？我是第一个有权娶她的，我要求的只是自己的权利。"

"在她发现你是什么样的人以后，她就摆脱了你的威逼利诱，"福尔摩斯严厉地说，"她逃出美国正是为了躲开你，并且在英国同一位体面的绅士结了婚。你紧追着她，使得她很痛苦，你只是为了引诱她抛弃她心爱的丈夫，跟你这个叫她既恨又怕的人逃跑。结果却是，你使一个贵族死于非命，又逼得他的妻子自杀了。这就是你干的好事，阿贝·斯兰尼先生，你将受到法律的惩处！"

"要是埃尔茜死了，那我就什么都不在乎了。"这个美国人说。他张开一只手，看了看团在手心里的信纸。"哎，先生，"他大声说，眼里流露出些许怀疑，"您不是在吓唬我吧？如果她真像您说的伤得那么重的话，写这封信的人又是谁呢？"他把信朝着桌子扔了过来。

"是我写的，正是为了把你叫来。"

"是您写的？除了我们帮里的人以外，从来没有人知道跳舞人的秘密。您怎么写出来的？"

"有人发明，就有人能看懂。"福尔摩斯说，"现在，刚好有一辆马车来把你带到诺威奇去。阿贝·斯兰尼先生，你还有时间对你所造成的伤害稍加弥补，因为丘比特太太已经蒙受了谋杀丈夫的重大嫌疑，你知道吗？ 只是因为我今天在场和偶然掌握的材料，才使她不至于受到控告。 为了她你至少应该向大众说明：对她丈夫的惨死，她没有任何直接或间接的责任。"

"我非常愿意这样做，"这个美国人说，"我相信最能证明我有道理的办法，就是把全部事实都说出来。"

"我有责任警告你：这样做也可能对你不利。"警长本着英国刑法公平对待的严肃精神高声地说。

斯兰尼耸了耸肩膀。

"我愿意冒这个险，"他说，"我首先要告诉你们几位先生：我从埃尔茜还是个孩子的时候就认识她。 当时我们一共七个人在芝加哥结成一帮，埃尔茜的父亲是我们的头子。 老帕特里克是个很聪明的人，他发明了这种秘密文字。 除非你懂得这种文字的解法，不然就会当它是小孩子乱涂的画。 后来，埃尔茜对我们的事情有所听闻，可是她不能容忍我们的那种行为，并且她还有一些正路来的钱，于是她趁我们都不防备的时候溜走，逃到了伦敦。 要知道，她已经和我订婚了。 要是我干的是另外一行，我相信她早就跟我结婚了。 她无论如何也不愿意沾上任何不正当的职业。 在她跟这个英国人结婚以后，我才知道她在什么地方。 我给她写过信，但是没有得到回信。 之后，我来到了英国。 因为写信无效，我就把要说的话写在她能看到的地方。

"我来这里已经一个月了。 我在那个农庄里租了一间楼下的屋子。 每天夜里，我能够自由进出，谁都不知道。 我想尽办法要把埃尔茜骗走。 我知道她看了我写的那些话，因为她有一次在其中的一句话下面写了回答。 于是我急了，便开始威胁她。 她就寄给我一封信，恳求我走开，并且说如果真的损害到她丈夫的名誉，那就会使她心碎。 她还说只要我答应离开这里，以后不再来纠缠她，她就会在凌晨三点等她丈夫睡着后，下楼来在最后面的那扇窗前跟我说几句话。 果然她下来了，并且还带着钱，想买通我走。 我气极了，一把抓住她的胳臂，想从窗户里把她拽出来。 就在这时候，她丈夫拿着左轮手枪冲进屋来，埃尔茜吓得瘫倒在地板上，于是，我们两个就面对面了。当时我手里也有枪，我举枪想把他吓跑，以便让我逃走。 但他开了枪，却没有打中我。 差不多同一时刻我也开了枪，他立刻倒下了。 我急忙穿过花园逃走，同时听见背后有关窗的声音。先生们，我说的每句话都是真的。 后来的事情我都没有听说，一直到那个小伙子骑马送来一封信，使我像个傻瓜似的步行到这儿，我把自己交到了你们手里。"

在这个美国人说这番话的时候，马车已经到了，里面坐着两名穿制服的警察。 马丁警长站了起来，用手碰了碰犯人的肩膀。

"我们该走了。"

"我可以先看看她吗？"

"不成，她还没有恢复知觉。 福尔摩斯先生，下次再碰到重大案子，我还希望有运气能够遇见您在身边。"

我们站在窗前，望着马车驶去。 我转过身来，看见犯人扔在桌上的纸团，那就是福尔摩斯曾经用来诱捕他的信。

"华生，你看上面写的是什么。"福尔摩斯笑着说。

信上没有字，只有一行跳舞的小人：

"如果你使用我解释过的那种密码，"福尔摩斯说，"你会发现它的意思不过是'马上到这里来'。当时我相信这是一个他绝不会拒绝的邀请，因为他想不到除了埃尔茜以外，还有别人能写这样的信。所以，我亲爱的华生，结果我们把这些作恶多端的跳舞小人变成了有益于此案的手段。并且，我履行了诺言，给你的笔记本添上了一些不平常的材料。我想咱们该乘三点四十分的火车回贝克街吃晚饭了。"

根据后来的事实，我做出了如下记录：

在诺威奇冬季的大审判中，美国人阿贝·斯兰尼被判死刑；但是，考虑到一些可以减轻罪行的情况，以及确实是希尔顿·丘比特先开枪的事实，他被改判劳役监禁。

至于丘比特太太，我只听说后来她的伤势已经完全复原，但一直寡居在乡下，把全部精力都用在帮助穷人和管理她丈夫的家业上。

（童辉　译）

致命的密码

[美]杰克·福翠尔

奥古斯都·范杜森教授，也叫思考机器，正第三次阅读面前的一封信。信纸摊开在桌面上，他的双眼眯成一条细缝，透过厚厚的镜片往外看。那个把信送给他的年轻女孩，伊丽莎白·迪凡小姐，安静地坐在科学家家中小接待室里的沙发上等着。她淡蓝色的眼睛睁得特别大，紧紧地盯着面前这位可以帮她解决棘手难题的科学家。

信上写道：

To those Concerned： Tired of it all I seek the end，and am content. Ambition now is dead；the grave yawns greedily at my feet，and with the labor of my own hands lost I greet death of my own will，by my own act. To my son I leave all，and you who maligned me，you who discouraged me，you may read this and know I punish you thus. It ś for him，my son，to forgive. I dared in life and dare dead your everlasting anger，not alone that you didnt́ speak but that you cherished secret，and my ears are locked forever against you. My vault is my resting place. On the brightest and dearest page of life I wrote（7）my love for him. Family ties，binding as the Bible itself，bade me give all to my son. Good-bye. I die.

POMEROY STOCKTON[①]

"迪凡小姐，你是如何得到这封信的？"思考机器问，"告诉我整件事情的经过，任何细节都不要遗漏。"科学家坐到他的大椅子上，满头黄发的大脑袋惬意地倚在靠垫上，十根细长的手指指尖彼此触碰，对他眼前访客的美貌视若无睹。 这位闻名于世的思考机器在科学界久负盛名，并且他对稀奇古怪的案件兴趣浓厚。 对他而言，可能全神贯注地把线索贯穿起来解开谜题，就是最好的放松与休息。

迪凡小姐语调轻柔，叙述的时候时而夹杂着抽泣声。 她满脸通红，戴着精致手套的双手握紧拳头，又放开。

"我的父亲，准确地说，应该称为我的养父，波默罗伊·史塔克顿先生，是一位发明家。"她说，"我们住在位于多彻斯特的一座古老的大房子中。 我从很小的时候就住在那儿了。 五六岁的时候，史塔克顿先生从一家孤儿院里领养了我，他对我就像亲生女儿似的。 所以他的去世，对我而言的确是沉重的打击。

"史塔克顿先生是一位鳏夫，他只有一个亲生儿子，就是约翰·史塔克顿，今年三十一岁。 据我所知，他是一位信奉宗

---

① 敬启者：身心俱疲的我希望得到解脱，并且因此而心满意足。 现在我已万念俱灰，脚下的坟墓已经张开血盆大嘴，而我用迷失方向的双手，以自己的意志与行动向死亡敬礼。 我将所有都留给我儿。 那些以前恶意诽谤我、打击我的人啊，看见这封信就能明白我借此惩罚你们。 至于原不原谅你们，就让我的儿子决定吧。 我一向无所畏惧，更加不把你们无休无止的愤怒放在眼中，你们不但不揭穿秘密，还保守秘密。 那我就把耳朵永远堵上来反抗你们。 墓地会是我永远的安息之地。 我在今生最挚爱也最闪耀的一页记载了（7）我对他的爱。 亲情的力量一如《圣经》，促使我把所有留给我儿。 再见。 我死了。

波默罗伊·斯托克顿

教、品德高尚的人。 他是一家公司——达顿和史塔克顿公司的合伙人，这个公司从事皮革生意。 我想他应该非常富有，常常捐钱给慈善机构。 同时，他也是一家主日学校①的校长。

"我的养父波默罗伊·史塔克顿先生特别疼爱他的儿子，但是有时候从他的态度来看，仿佛又有些惧怕他儿子。 他在屋后的花园中布置了一个小房间，屋里有铸模、熔炉，还有别的很多我不了解用途的器具。 他把房门关严，每天都躲在屋里工作。过度劳累地工作让他的脾气变得烦躁易怒。"

"我清楚他在干什么。"思考机器说，"他在研究怎样制造硬铜，一种在古埃及时期就消失了的秘方。 很久以前我就仰慕史塔克顿先生的鼎鼎大名了。 请接着说。"

迪凡小姐接着说："无论他在研究什么，他都对这件事严守秘密，不许任何人走进他的工作室，我最多只是能偶尔瞥见屋里的东西。 他对儿子也持有同样的态度，记不清楚有多少次，我看见他们在房门口争执，他经常把儿子赶走。

"大概六七个月以前，史塔克顿先生生病了。 那时，他把自己的工作室用两道锁死死地锁住，并且搬回了二楼的卧室。他独自一个人在卧室待了整整两个星期。 他的卧室就在我的卧室隔壁，最少有两回，我听见他们父子大声说话，仿佛在吵架。过了两个星期，史塔克顿先生回小房间工作，过了没多久，原本住在家里的儿子去毕肯街租了一栋房子，把自己所有的东西都从家里搬出去了。

"从那以后，直至上周一，我再也没有在家里看见他儿子。

---

① 指星期天对儿童进行宗教教育的学校。

184

今天已经周四了。 周一，父亲和平常一样在小房间中工作。 之前他曾对我说起过，他的研究工作已经彻底完成了，他预测他的研究成果会使他得到很大的一笔财富。 周一下午大概五点钟，他儿子回到家中，但是无人清楚他儿子何时又出去了。 我只能肯定，父亲并没有像平日似的，即傍晚六点半时吃晚餐。 我觉得他还留在小房间中工作，因此没有时间出来吃晚餐。 这种事之前也经常发生。"

女孩说到这里，沉默了很久，似乎正在和内心深处难以形容的悲哀斗争一样。

"次日早晨呢？"思考机器柔和地问。

"次日早晨，"女孩接着说，"父亲被发现在他的工作间中去世了。 我们先敲了门，敲了很多次都无人应答，因此管家蒙哥马利就破门而入，这才看到父亲死了。 他身上没有什么伤痕，不能确定他是如何死的。 地板上有个我认为是装氢氰酸的小瓶子，小瓶子已经摔破了，就在父亲的椅子附近。 看起来仿佛是他坐在椅子上，吃了毒药后马上就死去一样。

"我立刻打电话给他儿子约翰·史塔克顿，叫他赶紧回家。你此刻正在看的信那时就放在我父亲身上的口袋中。 约翰·史塔克顿先生看见信的时候仿佛特别气愤，准备把信撕碎。 我奉劝他把信给我，因为我隐隐约约有一种感觉，觉得这件事有哪儿不对劲。 父亲经常与我谈论将来的事，比如他准备做什么，或者他想如何安排我等等，没有丝毫反常的地方，信里所写的也许正是字面上的意思。 我希望是这样，噢，我希望确实是这样。可是认真考虑这件事……"

"遗体解剖了吗？"思考机器问。

"没有。 约翰·史塔克顿反对进行任何调查。 他告诉我，他会发挥影响力让警方别介入这件事。 我父亲埋葬时，是班顿医生开具的死亡证明，他是约翰·史塔克顿大学时代的朋友。这样一来，所有自杀或因为其他原因致死的证据就彻底被掩盖了。

"在举行葬礼的前后，约翰·史塔克顿曾经两次让我承诺把这封信藏好，否则就撕毁。 为了避开他的纠缠，我骗他说已经把信毁掉了。 他这种态度让我更加确信父亲很有可能不是自杀。 我天天从早到晚都在琢磨这件事，最终我决定来请您帮忙，而不是去警察局。 我直觉这件事的背后肯定有什么不能见人的秘密。 假如您可以帮忙，我会……"

"可以了，可以了。"思考机器打断她的叙述，"工作间的钥匙放在哪儿？ 在波默罗伊的口袋中？ 他的卧室？ 还是插在门锁上？"

"这个我不清楚，"迪凡小姐说，"我没想过关注这个问题。"

"史塔克顿先生设立遗嘱了吗？"

"是的，在他的律师史隆先生那儿存放着。"

"遗嘱公开过吗？ 你了解内容吗？"

"再有几天就会公开了。 按照这封信的第二段内容来推测，我确定他把全部财产都留给了他的儿子。"

思考机器第四次读这封信。 读完之后，他仰起头来看着迪凡小姐。 "按照你的了解，你觉得这封信想表达什么意思？"他问。

"根据我对史塔克顿先生的了解，还有整件事情发生的经过，"女孩解释说，"我认为这封信上想表达的意思，就像字面上所写的那样。 从信的第一段看起来，仿佛在说他研究发现的东西被抢走了，也许是被偷了。 第二段和第三段，在我看来，是在指责一些亲戚，一个兄弟和两个远房的堂兄弟，这些亲戚始终觉得他是一个古怪的人，并且残酷无情地当面指责过他。 我对家族的事不太了解。 最后一段就像信上说的，除了……"

"除了这个数字'7'，"科学家说，"你认为这个数字代表什么意思？"女孩拿过信，认真读了一会儿。 "什么印象都没有。"她说，"这个数字仿佛与信中别的文字没有丝毫关系。"

"迪凡小姐，你想会不会有可能，这个数字是在被胁迫时写的？"

"我想有这种可能，"女孩迅速地说，她的脸色渐渐开始发光，"这正是我所预料的。 起初，我就觉得这件事背后肯定藏着什么可怕、恐怖的秘密。"

"或者，也许波默罗伊·史塔克顿先生压根就不知道这封信，"思考机器沉思地说，"这封信也许是伪造的。"

"伪造？"女孩倒吸了一口气，"那么约翰·史塔克顿……"

"无论是伪造的还是真的，"思考机器平静地说，"这是一封极不寻常的信。 仿佛是诗人写的，用委婉的兜圈子的方式来讲述事情。 一位看重事实的科学家只会把事情原原本本地说出来。"

屋里安静了好几分钟。 女孩坐着，上身前倾倚在桌旁，盯着科学家那双难以置信的眼睛。 "可能……可能……"她说，"里面有什么密码。"

"你说得很对，"思考机器推测说，"信里面有密码，并且是特别巧妙的密码。"

一天以后，思考机器把记者韩钦森·哈契找过来，说有事要他进行协助。哈契是一个谨慎细致、交际很广的人，始终心甘情愿竭尽所能地协助思考机器。

思考机器先让哈契读完了里面有密码的信件以后，又把迪凡小姐所说的和这封信有关的所有事情向记者清清楚楚地讲了一遍。

"你认为这封信里藏着密码吗？"最后，哈契问道。

"它是一篇密码文。"思考机器说，"假如迪凡小姐说的对，约翰·史塔克顿也许会对这件事严守秘密。我想让你去与他谈一谈，查清他的所有底细。再去查一查史塔克顿先生的遗产是如何分配的，遗嘱是否把所有财产都留给了儿子。

"还需要让你去调查约翰·史塔克顿与迪凡小姐有没有恩怨。假如有，是因为什么？是否牵连到另一个男人？那个男人是什么人？调查完这些事以后，去多彻斯特老宅，假如能找到，把房子中的《圣经》带过来给我。它也许是一本大书。假如找不到，记得马上打电话告诉我。我想迪凡小姐只要有，应该会把书给你。"

哈契记好应该做的事就走了。半个小时之后，他已经坐在了约翰·史塔克顿公司的办公室中。史塔克顿先生的脸很长，瘦得仿佛高粱秆，装束很像一位神职人员。虽然史塔克顿先生说话语气很温和，态度非常殷勤，哈契仍然很讨厌对方那副溢于言表的扬扬得意的样子。

哈契的第一个问题就是问他知不知道波默罗伊·史塔克顿是如何死的。对方的脸立刻阴沉下来。"我衷心希望这件事别引起媒体的关注。"约翰·史塔克顿回避地说。

"对于促进世界进步，我父亲已经获得了非常大的成就，讨论他是如何死的只会引起没有意义的猜测罢了。 当然，如果有必要，我仍然会提供资料协助警方开展调查的。 但是，坦白地说，我不赞同这种调查。"

"你父亲有多少遗产？"哈契转换了话题。

"大概一百多万美元。"对方回答道，"他的财产绝大部分是从发明连接火车的联结器赚到的。 他发明的联结器在全世界的铁路上广泛使用。"

"遗嘱里，他是如何分配财产的呢？"哈契问。

"我还没见到遗嘱，但是据我所知，除了一份年金以及多彻斯特的房子留给迪凡小姐以外，剩下的全部财产都留给了我，我父亲向来把迪凡小姐当作自己的亲生女儿。"

"那么你大约可以得到所有财产的四分之三或者三分之二喽？"

"应该是吧，大概有八十万美元。"

"遗嘱如今在哪儿呢？"

"据我了解，在家庭律师史隆先生手里。"

"遗嘱会于何时公开？"

"原本计划于今天宣读的，但是律师决定推迟几天再公开。"

"史塔克顿先生，显而易见，你父亲是自杀，甚至也许是由于别的原因而死，你坚持要使外界认为是自然死亡，究竟是为了什么？"哈契追问。

约翰·史塔克顿在椅子上挺直身体，眼睛里流露出诧异的神情。 他原本一直无意识地搓着自己的手，此刻他停了下来，紧紧地盯着记者。

"别的原因？"他问，"请问到底是什么原因？"

哈契耸了一下肩，但是他从对方的眼里看到了质询的意思。"你父亲以前有没有流露出想自杀的倾向呢？"

"我从来不曾听说过。"史塔克顿回答，"并且，如果承认他是自杀，却什么动机都发现不了，那么警方会进行调查的。为了避免警方的调查，我让朋友开具了自然死亡的证明。 假如你认为我这么做是错的，我也不得不认了。"

"假如仅仅是这样，你为何要这样做呢？"

"当然是为了避免伤害我父亲以及家族的名声啊。 但是，你说还有别的原因？ 你的意思是有人觉得除了自杀和自然因素之外，父亲也许是因为别的原因而死的？"当史塔克顿提问这个问题时，脸上流露出了一种若隐若现、微妙的表情变化。 他身体前倾，逼近记者，先前脸上伪装出来的古怪虚假的微笑已经无影无踪了。

"迪凡小姐展示了你父亲死的那天从他口袋里发现的信件，信上说……"记者正准备开始说。

"迪凡小姐！ 伊丽莎白！"约翰·史塔克顿大喊。 他猛然站起来，在屋里大步绕了几圈，接着在新闻记者面前停了下来。"她用她的名声对我起誓，不会把和那封信有关的信息泄漏出去。"他怒不可遏地说。

"但是她如今已经把那封信公开了，"哈契说，"并且她进一步暗示你父亲根本不是自杀。"

"她疯了，老兄。 彻底疯了！"史塔克顿异常激动地说，

"谁会杀死我父亲？ 为什么呢？ "一个残酷无情的微笑在哈契唇边展现出来。

"你父亲是正式领养了迪凡小姐吗？ "他转换了话题。

"是的。 "

"既然这样，撇开别的亲戚不谈，你难道不认为很奇怪，你父亲居然把四分之三的遗产留给已经十分有钱的你，而只把一小部分遗产留给了身无分文的迪凡小姐？ "

"那是我父亲自己的决定。 "

随后，是一阵沉默，屋中只有史塔克顿踱来踱去的声音。最终，他在桌子旁的椅子上坐下来，看着记者。 "还有其他事情吗？ "他问。

"假如你不介意，我真的很想知道，你与迪凡小姐之间发生过什么不愉快的事情吗？ "

"没有任何不愉快的事情，我们只是从来没有融洽地相处过。 我父亲和我为了她的事情争执过好几次，至于为什么，我觉得没有必要告诉你。 "

"在你父亲死亡之前的晚上，你与你父亲发生过类似的争执吗？ "

"我相信我们讨论过和她有关的事。 "

"那晚你是什么时候从你父亲的工作室离开的？ "

"大概十点。 "

"你从下午开始就和你父亲一起待在工作室中，对吗？ "

"是的。 "

"吃晚饭了吗？ "

"没有。 "

"你为什么没吃晚饭呢？"

"我父亲正在向我展示一件他刚刚研究出来的新发明，他想让我把这件新发明拿去市场上进行推广销售。"

"我猜你肯定没想到他竟然会自杀，或者因为无论什么原因而选择死亡吧？"

"从来不曾想过。 我们正在周全地计划以后的事。"

也许是对面前这个人的长相持有偏见吧，哈契对这次采访的结果不怎么满意。 尽管史塔克顿看起来老实本分地回答了他的问题，他仍然认为毫无收获。 他还想再提出一个问题。

"在你父亲的房子中，你有没有看见过大本的家庭《圣经》？"他问。

"我看见过好几次。"史塔克顿说。

"如今它还在房子中吗？"

"据我了解，应该还在。"

访问至此结束，哈契赶去多彻斯特的房子拜访迪凡小姐。在那里，他依照思考机器的命令，问了和大本家庭《圣经》有关的问题。 "前些天我曾经看见过那本《圣经》，但是如今不见了。"迪凡小姐说。

"自从你父亲去世以后就消失了？"哈契问。

"是的，去世后的次日。"

"你清楚是谁拿走了吗？"

"想不到。 也许是……也许是……"

"约翰·史塔克顿！ 他为何要拿呢？"哈契漫不经心地说。

女孩的手颤动了一下，仿佛想说些什么。 过了片刻，她说："我不清楚。"

"他也是这样说的，"哈契语气愤怒起来，"他觉得《圣经》还在这儿。"

女孩走到记者身旁，用一只白嫩的小手抓住他的衣袖。她抬起头看着哈契的眼睛，眼里噙满了泪水，嘴唇微微颤抖着。"约翰·史塔克顿拿走了那本《圣经》。"她说，"他在我父亲去世的那天拿走了它，究竟是为了什么，我也不清楚。"

"你能肯定是他拿的吗？"哈契问。

"我在他的房间中见到过那本《圣经》，他把它藏在那儿。"女孩回答说。

在科学家家里，哈契把了解的全部问题的答案向思考机器汇报。科学家沉默不语地听着，直至哈契说迪凡小姐清楚那本家庭《圣经》是被儿子拿走时，他才插嘴。

"假如迪凡小姐与约翰·史塔克顿相处得不太融洽，她为什么去拜访史塔克顿的家呢？"思考机器问。

"我不明白，"哈契回答，"也许她认为约翰·史塔克顿肯定和她父亲的死有什么关系，她想亲自进行调查。那本《圣经》究竟与这件事有何关系？"

"可能有很大的关系。"思考机器神秘莫测地说，"眼下我们应该做的，就是检验女孩说的是否真实，《圣经》是否在约翰·史塔克顿的新家。哈契先生，这件事就交给你来处理了。我特别想亲眼看一下那本《圣经》。假如你可以给我带过来，就太棒了；假如你不能带过来，至少要想办法观察一下在第七页上有没有用铅笔书写下的什么痕迹。甚至如果有可能，把那一页撕下来带给我。我会仔细保管的，在合适的时候归还回去。"

听着，听着，哈契越来越莫名其妙，眉头越皱越深。《圣经》的第七页怎么会与谋杀疑案有关系呢？究竟是谁先提到《圣经》的？波默罗伊·史塔克顿先生留下的信里确实提到一本《圣经》，但是那看起来仅仅是一句毫无关系的话。哈契这才记起信上确实有一个带括号的数字7，但是这个数字和信上的其他部分没有任何联系。哈契正在琢磨这些事，思考机器打断了他的思考。

"我在这儿等你的汇报，哈契先生。假如全部都像我所预料的那样，那么今晚我们将会进行一趟发现之旅。此刻，马上去找那本《圣经》，把结果尽快通知我。"哈契找到约翰·史塔克顿在毕肯街的新家，理直气壮地径直走进去搜索。当他出来时，脸上沮丧失望，他回到在不远处的思考机器的住所。

"结果如何？"科学家问。

"我发现那本《圣经》了。"哈契说。

"第七页呢？"

"被撕下来了。"记者回答。

"哼，"科学家气愤地哼了一声，"我早就猜到了。今晚我们应该进行一趟我之前说过的发现之旅。另外，你留心过约翰·史塔克顿拥有或者使用过自来水笔吗？"

"我始终没看见自来水笔。"哈契回答。

"那么，帮我去他公司的雇员那儿调查清楚。晚上十点我们在这里会合。"哈契告辞走了。没多久，他就到了约翰·史塔克顿的公司。经过一番调查，他认定史塔克顿没有自来水笔。随后，他亲自去询问塔克顿和大本《圣经》有关的事。

"史塔克顿先生，我记得你之前说过，"他用非常温和的语气说，"你很清楚家里有一本家庭《圣经》，但是你不确定是否还在多彻斯特家里。对吗？"

"是的。"史塔克顿说。

"那么，"哈契继续说，"在你的新家里，为什么也会有一本完全相同的《圣经》，偷偷地藏在沙发下面的盒子中？"

史塔克顿先生仿佛大吃一惊，站起身直面着记者，握紧双拳，眼里喷射出怒火。"你如何得知的？你到底想说什么？"他问。

"我只想弄明白，你曾经说过你不清楚那本书在哪儿，但是却把它藏在自己家中。这到底是为什么？"

"你亲眼在我房中看到那本《圣经》了吗？"史塔克顿问。

"是的。"记者镇定地说。

如今，约翰·史塔克顿的脸上表现出一种下定决心的神情。他那假装虔诚、圆滑世故的姿态消失得无影无踪了，薄唇死死地抿成一条直线。"我不会再和你交谈了。"他愤怒至极地说。

"你能告诉我你为何要把第七页撕下来吗？"

史塔克顿傻傻地看着对方，脸色惨白如纸，血色全部褪去了。

等到他可以开口说话时，声调沉重而紧张，"是……是……第七页不见了吗？"

"是的，"哈契回答，"你把它藏到哪儿了？"

"无论在什么情况下，我都不会再回答你的任何问题。请你离开吧。"

哈契压根就不明白这些问题有什么意义，更不明白和这件命案究竟有没有联系。 他的困惑比与约翰·史塔克顿交谈之前更多了。 为什么史塔克顿听见第七页不见了时会那么激动？ 为什么有人从多彻斯特的老房子中拿走了？ 为什么会被小心翼翼地藏起来？ 迪凡小姐如何得知《圣经》藏在哪儿？ 这些问题连续地在他心里上下起伏，理不出任何头绪。 如果信里真的暗藏了密码，那么密码与这件命案有什么联系呢？

哈契希望至少可以发现其中一些问题的答案，他乘出租车返回多彻斯特老房子。 出人意料，他居然看见思考机器站在台阶上正要往里走。 科学家对于哈契的出现，倒是丝毫惊奇的反应都没有。

"你核实清楚约翰·史塔克顿是否用自来水笔了吗？"他问。

"我相信他没有自来水笔，至少近来不曾用自来水笔写过什么信。 我想你问这个问题的用意正在于此。"

两人都被邀请进去，几分钟之后，迪凡小姐来到了会客室。思考机器说他们想亲眼看看史塔克顿先生去世时的工作室，迪凡小姐许可了。 "并且，我们也想看一下史塔克顿先生的字迹。"科学家说。

"我恐怕难以找到什么可以用来和信件上的字迹进行比对的文件，"迪凡小姐解释，"我明白这有些难以置信。 他确实有一些往来的信件，但全部都是我帮他打字的。 有时，他想写科技方面的文章，也都是由他口述，我再帮他速记整理成册。 他用这种方法写文章已经有很多年了。"

"那么这封信的真假就无从核实了？"

"当然我们还能通过对比支票上或别的地方的签名进行查

验，我可以找出一些签名。 但是，我坚信不疑这封信是他亲笔写的，我能认出来这是他的笔迹。"

"我想他从来不曾用过自来水笔吧？"思考机器问。

"我从没见他用过。"

"你有自来水笔吗？"

"有。"女孩回答，从胸口的衣袋中拿出一只金色的漂亮盒子，从里面取出一支自来水笔。 科学家把笔尖在自己拇指的指甲上轻轻点了一下，留下了一小滴蓝色的墨水。 信是用黑色墨水写成的，思考机器仿佛觉得很满意。

"如今，咱们去看看工作室，行吗？"他提议说。

迪凡小姐带头穿过宽敞明亮的客厅，向屋子的后面走过去。在那里，她打开一扇已经被撞坏了的门，让两人走进去。 在思考机器的请求下，她把发现史塔克顿先生尸体的经过再次进行了描述。 她指出尸体躺倒的地方，氢氰酸瓶被摔碎的地方，以及管家蒙哥马利是怎样在她的要求下破门而入的经过。

"你没找到这扇门上的钥匙吗？"

"没有。 我想不通为什么会突然消失了。"

"此刻，这个房间和刚刚发现尸体时完全相同吗？ 我是想问，有没有什么东西被移动了？"

"毫无改变。"女孩回答。

"仆人也没有拿走什么东西吧？ 他们可以出入这个房间吗？"

"仆人们压根就不能进入这个房间。 当然，尸体被挪走了之后，摔碎了的药瓶碎片也进行了清理。 除此以外，没有任何东西被移动过。"

"这个房间中有自来水笔与墨水瓶吗？"

"我从来没看见过这些东西。"

"发现尸体以后，你没有从房间中拿笔和墨水瓶出去吧？有吗？"

"我……我……没有。"女孩吞吞吐吐地说。

迪凡小姐从工作室离开了，随后的一个小时，思考机器与哈契在室内搜查。

"找到笔与墨水瓶。"思考机器命令着。

他们没有发现。

深夜，大概六个小时以后，思考机器与韩钦森·哈契在多彻斯特老房子的地下室里摸索着，仅仅凭借一支小小的手电筒照亮。手电筒直直的光线穿过潮湿阴冷的空气到处晃动，最终，灯光投射到一个嵌在实心、坚固墙壁上的小门上。

思考机器情不自禁地轻呼一声，但是，随后传进耳朵的无疑是一声左轮手枪枪栓打开时发出的响声，声音从他们身后的黑暗中传过来。

"快趴下！"哈契倒吸一口气，把手电筒朝旁边一扔，灯光灭了。差不多与此同时，传来一声枪响，一颗子弹射在哈契身旁的墙壁上。

枪击的震动仍旧在哈契的耳边回荡着，转瞬之间，他觉得思考机器紧紧抓住了他的胳膊，然后在一片漆黑之中，他听见科学家急迫地说："快朝右走，你的右边。"但是，哈契却感到科学家把他朝左边拉开。过了没多久，传来第二声枪响。在闪光中，哈契看见子弹射中距他之前站立地点右边大概十英尺的墙壁上。显而易见，拿枪的人被科学家所说的话糊弄了。

科学家牢牢地抓住哈契的胳膊，朝地下室入口处的石阶走过去。 那儿，微弱的亮光从外面射进来，他们看见一个魁梧的人影站在石阶上。 哈契迅速地一个箭步向那个人扑过去，把对方压倒在地上。 过了一会儿，他抓住那个家伙的手枪，抢了过来。

"好了，"他喊着，"我抓住他了。"

思考机器找到先前的手电筒，向那个人的脸上照过去。 那个人在记者凶猛蛮横的手劲下束手无策地呻吟着，原来是约翰·史塔克顿！

"怎么？"史塔克顿镇定地问，"难道你们是小偷吗？"

"让我们去上面亮堂的地方说话。"思考机器说。

科学家在这种不可思议的情形下，第一次与约翰·史塔克顿见面。 哈契为两人进行了介绍，思考机器让哈契把手枪还给史塔克顿。 史塔克顿把手枪放到桌子上。

"你为什么要对我们开枪？"思考机器问。

"我还以为你们是小偷。"对方回答，"我听见地下室有响动，就赶紧过来查看。"

"我还以为你现在住在毕肯街。"科学家说。

"我确实住在毕肯街。 但是，今晚我有一些私事要处理，所以才过来，正好听见响动。 你们来地下室做什么？"

"你来了多长时间了？"

"五到十分钟。"

"你有钥匙进门吗？"

"我几年前就有钥匙了。 究竟是怎么了？ 你们是如何进来的？ 你们没有权利随便进来。"

"今晚迪凡小姐在家吗？"思考机器问，压根不理会对方的提问。

"我不清楚，我想应该在家吧。"

"那么，你还不曾见过她？"

"当然没有。"

"据此推断，你今晚是偷偷地进来的，没被她知道？"史塔克顿耸了一下肩没说话。

思考机器站起来，斜视着史塔克顿的眼睛。当他张嘴说话时，是朝着哈契说的，但是，眼睛却不曾挪开。"去把仆人喊醒，看看迪凡小姐的卧室在哪儿，然后去检查一下她是否发生了什么不测。"他命令道。

"我想，这么做并不明智。"史塔克顿说话了。

"为什么？"

"为了我的私人原因。"史塔克顿说，"我想请求你，别让迪凡小姐得知我今晚来过这儿。实际上，这么做对你也有利。"他的神态有点儿紧张不安，仿佛有什么秘密想隐瞒迪凡小姐一样，这让哈契更想弄清楚原因。哈契马上跑出房间，十分钟以后，迪凡小姐披着睡袍跟着他一起来了。仆人们站在大厅中间纳闷地看着。

迪凡小姐进来时，史塔克顿立刻站了起来。思考机器冷眼旁观两个人。他看到女孩脸色惨白，而史塔克顿则表情尴尬。

"这是怎么了？"迪凡小姐问，声音微微颤抖，"为什么你们全在这儿？发生什么事了？"

"史塔克顿先生今晚来这儿，"思考机器冷静地说，"为了想拿走地下室保险箱中的物品。他来的时候并没有告诉你，却看到我们已经抢先他一步。 哈契先生与我正在为了你所委托的事进行调查。 我们也没告诉你我们今晚会来。 我觉得这么做最好。 史塔克顿先生特别不想让你知道他的来访。 如今，你有什么话想说吗？”女孩扭过头面对史塔克顿，用蔑视的眼神看着他，显而易见是在指责他。 她纤细白嫩的手指指着史塔克顿，后者的表情转眼间变得激动起来，他尽量控制自己。

“小偷！ 杀人犯！”女孩嘶声说。

“你清楚他为什么来吗？”思考机器问。

“就像你所说的，他想偷保险箱中的物品。”女孩子气愤地说，“我父亲不想把刚刚研究出来的秘密交给他，因此他杀死了我的父亲。 至于他是如何强迫我父亲写了那封信，我就不了解了。”

“伊丽莎白，你究竟在说什么？”面色惨白的史塔克顿问。

“他贪婪无耻，想独占我父亲的所有财产，”女孩异常激动地接着说，“甚至连一小部分都不愿意分给我。”

“伊丽莎白，伊丽莎白！”史塔克顿万分痛苦地呼喊着，双手紧紧地抱着头。

“你如何得知这个秘密保险箱？”科学家问。

“我……我……以前就怀疑地下室也许会有一个秘密保险箱。”女孩解释说，“我想家里肯定会有一个保险箱。 我父亲常常把他特别重视的物品放到家中的某处藏好。 我想不到有比地下室更适合的地方了。”

接着，是长久的难以忍受的沉寂。 女孩僵直地站立着，看着神情沮丧的史塔克顿，脸上没有任何怜悯的表情。 哈契看见她脸上的神情，他初次想到迪凡小姐可能是一个报复心特别重的人，他坚信面前的这两个人之间肯定存在着很深的矛盾。

思考机器打破了沉默。 "迪凡小姐,你知不知道你在史塔克顿先生的新家中发现的家庭《圣经》里的第七页已经不见了?"

"我没留意。"女孩说。

史塔克顿先生听见这些话以后,抬起了头。 如今,他站了起来,面色惨白地专心倾听着。

"你看见过这本《圣经》的第七页吗?"科学家问。

"我记不起了。"

"你去我房中干什么?"史塔克顿问女孩。

"你为何要把第七页撕下来?"思考机器问。

史塔克顿本以为这个问题是问他的,正扭过头准备回答。但是,他看见科学家盯着迪凡小姐,因此,他突然转过头看着女孩。

"我没撕,"迪凡小姐大喊,"我从来没见过,我不明白你在说什么!"思考机器做出了一个非常厌烦的手势,随后扭头对史塔克顿说。

"你有你父亲的亲笔文件吗?"

"很多,"史塔克顿说,"我现在身上就带着他写给我的三四封信。"

迪凡小姐诧异地倒吸一口冷气,眼睁睁地看着史塔克顿拿出信件交给思考机器,后者看了看他们两个人。

"迪凡小姐,我记得你曾经告诉过我你父亲一直口述信件由你打字的?"

"我确实这么说过,"女孩说,"我并不清楚有这些信件的存在。"

"能把这些信交给我吗？"思考机器问。

"能。 这只是一些普通的信件。"

"如今，让我们去看看保险箱中究竟有什么秘密。"科学家说。

他站起来，带头向地下室走过去，用手电筒照亮过道。 史塔克顿紧跟其后，后面是迪凡小姐，她白色的长袍在昏暗的亮光中若隐若现地闪烁着，哈契走在最后面。 思考机器直接向他和哈契站在一起时被史塔克顿枪击的所在走过去，手电筒的亮光又一次照在墙壁的小门上。 他只轻轻地一碰，保险箱的门就开了，里面什么都没有。

思考机器正在全神贯注地检查保险箱，没留意身旁发生的事。 转瞬之间，又是一声枪响，紧接着是一个女人尖叫的声音。

"上帝，他自杀了！ 他自杀了！"那是迪凡小姐的叫声。

当思考机器把手电筒照向阴暗的地下室时，他看见迪凡小姐与哈契正垂下头看着倒在地上的约翰·史塔克顿。 史塔克顿的发梢有一些鲜红的液体，脸色却是一片惨白。 他的右手牢牢地握着一把左轮手枪。

"上帝啊！ 上帝啊！"科学家叫着，"这是为什么？"

"史塔克顿自杀了！"哈契说，语气非常激动。 科学家蹲下来，迅速地为伤者进行了检查，转瞬间，应该不是刻意的，他把手电筒的灯光照到迪凡小姐的脸上。

"你刚才站在哪儿？"他质问道。

"在他身后。"女孩说，"他会死吗？ 伤口严重吗？"

"毫无希望了。"科学家说，"咱们先把他抬到上面吧。"

哈契把没有知觉的躯体抱起来，率先返回他们几分钟前才刚刚离开的房间。 同时也是医生的思考机器认真地检查了伤口，哈契只能手足无措地站在旁边。 史塔克顿右边太阳穴上面的伤口甚至没有任何血迹，伤口旁边毫无疑问是燃烧过的火药留下的痕迹。

"帮帮我，迪凡小姐。"思考机器请求道，他正在用一条手帕作为绷带帮助伤者包扎头部。 迪凡小姐帮忙扎好最后一个结，思考机器在旁边认真地观察着她的双手。

伤口包扎完以后，他转身面对着她，郑重其事地问："你为什么要开枪打他？"

"我……我……"女孩吞吞吐吐地说，"我没打他，是他自己开的枪。"

"那么你的右手为什么会有弹药的痕迹？"

迪凡小姐垂下头看着自己的右手，脸上转眼间惨白无色，她表露出恐惧的表情。 "我……我……不知道。"她再次颠三倒四地说，"你不会相信我的……我会……"

"哈契先生，马上打电话喊救护车来，再看看能否找到马洛力探员，让他立刻赶到这里。 我会把迪凡小姐交给他，罪名是故意杀害这名男子。"

女孩傻傻地看着他很长时间，然后跌倒在椅子上，面如死灰，眼睛里满是恐惧。 哈契跑出去找电话，过了很久，迪凡小姐神情迷茫，无法说话。 最终，她鼓足勇气站起来面对思考机器，挑衅似的大叫道："我没有杀死他，我没有，真的没有，他是自杀的。"

思考机器用细长的手指轻轻地拿开了伤者紧紧握着的手枪。

"啊，我搞错了，"他突然说，"他的伤势不像我所想象的那样严重。 看，他醒了。"

"醒了！"迪凡小姐大喊，"那么他死不了了？"

"你为什么要这么说？"思考机器呵斥道。

"因为他看起来非常可怜，甚至像已经认罪了。"她急匆匆地解释着，"他死不了了。"

史塔克顿的脸渐渐恢复了正常。 思考机器身子朝前倾，一只手放在伤者的胸前，看见他的眼皮不停地颤动，缓缓地睁开双眼，心跳马上就变得强壮有力了。 史塔克顿盯着思考机器看了很长时间，再次困倦地闭上眼睛。

"为何迪凡小姐要开枪打你？"思考机器问。 过了没多久，伤者的双眼又睁开了。 他看见迪凡小姐就站在面前，她双手恳求似的向他伸出。

"为什么她要对你开枪？"思考机器再次质问。 "她……她……没射我，"史塔克顿慢慢地说，"是我……自己……打自己。"思考机器的眉头仿佛很疑惑地皱了皱，接着又放松了。

"是有意的吗？"他问。

"我自己打的。"

史塔克顿闭上双眼，仿佛再次陷入了昏迷。 思考机器抬头瞥了一眼，看见迪凡小姐脸上的神情似乎是彻底放松了。 他自己的言行举止也改变了，变得有些尴尬。 他扭过身朝着迪凡小姐。

"请你原谅，"他说，"是我搞错了。"

"他还会死吗？"

"不会的，他的伤势我也搞错了。 他会康复的。"

过了几分钟，市立医院的救护车鸣叫着停到门口，把约翰·

史塔克顿拉走了。 哈契满脸同情，扶着甚至马上就会晕倒的迪凡小姐回去到她的房间去了。 思考机器已经给她服用了一点儿兴奋剂。 马洛力探员还没有回电话。

思考机器与哈契一同返回波士顿。 在公园路地铁车站，他对哈契下达了一些指示之后，两个人就分开了。 次日，哈契差不多用了整整一天的时间执行思考机器分派给他的任务。 首先，他要去拜访开具死亡证明，让波默罗伊·史塔克顿先生得以下葬的班顿医生。 当记者说明他来访的目的时，班顿医生刚开始很有戒心，过了没多久，他看见来人并无恶意，就畅所欲言了。

"我与约翰·史塔克顿早在读大学时就认识了，"他说，"他是我所认识的人里面非常少见的真正的大好人之一。 最特别的是，他也是极少数的好人里知道怎样去创造财富的一个。他绝不是一个虚伪的人，这一点我可以担保。

"当他的父亲被发现在工作室中去世时，他给我打电话，让我去他多彻斯特的家里。 他告诉我，显而易见，波默罗伊·史塔克顿先生是自杀，他担心这个消息传出去会损害家族的名誉，问我能不能帮他的忙。 我说我只能为他开具一份死亡证明书，上面标明死因是自然因素，即心脏病发作而去世。 我这么做纯粹是因为他与我的友谊。

"我检查过尸体，在波默罗伊的舌头上发现了一点儿氢氰酸。 同时，他的座椅旁有一个摔碎了的氢氰酸药瓶。 我并不曾解剖尸体。 无疑，在法律上，我这么做是错误的，但是我认为这么做并没有伤害什么人。 不过，如今既然被你识破，我的医师生涯就有可能会结束了。"

"你觉得，死因的确是自杀吗？"哈契问。

"确定无疑。 并且还有一份在波默罗伊口袋中发现的遗书呢。 我读过那封信，让我更加确信他是自杀而死的。 当时那封信被迪凡小姐拿走了，我确信现在仍然在她手里。"

"你与迪凡小姐熟悉吗？"

"不熟。 我仅仅知道她是一个养女，不清楚为什么保留了她之前家族的姓氏。 三四年以前，她曾经谈过一次恋爱，那时约翰·史塔克顿极力反对，终止那段恋情。 实际上，我了解约翰以前也曾经追求过迪凡小姐，但是她却拒绝了约翰的求婚。从那以后，两人之间就不太融洽。 但是细节究竟是怎样的我就不清楚了，只知道约翰对我说的大概经过罢了。"

随后，哈契接着去执行思考机器吩咐他做的其他事。 他得去拜见史塔克顿先生的家庭律师，弄清楚波默罗伊·史塔克顿先生所立遗嘱的内容，以及推迟宣读遗嘱的原因。

家庭律师名为弗雷德里克·史隆。 哈契把他所了解到的所有资料对律师全盘托出，接着询问他为什么要推迟公布遗嘱。史隆先生也是一个直爽坦率的人。

"因为遗嘱眼下其实不在我这儿。"他说，"也许是忘记地方了、丢了或者被偷了。 我已经和他们家族的成员说明了，给我一点儿时间去寻找遗嘱，推迟一段时间再宣读。 迄今为止，没有任何线索。 我不明白遗嘱在哪儿。"

"遗嘱里写了什么？"哈契问。

"绝大多数的财产留给了约翰·史塔克顿，留给迪凡小姐的只有每年五千美元年金和多彻斯特的老房子。 遗嘱上尤其声明别的家族成员不得继承，波默罗伊·史塔克顿先生责怪那些人企图窃取他的新发明。 至于在史塔克顿先生去世之后找到的信件……"

"啊，你也了解信件的事？"哈契张口说。

"噢，我了解，这封信大概验证了遗嘱上所说的事。 但是，信上把所有遗产全都留给了约翰·史塔克顿，其实，这就相当于剥夺了迪凡小姐继承其他资产的权利。"

"史塔克顿先生的其他亲属既然已经知道被剥夺了继承权，为了他们自己的利益，是否会偷走遗嘱并把它毁掉呢？"

"当然有可能，别的亲戚与史塔克顿先生家已经很多年都不曾来往了，他们住在西部，按照我的看法，他们和遗嘱的失踪没有任何关系。"

哈契回到思考机器家，想和他汇报这些刚刚了解到的信息。思考机器没在家，足足过了半个多小时才回来。

"我去验尸了。"他说。

"验尸？ 验谁的尸？"

"当然是验波默罗伊·史塔克顿的尸了。"

"什么？ 我还以为他早就已经下葬了。"

"还没呢，尸体还放在殡仪馆的停尸间里。 我给法医打电话，对他阐述了这个案件，希望可以准许验尸。 我们两人一同进行尸体解剖。"

"你发现什么线索了吗？"哈契问。

"你呢？ 你发现什么了？"思考机器反问他道。

哈契向他详细汇报了拜访班顿医生与史隆先生的经过。 科学家一语不发地听着。 哈契讲完以后，科学家倚到大椅子的靠背上，斜视着天花板。

"看起来，咱们的调查工作应该结束了。"他说，"眼下，我们有以下几个问题需要考虑：第一，波默罗伊·史塔克顿是如何死的？ 第二，假如不是如同表面看起来的自杀，那么别人为什么要杀他？ 第三，假如有动机，谁是受益人？ 第四，信件里的密码到底代表着什么？ 如今，哈契先生，我想我已经找到这四个问题的答案了。 那封信里的密码是一种五字码，重点在于每隔五个字读一次。 首先，哈契先生，"思考机器一面说，一面把迪凡小姐交给他的信件拿了出来，摊开在桌子上，"我们应该确定这封信中是否真的藏着密码。"

"密码有成千上万种。 爱伦·坡在他的名著《金甲虫》中以符号或数字来表示不同的字母；也有用书来当密码的，那可能是所有密码里最安全的——假如别人不清楚字词是按照什么顺序或者规则排列的，是从书里的哪一页摘用的，就无法破译密码。

"我们没时间去关心其他的密码，如今就专心致志地破译这封信中的密码吧。 经过认真研究，我发现了三个突破口。 首先我们来看看整封信的语气。 它没有采用开门见山、就事论事的写法。 假如一个人已经想好了要自杀，除非他有什么特殊的目的，即他想表现出特殊的含意，而不是仅仅文字表面的意思，他一定不会使用这种语气来写遗书。 所以，我们可以假定在密码文件后面肯定有某种特殊的含意。

"其次是信中缺少了一个单词。 你应该可以看出，在'cherished'与'secret'中间原本应该有个'in'的。 当然这也许是书写的时候疏忽漏写了，每个人都有过这种失误。 但是，再接着探讨下去，我们发现了第三个突破口。

"这就是位于第四段括号里的数字'7'。 这个数字与信上的前后文都没有任何关系。 这肯定不是粗心出错的结果。 那么，它究竟意味着什么呢？ 是不是死者在制作密码的时候，匆忙间无意留下的痕迹呢？

"起初我认为我这个数字'7'是破译整个密码的关键线索。 我从这个数字朝下数七个词，看见'binding'这个词。 再朝下数七个词，看见'give'这个词。 把这两个词拼到一起，并没有什么特殊的含意。

"我停止了，开始倒着数。 朝上的第七个词是'and'，再朝上数，仍然毫无意义。 我接着以此类推朝上数七个词，直至信件的开头，结果只得到一堆杂乱无章的词。 无论从哪儿开始，假如你从每七个词中选一个读，结果都是相同的。 除非之前这些词本来就代表别的词，不然这些词都是没有任何意义的。 如此一来，整件事就太乱七八糟了，我向来相信事情应该有比较简单的解决办法，所以，我另辟蹊径。

"我又琢磨在贴近数字'7'的词里，哪一个词和'7'连在一起会有特殊的含义？ 从数字'7'朝下看，有'family''Bible''son'等词，与'7'连在一起都没什么含义；但是从'7'字朝上看，我确实发现了一个和'7'有关联的词，那就是'page'。 'page 7'确实是有意义的。 'page'从'7'开始朝上数的顺序，是第五个词。

"接着朝上数五个单词是'on'，如此一来，'on page 7'这句话就非常明显了，意味着连接的词开始具有意义，我们依照顺序把下一个第五个单词连接在一起。 从数字'7'向下数，第五个单词是'family'，再朝下数的第五个单词是'Bible'。 如今，我们有了'on page 7 family Bible'。

210

"别的就无需再细说了。 总而言之，我从数字'7'的地方开始朝上数，接着取出第五个词，直至信的开头。 如今，我把取出的密码文字写成以下画线的黑体字，你自己读吧。"

To those Concerned：

Tired of it all **I** seek the end，and **am** content. Ambition is **dead**；the grave yawns greedily **at** my feet，and with **the** labor of my own **hands** lost I greet death **of** my own will，by **my** own act. To my **son** I leave all，and **you** who maligned me，you **who** discouraged me，you may **read** this and know I **punish** you thus. It´s for **him**，my son，to forgive. **I** dared in life and **dare** dead your everlasting anger，**not** alone that you didn´t **speak**，but that you cherished **secret**，and my ears are **locked** forever against you. My **vault** is my resting place. **On** the brightest and dearest **page** of life I wrote（7）my love for him. **Family** ties，binding as the Bible itself，bade me give **all** to my son. Good-bye. I die.

POMEROY STOCKTON

哈契缓缓地读着： "I am dead at the hands of my son. You who read punish him. I dare not speak. Secret locked vault on page 7 family Bible. All.①啊，上帝！"记者诧异地喊道。 一则佩服思考机器破译密码的能力，二则也为设置这密码的人的巧妙心思而赞叹。 "你看，假如按照文法规则把'in'这个词放到'cherished'与'secret'两个词中间，就会打乱读密码的次序了，所以这个词才会被刻意取掉。" "这足够把约翰·史塔克顿送上电椅了吧。"

---

① 译文是：我被我的儿子杀死。 读到这封信的人要惩治他。 我不敢说什么。 秘密就在家庭圣经第七页中。 就这样。

哈契说。

"假如这份密码不是伪造的，当然可以了。"科学家厌烦地说。

"仿造的！"哈契倒吸一口冷气，"这难道不是波默罗伊·史塔克顿先生亲手写的吗？"

"不是。"

"约翰·史塔克顿自己肯定不会写了？"

"是的。"

"那么究竟是谁写呢？"

"迪凡小姐。"

"迪凡小姐！"哈契诧异地复述了一遍。"那么，是迪凡小姐把波默罗伊·史塔克顿先生杀死的了？"

"不，他是因为自然因素而死。"

哈契的脑子里非常混乱，数不清的疑问全都涌了出来。他瞠目结舌地看着思考机器。

"让我帮你分析一下吧。"思考机器说，"波默罗伊·史塔克顿先生是因为自然因素——心脏病发作而死。迪凡小姐看到他死了，所以写了这封信，放进他的口袋里，接着在他的口中滴入了一滴氢氰酸，并且把装氢氰酸的药瓶摔碎，离开了工作室，锁好了房门，等到次日让仆人破门而入。

"朝约翰·史塔克顿开枪的人是她。从家庭《圣经》中把第七页撕去、接着把《圣经》藏在约翰·史塔克顿房里的也是她。不知用什么方法拿走遗嘱的还是她。她也许把遗嘱藏起来或者毁掉了。她抓住养父突然去世的契机，设计了这个残酷、神秘的阴谋。前人曾经说过，世界上没有比恶毒女人的心肠更坏的人了。"

"但是在这个案件里，"哈契插嘴说，"我还是不理解她为什么要这么做？ 她又是如何做到的？"

"我刚刚拿到那封信后只用了几个钟头就把密码破解了。"思考机器回答，"那时，我自然而然地想查清楚谁是波默罗伊·史塔克顿的儿子？ 他是一个怎样的人？ 我听见迪凡小姐和我所说的话，想到父子之间的不和睦、争执等等。

"虽然迪凡小姐自以为是地刻意隐瞒，我仍然从她的讲述中感觉到一种深深隐藏的仇恨。 她刻意把事实真相与虚构的事混合起来，让人难以认清事实，所以我开始怀疑她所说的话。

"从迪凡小姐告诉我们的事情来看，她是想使我们相信她养父的最后一封信是被人强迫所写的。 实际上，如果一个人被谋杀了，肯定不会去写出一封无比复杂烦琐的密码信；如果一个人想自杀，更不会想方设法地去写这种信。 密码里'我不敢张嘴'那句话，真是太愚蠢了。 波默罗伊·斯史塔克顿并没有被人囚禁，假如他担心有人谋杀他，他怎么会不敢和别人说？

"当我让你去调查约翰·史塔克顿是一个怎样的人时，我心里琢磨的就是这些事。 我非常想知道他会怎么说那本家庭《圣经》，那时我就有预感，第七页也许早就被迪凡小姐撕下来了。

"那时我也猜到那个秘密保险箱早就已经空了。 如果密码是她所写，她肯定会先把密码所暗示的藏在这两处地方的东西取走，接着在密码文里刻意把我们的注意力引到这两处来。

"如果她伪造了这封密码信，并把信带给我，明白我肯定能把密码破译，密码将清清楚楚地指认出约翰·史塔克顿就是凶手。 约翰·史塔克顿想故意隐瞒父亲是自杀而死，理由显而易见，就像他所说的为了避免丑闻。 大部分人都会这样选择。

"当你和他说这也许是谋杀案时，他就怀疑凶手是迪凡小姐。 为什么呢？ 因为只有她最有机会，并且有动机，她特别恨约翰·史塔克顿。

"我们如今已经了解到约翰·史塔克顿曾经追求过迪凡小姐，但是被她拒绝了。 之后他生硬地拆散了她的美好恋情，所以她恨他。

"她的报复计划是特别残酷无情的。 她要把所有财产据为己有，并且还要使约翰·史塔克顿身败名裂。 她期望——她清楚我会破译密码，她计划把约翰·史塔克顿送上电椅。"

"太恐怖了。"哈契说，情不自禁地哆嗦了一下。

"她很担心这个计划会失败，因此之后才会想开枪杀死他。那时地下室十分阴暗，我们没看见是谁开的枪。 但是她忘记了使用左轮枪的人，手上难免会残留一些弹药的痕迹。 史塔克顿承认不是她开的枪，无疑是由于旧情难忘。

"史塔克顿在那晚偷偷地溜回老房子，是为了寻找放在保险箱中的东西，他的父亲也许告诉过他那是什么。 家庭《圣经》第七页上所写的，也许是波默罗伊·史塔克顿先生研究出来的制造硬铜的新方法。 他也许是用隐形墨水写的，他也许会把这件事告诉约翰·史塔克顿，但是，很有可能迪凡小姐也听见了他们父子间的这段交谈，因此她也了解了这件事。

"如今，我们来谈一谈波默罗伊去世时的情形。 迪凡小姐也许很久以前就有了进入工作室的钥匙。 周一晚上，当约翰·史塔克顿从老宅离开之后，她进了父亲的工作室，看见他由于心脏病发作而死——之后的尸体解剖验证了这一点。

"转瞬之间，她想出了一个计划。 她假造了那封密码信，作为波默罗伊·史塔克顿的秘书，她当然对波默罗伊写信的方式与笔迹十分熟悉。 她把信放到死者的口袋中，后来事情的发展经过，你已经了解了。"

"但是为什么家庭《圣经》会出现在约翰·史塔克顿的房间中呢？"哈契问。

"肯定是迪凡小姐放到那儿的，"思考机器回答，"为了栽赃陷害约翰·史塔克顿，这是她所有计划的一部分。 她是一个非常聪明的女孩。 还记得她把自来水笔拿给我看吗？ 她已经提前把黑色墨水换成蓝色墨水了。"

"保险箱中究竟放的是什么东西？"

"这个我也只能猜测了。 波默罗伊·史塔克顿先生也许会只把他的新发现其中的一部分记载在《圣经》上，剩下的一部分藏在保险箱中，和别的重要文件一起存放。

"还有，约翰·史塔克顿交给我的他父亲所写的信都是真实的。 显然，迪凡小姐不了解有这些信件的存在。 把这些信件与她假造的信件放在一处进行比较，马上就可以看出区别来了。

"关于失踪的遗嘱，我觉得是迪凡小姐拿走了。 她用什么方式得到的，我无从得知。 失去了那份遗嘱，再加上儿子被密码信陷害，遗产很有可能都会判给她。"

哈契点燃了一根香烟，思考了一会儿。 "最终的结果会是什么呢？"最后他问，"当然，我估计约翰·史塔克顿会康复的。"

"结果是，这个世界会失去一件非常重要的科学发明，即波默罗伊·史塔克顿先生研究出来的制造硬铜的新方法。 我确定迪凡小姐已经把所有相关的文件都烧得干干净净了。"

"她自己呢？"

"我确定她在约翰·史塔克顿康复之前一定会逃跑的。反正他也不可能控告她。别忘记了，他仍然爱着她。"

两个星期之后，约翰·史塔克顿的伤势渐渐稳定了，坐在病床上休息。市立医院的一位护士，把一封信交给他。他打开信封，一小片灰烬随风扬了起来，掉落在病床的床单上。他倒在枕头上，流下了泪水。

（宋晶晶　译）

总统的半角银币

〔美〕埃勒里·奎因

　　有一些好奇心特别强的人，会故意放弃平坦的大道不走而专门走那些荒凉小道，目的就是想寻找刺激，期望碰见很多奇遇。虽然植物的茎秆无法变成神话中的怪物①，但是他们仍旧表现得非常自信。埃勒里·奎因就常常有机会体验到这种刺激的高潮。有一次，他在外面散步时竟然还碰见了美国总统。

　　假如事情能按照人们的想象发展的话，的确会使人愉快。偶然在一个伸手不见五指的夜晚，在华盛顿哥伦比亚特区的一条偏僻的街道上，几个便衣保镖贴近并且围住了亢奋的奎因先生，检查他的衣袋，审问他的动机，此刻一辆黑色防弹轿车迅速冲过来拉着总统飞快地跑开了。但是仅有的想象在这个例子里是不灵的，还需要依靠幻想的力量，因为这事其实是虚构的。但是埃勒里遇到了美国总统的事的确发生了，不过不是在一个漆黑的夜晚，而是在几个不够浪漫的白天（尽管夜晚也扮演了自己的角色）。也不是巧合，这次见面是由一位农场主的女儿事先安排的。地点并非在华盛顿哥伦比亚特区，因为总统管理着全国的事务，经常去不同的城市。他们会见也并非在城里，压根就不

---

　　① 原文为 hippogrif，希腊神话中的怪兽，前半身鹰头狮身，有双翼，后半身似马。

217

是在城里，而是在费城南部几英里以外的一个农场里。 最使人惊讶的是，尽管总统是一个十分富有的人，但却仍旧穷得连一辆汽车都买不起，就是倾其政府的全部资源也无法为他配备一辆——世界上，有些事真的不是有钱就可以办到的。

也许这一悖论还有更多使人惊讶的事呢。 这次见面的感觉是最干净纯洁的，但其实根本就不曾发生，因为所说的总统早就去世了。 既然一个人在坟墓里，对于另一个人的拥抱或握手都会毫无反应。 也许与死者在一架灵魂的飞机上见面——但是，埃勒里·奎因不是这种人，他压根不相信有鬼魂，因此从来不曾与他们见面。 如此一来他也就无法和总统的灵魂会见。 但是他们的确见面了。

他们的见面可以说正如两位象棋大师的见面，比如说一个人在伦敦，另一个人在纽约，都不曾离开身后的摇椅半步，但仍旧可以对弈并且一决胜负。 比这更使人惊讶的是，棋手仅仅跨越空间，而埃勒里与他的国父则是在跨越时间——整整一个半世纪。

总之，这就是埃勒里·奎因和乔治·华盛顿比赛的故事。

假如有人埋怨衣服的袖子太长，裁缝可能会建议把它剪掉一截就可以了。 换言之，一件事常常会形成自己的基调。 无论出于什么原因，总统的半角银币这个故事是紧紧围绕华盛顿总统五十九岁生日展开的。 其实，埃勒里从二月十九日起就全心全意地进入故事的角色，三天以后达到了高潮。

二月十九日上午，埃勒里独自在书房中构思他的小说，安排其中的角色，脑子里正苦思冥想地与几个不情愿的暴力受害者纠缠不休。 因为还在进行最初设计，因此这些角色中没有任何一个是有血有肉的。 当妮奇手中拿着一张名片走进来时，他正在为创作而困惑。

"詹姆斯·伊齐基尔·帕奇，"大师接过名片朗声读出来。每当他处于构思创作人的计划阶段，一向无法发挥其最佳的幽默，"我压根不知道这个人，妮奇。 让他离开吧，之后回来把这些有可能的犯罪动机抄录下来——"

"发生什么事了，埃勒里？"妮奇说，"这一点儿都不像你呀。"

"为什么会不像我呢？"

"对一次约会言而无信。"

"约会？ 是帕奇自己说的——"

"他不但说了，而且证明了。"

"可笑，"奎因嘀咕着。 他迈开大步走到起居室里和詹姆斯·伊齐基尔·帕奇争辩。 当詹姆斯·伊齐基尔·帕奇从炉旁的椅子上站起来时，他就发现来者不善，这个人看似是个人物。帕奇先生情绪有些激动，眼睛更是熠熠闪光，他身材健硕，个子也十分高。

"究竟是怎么回事，这是怎么了？"埃勒里大声质问道，因为妮奇一直在场。

"这也恰恰是我想了解的，"这个大块头男人友善地说，"你想从我这儿得到什么，奎因先生？"

"我想从你那儿得到什么！ 是你想从我这儿得到什么吧？"

"我觉得这事特别奇怪，奎因先生。"

"如今，你看，帕奇先生，遗憾的是我今天上午非常非常忙。

"我也如此。"帕奇的厚下巴变得特别红，而且语气也不再友善了。他一边喊一边朝前走，埃勒里谨慎地朝后退了一步。帕奇突然伸手把一张黄纸条举到埃勒里的鼻子底下。"是不是你发了这个电报给我？"

埃勒里由于战术的需要接过了电报，虽然在战略上他表现出一副无比凶狠的模样。

请务必于明天二月十九日上午十点整来我家。埃勒里·奎因签名。

"那么，先生，"帕奇先生气愤地喊道，"你究竟有没有什么关于华盛顿的物品交给我？"

"华盛顿？"埃勒里漫不经心地说，思考着这份电报。

"奎因先生！乔治·华盛顿，我是古董收藏家帕奇。我专门收集关于华盛顿的物品，我是关于华盛顿的权威。我十分富有，把所有财产都花在了华盛顿上！如果这电报上没有你的签名，我今天上午肯定不会浪费我的时间！本周是我今年的生意周，我有很多洽谈关于华盛顿的会见——"

"等等，帕奇先生，"埃勒里说，"也许是有人开玩笑，也许——"

"巴伦尼斯·切克，"妮奇朗声汇报道，"手中拿着另一份电报。"接着她又补充说："还有约翰·塞西尔·肖教授，也拿着一份电报。"

三份电报完全相同。

"我当然不会发这些电报。"埃勒里沉吟着。 来的这三个人里面，巴伦尼斯·切克十分强壮，一个又矮又胖的女人，满头的灰白头发，表现出一副异常气愤的模样；肖教授非常生气，长下巴，身穿麻布料西服，西服别在了腰带上，裤腿不齐，足足相差几英寸。 他们两个和先来的帕奇，在奎因家的公寓中表演了一幕怪味的三重唱。 转瞬之间，埃勒里决定不许他们离开。"这显而易见是有人打着我的旗号……"

"那就没有必要再说下去了"，巴伦尼斯大声说，突然拽了一下她的包以表强调。

"我应该想到有很多废话需要说，"肖教授有些厌烦地张嘴说，"用这种办法来浪费别人的时间——"

"再也无法浪费我的什么时间了，"大块头帕奇先生怒吼道，"距华盛顿的生日只有三天——！"

"对，"埃勒里笑着说，"你们请坐好吗？ 这其中可能还有更多的内容呢……巴伦尼斯·切克，如果我没有记错，你就是那个在希特勒侵略捷克斯洛伐克之前把大批罕见的钱币倒腾去美国的女人吧？ 你是在纽约经营罕见钱币生意的吧？"

"很遗憾，"巴伦尼斯冷漠地说，"每个人都得吃饭。"

"还有你，先生？ 我似乎认识你。"

"罕见书籍"，教授以同样疑惑的语气说。

"当然，约翰·塞西尔·肖，罕见书籍收藏家。 我们在米姆斯①和别的地方都见过。 这件事非常有意思，但显而易见，一

———————————

① Mims，美国佛罗里达一地名。

点儿都不幽默。 一个古董收藏家，一个钱币商，一个罕见书籍收藏家——妮奇？ 你去看看这次来的是谁？"

"假如这个人也是收集物品的，"妮奇小声说给她的老板听，"我敢肯定必将是一个两条腿的长发垂胸的人。 一位让人嫉恨的美丽女孩——"

"叫玛萨·克拉克，"一个冷漠无情的声音说。 埃勒里回过身看见站在自己眼前的是世界上最使人满意的景观之一。

"啊，拿过来吧，克拉克小姐，你也收到了同样地以我的名义签名的电报吗？"

"噢，不，"这位美丽女孩说，"电报全都是我发的。"

克拉克小姐的确有一些使人亢奋的东西，她眉清目秀，即使算不上自信，至少也称得上开朗。 可能正是这种自有的风度盖过了剩下的所有人，也包括埃勒里。 当她站到埃勒里家起居室壁炉前的地毯上等待的时，正如一位领导站到指挥台上，直面着坐在椅子上的几个人。 正是由于克拉克小姐的自信才让他们所有人都怒气都消了，只是觉得奇怪。

"让我来解释，"玛萨·克拉克直爽地说，"我做的正是我想做的事，我这么做是因为，首先，我必须保证今天可以见到帕奇先生、巴伦尼斯·切克与肖教授。 其次，因为我可能在说完以前需要一个侦探……最后，"她补充说，甚至有些魂不守舍，"因为眼下我处境危急。 我叫玛萨·克拉克。 我的父亲托比尔斯是一个农场主。 我们的农场位于费城南部，那是克拉克家族的一位祖先于一七六一年开办的，之后就一直属于我家所有。我不想在你们面前表现得太过伤感。 如今我们破产了，还有一笔欠款。 除非爸爸和我可以在之后的几个星期里筹集到六千美元，不然我们将会失去我们的家园。”

肖教授茫然不知所以，但巴伦尼斯说：“真悲惨呀，克拉克小姐。 此刻如果我今天下午举行拍卖——”

詹姆斯·伊齐基尔·帕奇埋怨道：“假如你需要的是钱，小女子——”

“我当然需要的是钱，但我有东西可以变卖。”

“哦！”巴伦尼斯说。

“噢？”教授说。

“呃”，古董收藏家说。

奎因先生默不作声，波特小姐嫉恨地咬着铅笔头。

“那天，当我打扫阁楼时，看见了一本旧书。”

“这，如今，”肖教授宽容地说，“一本旧书，对吗？”

“书名为《西米恩·克拉克的日记》。 西米恩·克拉克是我爸爸的曾曾祖父或者其他什么人。 一七九二年，他自费在费城出版了他的日记，教授，是委托他一个在那儿从事印刷工作的侄女乔纳森印刷的。”

“乔纳森·克拉克。 《西米恩·克拉克的日记》。”面无血色的古书收藏家嘀咕着，“这事我的确不了解，克拉克小姐。 你已经……”

玛萨·克拉克小心地把一个马尼拉纸大信封打开并从里面取出一张印刷得非常差的泛黄的纸。 “书的封面掉了，我把它一起带来了。”

肖教授安静地检查着克拉克小姐的这个展品，埃勒里也站起来扫视了它一眼。"当然，"教授经过长久的认真检查之后开口说话，他检查得十分仔细，把那张纸举到灯前，清清楚楚地注视着每一个独立的字母，还比画了一些其他的神秘仪式。"只凭年长还无法说明罕见，只凭罕见也仍然无法形成价值。而这页纸看起来的确像所说的那么长时间了，也确实很罕见，连我都没听说过，仍然……"

"如果我对你说，"玛萨·克拉克小姐说，"这本日记的主要内容——我从家里发现的这本日记——就是讲述乔治·华盛顿于一七九一年冬天访问克拉克家的农场的情景——"

"一七九一年？克拉克家的农场？"詹姆斯·伊齐基尔·帕奇大声喊道，"真可笑。根本没有记载——"

"和乔治·华盛顿在那儿所埋下的物品"，这位农家姑娘最终说。

按照美国总统的指令，奎因弄断了电话线，关好门，合拢窗帘，长久地审问。快到傍晚时，国父生平不为人知的重要片段被一清二楚地勾勒出来了。

一七九一年二月的一个灰暗阴沉的早晨，农场主克拉克正在农场中修补篱笆，抬起头一看，大队人马正从费城方向狂奔而来。开道车中的人大声叫嚷着，一大群骑马绅士与几辆四轮大马车紧随其后——里面六辆由身穿制服的黑人驾驶。让西米恩·克拉克非常吃惊的是，所有人马全都在他的农舍前停下来了。他连忙朝家跑。等他返回农舍时，那些绅士与侍从已经从马上下来或从车里出来了，在冰硬了的土地上欢呼跳跃，大家都团团围在第一辆马车旁边彼此推搡。那是一辆特别奢华的车，装饰着盾形纹章。他伸直了脖子看，只看见车子里坐着一位身材魁梧健硕的大鼻子先生，穿着黑色天鹅绒西装，外披一件有金色贴边的黑色斗篷；戴着假发的头上戴着一个很高的大帽子，身体旁边的白色皮鞘里插着一把短剑。这个大人物单腿跪地，俯身照顾着一个胖乎乎的中年妇女。妇人穿着裘皮外套，半坐半倚在座垫上，紧闭双眼，胭脂底下的面孔惨白无色。另一位穿戴庄重简朴的先生，俯身站在妇人身边，手指放在她惨白的手腕上。

"我担心，"他语气郑重其事地对跪着的人说，"在这种天气下接着赶路太过轻率了，陛下。华盛顿夫人需要立刻服药并找一张温暖的床休息。"

华盛顿夫人！如此说来那个穿戴华贵的大块头先生就是总统了！西米恩·克拉克异常亢奋地挤进了人群。

"先生！阁下！"他大声叫道，"我叫西米恩·克拉克。这儿是我的农场。我们有温暖舒适的床，萨拉与我！"

总统沉思片刻之后和西米恩说："非常感谢你，克拉克农场主。不，克雷克医生，不要。还是让我亲自照顾夫人。"

所以，乔治·华盛顿把玛萨·华盛顿抱了起来走进了西米恩与萨拉·克拉克在宾夕法尼亚的小农庄。一位助手对克拉克夫妇说，华盛顿总统眼下正在去弗吉尼亚的途中，他准备去佛农山的私人住所庆祝他的五十九岁生日。

如今没法了，他不得不在克拉克的农场里过生日，因为医生坚持总统夫人无法继续前行了，甚至也无法回到不远处的首都，情况危急，无法冒险。依照总统阁下的吩咐，这件事被彻底保密。"别给人民带来无意义的恐慌"，他说，但他连续三天三夜不曾离开玛萨的左右。

大约三十二个小时之后，总统夫人逐渐康复时，总统想对热情招待他的主人表达一点心意，所以于第四天清晨派贴身侍卫克里斯托弗喊克拉克夫妇过来。他们看见乔治·华盛顿在厨房里的灶火旁，刮净了脸，搽了一些粉，穿着特别干净的上衣，严肃的脸孔十分镇静。

　　"克拉克农场主，我听说你与你的善良的妻子拒绝接受偿还你为了招待我们这一大群人而特意宰杀的家畜。"

　　"先生，您是我们的总统，"西米恩说，"我不想要钱。"

　　"阁下，我们——我们不能收钱"，萨拉磕磕巴巴地说。

　　"但是，我和夫人还是应该用某种方式对你们的热情好客予以回报。假如你允许，我想亲自在你的房子后边栽几棵橡树。我准备把我自己的两样东西埋在里面的一棵树下。"华盛顿眨了一下眼睛继续说，"今天是我的生日——我觉得自己很想做些什么。来吧，克拉克农场主与克拉克夫人，你们同意吗？"

　　"什么——都是什么？"华盛顿收藏家詹姆斯·伊齐基尔·帕奇急迫地问，脸色非常苍白。

　　玛萨·克拉克回答道："华盛顿随身佩带的短剑，插在它的白皮刀鞘中，还有一枚总统在一个秘密衣袋中装着的银币。"

　　"银币？"罕见钱币商巴伦尼斯·切克小声说，"克拉克小姐？ 是什么钱币？"

　　"日记里把它叫作'半角'①，里面多了一个字母 S，"玛

_____

① "半角"的拼法是 dime，但书里的拼写是 disme。

萨·克拉克一边回答，一边皱了一下眉头。 "我想那是他们那个时代的半角的写法。 书里全都是奇怪的拼写。"

"一枚美国半角币？"巴伦尼斯呈现出一种特别怪异的模样。

"日记中就是这样记载的，巴伦尼斯。"

"确定是在一七九一年吗？"

"确定。"

巴伦尼斯一边哼着鼻子一边站起来了。 "我想你的故事似乎太离奇浪漫了吧，小女士。 一七九二年以前，美国造币厂从来不曾铸造过半角币！"

"其他币也不曾铸造过，我确定，"埃勒里说，"到底是怎么回事，克拉克小姐？"

"那是一枚实验币，"克拉克小姐面无表情地说，"日记没有明确记载这枚银币到底是造币厂还是其他的某个私人机构铸造的——可能华盛顿本人没有对西米恩说过——但总统的确告诉过西米恩说他衣服口袋中的那枚半角币是用他自己的银子铸造的，造好以后又当作纪念品送给了他。"

"有这样一枚半角币，背后还隐藏着连美国钱币学会都不知情的故事，"巴伦尼斯埋怨地说，"但这的确是美国造币厂铸造的最早钱币之一。 我猜想，在一七九一年，半角币发行的头一年，一些样品钱币可能已经被铸造出来了——"

"也许是有些奇怪，"克拉克小姐说，"就是这样。 日记里就是这样记载的。 我想华盛顿总统对他所统领的新国家马上就要发行的钱币肯定兴趣浓郁。"

"克拉克小姐，我——我很想得到那枚半角币。 我的意思是——我非常想把它从你手里买下来，"巴伦尼斯说。

　　"但是我，"帕奇先生非常慎重地说，"愿意，哦……想把华盛顿的短剑买下来。"

　　"日记，"肖教授嘀咕着，"克拉克小姐！ 我想把之前那本《西米恩·克拉克的日记》买下来。"

　　"我会非常愿意把它卖给你，肖教授——我之前说过，日记是我在阁楼中找到的，我把它锁到我家客厅的一个五斗橱中了。但剩下那两件东西……"玛萨·克拉克停顿了片刻。 埃勒里看似十分懊丧，他想他很清楚接下来会发生什么事。 "帕奇先生，我可以把短剑卖给你，巴伦尼斯·切克，给你那枚半角币，如果——"此刻克拉克小姐把她澄澈干净的双眼转向埃勒里——"如果你，奎因先生，愿意帮助我把它们找出来。"

　　这是宾夕法尼亚一个寒冷的清晨，二月在这儿仍然属于冬天，农场旁边看起非常荒凉，整个农舍看上去像一个革命小屋①，上面还被欠债压着。 "那儿有一片苹果园，"当他们从埃勒里的车里出来时，妮奇说，"但是那片橡树林在哪里呢？ 我什么都没看见！"随后她温柔地又问道，"埃勒里？ 你看见了吗吗？"

　　埃勒里紧闭双唇默不作声。 他走到前口在门环上敲了几下，里面什么反应也没有，他的嘴唇闭得更紧了。

---

　　① Revolutionary house，革命屋，指和独立战争有关的古老的房子。 这里和后面的 Revolutionary Wall（革命墙）一样，形容其破旧。

"我们在旁边转转吧"，他简洁地说。 妮奇步履轻盈地走在最前面。

房子背后有一个谷仓，谷仓旁边是他们想找的地方，至少是埃勒里想找的地方。 地上排列着十二个被挖开的奇丑无比的洞，每个洞旁或者躺着一棵刚刚砍倒的橡树，或者躺着一个不久前刚刚被连根拔起的老树桩。 里面的一个树桩上坐着一位老头，穿着满是泥巴的蓝色牛仔服，勇猛好斗地举着一个玉米棒子芯烟斗正在抽烟。

"是托比尔斯·克拉克吧？"埃勒里问。

"是的。"

"我叫埃勒里·奎因。 这位是波特小姐。 昨天，你女儿去纽约找我了——"

"我全都知道了。"

"能问你玛萨在哪里吗？"

"火车站。 去接别的几个老乡了。"托比尔斯·克拉克唾了一口唾沫又盯着旁边那些树洞看。 "我不明白你们都来做什么。 橡树底下什么也没找到。 几天前我把它们全都给挖了出来，活着的树与多年以前砍倒之后遗留的残桩。 你看看那些洞。 我雇了人与我一同朝下挖，甚至快要挖到中国了。 华盛顿小树林，以前始终这么称呼。 如今你看，一堆木柴——也许也是帮别人砍的。"他的口气里满含着苦涩，"我们就要失去这个农场了，先生，除非……"托比尔斯·克拉克停顿了片刻，"啊，可能我们不会，"他说，"如今还有玛萨找到的书。"

"肖教授，那位罕见书籍收藏家，假如对书非常满意，准备出价两千美元买那本书呢，克拉克先生"，妮奇说。

"昨晚她从纽约以后就这样说"，托比尔斯·克拉克说，"二千——但是我们却需要六千。"他笑了一下，随后再次唾了一口。

"好了"，妮奇悲伤地和埃勒里说，"就这么着吧。"她想让埃勒里马上钻进汽车返回纽约去——立刻。

但埃勒里仿佛丝毫都没有意识到她的这种想法。"克拉克先生，可能还有一些树之后死了，没有留下什么痕迹，连树桩与树根都消失了。玛萨（又是玛萨！）说日记里不曾说过华盛顿在这儿种树的准确数目。"

"你看看那些洞。总计共十二个，对吗？排列成三角形——他把树排列成三角形。你看在树和树中间的距离根本不够再种一棵树。先生，不，先生，从头到尾就只有那十二棵，全都在那里呢。是我照管着所有的这十二棵树。"

"三角形中间多出来的那棵树是做什么用的？你没有把那一棵也连根拔起，克拉克先生。"

托比尔斯·克拉克再次唾了一口，"你对树根本不懂，对吧？那是我于六年前亲手种的一棵樱桃树。与华盛顿没有丝毫关系。"

妮奇在那儿扑哧一声笑了。

"你有没有认真检查过这些洞中的土——"

"检查过了。看，先生，也许就是有人早在一百年之前就已经把那个物件挖出来了，也许整个故事是一个星期六夜里胡编乱造的弥天大谎。到底是怎么了？此刻玛萨与别的几个老乡在一起。"托比尔斯·克拉克补充说，第四次唾了一口，"别让我浪费你们的时间。"

"这看似不太符合华盛顿的个性",詹姆斯·伊齐基尔·帕奇那天晚上说。　他们团团围坐在客厅里的火炉边,吃着克拉克小姐亲手做的饭,郁郁寡欢。　至少对波特小姐而言,的确非常沉重。　巴伦尼斯·切克的表情就仿佛是既惊讶又无奈。　明天天亮以前没有火车,她之前还从未在一间农舍的床上睡过觉。　天黑之前他们认真地阅读了《西米恩·克拉克的日记》,企图从中找到关于华盛顿遗物的线索。　但什么线索也没有发现,和这件事有关的一段仅仅说"总统陛下在红色谷仓背后亲手种下了一片呈三角形排列的橡树林,按照他对我所说的,并且把他的半角银币与短剑放进一个铜盒中,埋到了里面的一棵橡树下,他说那盒子是由波士顿的里维尔先生实验的时候铸造的。"

"为什么与他的个性不符,帕奇先生?"埃勒里问。　他已经盯着火苗很久了,甚至不像在倾听。

"华盛顿不是一个浪漫的人,"那个大块头男人枯燥乏味地说,"还没有和他有关的什么废话。　我从来不曾听说过他还有这样的经历。　我开始认为——"

"但肖教授亲口说日记不是假造的!"玛萨·克拉克叫道。

"噢,这书的真实性不用怀疑。"肖教授显得很气愤,"但它也许只是一种简单的文学编造,克拉克小姐。　森林中里全是这种东西。　只怕,我必须得等发现那个其中装东西的铜盒子才能证实这个故事……"

"噢,亲爱的,"妮奇激动地说,她此刻的确因为玛萨·克拉克而感到伤心。

埃勒里说："我认为这件事是真的。 在一七九一年，宾夕法尼亚的农民们还没听说过文学编造，肖教授。 至于华盛顿，帕奇先生——没有人可以这样执着。 再加上他的妻子刚刚从病中康复——在他回家过生日的途中……"

埃勒里再次陷入了沉思之中。

转眼间，他从椅子上一跃而起。 "克拉克先生！"

托比尔斯在角落中动了一下。 "怎么了？"

"你曾经听过你的祖父或者父亲——你们家族的随便什么人——提起过房子背后还有其他的谷仓吗？"

玛萨始终牢牢地盯着他。 这时她大声说："爸爸，确实如此！ 其他的地方还有过不同位置的谷仓，当年华盛顿亲手种下的小树林被砍伐了，也许全都死了——"

"不对，"托比尔斯·克拉克说，"除了这个谷仓之外没有其他的。 那时的一些木材迄今仍然留着呢。 上面刻着的日期仍然十分清晰——一七六一年。"

妮奇很早就起床了，一阵富于节奏的劈砍声透过冷彻骨髓的寒气惊醒了她。 她把床罩径直缠到鼻子顶上，从后窗朝外看，只看见埃勒里·奎因在早晨的阳光之中挥动着一把大斧，特别像一位披荆斩棘的开拓者。

妮奇迅速地穿好衣服，冷得浑身颤抖不已，把毛皮披肩搭围在肩膀上，冲下了楼，跑出了屋，径直冲到了谷仓那儿。

"埃勒里！ 你这是在做什么？ 此刻还是夜里呢！"

"我正在砍伐这些树桩呢，"埃勒里一边说一边接着砍了起来。

"这儿的柴火已经堆得像山一样了，"妮奇说，"说真的，埃勒里，我觉得你这俏也卖得太过分了吧。"埃勒里没有作声。"但是，有的事——砍伐乔治·华盛顿亲手栽种的树是使人厌恶并且不够体面的。这是刻意毁坏文物的举动。"

"我有一个想法，"埃勒里喘着粗气说，他停了片刻接着说，"一百五十多年是一个很久的时间，妮奇。各种各样千奇百怪的事情都有可能发生，即便对一棵树而言也是如此，在那时。例如——"

"那个铜盒子，"可以看出来，妮奇呼吸有些急迫，"被树根包裹起来了。它肯定是在里面的一个树桩中！"

"如今你也会开动脑筋了，"埃勒里说，他再次举起了斧头。

过了两个小时，当玛萨·克拉克喊大家吃早饭时，他仍然在那儿。

上午十一点半，当妮奇开车把教授、巴伦尼斯与詹姆斯·伊齐基尔·帕奇送去火车站回来时，她看见奎因先生正穿着汗衫坐在厨房中的炉火边，而玛萨·克拉克则正在紧紧抱着他的胳膊抚摸着。"啊！"妮奇乏力地说，"请原谅。"

"妮奇？你去哪里了，"埃勒里烦躁地说，"玛萨正帮我抹药呢，快进来。"

"他还不太习惯砍柴，对吗？"玛萨·克拉克用兴奋的语气问道。

"把那些脏兮兮的'橡树'弄碎，"埃勒里小声地说，"玛萨，啊！"

"这次你该满意了吧，"妮奇冷漠地说，"我提议我们还是和人家帕奇、肖，还有巴伦尼斯学学吧，埃勒里——三点零五分还有一班火车。 我们不能一直利用克拉克小姐热情。"

这时，玛萨·克拉克突然号啕大哭起来。 妮奇的确被吓了一跳。

"玛萨！"

妮奇觉得仿佛是自己跳到了她的身上并且把冷酷的神情甩进她那不够忠诚的眼睛中。

"好了——好了，不要哭了，玛萨。"对，妮奇蔑视地想，他竟然当着自己的面拥抱了她！ "那三个鼠辈，就那么跑了！不要着急——我肯定会帮你找到那柄短剑与那枚半角银币。"

"你永远都无法找到它们，"玛萨哭诉说，泪水浸湿了埃勒里的汗衫，"因为它们根本不在这儿。 它们从来就没有存在过。 但当你停——停下来思考这件事时……埋下那枚钱币与他的短剑……假如这故事是真的，那他应该是把它们交给了西米恩与萨拉……"

"不一定，不一定，"埃勒里连忙说，"玛萨，那个老顽童有强烈的历史感。 那时，他们都是这样的。 他们清楚自己身上肩负的历史使命，子孙后代的眼睛正在盯着他们看。 埋掉它们恰恰是华盛顿应该做的事！"

"你的确是这样想的吗？"

"嗯……"

"但是即便他真的埋掉了它们，"玛萨一边吸着鼻子一边说话，"也无法肯定西米恩和萨拉就会让它们始终被埋在地下。他们也许会在乔治·华盛顿离开以后就像兔子似的把那个铜盒子挖了出来。"

"两个朴素真诚的农村人?"埃勒里大喊道,"社会的中坚力量? 新美洲的大陆挺直的脊梁? 他们难道会无视美国首届总统乔治·华盛顿的意思? 你们难道疯了吗? 况且,西米恩想得到那把佩剑有什么用处呢?"

用它铸造犁铧,妮奇气愤地想——一定会这样做。

"还有那枚半角钱币。 在一七九一年,它会能值多少钱呢? 玛萨,他们如今就在你家农场的某处。 你就等着看吧——"

"我希望我可以相信这一切……埃勒里。"

"好了,孩子。 如今不要再哭了——"

波特小姐在门口冷漠地说:"你也许应该在得肺炎以前,把衬衣穿上,超人。"

在那天剩下的时间中,奎因先生始终在克拉克家的农场里徘徊。 他垂着头,在谷仓中待了一会儿,又把地上的十二个洞逐个认真地检查了一遍,对每个洞最少观察了二十秒钟。 他再次检查了一遍被他砍碎的橡木残骸,仿佛一位古生物学家正在检查一个古代印着恐龙脚印的化石,又测量了一次每个洞中间的距离。 过了没多久,他突然感受到一阵轻轻的战栗。 年轻时,乔治·华盛顿曾经当过测量员;这儿发生的事足以证明他对精确性的感情并没有随着岁月的消逝而淡忘。 埃勒里通过测量知道,那十二棵橡树中间的距离肯定是一样的,呈等边三角形。

埃勒里开始认真思考这个问题。 他坐在谷仓后面放置那台耕田机的地方,对这一从天而降的想法觉得很奇怪。 遥远的记忆在敲门。 当他打开门放它们进来时，就仿佛是在迎接一个大人物。 他的脑海中形成了一种强烈的冲突，他只好闭上眼睛。他面前浮现出一位高大健壮的男人，正在认真地步测着十二个点中间的距离——似乎是在对未来提出挑战，测量着还不曾发生的某个事实。 乔治·华盛顿……

华盛顿从小就对数字很痴迷。 他一生都是如此。 数数，也许并不是刻意为了所数的东西，只是他觉得重要。 当他在威斯特摩兰做威廉先生的学生时，他就喜欢算术、喜欢减法、除法、称重与测量——精确计算柴堆的体积与豌豆的重量。 在其他孩子沉迷于喧闹的嬉戏时，小乔治却醉心于配克①、品脱②、加仑与常衡制③这些计量单位。 长大之后，他始终保持着这个特殊爱好。 他可以用计算自己财产的方式满足好奇心。 对于他而言，计算不单单代表着了解自己拥有多少土地、多少钱和多少奴隶，以及土地上有多少产量。 埃勒里记起了华盛顿计算种子那个与众不同的案例。 有一次他用金衡制④计算出一磅红花草籽的数目，算完以后认为不过瘾，所以又去计算一磅梯牧草籽的数目。他得出结论：七万一千和二万九千八百。 他的欲望还是无法得到满足，随后他就着手解决新河草的问题。 他完成了这个项目，充分表现出他在计算方面的杰出能力：他算出了庞大且使人满意的数字八十四万四千八百。 注视着华盛顿小树林的遗迹，

---

① peek，英美干量单位。
② pint 或液量的单位。
③ avoirdupois，16 盎司为 1 磅。
④ troy weight，1 磅为 24 盎司。

埃勒心里想，这个人对数字这么痴迷，正如一个饥饿的人必须按时吃喝似的。

一七四七年，乔治·华盛顿只有十五岁，但他已经初步拟定了"大法纲要：我测量出的华盛顿芜菁地"。 一七八六年，当华盛顿将军过五十四岁生日时，这位举世闻名的人，却忙着测算波托马克河上的高水位线距他上方阳台的精确高度。 无疑，这件事使他异常亢奋，让他得到了极大的满足，他终于清楚了当他坐在阳台上朝下俯视河水时，他是坐在海拔高度一百二十四英尺十点五英寸的地方。 埃勒里接着想，一七九一年，作为美国总统，他在这儿种树，总计种了十二棵，排列成等边三角形；他把一个铜盒子埋到了其中一棵树的底下，盒子中装有他的短剑与那枚用他私人的银子铸造的半角银币。 在其中一棵底下……但它却不在。 也许曾经在很久之前被克拉克家族的一个人挖走了？显而易见，这个故事是随着西米恩与萨拉一起消失的。另外……

埃勒里觉得自己十分冲动，对很明显的事情迟疑不定。 乔治·华盛顿一生都痴迷于数据这件事持续地在他的脑海中浮现。十二棵树，距离相等，排列成等边三角形。

"这到底是什么？"他不断地在问自己，甚至有些愤怒了，"为什么就无法使我满意？"

随后，到了黄昏时分，埃勒里的脑海中有一种特别古怪的解释自己浮现了出来。

太笨了，埃勒里突然嘀嘀自语道，它有使人满意的所有标记。 在几何图形中没有比等边三角形更完美的图形了，它对称、封闭、稳定，代表着平衡、完整和完美。

但只有它的对称与完美仍然无法使令乔治·华盛顿满意……

也许会有图形以外的一种对称与完美？

关于这个问题，埃勒里毫无头绪，他开始怀疑自己的设想……彻底沉浸在黑暗里，进入了自己的时空……

十点半，他们发现他蜷缩在耕田机的座位上，神情呆滞麻木。

他任凭其他人把他拉回屋中，任凭妮奇把他的鞋袜脱下来并把他的冻脚用力擦拭恢复活力，他吃了玛萨·克拉克做的晚餐——表情冷漠而超然。这可把两个姑娘吓坏了，甚至连老托比尔斯都变得心神不宁。

"如果把他搞成这样，"玛萨张嘴说道，"放弃吧，埃勒里，忘记这件事。"但埃勒里压根没有听，她只好去摇他。

他摇了摇头。"它们在那里。"

"在哪里？"两个女孩异口同声地喊道。

"在华盛顿的小树林中。"

"你发现它们啦？"托比尔斯·克拉克扯开嗓门说，身子半站立起来。

"没有。"

克拉克父女与妮奇交换了一下眼神。

"那你为什么会这么确定它们在那里呢，埃勒里？"妮奇小声地问。

看起来，埃勒里有些手足无措。"岂有此理，如果我清楚我应该如何了解就好了，"他说，甚至脸上还挂着一丝笑容，

"可能是乔治·华盛顿对我说的吧。"说完他脸上的笑容也不见了，直接朝炉火正旺的客厅走过去，进去之后还关上了门。

午夜过后十分钟，玛萨·克拉克不再争辩了。

"他会从这种状态复原吗？"她打着哈欠问。

"你永远无法预测埃勒里能做出什么"，妮奇回答说。

"啊，我已经困得眼皮往一起粘了。"

"可笑，"妮奇说，"我却没有任何睡意。"

"你们城里女孩。"

"你们农村女孩。"

她们笑了一下。又过了一会儿，厨房中除了祖父钟发出的不急不缓的换哨声与托比尔斯的呼噜响得天花板都微微颤动之外，再没有任何响声。

"好了"，玛萨说。接着她再次说："我不能再坚持了。你还不想睡觉吗，妮奇？"

"再等一等。玛萨，你先睡觉吧。"

"好。好吧。晚安。"

"玛萨，晚安。"

在门口，玛萨突然回过身："他曾经说是乔治·华盛顿对他说的吗？"

"是的。"

玛萨回房间去睡觉了。

妮奇又等了大概十五分钟，随后她轻手轻脚地走到楼梯边去听。她听见托比尔斯在床上翻身时从鼻孔里发出的响亮的吸气声与嘶嘶啦啦的排气声，从玛萨的卧室中却传来了不舒服的呻吟声，她似乎正在做一个不愉快的梦。　妮奇鼓足勇气去客厅门口悄悄地把门推开了。

埃勒里跪在地上爬在火炉前，胳膊肘声支撑在地板上，双手支撑着头，臀部撅得比脑袋更高些。

"埃勒里！"

"嗯！"

"埃勒里，你在干什么——？"

"妮奇。　我还以为你已经睡了。"他的面孔在火光中显得非常憔悴。

"但是你在干什么呢？　你看起来异常疲倦？"

"是的。　我在与一个可以徒手掰弯马掌的男人摔跤呢！　这个人的力气可真大，手段非常高明。"

"你在说什么？　是谁？"

"乔治·华盛顿。　妮奇，睡觉去吧。"

"乔治……华盛顿？"

"睡觉去吧。"

"……与他摔跤？"

"我在尝试着撕开他的防御，进入他的心里。　这可是一件很难的事。　他已经去世了这么长时间了——如今情况大不一样了。　死者特别固执，妮奇。　你还不去睡觉吗？"

妮奇颤抖着退了出去。

房子里像地窖一样冰冷。

卧室里的革命墙正在颤动，还有人在使劲喊叫，妮奇从睡梦中惊醒了，房间里更寒冷了。

是埃勒里正在敲玛萨·克拉克的门。

"玛萨。 快醒醒，玛萨！ 你这家伙，告诉我你家哪儿能找到一本书！ 一本关于华盛顿的传记——一部历书——一部美国历史……随便什么书都行！"

客厅中的火早就已经熄灭了。 妮奇与玛萨穿着睡衣走了出来。 托比尔斯·克拉克紧紧地裹着他那镶着云纹边的长内衣，外面还套了一件浴衣，站在那儿浑身颤抖，一副手足无措的样子。 埃勒里头发乱蓬的，魔鬼似的猛翻着一本一九二一年版本的《农场主记事与完整纲要》。

"在这里呢！"这几个字就像子弹似的从他口中喷射而出，留下一股烟雾。

"埃勒里？ 找到什么了。"

"你究竟是在找什么呢？"

"他疯了，我告诉你们吧！"

埃勒里回过身，脸上的表情难以思议地平静，他合拢了书。

"正是它，"他说，"正是它。"

"是什么？"

"佛蒙特。 佛蒙特州。"

"佛蒙特……？"

"佛蒙特？"

"佛蒙特。 佛蒙特这小爬虫出什么事了——"

"佛蒙特，"埃勒里一边说，脸上呈现出疲倦的笑容，"在一七九一年三月的时候不曾加入联邦。 因此这就证明了它，你们不理解吗？"

"证明了什么？"妮奇兴奋地惊叫道。

"乔治·华盛顿埋葬自己的短剑与半角银币的地方。"

站在谷仓后面越来越亮的晨曦中，埃勒里说："由于佛蒙特是加入联邦的第十四个州。 第十四个。 托比尔斯，请给我一把斧子，行吗？"

"一把斧子"，托比尔斯嘀咕着。 他拖着脚走开了，摇了一下头。

"埃勒里，过来，我都快冻僵了！"妮奇唠叨不止地说，在耕田机前面蹦来蹦去。

"埃勒里，"玛萨·克拉克同情地说，"我对这所有都不理解。"

"这非常简单，玛萨——噢，感谢你，托比尔斯——是一道十分容易的算术题。 数字，我亲爱的大家——数字解释了这个古怪的故事。 数字对我们的第一任总统影响特别大，他首先是一个数字人。 这就是我的钥匙。 我只要找到可以插进这把钥匙的锁。 佛蒙特正是我想找到的锁。 现在门已经打开了。"

妮奇坐在耕田机上面。 在这种情景下，你只得顺着埃勒里；你无法强迫他去干什么。 看着他和华盛顿摔了整整一夜的跤之后的脸色是那么疲倦、苍白和可怜，还是随他去吧！

"这数字是不正确的，"埃勒里一本正经地说，倚在托比尔斯的斧子上。 "十二棵树，华盛顿栽下了十二棵树。 尽管《西米恩·克拉克的日记》里从来没有提及过数字十二，但这个事实仿佛是确定无疑的——在一个等边三角形中有十二棵橡树，每棵树与相邻的树之间距离都一样。

"但是……我认为十二棵橡树仍然不太完美。 假如这树是乔治·华盛顿栽的,就不会是十二棵。 特别是在公元一七九一年二月二十二日,他不会种十二棵。

"因为佛蒙特于一七九一年三月四日加入联邦,因此在二月二十二日,联邦总计有十三个州。 另一个数字在美国也是特别重要的,这个数字是生活和公众话题——以及死亡——至关重要的组成部分,它的重要性超过了剩下的全部数字,它的意义远远超出了数字自身;它甚至有一些神秘莫测的色彩。 它被设计到新生的美国国旗上当成纪念,它是国旗上面的星与条的数量。而乔治·华盛顿恰恰是这面旗帜的伟大旗手! 他是所有人民以血肉换来的新生共和国的领袖。 它是全体美国人心中、意念里和嘴边所牵扯的一个数字。

"假如乔治·华盛顿于一七九一年曾经想要栽种几棵橡树来作为他生日的纪念……他可以自由选择任意一个数字,但他最有可能选择的数字非它莫数——这个数字就是十三。

"那天,乔治·华盛顿栽种了十三棵数,在里面的一棵底下埋下了保罗·里维尔铸造的那个铜盒子。 里面的十二棵树排列成等边三角形,我们已经了解这些具有历史意义的东西不在这些树的底下。 因此,可以确定,他把盒子埋到了第十三棵树底下了——第十三棵橡树长大之后,在后来的一个半世纪的某些时候枯萎而死了,消失得杳无踪迹,甚至没有留下丝毫痕迹,以至于连任何根都消失不见了。

"究竟把第十三棵橡树栽到哪里了呢? 在这棵树曾经扎根的位置底下——埋藏着那个铜盒子,其中装有华盛顿的短剑与首枚在新生的美国铸造成的银币。"

埃勒里和蔼地盯着托比尔斯·克拉克于六年前在华盛顿小树林正中间的位置种下的那棵樱桃树。

"华盛顿，几何学家，测量员，他的心里始终用尽全力去追求总体对称。 显而易见，只有一个地方：在三角形的正中间。别的地方是不会想到的。"

埃勒里举起托比尔斯的斧头试了试，迈开大步朝那棵已经六岁的樱桃树走过去。 他把斧头举了起来。

然而，他突然又停止了，回过身，用特别诧异的语气说："嘿，这就对了！ 今天……"

"是华盛顿的生日。"妮奇说。

埃勒里咧开嘴笑了一下，开始砍倒那棵樱桃树。

（宋晶晶　译）

死亡谜局

梦　　境

［英］阿加莎·克里斯蒂

　　赫尔克里·波洛带着欣赏的目光打量着这幢住宅，接着又环顾了一下四周，房子的对面是简陋的公寓房，右边是一家工厂的大楼和一排琳琅满目的商店。

　　他的目光又转回这幢叫作诺思韦的私人住宅上，它就像一座古老的历史遗物——气势宏伟却又舒适宜人。威严的楼宇被一块块修剪整齐的绿油油的草坪环抱着。建筑本身，仿佛带人回到中古时代。它早已淹没于现代伦敦城市的喧嚣声中了，以至于它确切位置，即便就是五十岁上下的老伦敦人也说不清。

　　虽然房子的主人是世界首富之一，但却鲜为人知。金钱可以在公众中大肆宣扬，也可以用来堵住公众的嘴。这幢房子的主人——本尼迪克特·法利，一个行为古怪的百万富翁——用金钱选择了后者。他在公共场合很少露面，但却频繁出现在董事会上。他那瘦削的身材，鹰钩鼻子，刺耳的声音使所有的董事会成员都对他俯首帖耳。除此之外，他又是出了名的不可思议的人物。人们知道他出奇的吝啬，但有时又慷慨得令人难以置信，甚至还知道他私人生活的小节——他喜欢穿那件已有二十八年历史、缝缝补补的晨衣；每顿必吃白菜汤和鱼子酱；对猫讨厌之极。总而言之，在公众的眼中，他是一个令人费解的怪人。

　　赫尔克里·波洛已经听说过这些传言，这也是他对自己即将拜访的人所了解到的全部内容。此时，装在他衣袋里的那封邀请信，并不能使他对这一个人物了解得更多一些。

他默默地审视了一会儿这个充满了浪漫与伤感色彩的旧时代的标志后，便走上前门的台阶，按响了门铃，又扫了一眼小巧玲珑的手表——在不久前用的还是那种笨重的像大挂钟似的怀表呢。表上指针正好指向九点三十分。赫尔克里·波洛的时间观念向来很强，一分不差。

门马上就开了，出现在他面前的是一个毕恭毕敬的男佣，其身后的大厅里灯火辉煌。

"本尼迪克特·法利先生在家吗？"波洛问道。

男佣客气地上下打量了下波洛，目光威严但却又没有任何挑衅的意味。

"En gros et en detail.①"波洛在心里赞叹道。

"您预约了吗？先生。"语气温文尔雅。

"是的。"

"先生，请问您的姓名？"

"赫尔克里·波洛。"

男佣鞠了一躬，便侧身站到一边。波洛走了进去，男佣在他身后轻轻地把门关上。

接着，男佣没有从他手中接过礼帽和手杖，而是增加了一道程序。

"先生，对不起。主人吩咐我看一下给您的邀请信。"

波洛将那封折叠着的信小心谨慎地从衣袋里拿出来，递给男佣，后者扫了一眼，便又鞠了一躬，还给了波洛。信便又被波

_____

① 法语：适度得体。

洛重新放回口袋里。 信其实写得极其简单：

诺思韦别墅，W. 8
赫尔克里·波洛先生
亲爱的先生：

　　本尼迪克特·法利先生想要聆听您的建议与指导。如果方便的话请于明天（星期四）晚九点三十分，按上述地址来访。

您忠诚的
雨果·康沃西
（秘书）

　　附言：来时请随身携带此信。

　　男佣极其娴熟地接过波洛的礼帽、手杖及大衣，将它们挂起放好，然后对波洛说道："请到康沃西先生的办公室。"

　　波洛跟着他上了宽宽的楼梯，用颇为欣赏的眼光看着周围缤纷绚丽的艺术品。 他在艺术上的品位并不是很挑剔。

　　到了二楼，男佣敲了敲其中一扇门。

　　波洛觉得有些意外，轻轻地扬了扬眉毛。 据他所知一流的男佣进主人房前是不用敲门的——毫无疑问眼前这位就是一位一流的男佣。 或许，这正是和这个古怪的百万富翁打交道的第一个信号。

　　里面传出一种吵嚷的声音，听不清楚。 男佣推开了门，大声说道（波洛又一次感到与正统规定的微妙偏差）："先生，您约的人来了。"

　　波洛走进房间。 这个房间面积很大，布置得却非常简朴，有点儿像普通工作人员的房间。 屋内有档案柜，堆着参考书，几把安乐椅，一张醒目的特大号写字台，一摞整齐地附着标签的文件摆放在上面。 房间的四下里十分昏暗，只有一张小桌子上亮着一盏台灯，旁边有把安乐椅。 雪亮的灯头正好拧向门口，这样进来的人会被照得纤毫毕现。 波洛不由得眨了眨眼睛，意识到灯泡至少也有一百五十瓦。 安乐椅上坐着一个瘦削的人，穿着带补丁的晨衣——本尼迪克特·法利。 他向前倾着的头，透露出与众不同的个性；他的鹰钩鼻子像只小鸟般突出于脸部之上；额前的一缕白发像飞起的白鹦鹉。 他审视着他的客人，好像充满着不信任，厚厚的眼镜片反射着光芒，光源似乎来自于在镜片后闪闪发光的那对眼睛。

"嗨，"他终于开了口——声音尖厉得有点儿刺激人的神经。 "嗨，你就是赫尔克里·波洛？"

"愿意为您效劳。"出于礼貌，波洛探了探身，随即把一只手放在椅背上。

"坐，坐。"老头烦躁地说。

波洛就座——他顿时被一片强光笼罩着，台灯后的那个老人似乎正在聚精会神地观察着他。

"嗨，怎么能让我知道你就是赫尔克里·波洛呢？"他粗声粗气问道，"告诉我，嗯？"

波洛又一次把那封信从口袋里掏出递给法利。

"是的。"百万富翁回答，"是的，这是我让康沃西写的。"他又把信叠起来递给波洛，"那么你就是那个家伙，是吧？"

波洛摆了下手说道："我向您保证我就是赫尔克里·波洛！"

本尼迪克特·法利突然笑了起来。

"魔术师从帽子里变出金鱼时也是常常这么说的！ 你要知道，这样说实质上就是欺骗！"

波洛没有回答。 法利突然说道：

"你可能认为我是个疑神疑鬼的老家伙，嗨？ 我是的。 我的格言是不要相信任何人！ 你有了钱就不能相信任何人。 不，不，绝不能。"

"您想，"波洛试探地问道，"咨询咨询？"

老人点点头。

"找一流的专家，无论多少钱。 波洛先生你会注意到我没有让你开个价钱，这不是我的作风！ 事后给我寄张收据。 我对这种事从不马马虎虎。 牛奶场的那些傻瓜笨蛋们想抬高价钱从我这儿赚一笔，一磅鸡蛋高出市场价两便士。 他们骗人的手段多着呢！ 我可不是那么容易上当受骗的。 身居高位的人却不能与这种小人相提并论，他们富有睿智，赚钱并不用这种雕虫小技。 我就属于这一类人，在这一点上我很自信。"

波洛没有说话，他歪着头认真地听着。 但极大的失望却隐藏在他平静的面容下。 对于自己的这种奇怪的感觉，他当然不能坦率地说出。 面前这人似乎在证实公众对他的印象，打算慷慨陈词一番，对此波洛感到很失望。

"这个人，"他心里厌恶地想，"真是个江湖骗子——一个彻头彻尾的江湖骗子！"

他结识的百万富翁不算少，其中也不乏古怪之人，但在他们面前他或多或少都会感受到一种威慑力，他们自身散发出的那种内在力量使他的敬意油然产生。 如果他们穿带补丁的晨衣，那是因为他们就是有这种癖好。 但在波洛看来，本尼迪克特·法利的晨衣简直就像是舞台上的戏装，而且这人也像是舞台上的木偶。 波洛确信，他说出的每一句话都是故意装出来吓人的。

他又淡淡地问道："法利先生，您希望咨询咨询？"

马上，百万富翁的举止又变了。

他向前探了探身体，声音低了八度，嘶哑他说："是的，是的……我想听听你的看法……你的意见……什么都要最好的！这是我做事的原则！ 一流的医生……一流的侦探——我择优而行。"

"但我有些不明白，先生。"

"那是自然的，"法利厉声说道，"我还没告诉你呢？"

他身体又向前倾了倾，突然蹦出来一个问题："你对梦有研究吗？ 波洛先生，"

波洛眉头扬了起来，他万万没想到，竟然会是这样的问题。

"关于梦，法利先生，我建议您读一本书，拿破仑写的《梦》，或者向住在哈利大街①年轻的应用心理学权威咨询一下。"

本尼迪克特严肃地说："我找过他们……"停顿一会儿他又开了口，起先是低语而后声调越来越高。

"同样的梦……夜夜相同。 告诉你，我担心…… 我担心……总是同样的梦：我坐在这间屋子的隔壁，坐在桌前办公。我抬头看了一眼墙上的钟，指针正好指向三点二十八分。 一直是那个时间，你知道。

"当我看到这个时间，波洛先生，我就知道我要付诸行动

---

① 哈利大街：英国伦敦一街道。 许多著名的内外科医生居住于此。

了，我不想那样做……我也讨厌那样做……但我却不由自主。"
他的声音变得极其刺耳。

波洛泰然自若地问道："那么，你要做的是什么呢？"

"三点二十八分，"本尼迪克特·法利的声音嘶哑，"我拉
开写字台右手边的第二个抽屉，拿出放在里边的左轮手枪，把子
弹推上膛，走到窗前，然后……然后就……"

"就什么？"

本尼迪克特·法利低声说道："然后我就开枪把自己打
死……"

顿时，屋内出现一片死一般的沉寂。

最后，波洛打破了沉寂，他问道："这就是你做的梦？"

"是的。"

"夜夜如此？"

"是的。"

"你打死自己之后发生了什么？"

"我立即就醒了。"

波洛若有所思，他点了点头问道："出于好奇，我能否问一
下，在那个抽屉里你真的放着一把左轮手枪吗？"

"是的。"

"为什么？"

"以防不测。"

"什么不测？"

法利恼怒了："处在我这种地位的人都会对自己采取保护
的。有钱的人难免树敌很多。"

波洛停止追问。他沉思了一会说道："那么您究竟是为什
么找我来呢？"

"我想告诉你，这个奇怪的梦，我向医生咨询过了——三个医生，确切地说。"

"是的。 那么？"

"第一位医生，上了点岁数，他告诉我这是饮食问题；第二位医生是个年轻人，现代医学院毕业的，他说这是由于童年时代某一天在这个时间发生了一件事，对我刺激很大。 我相信了。他告诉我不要再去想这件事，否则会把自己毁掉。 这是他的解释。"

"那么第三个医生呢？"波洛问。

本尼迪克特·法利的声音再次变得尖厉而且充满了愤慨。

"他也是个年轻人。 他的诊断听起来十分荒谬！ 他断定是因为我本人对生活厌倦了，我无法忍受现实生活，便想借枪来了此一生！ 但如果承认这一事实就无异于承认我是生活的失败者。 我清醒时拒绝面对现实，但在睡梦中却终于抛掉了所有的顾虑，我做着我最想做的事——结束我的生命。"

"他认为你是下意识地想自杀？"波洛问道。

本尼迪克特·法利用尖厉刺耳的声音叫道：

"但那是不可能的，绝对不可能！ 我很幸福很快乐！ 我应有尽有……金钱能让我买到一切！ 这真是无稽之谈……这样的事我应该想都不会想到！"

"先生，我可以为你做些什么呢？"

突然间，本尼迪克特·法利又镇静下来，用手指重重地敲击着身旁的桌子。

"还有一种可能，而且如果正确的话，你就是知道这一切的人！ 我久仰你的大名，听说你曾经办过几百件怪诞疑难的案子！如果有人作案你就会知道。"

"知道什么？"

法利压低了声音。

"假如有人想杀我……他不能这样做吗？他不能使我夜夜都做这种梦吗？"

"催眠术，你是说？"

"是的。"

赫尔克里·波洛想了想说道："我想这种可能性不能排除。但医生更适合来向你解释这样的问题。"

"类似的案件你没有办过？"

"确切地说没有。"

"我的意思你还不明白吗？有人让我夜夜做同样的噩梦……然后……有一天，我实在无法忍受……我就会依梦而行。我会像梦里一样——开枪打死了自己！"

波洛缓慢地摇了摇头。

"你认为这不可能？"法利问道。

"可能？"波洛摇了摇头，"我不这么认为。"

"你认为这不可能？"

"极不可能。"

本尼迪克特·法利咕哝道："医生也这么说……"接着又尖厉地叫起来，"但我为什么会做这样的梦？为什么？为什么？"

波洛摇了摇头。本尼迪克特·法利突然说道："这样的案子你真的没有遇到过？"

"前所未有。"

"这是我想知道的。"

波洛略微清了清嗓子说道:"请允许我提个问题,好吗。"

"什么? 什么问题? 你说吧。"

"您怀疑想杀你的人是谁呢?"

法利粗声粗气地说:"没人,我没有怀疑任何人。"

"但你头脑里却有所怀疑的人。"波洛坚持道。

"我也想知道……如果有这种可能的话。"

"以我的经验,应该说没有。 顺便问一下,你曾被施过催眠术吗?"

"当然没有。 你认为这种无聊之举我会让自己做吗?"

"那么我认为你的担心是绝不可能的。"

"但那个梦,你这个傻瓜,那个梦!"

"那个梦当然很奇特。"波洛若有所思地说。 他停顿了一下,接着说:"我应该看看这出戏的场景——写字台,挂钟,左轮手枪。"

"好的,我带你去隔壁。"

老人捋了捋他晨衣的皱褶便要起身,然而,他好像猛然间想起了什么似的,又坐回到椅子上。

"不。"他坚决地说,"那儿没有什么可看的了。 该说的我都说完了。"

"但我想我还是应该亲自去看一看……"

"这个没有必要。"法利粗声粗气地说,"你谈了你对此事的看法,就这样吧。"

波洛耸了耸肩:"随您便。"他站起来,"法利先生,对不起,我无法帮助你。"

本尼迪克特·法利目不斜视,看也不看波洛一眼。

"在这儿不要耍什么花招。"他咆哮如雷，"我告诉了你所有事实……你却无能为力。 这件事就到此为止吧。 这次咨询的收据，你回去以后寄给我。"

"我会记得的。"波洛干涩地说完，便起身向门口走去。

"等一下。"富翁把他叫住，"请把那封信给我。"

"你秘书写的那封信？"

"是的。"

波洛的眉毛扬了起来。 他从衣袋里掏出那张折叠的纸递给老人。 老人扫了一眼，点点头，随手把信放在旁边的桌子上。

波洛又转身向外走去。 一阵迷惑袭上心头。 他在脑子里一刻不停地回忆着刚才发生的事情，隐约感觉到有什么地方好像不对劲，是他的……而不是本尼迪克特·法利的。

当他把手放在门的环形把手上时，他猛然醒悟过来。 他，赫尔克里·波洛，其实是为自己犯的小错误内疚！ 他再一次转身走了回去。

"非常抱歉！ 我做了件蠢事！ 由于对您的问题过于感兴趣，我递给您的那封信……不巧我把手伸进右边的口袋而不是左边的……"

"这是怎么回事？ 这是怎么回事？"

"我刚才递给您的……是洗衣工由于弄坏了我的衬衫领子，而写给我的道歉信。"波洛歉意地笑了笑，把手伸进左边的口袋，"这是您的信。"

本尼迪克特·法利一把抓了过来，大声吼道："见鬼，你怎么就这么不小心！"

波洛拿回洗衣工写给他的纸条，又一次态度优雅地道了歉，然后离开了房间。

在外面楼梯平台上，他停住了脚步。平台面积很大，对面摆放着一件样式古老而笨重的栎木家具，旁边是一张狭长的餐桌，桌上散放着几本杂志。旁边还设有两把安乐椅和一张小桌子，上面放着的花瓶里插有鲜花。这使他觉得有点儿像在牙医的候诊室里。

下面的大厅里，男佣正在等着他。

"先生，我能给您叫辆出租车吗？"

"不，谢谢！今晚夜色不错，我还是慢慢走回去吧。"

街道边霓虹灯闪烁，街道上车水马龙难以穿越，波洛只好在人行道上停住了脚步。

他微微皱起了眉头。

"不，"他喃喃自语，"我一点儿也不明白。没有道理。赫尔克里·波洛彻底糊涂了，很遗憾我不得不承认这一点。"

这可以说是一场戏剧的第一幕。一周之后，发生了第二幕。约翰·斯蒂林弗利特，一个医学博士打来的电话奏响了这一幕的序曲。

只听见他一副满不在乎的口吻："嗨，波洛老兄？我是斯蒂林弗利特。"

"啊，我的老朋友，有什么事儿吗？"

"我是从诺思韦别墅——本尼迪克特·法利的家给你打的电话。"

"啊，是吗？"波洛心里一震，立即问道："法利先生他怎么样？"

"法利死了。今天下午开枪自杀的。"

波洛一阵沉默，然后说："是的……"

"我想你对此并不感到惊讶。你知道些什么情况，老兄？"

"为什么这样说呢？"

"嗯，这不是我神机妙算，也不是心灵感应。我们在这儿发现了一封信——一星期前法利约见你的信。"

"我明白了。"

"我们的警督……十分小心谨慎，你知道，因为百万富翁竟然把自己崩了。我想知道你是否能提供一些线索。如果行的话，也许你能过来一趟。"

"我现在就去。"

"过十字路口时小心点儿，老家伙。"

波洛只是再次强调了一下，他将以最快的速度过去。

"在电话上不要泄露秘密。好了，再见。"

一刻钟后波洛已坐在书房里，这是一个低矮狭长的房间，在诺思韦一层楼后面。五个人坐在房间里——巴尼特警督，斯蒂林弗利特博士，百万富翁的遗孀，他的独生女乔安娜·法利，还有他的私人秘书雨果·康沃西。

巴尼特警督的模样像一个古怪的军人；斯蒂林弗利特博士，则是个高个子，长脸，三十岁上下，处于工作状态的他与电话里的风格截然不同；法利太太显然要比她丈夫年轻得多，很漂亮，长着一头黑发，嘴唇紧闭，神情木然；乔安娜·法利的目光聪慧狡黠，长着一头漂亮的金发，但脸上却有不少雀斑，她突出的鼻子和下巴让她看上去显得很倔强；雨果·康沃西长相英俊，衣着得体，看起来聪明能干。

一阵寒暄之后，波洛简单清晰地讲述了他那次来访的大致情况，以及本尼迪克特·法利给他讲述的关于梦境的故事。他自然省略了自己当时无聊之极的心情。

"这是我听过的最离奇的故事！"警督说，"一场梦，啊？法利太太，这事儿您知道吗？"

她点点头。

"我丈夫跟我提到过。为此他焦虑不安，我……我告诉他这是由于消化不良引起的。你知道，他的饮食习惯与一般人不一样……然后我建议他到斯蒂林弗利特医生那儿咨询一下。"

年轻的医生摇了摇头。"他并没有向我咨询。根据波洛的陈述，我想他是去了哈利大街。"

"医生，你有什么看法，我想听听。"波洛说，"我记得很清楚，法利先生告诉我他曾向三位专家咨询过，对他们的诊断你有什么看法？"

斯蒂林弗利特的眉头皱了皱。

"这很难说。他转述的并不一定就是医生的诊断，而只是外行人自己的理解。"

"你是说在措辞上，他的转述会有些出入？"

"不完全是。我的意思是说，医生用的某些术语，法利先生可能会产生曲解，然后按照自己的理解进行转述。"

"因此他告诉我的并不一定就是医生的确切诊断。"

"是的，他只是理解得有点儿误差，如果你明白我的意思。"

波洛若有所思地点点头，紧接着他问道："知道他都向谁咨询过了吗？"

法利太太摇了摇头。乔安娜开口说道：

"我们没听说他找过什么医生咨询。"

"他做的梦，他向你提起过吗？"波洛问。

姑娘摇摇头。

"那你呢？康沃西先生。"

"不，他没对我说过什么。他只让我给您写了那封信，但他想向你咨询什么我并不知道。我当时想可能是生意上的事。"

于是波洛便转移了话题："那么让我们来谈谈法利先生的死，好吗？"

巴尼特警督用探询的目光看了看法利太太、斯蒂林弗利特医生，然后便担当起了发言人的角色。

"每天下午，法利先生有在一楼自己房间里办公的习惯。他那几天正忙于公司合并的事。"

这时，雨果·康沃西补充道："长途公共汽车业务合并的事。"

"关于此事，"巴尼特警督看了看他接着说，"有两位记者的采访，法利先生同意接受。我想他很少接受采访，五年能有一次吧？两位记者分别来自联合报社和统一报社，他们是按照约定的时间三点过一刻准时到达的，而后在一楼法利先生的办公室门外等候——这是他历来的习惯。三点二十分时，铁路集团公司来了位联系人，带着一些紧急文件。他立即被带到法利的房间把文件交给了法利。法利把他送出办公室的时候，看到两位记者便说道：'先生们，非常抱歉，让你们久等了。但是有一份紧急商务文件，我必须先处理，我会尽快处理完的。'"

"对此，这两位记者，亚当斯和斯托达特先生表示理解并答应耐心等待。法利先生便走回房间，关上门……从此就没再见他出来！"

"说下去。"波洛说。

"四点多，"警督接着说，"这位康沃西先生从法利先生隔壁的房间，也就是自己的办公室走了出来，他发现两位记者还等候在外面，非常惊讶。 恰好他也有几份文件需要法利先生签字，他想最好提醒法利先生与两位记者的约会，便推开法利先生房间的门走了进去。 奇怪的是房间里好像没有人，接着他看到一只靴子从窗前的桌子后露出来，他快步走了过去，发现法利先生倒在地上，一动不动，旁边还放着一支左轮手枪。"

"康沃西先生惊慌失措地从屋里跑出来，吩咐男佣赶快给斯蒂林弗利特医生打个电话，并根据医生的建议，随后他又报告了警察。"

"听到枪响了吗？"波洛问道。

"没有。 这儿紧挨着一条街道，很吵闹，楼梯平台的窗户开着。 如果有汽车驶过的轰鸣声，枪声是绝对听不到的。"

波洛若有所思地点点头。 "死亡时间大约是几点？"他问道。

斯蒂林弗利特说：

"我到这儿之后马上检验了尸体……当时是四点三十二分。至少，法利先生已死了有一个小时。"

波洛的面色变得凝重起来。

"因此，他的死亡时间和他向我提到的时间是相同的——即三点二十分。"

"是的。"斯蒂林弗利特说。

"左轮手枪上找到指纹吗？"

"有，是他自己的。"

"左轮手枪也是他自己的？"

警督接过了话题。

"他曾告诉你，左轮手枪放在他的写字台的右手第二个抽屉里，法利太太确认了这一点。 还有，你知道那个房间只有一个出口——通向楼梯平台的那扇门。 两位记者就坐在门对面，他们发誓在法利先生送走联系人后到康沃西先生走进房间这段时间里没有人出入过。"

"因此一切迹象都可以证明法利先生的死是自杀。"

巴尼特警督微微地笑了笑。

"只有一个疑点。"

"什么？"

"写给你的那封信。"

波洛也笑了。

"我明白！ 一旦有赫尔克里·波洛介入……马上就会有谋杀的嫌疑！"

"是这样的。"警督干涩他说， "但只有你将事实澄清了之后……"

波洛打断了他。 "请等一下。"他转而问法利太太， "你的丈夫曾被施行过催眠吗？"

"从来没有。"

"他对催眠术有过研究吗？ 他对这方面感兴趣吗？"

她摇了摇头："我不这样认为。"

突然间她好像崩溃了，哭喊道："那个可怕的梦！ 太离奇了！ 他夜夜都做这可怕的梦……然后似乎中了魔咒一样见上帝去了！"

波洛记起本尼迪克特·法利说过："我做了我想做的事情——结束我的生命。"

他问道，"你丈夫有自杀倾向，你知道吗？"

"没有……至少……有时他的行为怪异……"

她的话被乔安娜·法利轻蔑地打断了："父亲绝对不会自杀的。他对自己的健康异常谨慎。"

斯蒂林弗利特说："但是，法利小姐，你要知道，并不是口口声声扬言要自杀的人才会那么做。就是自杀有时也是不可思议的。"

波洛站起来问道："允许我看一下悲剧的现场吗？"

"当然可以……"斯蒂林弗利特医生回答。

医生带领波洛到了楼上。

比起隔壁秘书的房间，本尼迪克特·法利的房间要大得多。室内装饰豪华，摆有高背皮制安乐椅，铺着厚厚的大地毯，还有一张巨大华丽的写字台。

走过写字台，波洛站到窗前地毯上一大块黑色的斑点旁。他又记起百万富翁说过的话："三点二十分，我拉开写字台右手第二个抽屉，拿出放在那儿的左轮手枪，把子弹推上膛，走到窗前，然后……然后就……然后我开枪把自己打死了……"他慢慢点了点头说道："窗户是这样开着的？"

"是的，但没有人可以从那儿进来。"

波洛探出头，窗户没有窗台或栏杆，附近也没有管道等可以攀缘的东西。

即使是一只猫也不可能从这儿跳进来。对面是高高耸立的工厂围墙，光秃秃的，上面也没有窗户及任何可攀缘物。

斯蒂林弗利特说："很有意思，一个百万富翁选择这样的房间做书房。向窗外望去看到的就好像是监狱的高墙。"

"是的。"波洛说。他缩回头，盯着那堵高大坚实的围墙看了一会儿。"我想，"他说，"那堵墙很关键。"

斯蒂林弗利特看了看他，好奇地问："你是说……从心理学角度？"

波洛走到桌前，看似有些无聊地拿起桌上的一把钳子。他试了试，很好用。椅子旁边几英尺远的地方有一根燃过的火柴梗，他小心地用钳子把它夹起来扔到废纸篓里。

"你玩够了吧……"斯蒂林弗利特有些恼怒了。

赫尔克里·波洛咕哝道："巧妙的发明。"然后把钳子放回原来的地方。接着问道："事情发生的时候，法利太太和法利小姐在哪儿？"

"法利太太的房间就在这屋的楼上，当时她在自己的房间休息，法利小姐在屋顶的画室里作画。"

赫尔克里·波洛用手指在桌面上敲着，接着他说："我需要跟法利小姐谈一谈。你能把她叫来吗？"

"只要你愿意。"斯蒂林弗利特好奇地看看他，然后走了出去。不一会儿，乔安娜·法利走了进来。

"小姐，我想问你一些问题，你不介意吧？"

她直直地看着他说道："请问吧。"

"你父亲把一枝左轮手枪放在他的写字台里，你知道吗？"

"不知道。"

"当时你和你母亲在哪儿……也就是说你的继母……是吗？"

"是的，露易丝是我父亲的第二个妻子，她只大我八岁。你想说什么……"

"上周四你和她在哪儿？我是说星期四的晚上。"

她想了想，迟疑地说："星期四？让我想一下。哦，是的，我们去看戏了，名字是《小狗笑了》。"

"你的父亲没有说过陪你们一起去吗？"

"他从不出去看戏。"

"他晚上通常做什么？"

"他就坐在这儿读书。"

"他交际并不很广？"

姑娘直视着他。"我父亲，"她说，"性格怪僻，和他有密切关系的人都不喜欢他。"

"小姐你真是直言不讳。"

"波洛先生，我是在节约你的时间。我明白你的意思。为了我父亲的钱，我继母嫁给了他，因为我没钱住其他的地方，我只能住在这儿。有一个男人，我想嫁给他——一个穷人，我父亲干预了这件事，他设法让他丢掉了他的工作。你应该也明白他想让我嫁一个有钱人——原因很简单，因为我是他的继承人！"

"你父亲的财产传给了你？"

"是的。他留给露易丝——我的继母，二十五万，免税的，另外还有一些其他的财产，但剩余的都要遗留给我。"她突然笑了笑，"因此你看，波洛先生，我没有理由不希望我父亲死掉！"

"我明白，小姐，你也同样继承了你父亲的聪明才智。"

她若有所思地说："父亲很聪明……和他在一起总是使人感

到他有一种无形的威慑力……但这一切都变成了悲剧与痛苦……没有什么仁慈、博爱……"

赫尔克里·波洛柔声说道："Grand Dieu①，我犯了一个多么愚蠢的错误……"

此时，乔安娜·法利准备要出去了，走之前，又问道："还有什么事？"

"还有两个问题。 首先是这个钳子，"他拿起钳子，"总在桌子上放着吗？"

"是的。 父亲不喜欢弯腰，常用它来拾东西。"

"还有一个问题。 你父亲的视力很好吗？"

她疑惑不解地瞪了瞪他。 "哦，不……他几乎什么都看不清楚……我的意思是说他不戴眼镜的时候什么也看不清。 他的视力在小时候就很差。"

"但是如果戴上眼镜呢？"

"哦，他当然看得很清楚了。"

"报纸上那种小号印刷字他能看吗？"

"哦，是的。"

"就这些，小姐。"

她走出了房间。

波洛咕哝道："我真蠢，真相离我那么近，就在我眼皮底下我却没注意到。"

他又把头探出窗外。 他看到一个黑乎乎的东西，躺在这座楼房和工厂之间的一条狭窄的路上。

赫尔克里·波洛点点头，一副颇为满意的样子。 然后走下

_____

① 法语：上帝。

楼去。

其他人都等在书房里。 波洛对秘书说：

"康沃西先生，当时法利先生邀请我咨询的情况，我想让您详细地给我讲一下，我是说……法利先生口授的那封信及其时间。"

"星期三的下午……记得是在五点三十分。"

"寄信的方式，他告诉你了吗？"

"他让我自己寄出去。"

"那么你就依言而行。"

"是的。"

"关于我要来的事情，他和男佣打过招呼吗？"

"是的，他让我转告霍姆斯（男佣）九点三十分有位先生来访，要他问一下来人姓名再查看一下那封信。"

"如此谨慎，相当奇怪，不这样认为吗？"

康沃西无言地耸了耸肩。

"法利先生，"他小心谨慎地寻找着恰当的词，"是相当古怪的人。"

"他还有其他的吩咐吗？"

"是的，他让我自己打发晚上的时间。"

"你也是这样做的？"

"是的，吃完晚饭我就去看电影了。"

"你什么时候回来的？"

"大约是一点一刻的时候。"

"你回来后看见法利先生了吗？"

"没有。"

"第二天早晨，他向你提起过这件事吗？"

"没有。"

波洛顿了顿说："法利先生没让仆人带我去他自己的房间。"

"是的。 他吩咐我告诉霍姆斯带你去我的房间。"

"这其中原因你知道吗？"

康沃西摇了摇头。 "对法利先生的命令我从不提出质疑。"他干涩他说，"我总是遵命行事，否则会让他反感的。"

"他通常都在他自己的房间里接待客人吗？"

"通常是这样，但也有例外。 偶尔他也在我的房间接待客人。"

"有什么特殊原因吗？"

雨果·康沃西想了想。 "没有……我想没什么原因……我从未想过。"

波洛又转向法利太太问道："可以允许我叫一下男佣吗？"

"波洛先生，当然可以。"

听到铃声后，霍姆斯马上就到了。

"夫人，您有事吩咐？"

法利太太向波洛点点头。 霍姆斯礼貌地问道："先生，什么事？"

"霍姆斯，星期四晚上，就是我来的那天，你接到的吩咐是什么？"

霍姆斯清了清嗓子，然后说道："晚餐后，康沃西先生告诉我，九点三十分，法利先生要见一个叫作赫尔克里·波洛的先生，让我到时确认一下先生的名字，还有那封信，然后把领他到康沃西的房间。"

"你带我进房间前先敲一下门，也是他的要求吗？"

一丝不悦闪过男佣的脸。

"这是法利先生的要求之一。引见客人时我总是要先敲一下门的……是生意上的客人。"他补充道。

"啊，这样我就确实糊涂了！关于我的到来，你还得到其他吩咐没有？"

"没有，先生。康沃西先生告诉我这些后便出去了。"

"那是几点钟？"

"差十分九点，先生。"

"在那之后你还有看到法利先生吗？"

"是的，先生。按照惯例，九点钟我要端上一杯开水给他暖手。"

"那时，他在自己的房间还是在康沃西先生的房间？"

"他在自己的房间，先生。"

"当时，你没有注意到房间里有什么异常吗？"

"异常？没有，先生。"

"法利太太和法利小姐在哪儿？"

"她们去了剧院，先生。"

"谢谢你，霍姆斯，这就够了。"

霍姆斯欠了欠身便离开房间。波洛转向百万富翁的遗孀。"我还有个问题，法利太太。你丈夫的视力怎么样？"

"很糟糕，除非戴上眼镜。"

"他的眼镜度数很高吗？"

"哦，是的。他不戴眼镜就什么也做不成。"

"他配有多副眼镜吗？"

"是的。"

"啊，"波洛似乎从中得到了可靠的结论，他向后靠了靠满意地说，"这个案子我想可以了结了……"

顿时房间里一片静默。大家都凝视着这个矮小的人。他坐在那儿，得意扬扬地捋着胡须。警督满脸迷惑，斯蒂林弗利特皱着眉头；康沃西不解地盯着他；法利太太目瞪口呆；乔安娜·法利急切地看着他。

法利太太首先打破了这死一般的沉寂。

"波洛先生，我不明白，"她有点儿烦躁地说，"那个梦……"

"是的。"波洛说，"那个梦非常重要。"

法利太太哆嗦着说："以前，对于超自然的东西我从不相信……但现在……夜夜、在梦中预演着……"

"不简单，"斯蒂林弗利特说，"非同凡响！如果没有你的分析，波洛，如果不从你的马嘴里套出来……"他马上意识到这样说不太合适在这特定的场合，他尴尬地咳嗽了几下，然后一本正经地说："法利太太，对不起，如果不是法利先生本人讲述这故事的话……"

"恰恰如此，"波洛说，他突然睁开了微合的眼睛，发出幽暗的绿光。"如果本尼迪克特·法利并没有给我……"他顿了顿，看看周围一张张表情各异的面孔。

"要知道，对于那晚发生的几件事，我百思不得其解。第一，为什么要求我带着那封邀请信？"

"一种证明。"康沃西提醒道。

"不，不，我亲爱的年轻人。这种推测既荒唐又可笑。应

270

该有更充分的理由。 因为法利先生不仅要看看那封信，而且还要求我走的时候把信留下来。 而且更为奇怪的是他并没有处理掉！ 这封信是今天下午从他的文件里找出来的，他出于什么理由留着这封信呢？"

乔安娜·法利突然插言道："因为他想万一有什么意外发生，他做的那个奇特的梦就会被公布出来。"

波洛赞许地点点头。

"小姐，你很聪明。 那一定是……那只能是……把信保存下来。 法利先生死后，那听故事的人就会说出这个奇怪的梦的故事！ 那个梦很重要。 小姐，那个梦，是这个案子的关键！"

"第二个疑点我再来详细谈谈。"他接着说，"听完他的讲述，我要求法利先生带我去看看关于他梦中的那张写字台和左轮手枪。 他似乎准备起来带我去，可又突然拒绝了这个要求。 这一合乎情理的要求他为什么突然拒绝了呢？"

这次没有人提出新的推断，都在安静地等待他的分析。

"换一种说法，隔壁那间房里究竟有什么让法利先生不愿意让我看到呢？"

仍然是寂静无声。

"是的，"波洛说，"那很难。 但却另有原因……某种紧急且难以道明的原因使法利先生选择在他秘书的房间里接待我，并且拒绝带我去他自己的房间。 那间房里究竟有什么样的秘密不可告人呢？"

"我们再来分析发生在那晚的第三件怪事。 就在我起身要离开时，法利先生突然想起了那封信。 由于疏忽，我将我的洗衣工给我的致歉信给了他。 他瞥了一眼就放在桌子上了。 我意识到自己的错误时已经走到门口……调换了这两封信之后，我离开了这个地方——我承认我当时彻底被笼罩在云雾中。整个事件，尤其是第三件事更令人费解。"

他用探询的目光看了看每个人。

"你们还不明白？"

斯蒂林弗利特说："波洛，我有点儿不明白，你的洗衣工跟这件事有什么联系？"

"我的洗衣工，"波洛说，"很重要，那个洗坏我衣领的糟糕女人，平生第一次做了件有用的事。难道这还不清楚？

法利先生瞥了一眼那封致歉信……他应该一眼就能看出那封信不是他要的……但当时他却没发现。是什么原因呢？因为他看不清楚！"

马上，巴尼特警督反问道："难道他没有戴眼镜吗？"

赫尔克里·波洛笑了笑："不，他当时戴着眼镜。这就使这件事更加的不可思议。"

他的身体向前倾了倾。

"法利先生的梦至关重要。他梦见他自杀了。有趣的是不久他便真的自杀了。就是说他独自一个人在屋里，发现他时，尸体旁边放着左轮手枪，事发期间没人进出，这又能说明什么呢？这一切好像都说明法利先生的死是自杀！"

"是的。"斯蒂林弗利特说。

赫尔克里·波洛摇了摇头。

"不，事实恰恰相反。"他沉重地说，"这是一起谋杀！经过周密计划的不同寻常的谋杀。"

他身体又向前倾了倾，很重地敲了敲桌子，双眼闪着绿幽幽的光。

"那晚，为什么法利先生不同意让我进他自己的房间？ 那里究竟有什么不能向我这个'解梦人'透露的秘密呢？ 我想，朋友们，那间房里……坐着真正的本尼迪克特·法利先生！"

他得意地看着周围一张张茫然不解的面孔。

"是的，的确是这样。 并非我胡乱猜测。 两封截然不同的信件，为什么我见到的法利先生竟然分不清？ 因为，朋友们，他视力正常却戴了副高度近视眼镜。 假如一个视力正常的人戴上一副高度近视镜，就会像盲人一样什么也看不清。 不是这样吗，医生？"

斯蒂林弗利特咕哝道："是这样……当然是这样！"

"为什么说在和法利先生谈话时，我感到面前的人像个骗子，或者说是一个扮演着什么角色的演员呢？ 那么就让我们再回忆一下当时的场景吧：昏暗的房间里，台灯罩着绿色灯罩，被转了头，照不到旁边椅子上的那个身影；我看到了什么——那个传闻中的带补丁的晨衣，假鹰钩鼻子，隆起的白发，藏在高度近视眼镜后的一双眼睛。 法利先生做过这样奇特的梦又有谁能证明呢？ 只有法利太太这个证人和我听说的那个故事；本尼迪克特·法利在写字台抽屉里放有左轮手枪，这件事又有谁能证明呢？ 还是法利太太这个证人和我听到的故事。 两个人合谋编造了这个骗局——法利太太和康沃西。 康沃西给我写了那封邀请信，吩咐男佣做接待工作，接着又谎称去了电影院。 但却立即又转了回来，用钥匙开了门，走进自己的房间，化了装，伪装成本尼迪克特·法利。

"接下来，让我们再看看今天下午的这出戏。 康沃西先生等待已久的时机终于到了。 楼梯平台上有两个证人可以证明本尼迪克特·法利的房间无人出入过。 在他自己的房间里，他身体探出窗外，用从隔壁房间偷来的钳子把一个东西举到隔壁法利先生的窗前，本尼迪克特·法利来到窗前，康沃西用准备好的左轮手枪对准他的太阳穴开了一枪。 你们还记得吗？ 窗户对面是一堵高高耸立的光秃秃的墙，理所当然，就不会有犯罪的目击者。 等了约半个多小时，康沃西便找了些文件，把钳子藏在身上，左轮手枪夹在文件当中。 一切准备好后，就像我们听到的那样，他拿着几份需要签署的文件来到法利先生门前，看到两位新闻记者还在门外等候，便推门走了进去。 他把钳子重新放回桌上，把枪放在屋里那个死尸的手里，摆出握枪的姿势，然后故作惊慌失措地跑出去，大声叫喊着法利先生'自杀'的消息。

"在他布置周密的计划下，那封寄给我的邀请信就一定会被发现。 那么我会来讲述我曾经听到的故事——法利先生亲口讲述的故事——关于他那奇特的'梦'的故事——那奇怪的无法抗拒的自杀念头！ 一些半信半疑的人，会探讨一番催眠术这一令人费解的现象……但最终的结论会是本尼迪克特·法利用左轮手枪杀死了自己。"

赫尔克里·波洛的目光转向法利先生的遗孀：不出所料，那张脸呈现出惊慌错愕，苍白如纸灰，还有茫然的恐惧……

"幸福美满的结局会如期而至。 二十五万英镑，两颗跳动如一的心……"约翰·斯蒂林弗利特和赫尔克里·波洛慢慢地走在诺思韦房旁的街道上。 他们的右边是高高耸立的工厂围墙，左边头上是本尼迪克特·法利和雨果·康沃西的房间。 波洛的脚步停下来，捡起一个小东西——一只黑乎乎的玩具猫。

"嘿，"他说，"康沃西就是用钳子把它举到法利窗前。他平生最讨厌的就是猫，你还记得吗？ 很自然他看到猫就下意识地冲到了窗前。"

"那为什么康沃西没有设法捡起他扔的猫，而是任其留在现场附近呢？"

"他怎么会这样做呢？ 如果这样做，他马上会受到怀疑的。 相反，如果它被人发现了会怎么想……只会以为是哪个孩子来这边玩耍时随手扔掉的。"

"是的。"斯蒂林弗利特感慨地说，"一般人都会这样想的。 但老赫尔克里不会！ 你知道吗，老兄？ 一直到最后，我还以为你要从心理学的角度，大谈一番这场早已预见的自杀。我敢打赌那两个人也是这种想法！ 法利太太真是个恬不知耻的女人。 感谢上帝，听了你的推断后，她立刻就崩溃了。 假如她没有歇斯底里张牙舞爪地扑向你的话，康沃西会狡辩脱身的。当时，幸亏她被我及时拦住了，否则你的脸上不知会被她留下什么样的纪念物呢。"

他顿了顿又说道：

"那个姑娘倒是让我很喜欢。 要知道，她很有头脑。 我想如果我的丘比特箭射中了她，那么亿万财产的拥有者就会是我了。"

"晚了，朋友。 已经有人捷足先登了。 她父亲的死为两个年轻人启开了幸福之门。"

"话又说回来，她有除掉她那令人不愉快的父亲的动机。"

"动机和时机都不足以构成犯罪，"波洛说，"还要有犯罪气质！"

"波洛，你是否有犯罪经历，我想知道？"斯蒂林弗利特说，"我敢打赌，毫无疑问你会做得滴水不漏。事实上，这对你来说再简单不过——我是说人们会不了了之。"

　　"这，"波洛笑了笑说，"是典型的英国人的想法。"

（敖冰落　译）

酒心巧克力谜案

[英]安东尼·伯克利考克斯

　　后来，罗杰·谢灵汉姆经常记起那个媒体报道的巧克力投毒凶杀案，那可能是他经办的策划得最周全的谋杀案。假如知道从哪里入手寻找动机，凶杀动机会特别显而易见——但就是不明白从哪儿入手；假如可以抓住该凶杀案件的实质，凶杀方法就会变得特别重要——但是就是抓不住凶案的实质；假如可以认清到底是什么东西掩盖了犯罪踪迹，就会找到很明显的踪迹——但就是无法认清到底是什么东西掩盖了犯罪踪迹。如果不是那么一点点不值一提的、杀手无法预见的倒霉事，这个凶杀案只怕早就被列进永远无法侦破的经典案例里了。

　　探长莫尔斯比于案发后大概一星期的一个晚上把此案告知了住在阿尔巴尼市的罗杰。下面就是该案的重要案情。

　　十一月十五日星期五上午十点半，威廉·安斯特鲁瑟先生像往常一样走进了自己位于皮卡迪利大街的俱乐部，一个只接待会员的'彩虹俱乐部'，去拿自己的信件。门役交给他三封信，还有一个小包裹。威廉先生朝大厅中的壁炉走过去，想浏览信件。

　　过了几分钟，又有一个会员走进来，是一个名叫格雷厄姆·伯瑞斯福特先生的人。他有一封信与几份广告。他也朝壁炉过去，冲着威廉先生点了点头以示问候，但没说话。这两个人之间没什么交往，彼此之间很少说话。

看完信以后，威廉先生打开包裹，厌烦地哼了一声。伯瑞斯福特看着威廉，威廉嘀咕着，把包裹中的一封信突然举到伯瑞斯福特眼前。伯瑞斯福特一面尽量控制自己别笑出来（威廉先生的言行举止经常使他的同事们认为好笑），一面开始看那封信。信是由一家巧克力制造公司寄过来的，一家叫作什么"梅森父子"的公司，他们在信里建议：他们要把一个专为男士设计的、新品牌酒心巧克力推向市场。威廉先生愿不愿意收下这只两磅重的盒子，并为公司提出宝贵的建议？

"难道他们觉得我是一个无所事事的合唱团小姑娘？"威廉先生气愤地说，"会写信赞扬这种讨厌的巧克力！不可能！我要向讨厌的委员会提议，绝不能让这种讨厌的事发生在这里。"

"嗯，这是我所见到的一种不好的现象，"伯瑞斯福特抚慰他说，"这使我记起一些事情。昨晚我和妻子也在帝国剧院收到了一盒，我们打赌：假如第二幕结束时她还没认出谁是反面角色，我就以一盒巧克力和她换一百支香烟。结果她赢了。我得想着去拿香烟。你看过《嘎吱作响的骷髅》吗？演得很好。"

威廉先生没看过这个剧，大声说："你是说想买一盒巧克力？"他平静下来，补充说，"把这个也拿走吧，我不需要。"

伯瑞斯福特先生十分有礼貌地犹豫了一下，然后，倒霉的是，他接受了那盒巧克力。省这么点钱对他而言没有任何意义，因为他十分很富裕；但人们总是想尽量减少麻烦。

万分幸运的是盒子的包装纸与包裹说明信没被扔到壁炉的火里；而对于已经把信封扔到火里的两个男人而言，这就更加幸运了。威廉先生确实把信、包装纸、细绳之类的东西扎成了一扎，但他把这扎东西递给了伯瑞斯福德，而伯瑞斯福特索性把这扎东西扔进了壁炉围栏中。门役之后把这堆东西清理了一下，和往常一样把它们整整齐齐地放进了废纸篓中。后来警察就是在那儿找到了这扎东西。

不知不觉间，一场悲剧马上就会降临的三个主人公里，威廉先生无疑是最引人注意的一个。他看起来大概四十八九岁，满面红光，健壮魁梧，是一位典型的传统型乡下绅士，他的言行举止也十分传统。他的习惯，尤其是对待女性的态度，也十分传统——那种粗鲁而又让人厌恶的准男爵式的传统。

相比之下，伯瑞斯福特则十分普通：他身材魁梧，黝黑的面孔，是一个二三十岁的英俊小伙子；并且他沉默寡言，举止保守。他父亲给他留了一笔遗产，让他十分富有。但他不想无所事事，所以他参与投资了很多公司。

金钱吸引金钱。格雷汉姆·伯瑞斯福特不但继承了一大笔遗产，他还会赚钱，最终他的婚姻也带给他一大笔财富。利物浦一个已故船主的女儿，大概拥有五十万英镑的财产。但金钱只是一种附属品，因为他爱她所以才娶了她；即便她身无分文，他也会和她结婚的（他的朋友说）。她是一个身材颀长，思想严肃，极富修养的女孩；她年龄比较大，性格基本定型（三年前，和伯瑞斯福特结婚时，她才二十五岁），但她是他理想的妻子。从某种意义上说，有点儿清教徒的感觉。而伯瑞斯福特，他年轻时尽管有些放荡，但也不是无可救药。结婚时他就做足了准备，假如她是清教徒，他也当一个清教徒。毫不夸张，伯瑞斯福特成功地创造了现代世界的第八大奇迹——幸福婚姻。

幸福的婚姻旅程还没走到一半，一场难以挽救的悲剧就降临到他的身上，罪魁祸首正就是那盒巧克力。

吃了中饭，他们坐到一块儿喝咖啡时，伯瑞斯福特把巧克力送给她了；她一面说着什么过会儿还他自己欠他的那笔账之类的话，一面马上打开了那盒巧克力。她发现最上面好像只有樱桃白兰地与黑樱桃酒心的巧克力。当她递给他盒子让他一同品尝时，他没有吃，那是由于伯瑞斯福特觉得巧克力会让咖啡变味才没吃。他妻子自己品尝了盒子中的第一块巧克力，她一边品尝一边惊讶地说："这种巧克力酒心仿佛特别强烈，肯定把我的嘴都烧起泡了。"

伯瑞斯福特解释道那是一个新品牌的样品，他对他妻子所说的话觉得非常好奇，也尝了一块。一种浓烈得难以忍受的味道——味太呛了，让人感觉特别不舒服；酒精释放之后，就是浓郁的杏仁味。

"上帝哪！"他说，"太呛了，这巧克力心肯定是用纯酒精制成的。"

"哦，我觉得他们不会那样做的。"他妻子一边说，又吃了一块。

"味道特别辣，但我十分喜欢这种味道。"

伯瑞斯福特也再次尝了一块，越来越讨厌这种巧克力。"我很讨厌，"他肯定地说："这种巧克力使舌头都麻木了，我如果是你就不再吃了，我总认为得这种东西好像不太对。"

"我想这仅仅是一种试验，"她说，"确实有点儿烧灼感，我不确定究竟喜不喜欢这味道。"

几分钟之后，伯瑞斯福特出门进城去谈生意了。剩下她自己一个人接着品尝巧克力，以便确定她是否喜欢这种巧克力。伯瑞斯福特清晰地记得他们交谈的每个词，那是她临死之前他见她的最后一面。

这事大概在两点半发生。　四点差一刻，伯瑞斯福特乘坐出租车从城里去了他的俱乐部。　他像瘫痪了似的，由司机与门役一起把他扶进大楼，后来两人都描述他的脸色像死人一样，瞪大眼睛，嘴唇乌青，浑身冰凉，思维迟缓；但是，当他们把他扶上台阶时，他还可以行走，在门役的搀扶下走进大厅。

　　吓傻了的门役马上就想派人去请医生，最讨厌一惊一乍的伯瑞斯福特却让他别去叫医生，并且说肯定是消化不好，过会儿就会好的。　但是威廉先生那时还在大厅，门役离开以后他说："是的，我觉得就是你送给我的那些可恶的巧克力，如今我知道是怎么回事了。　我那时只是认为那些巧克力有点儿奇怪。　我必须回去看看我妻子是不是——"他突然无法说下去了。　他原本是乏软无力地瘫坐在椅子上的，转眼间上身僵直地挺起来，双颚紧闭，乌青的双唇张开了，双手死死地抓着椅子的把手。　此刻，威廉先生确定无疑地闻见了特别强烈的苦杏仁油的味道。

　　威廉先生彻底吓傻了，他觉得那人马上就会死在自己面前了。　他起来去找门役和医生，大厅里别的人也都上前帮忙，他们把身体痉挛、人事不省的伯瑞斯福特先生移到了一个舒服一些的地方。　医生到达以前，俱乐部接到伯瑞斯福特家男管家急迫地打来的电话，问他在没在那儿，如果在，能否让他马上回家，因为伯瑞斯福特太太病得很重，其实她那时已经断气了。

　　伯瑞斯福特没死。　他妻子在他离去后至少又吃了三块这种有毒的巧克力；他比他妻子吃得少，因此毒性就不像那么快发挥作用，这才给医生留下宝贵的时间抢救他。　其实，后来证实他没有吃到致命的剂量。　当晚八点，他醒了，次日就彻底康复了。

而伯瑞斯福特太太就没有那么走运。医生到得太晚了,所以没能救活她。她在昏迷中去世了。

伯瑞斯福特太太中毒致死一案上报给警察局了,警察马上接手此案。没用多久,他们就把侦查对象锁定到巧克力现行代理商身上。

威廉先生被审讯。信件与包装纸也都从纸篓中找到了。伯瑞斯福特先生也平安渡过了危险期。侦探正准备要求面见"梅森父子公司"的总经理。伦敦警察厅刑事部的行动非常迅速。

现阶段警察得出的结论全都是根据威廉先生与两名医生所说的:梅森父子公司的某个雇员,因为马虎粗心,犯下了难以饶恕的罪行——在巧克力酒心中加了太多的苦杏仁油;医生推断是这种有毒的配料酿成了大祸。但是,公司总经理当场否认,他说梅森公司从来没用过苦杏仁油。

他还说了更有趣的事:看完了包裹说明信之后,他难以掩饰自己的诧异,马上宣布都是假的,公司从来没寄出过这种信和试尝品,也从没讨论过研制酒心巧克力这种新品种,这种致命的巧克力是他们公司所生产的一种普通巧克力。

总经理打开别的巧克力的外包装,又认真研究了一番。他让侦探留心巧克力底下的一个痕迹,他说那是在巧克力底下钻孔遗留的。液体从这个洞里抽出来,接着灌入致命的有毒酒心,再用软巧克力补好,做起来非常容易。

侦探认可他的看法,他们知道有人想谋杀威廉·安斯特鲁瑟先生了。

伦敦警察厅刑事部一起行动。他们一面把巧克力送去进行鉴定分析,一面再次传讯威廉先生,同时也传讯了这时已经恢复正常的伯瑞斯福特。 医生坚持次日才可以通知伯瑞斯福特他妻子去世的消息，因为他那时身体太虚弱了，已经无法承受妻子已过世的沉重打击，因此没能从他那儿得到十分有价值的线索。

威廉先生对侦破此案也提供不出什么线索或什么有杀人动机的嫌疑犯。 他和妻子已经分居了，而她是他遗嘱的主要受益人；就像法国警察之后来确认的似的，她那时在法国南部。 他的地产都在沃赛斯斯特郡，大多数已被抵押，并且指定留给他的侄儿。 他出租地产得到的租金还不足以偿还抵押贷款的利息，而侄儿比威廉先生更富有。 侄儿谋杀叔叔的动机根本不存在。警察无计可施。

巧克力分析弄明白了两件十分有趣的事，注入酒心的不是苦杏仁油而是硝基苯，一种气味和苦杏仁油很像的物质——这种物质主要用来制造苯胺染料，让人惊讶的是竟然被人作为毒药使用了；最顶上一层的每块巧克力中的樱桃白兰地与黑樱桃酒心中都注入了六滴硝基苯，底下那几层巧克力则是没有毒的。

至于其他线索，好像没有什么有价值的。 梅森公司的信纸被送到默顿公司进行鉴定，还有打印机的鉴定，但是，一直无以得知凶手是怎么得到这些东西的。 纸的边缘已经泛黄了，说明是一张旧纸，打信用的打字机什么线索都没有，包装是一张非常常见的牛皮纸，顶上是用大写字母手书的威廉先生的地址。 从中除了能知道包裹是前一天晚上的八点半至九点半之间从南安普敦街寄出的以外，别的统统不得而知。

只有一件事非常清楚：想谋杀威廉先生的人压根没准备为此付出什么代价。

"谢灵汉姆先生，您所了解的已经比我们了解得更多了，"

莫尔斯对探长说："假如您可以确定是谁把这些巧克力送给了威廉先生，这个案子就会水落石出了。"

罗杰沉思着地点了点头。

"凶犯十分残忍。就在昨天，我在学校中碰见一个朋友，他当时与伯瑞斯福特在一起，他对伯瑞斯福特了解得不太多。因为伯瑞斯德属于现代派而我朋友则是一个传统型的人，但他们却住在同一个公寓楼中。他说妻子突发的死亡让伯瑞斯福特彻底崩溃了。我希望你可以查出寄巧克力的那个人，莫尔斯比先生。"

"我也希望这样，谢灵汉姆先生。"莫尔斯灰心丧气地说。

"世界上的所有人都有可能。"罗杰若沉思地说道，"例如由于女性的嫉妒？威廉先生的私生活好像不太检点，我敢说他和旧交一直藕断丝连，而且又有了新欢。"

"这正是我们坚持调查的事情，谢灵汉姆先生。"侦探长莫尔斯比责怪地反驳道，"这是我最开始的想法。假如此案有能确定的地方，即罪犯是一个女性。只有女性才会给一位男性寄一盒有毒的巧克力。男性只会给寄他有毒的威士忌酒之类的。"

"莫尔斯比，听起来很好。"罗杰沉思道，"非常正确。难道威廉先生无法帮您吗？"

"不能。"莫尔斯比说，看起来很遗憾，"或者就是不愿意。起初我觉得他想保护某位女士，但我如今不这么看了。"

"哼！"罗杰仿佛不太确定，"这案子使我记起一件事。难道不是以前有傻瓜把毒巧克力寄给警长？据你所知，罪犯总是想模仿一些出名的案例。"

莫尔斯比眼前一亮。

"你也这么说，真是太有趣了，谢灵汉姆先生，我也这么觉得。我验证过别的说法，据我所知，不管是因为报复，想得到遗产，还是其他动机，还无人对威廉先生的死感兴趣。但是，我还没有必要把他从嫌疑犯名单中去除。其实，我敢确定送巧克力的那个人肯定是女士。一个宗教和社会的狂热分子，而且与他素未谋面、不负责任的疯子。假如果真如此，"莫尔斯比叹息道，"我就不容易抓住她了。"

"你会扭转乾坤、时来运转的，事情不总是如此吗？"罗杰故作轻松地说，"而且命运肯定也会助你一臂之力。很多案子是只有靠运气才能侦破的，对吧？《复仇者的运气》真是一个特别好的电影片名。那部电影讲了许多人间真谛。如果我信迷信就好了，遗憾的是不信。我会说那是命运捉弄了受害者，压根就不是运气。"

同样不迷信的莫尔斯比先生说："坦白说谢灵汉姆先生，我并不在乎是什么，只要能让我抓捕罪犯就行了。"

莫尔斯比去拜访罗杰·谢灵汉姆先生时，很希望能从他那儿找到一些灵感，但他离开时却十分失望。

坦白说，罗杰也想认同探长的结论，即有人企图谋杀威廉先生，却倒霉地把伯瑞斯福特太太给谋杀了。事实证明这起案件肯定是一个不知名的疯子罪犯干的。恰恰由于这样，虽然在以后的几天中，他始终在思考这个观点，但他丝毫也不想接手此案。这种案子必须不断地调查取证，只有警方才有权力也有时间做这类工作，普通人是不能干预的。罗杰对此案的兴趣仅仅是出于学术方面的考虑。

过了一周，偶然地碰见一个人，让他的兴趣从学术型变成了个人情感型。

当时，罗杰走在邦德大街上，想花费点工夫买一顶新帽子。在人行道上，他突然看见范瑞科·弗莱明太太向他冲过来。范瑞科太太身材娇小，优美高雅，是位富裕的寡妇。只要有机会，她就坐在罗杰身旁，无休无止地说话，而让宁可喃喃自说的罗杰难以忍受。他只想尽快穿过马路躲开她，但马路上人来人往，不能穿行，他躲不过去了。

范瑞科太太十分高兴能和他待在一起。

"谢灵汉姆先生！我正想见您呢，谢灵汉姆先生。请一定告诉我，我绝不外漏——是不是在调查倒霉的琼·伯瑞斯福特的死亡案？这真一是件恐怖的案子。"罗杰脸上挂着无奈的也是僵硬的傻笑，他受过的良好教育使他无法不打个招呼，但也不能让她缠住不放。

"听说此事时，我惊呆了，简直惊呆了。琼与我是特别好的朋友，你是明白的，特别亲密。恐怖的是琼自己惹祸上身，骇人听闻，对不对？"

罗杰不再想避开这个女人了。

"你说什么？"他不可思议地插话道。

"我认为，这正是一个悲剧性的讽刺。"弗莱明太太嘀咕说，"太悲剧了。我从没听说过这种具有嘲讽意味的事，当然您肯定知道了她和自己丈夫打赌的事，结局是他必须给她一盒巧克力。如果伯瑞斯福特自己吃了威廉先生给他的那盒毒巧克力他自己就会死了。这样不是更好！"像间谍和同党说话似的，弗莱明太太环顾四周，压低了声音说道："我从没和别的人说过这件事。我告诉您是由于您对此案感兴趣，这件事对琼很不公平。"

"为什么这么说？"罗杰疑惑不解地问道。

弗莱明太太天真地对自己感觉十分满意。

"琼以前看过那个剧，我们一同去的，是上演此剧的第一周，她早就明白坏蛋是谁了——上帝哪！"弗莱明太太就是想使他觉得惊讶，她的目的实现了。"复仇者的运气！我们谁都无法不被其影响。"

"你的意思是富于诗意的公正？"弗莱明太太乍乍呼呼地说，他当然理解这番话的意思。"为什么是琼·伯瑞斯福特！真是太奇怪了。我从没想过琼会遭此噩运。多好的女孩呀！虽然有些爱财，但是他们是那么富裕，但那并无法代表一切。有趣的是她有些拖她丈夫的后腿，但我曾想琼是一个严肃认真的女孩，谢灵汉姆先生。我的意思是普通人不在乎真理、荣誉、行动光明正大。人们把所有这些都当成是理所当然，但琼讲究这些。她经常说那样并不光明正大或并不高尚。她终究为此付出了生命，可怜的姑娘。并且古老的谚语灵验了，对吧？"

"什么谚语？"罗杰问。他对这些内容十分感兴趣。

"大智若愚。我想琼肯定城府很深。"弗莱明太太叹息道，"显而易见是社会的错误。我的意思是她理解我。她也许不像她装出来的那么快乐，那么讲信用，对吧？我不由得要想，连这么细微的事都欺骗丈夫的一个女孩是不是会……我不想说琼不好，她已经去世了，可怜的宝贝。她终究不是圣人。"弗莱明太太连忙辩解道，"我觉得心理学十分有趣，你认为呢，谢灵汉姆先生？"

"有时确实如此。"罗杰语气沉重地表示认可，"但你刚才说起了威廉先生。你也认识他吗？"

"以前认识。"弗莱明太太回答说，没有表现出太大的兴趣。"可恶的家伙！一直拈花惹草的。只要对她丧失兴趣，就把她甩了——简直是迎头一棒。"她有点儿着急地补充说："我听别人说的。"

"假如她不想被人抛弃该怎么做？"

"哦，我可不知道，亲爱的。我想，你是不是有最新消息？"

弗莱明太太匆匆忙忙地说，她的脸略微发红，说明她所说的是真话。

"他始终和一个名叫布赖斯的女人有交往，那位石油工人的老婆，别管他是做什么的了。这大概是三周前的事。您可能会觉得，恐怕对倒霉的琼·伯瑞斯福特的死负责能让他清醒点儿，是不是？但是，丝毫都没有，他……"

罗杰心神不宁，想着其他事。

"那晚你没有和伯瑞斯福特夫妇一同去帝国宫看戏真是太遗憾了。假如你在场，她就不会那样打赌了。"罗杰看起来特别天真，"你没在场，我想？"

"我？"弗莱明太太惊讶地质问道，"上帝哪！我不在，加弗斯翠克女士请我去她的包厢与她做伴，我在帕维林的一家新剧院。"

"哦，是这样。剧好吗？我觉得那个剧对'永恒的三角'的写法十分到位，对不对？"

"永恒的三角？"弗莱明太太声音略略颤抖。

"前半部完全能这样说。"

"哦！我没看过。我恐怕去得太晚了。并且，"弗莱明太太可怜地说，"我似乎一直迟到。"

接下来罗杰什么也不说，只谈剧院。

当罗杰与弗莱明太太分开时，他确定了一件事，她有威廉先生和伯瑞斯福特太太的照片，并且可以让他借用那些照片几天。她刚走远，他就喊了一辆出租车直奔弗莱明太太的住地而去，他认为最好趁机利用一下她的许诺。

女仆丝毫也没有怀疑他此行的目的，就带他进了起居室。起居室一角摆放着镶着银边的相框，照片中都是弗莱明太太的朋友，特别多。罗杰饶有兴致地看着，最终取走了六张相片而不是两张，分别是两位威廉先生的男性朋友的照片；伯瑞斯福特太太，威廉先生，伯瑞斯福特的照片；还有一张仿佛是弗莱明太太的照片。罗杰喜欢改变自己的行踪。

随后的几天他都特别忙。

他的活动对弗莱明太太而言仿佛不仅仅是让人费解，而且没有任何意义。例如，他去了公共图书馆，查阅了一本参考书。随后，他乘出租车去了英国东方香料公司的办公室，询问有没有一位约瑟夫·李·哈德威克先生。结果使他特别失望，公司乃至公司下属所有子公司中，也没有这个人。

离开公司，他开车去了迈斯威尔－威尔逊公司：那是一家特别出名的公司，专门保护个体贸易利益并提供给他们关于投资的咨询意见。他用客户的名义在公司里出现，声称自己有很大一笔钱想投资，填了一张特殊的咨询表，上面写着"绝密"。

随后，他去了在皮卡迪利大街的彩虹俱乐部。

他心怀坦荡地和门役说自己是伦敦警察厅刑侦处的人，问了他很多问题，都是一些关于巧克力一案的小问题。

"我想，威廉先生，"他最后似乎顺口问道，"前晚在这里吃过饭吗？"

之前罗杰想的错了。 那晚威廉先生是在俱乐部吃的饭，和平时一样——每周三次。

"但我清楚那晚他没在这儿吃饭？"罗杰悲哀地说。

门役再三强调自己记得清清楚楚，服务员也这么说，门役让服务员验证一下自己的讲述。 当晚威廉先生吃饭到很晚，直至九点才离开餐厅。 他是在俱乐部过夜的，服务员清楚，至少是过了半夜了，因为半个小时以后，服务员亲自把苏打威士忌给在大厅的威廉先生送过去了。

罗杰不再问了。

他乘出租车去了默顿公司，仿佛他和人家要什么最新打印的、有些特殊的那种信纸。 他用尽全力地给在柜台背后的年轻女孩认真详尽地描述他想要的信纸，年轻女孩给了他一打纸样，并问他哪种信纸最符合他的心意。 罗杰一面翻阅那些样品纸，一面唠唠叨叨地告诉女孩他是从一个特别要好的朋友推荐去莫顿公司的。 他恰巧还带了那位朋友的照片，真是太巧合了！ 年轻女孩也深有感触。

"我想，大概两周以前，我的朋友最后一次在这里出现。"罗杰一边说，一边拿出照片让她看，"认识吗？"

年轻女性接过照片，没有表现出太大的兴趣。

"哦，我记得，是的。 也和信纸有关，对吗？ 那是你的朋友。 世界真是太小了。 这种信纸近来特别热卖。"

罗杰回到俱乐部吃饭。 饭后，他始终坐立不安。 他漫步走出阿尔巴尼大街，去了皮卡迪利大街，他在马戏场四周漫步，迈开四方步，陷进了沉思，习惯性地停下来，凝视着挂在展示馆外边的新剧院剧照海报。 他不知不觉已经走到了泽明大街，正站在帝国剧院门外看了一眼《嘎吱作响的骷髅》的广告，看见此剧八点半开演。 看了一下手表，时间已经八点二十九分。 今晚有事可干了——他走进了剧院。

次日清早，罗杰就打电话给在伦敦警察厅的莫尔斯。 他直截了当地说："莫尔斯比，我想请您帮我做点事。 您能为我找一个出租车司机吗？ 伯瑞斯福特案发头一天晚上大约九点差十分，他拉了一位乘客从皮卡迪利广场去南安普敦大街尽头周围的斯特兰德大街，另外一位在这个时间里拉过此乘客返回这个地方的出租司机。 也许会来回乘同一辆出租车，但我不太确定。 不管怎样，为我找一下，可以吗？"

"你究竟在搞什么，谢灵汉姆先生？"莫尔斯比疑惑地问。

"识破一个十分有趣的不在犯罪现场的证据。"罗杰从容地回答，"顺便说一句，我已经了解了有毒的巧克力是给威廉先生的了。 我正在为你构思一个绝妙的证据框架。 一找到出租车司机就给我打电话。"

那天下午，他一直都在想方设法买一部二手打字机。 他十分苛刻，他只想买哈密尔顿 4 型打字机。 店员想让他考虑别的型号时，他就是毫不动心，说朋友重点推荐给他的正是哈密尔顿 4 型打字机；朋友是三周前买的。 是不是在这个店买的？ 不是？ 近来三个月他们都没有卖出过哈密尔顿 4 型打字机？ 太奇怪了。

但是有一个店说，他们的店上个月卖出过一台哈密尔顿 4 型打字机，这就更让人惊讶了。

四点半时，罗杰回到房间等莫尔斯比的电话，直到五点半电话才打来。

"我找了十四位出租车司机，他们把我的办公室弄得一团糟，"莫尔斯比气愤地说，"我该拿他们如何是好？"

"探长先生，让他们在您那里待着，我马上就到。"罗杰十分骄傲地回答说。

但是对这十四位出租车司机的问询特别简单。

罗杰依次让每个人都看了看那张相片，当然不能让莫尔斯比看见，问他们是认不认识这位乘客。当问到第九位，那司机坚决果断地说认识。

罗杰点了点头，莫尔斯比让他们走了，坐到桌旁，努力使自己看起来很有权威。罗杰坐在桌子上，看上去吊儿郎当的，跷着二郎腿。一张相片无声无息地从袋中滑落下，正面向下，落到桌子下面。莫尔斯比看到了但没捡。

"谢灵汉姆先生，可能您如今应该告诉我你始终在忙些什么？"

"莫尔斯比，当然。"罗杰友善地说，"您帮了我的大忙了。你是清楚的，我已经破获了此案。证据就在这里。"他从公文包中取出一封破烂不堪的信，交给探长，"这是相同的打字机上打印出来的，和冒名顶替的梅森父子公司的字迹相同吗？"

莫尔斯比观察了很长时间，随后从抽屉中取出伪造的信认真比较。

"谢灵汉姆先生，"他一本正经地问，"您是从哪里找到的？"

"从圣马丁大街的旧货商店搞到的。大约一个月前打字机卖给了一个不知名的顾客，他们从一张相片上把那位顾客认出来了。十分凑巧，这台打字机略作维修后曾经在办公室被人用过一段时间，以试试它是不是还可以用。 如此，我轻而易举地就找到了那字迹的样品。"

"现在打字机在哪里？"

"我想应该在泰晤士河下面。"罗杰微笑说，"我认为该罪犯可不想冒险。 你有证据，打字机已经无关紧要了。"

"哼！ 迄今为止可以算是有证据吧。"莫尔斯比承认说，"但梅森公司的信纸到底是怎么回事？"

罗杰从容地说："那是在莫顿公司的信纸样品本上撕下来的。 由纸边发黄这一点推测，和我猜测的相同，是从那儿撕下来的。 我能证明罪犯动用过那沓样品纸，显而易见，有一页证明与撕去的那页特别吻合。"

"好极了！"莫尔斯比衷心地说。

"那个出租车司机，也能证明罪犯不在犯罪现场。"

"凶手是谁呢？ 谢灵汉姆先生"

"凶手的照片就在我的衣袋中，"罗杰淡漠地说，"您还记得我前天说起过的《复仇者的运气》吗？ ——我最爱看的那部影片，又上演了。 我在邦德大街上偶尔碰见了一个笨女人，就这么意外地茅塞顿开了——是谁寄了巧克力给威廉先生。 当然，还有其他可能性，我都逐一验证过了。 就在那个人行道上，我突然知道了事情的全过程。"

"那么，到底谁是凶手，谢灵汉姆先生？"莫尔斯比重复道。

"计划得如此周密，"罗杰像做梦一样接着说，"我们从未意识到，我们始终在犯一个低级错误，凶手就是想看到我们犯低级错误。"

"什么错误？"莫尔斯比问。

"误送巧克力，误杀人，这正是阴谋的绝妙之处。 阴谋丝毫也没误施。 阴谋实施得很成功，很完美。 人也没误杀，想杀的正是此人。"

莫尔斯比瞠目结舌。

"您到底是如何查出来的？"

"伯瑞斯福特太太始终是被杀目标。 整个过程一切不出意料，富有创意。 威廉先生当然会把巧克力送给伯瑞斯福特，设想我们一定会在威廉先生的交往对象中寻找罪犯，而不会在死者的朋友里找，还会设想谋杀者肯定是女性。"莫尔斯比急不可待了，从地上一把抓起掉落的照片。

"上帝啊！ 谢灵汉姆。 但是，你不是想对我说是威廉先生吧！"

"他早就想杀死伯瑞斯福特太太了，"罗杰接着说，"毫无疑问，尽管他真正追求的是她的金钱，但他开始时的确真心喜欢过她。

"真正麻烦的是她也惜财如命。 他十分想得到钱，即使一部分也行，但她就是不给。 这当然是杀人动机。 我列了一个他投资的众多公司的名单，并做出了关于这些公司的报告。

"这些公司都很不景气，无计可施，全都相同。 他已经用尽了老本，他需要更多的钱进行投资。

"让我们感到无计可施的硝基苯实际上十分简单。 我查阅过相关资料，发现除了您说过的用途以外，硝基苯还经常用于香料制造，他在英国东方香料公司经营过香料制造，他明白其毒性原理。 但我觉得他并不是从自己的公司找到的硝基苯，他比我们想象的更聪明狡猾。 他也许亲自配制了硝基苯，连学生都明白怎么用硝酸处理苯就能形成硝基苯。"

"但是，"莫尔斯比犹豫不决地说，"但是，威廉先生，他是在伊顿上学的呀！"

"威廉先生？"罗杰讽刺地说，"谁说是威廉先生了？ 我说了，凶手的照片就在我的衣袋中。"他飞快地掏出疑犯的照片，让疑惑不解的探长看。 "伯瑞斯福特，先生！ 伯瑞斯福特才是谋杀的真凶。"

"始终对同性生活沉迷不已的伯瑞斯福特，"他说话的语气平静多了，"只是喜欢她的钱财，而不喜欢他的妻子。 他想好了办法对付也许会发生的每个环节，然后才开始实施这一阴谋。 为了避免别人的怀疑，他就趁着把妻子带去帝国剧院看戏的机会，在第一次幕间休息时从剧院溜出去，制造了自己不在犯罪现场的证据。 昨晚，我亲自去看了一场戏，一直看到第一次幕间休息，以确定首次幕间休息时间。 幕间休息时，他急急忙忙地赶到斯特兰德大街，寄出包裹，然后乘出租车回到剧院。 他就用了十分钟，他迟一分钟回包厢里别人也不会注意到的。

"之后的事就更简单了。 他知道每天早上十点半威廉先生准时去俱乐部。 从心理学的角度来看，他有完全的把握获得自己寄给他的那盒巧克力，只要自己暗示威廉先生就可以了。 他明白警察会调查追踪和威廉先生相关的种种过失，因此他没有销毁那封伪造的说明信和包装纸。 因为他预料到了这些东西不但能转移怀疑对象，并且能从实际上把对自己的怀疑转到某个不知名的疯子身上。"

"哦，谢灵汉姆先生，您真聪明！"莫尔斯比小声叹了口气衷心地称赞道，"确实十分精明。 那位女士给您说的什么细节让您茅塞顿开呢？"

"这么说吧，我从她的话语中所得到的远比她告诉我的更多。 她只告诉了我伯瑞斯福特太太知道赌注的答案，因此我就推测，她这种人不会知道结果了还去打赌；因此，她根本就没打赌；因此，这个赌从没发生过；因此，伯瑞斯福特始终在撒谎；因此，伯瑞斯福特想得到那盒巧克力肯定有他的原因。 我们其实只听伯瑞斯福特自己说过打赌的事，对不对？"

"当然，当天下午他坚持等到她吃了巧克力，或设法让她最起码吃了六块巧克力，远远超出了致命的剂量，然后才离开她。这也是为何每块巧克力最少必须含六滴剂量的硝基苯。 因此他才敢自己吃两块，那真是太聪明的做法。"

莫尔斯比站起来。

"谢灵汉姆先生，十分感谢，如今我必须开始工作了！"他挠了一下了头说，"《复仇者的运气》。 哈？ 好吧，谢灵汉姆先生，让我们来看看伯瑞斯福特运气怎样。 如果威廉先生压根就没给他巧克力，情形会如何？ 如果他留下了巧克力，并把巧克力给了他很多女人里的一个，情形又会如何？"

罗杰肯定地哼了一声。

"莫尔斯比，果真这样就好了！ 如果威廉先生自己把巧克力留下了，就不会出现这么严重的后果。 请一定相信那家伙就是那种人。 你不会觉得他把有毒的巧克力寄给了威廉先生，对不对？ 当然不会，他寄出的巧克力压根没毒。 他是在回家的途中才调的包。 真是可恶，他当然不会放过任何运气！"

"真希望那就是运气。"罗杰补充说。

（宋晶晶　译）

后　窗

[美] 康奈尔·伍尔里奇

我不知道他们叫什么名字，我从来不曾听见过他们的声音。从某种意义上说，我根本没见过他们，因为相隔太远，他们的脸太小了，压根儿说不清有什么特征。 但是，我能构想出一张他们来来往往的活动和日常习惯的时间表。 他们是我附近的后窗居民。

当然，我认为这确实有些儿像窥视，因为过于专注，甚至会被误认为是窥视者汤姆（英国传说里的人物，一个考文垂市的裁缝，由于偷看戈黛娃夫人裸体骑马过街而双目失明）。 也不是我的错误，也不是问题的关键所在。 关键是，这段时间内，我的活动被严格限制了。 我只能由窗前回到床上，由床上走到窗前，只能这样。 天气温暖时，那扇凸窗是我后房间最诱惑人的所在。 窗户没有安纱窗，因此我必须把灯关掉以后才能坐在那儿。 不然，附近全部的虫子都会跑过来叮咬。 我无法睡觉，因为我必须经常进行大量训练。 我一向不曾养成通过读书来排遣烦恼的习惯，所以书都没打开。 嗨，我能做点儿什么呢？ 就这样闭上眼睛坐在窗前？

不如随便看上几眼：在正前面，四方窗户中有一对神情紧张的小夫妻，不到二十岁，刚刚结婚，让他们待在家里一个晚上，简直像杀了他们。 他们一直那么急急匆匆地想出去，无论去哪儿，从来想不起来关灯。 在我看到的次数里没有一次是例外。

但是，他们也从来不曾忘记关灯。 我想把这叫作延迟的行动，朝后看看你们就会明白了。 每次出去大概五分钟，那个男人就会疯狂地跑回来，可能是从街上一路狂奔而急急忙忙地去关开关。 随后，离开时，在黑暗里被什么东西绊倒了。 那两个人使我窃笑。

向下是第二户人家，窗户的视角已经变窄了。 那儿每天晚上也有一盏灯会熄灭。 关于这盏灯，经常让我感到悲伤。 一个女人与她的孩子在那儿住，我想是一个年轻的寡妇。 我看到她把孩子放到床上，接着弯腰去亲吻她，恋恋不舍的模样。 她会把灯光避开孩子，坐在那儿抹口红画眉毛。 随后她就出去了，不到天将亮时她是不会回来的。 有一次我还没睡，朝那儿一看，只见她纹丝不动地坐在那儿，脑袋埋在双臂中。 这种事情，经常使我感到悲伤。

再向下是第三户人家，看不见屋子里的任何情景，几扇窗户只剩下一些细长的缝隙，仿佛中世纪的城垛似的，这是因为透视的原因。 我们绕过它，看到尽端的那栋楼，它的正面又一览无余。 因为它和其他房子，包括我的那间，形成直角，填住了所有这些房子所背靠的里面的凹陷。 从我那圆形的凸窗，我能看见那里面，就像看一个没有后墙的玩具小屋那样方便。 按比例缩减到相同大小。

这是一座公寓楼。 它在刚刚开始设计时，就有意不同寻常，不但是分隔成带家具的房间，而且比附近别的房子高出了两层楼，还有后楼太平梯，以彰显它的特色，但是它陈旧了，显而易见毫无收益，眼下正在对它进行现代化改造。 他们没有一起对整栋楼进行清理，而是逐层进行，为的是尽量少损失一些租金收入。 在它展示给人看的六套后房间里，最上面的已经装修好了，但还没租出去。 如今，他们正在装修第五楼的房间，锯木声和斧凿声让上上下下窝在大楼"里面"的人都烦躁不安、心神不宁。

我为四楼的那对夫妻感到难过。 我经常疑惑，他们如何能忍受头顶上的那份喧闹。 况且，妻子还是一个老病鬼。 虽然相隔很远，但是从她那软弱乏力的行为和每天只穿浴袍的模样，我能看出来她有病。 有时，我看到她坐在窗前紧紧地抱着头。 我经常疑惑，当丈夫的为什么不请个大夫帮她进行诊治。 但是，可能他们难以承受。 他似乎没有职业。 在合拢的窗帘背后，他们卧室的灯经常亮到深夜，看起来她病况不好，他坐着陪她。尤其是有一天晚上，他也许是必须通宵陪她，直至天将亮时灯还没熄。 倒不是说我始终坐在那儿看着，而是到凌晨三点，当我终于从椅子上起来，想去床上，试试能否睡一会儿时，他们的灯仍旧亮着。 到了黎明时分，我还是没睡着，就跳着回到窗前，那盏灯仍旧在棕黄色的窗帘后若隐若现地朝外窥视。

过了几分钟，随着第一道曙光的出现，灯光突然从窗帘周围暗了下来。 转瞬之间，不是那个房间，而是其他房间的窗帘——所有的窗帘之前都拉下来了——拉了上去，我看到他站在那儿四处张望。

他手中夹着一支香烟，我看不到，但是从他接二连三地把手伸到嘴边那种神经质的抽搐以及从他头上冒出的青烟，我能判断出来。 我认为他是在为妻子担心，我并不因此而指责他，每个当丈夫的都会如此的。 她一定是在饱受了整晚的折磨以后刚刚睡着了。 随后，最多又过了大概一个小时，锯木声与水桶的碰撞声又会在他们头上响起。 嗨，这和我毫无关系，我对自己说，但是他确实应该把她从那儿搬出去。 假如我有一个病重的妻子……

　　他略略朝外伸出身体，可能超出窗框一英寸，小心谨慎地浏览着他眼前四方院中紧挨在一起的房屋后部。 即使在远处，当一个人发呆时，你也可以看出来。 他抬着头的模样一本正经，但是他实际上并没有盯住什么地方看，他是在缓缓地浏览那些房子，从在他对面的我这儿开始。 浏览到最后，我清楚他的眼神会再次跃到我这儿，再从头开始看起。 不等他再次开始，我在房间中先退后了几步，以便让他的眼神安全通过。 我不想让他认为我坐在那儿窥探他的隐私。 我的房间里还有富余的灰暗的夜色让我略略的退后不至于引起他的注意。

　　过了一会儿，我回到了之前的位置，他已经离开了。 他再次拉起了两幅窗帘。 卧室的窗帘仍旧不曾拉起。 我隐隐困惑，他为什么要那样仔细、那样特别地注视他附近那些后窗，他的眼神环顾了半个圆圈。 在这种时候，窗前压根没有任何人，当然，这没什么要紧的。 这只是有些儿奇怪，和他因为妻子而害怕、恐惧的心情不相符。 当你害怕、恐惧时，那是一种内心的专注，你看所有东西都是视若不见。 当你大范围地环顾窗户时，那就暴露了你表面的专心、外在的兴趣。 一个人无法把二者协调起来。 把这种矛盾的现象叫作不值一提的小事正好增加了它的重要性。 只有像我这种无聊的人才会留意它。

　　自此以后，根据那套房间的窗户来推断，那里仍旧死气沉沉，他一定不是出去了就是睡觉了。 三幅窗帘保持着正常的高度，遮着卧室的窗帘仍旧垂下着。 没多久，山姆——我的白天的男佣，为我带来晨报和鸡蛋，我必须用报纸消遣一段时间。我不再去惦记别人家的窗户盯着它们看。

整个上午，太阳朝着椭圆形的天空的一侧倾斜，下午，它又移到了另一边。 随后，从两侧看它都在下落，又到晚上了——又过去了一个白天。

四方院四周的灯全部亮起来了。 到处都有一堵墙像传声板一样，把声音太大的收音机的一段节目传过来。 假如你认真听，还可以听到其中夹杂着碗碟的撞击声，若隐若现的，远远的，把作为他们生命的细小的习惯之链自行解开。 他们都被那些细小的习惯约束着，比所有狱卒设计的约束衣约束得更紧，虽然他们自称是自由之身。 那对神色紧张的小夫妻在夜色里向着空旷之处狂奔，他忘记关灯了，又跑回来把灯关掉。 当次日黎明到来以前，他们的家始终一片漆黑。 那个女人把孩子抱到床上，伤心欲绝地趴在小床上，然后被逼无奈地坐下来抹口红。

在那个和狭长的内"街"成直角的四楼套房中，三幅窗帘仍旧拉起着，第四幅则全天都拉得特别严实。 我始终不曾意识到它，由于在此以前，我从来不曾特别留意过它或想起它。 白天，我的眼神时而可能曾停留在那些窗户上，但我的思绪却在别处。 只是当最靠近的一个房间（他们的厨房）拉起的窗帘背后一盏灯突然亮起时，我才意识到那些窗帘全天都没人动过。 那也把另一件事带入我的脑海，而在此以前我压根都没想过：我一整天都没看到那个女人了。 在此以前，我始终都没看到那些窗户中有生命的迹象。

他从外面回来了。 门在他们厨房的正对面，窗户的另一侧。 他头上戴着帽子，因此我得知他刚刚从外面回来。

他没有脱下帽子。 仿佛不再有人把它脱下一样。 与之相反，他把一只手插到头发里，把帽子向脑后一推。 我明白，那个动作并不意味着在擦汗。 人们擦汗时，手会朝旁边一甩，而他是向上掠过额头。 那是代表着没有把握或某种烦恼。 况且，假如他是热得很难受，他想做的第一件事应该是果断地摘掉帽子。

她没出来迎接她。 那条束缚我们的，牢固的习惯、习俗之链的第一环啪的一声断裂了。

她肯定病得特别严重，因此整天躺在床上，在那个窗帘拉低的房间中。 我凝视着。 他在老位置站着，距那儿两个房间。期望变成了诧异，诧异变成了困惑。 奇怪，我想，他为什么不去她那儿，至少也应该去门口，向里面看看她情况怎么样了。

可能她已经睡了，他不想打扰她，随后我马上又想到。 但是他连看都没向里面看她，如何确定她已经睡了呢？ 他仅仅一个人走进来了。

他走过去站到窗口，和天刚亮时一模一样。 山姆早就把我的碟盘拿出去了，我的灯熄灭了。 我坚守着岗位，我明白在一片漆黑的凸窗中，他看不到我。 他纹丝不动地站在那儿足足几分钟，此刻他的神态表现出十分正常的内心专注的模样。 他向下茫然凝视，陷进了沉思。

我告诉自己说，他在担心她，像所有男人都会担心自己的妻子一样。 这是世界上最理所当然的事情。 但是，奇怪的是，他竟然让她留在那种黑暗里，不靠近她。 假如他担心她，为什么回来时不去门口向里面看看她呢？ 这又是外部表现与内部动机的一种小小的不和谐。 正当我这么思考时，之前的那种不和谐，就是我白天留意到的那种，再次出现。 他回过神来，抬起头，我能看出来，他又在缓缓地环视后窗的全景。 的确，这次灯光是在他的背后，但是已经能让我看见他脑袋细小但连续的摆动。 我小心谨慎地一动不动，直至远处的眼神安全地从我这儿通过。 行动容易惹人注意。

他为何对别人家的窗户那么感兴趣呢，我深深地纳闷着。 当然，差不多是在同时，一道有效的刹车砰地刹住了这个漫无边际的念头：看看谁在说话。 你自己又如何呢？

我忽略了一个关键的不同之处，我没有什么值得害怕的。但他，可能有。

窗帘再次放了下来。 密不透光的米色窗帘背后，灯仍旧亮着。 但是在那幅全天都有没拉起的窗帘背后，那房间仍旧一片漆黑。

时间过去了。 很难说过去了多长时间——一刻钟，二十分钟。 整个后院中，有一只蟋蟀在鸣叫，山姆在回家过夜以前进来看看是否需要什么东西。 我说什么都不需要了——走吧，没事了。 他垂下头在站那儿了一分钟。 随后，我看到他轻轻摇了一下头，仿佛正在针对某件他厌恶的东西。 "什么事？"我问。

"你知道那代表什么吗？ 我的老母亲对我说过，而她一生从来没骗过我。 我也从来没见它失灵过。"

"什么，那只蟋蟀吗？"

"只要听见一只蟋蟀在鸣叫，那就代表着死亡——就在周围。"

我用手背向他甩了一下。 "嗯，它不在这儿，你无须担心。"

他走了，口中还固执地念念有词："但是它就在周围，离这儿很近。 一定没错。"

门在他背后关上了，我独自留在黑暗的屋子中。

这是一个无比闷热的夜晚，比昨晚更闷，即使坐在敞开的窗前，我仍旧感到透不过气。 我疑惑，不知道他为什么——对面的陌生人——可以在拉得这么严实的窗帘背后承受这种闷热。

正当我这么毫无头绪地思考着这件事情，眼看着就要想到关键之处，产生某些怀疑时，窗帘又拉起来了。 我的那个疑点又跑了，像之前一样没有定型，也没抓到什么机会落到实处。

他站在中间的窗户前，那是起居室。 他脱掉外衣和衬衫，只留一件背心，光着胳膊。 他也难以承受了，我想——闷热。

开始，我猜不到他想做什么。 他仿佛在垂直方向，即上上下下地忙碌，而不是横向地忙碌。 他待在一个地方，但接二连三地头朝下一缩，不见踪迹，随后身体向上一长，又出现了，间隔时间毫无规律。 甚至有点儿像在进行健身运动，只是下蹲起立的时间没有那么平均而已。 时而，他下蹲的时间特别长，时而他突然就站起来。 时而，他会飞快地连续下蹲两三次，那儿有一个伸展得特别开的黑色的 V 把他和窗户隔开。 无论那是什么，反正窗台把我的视线朝上面引过去，我看到了那个 V 上有一根长形薄片。 那个 V 的作用只是挡着他的背心向下摆，可能仅仅能挡住十六分之一英寸。 但我在其他时间没看见过它，我不知道那是什么。

突然，自从窗帘拉起之后他第一次离开它了，绕过它来到外面，在房间的另一个地方俯下身体，又抬起来，抱着一抱东西，从我这儿看过去仿佛是五彩斑斓的三角旗。 他走到背后，把那些东西扔过 V，使它们朝下滚落，随后放在了那儿。 他身体向下一缩，很长时间不见他的身影。

那些扔过 V 的"三角旗"在我的眼前连续变换着颜色。 我的视力特别好。 时而是白色，时而是红色，再时而又是蓝色。

随后，我恍然大悟。 它们是女人的衣服，他在挨件地朝下拽，每次都是拽最顶上的一件。 突然全都消失了，V 再次成了空的、黑的，他的身体再次出现了。 如今我知道那是什么，他在做什么了。 那些衣服对我说了。 他也为我验证了。 他把两只胳膊朝着 V 的两端张开，我能看得见他猛拽急拉，仿佛在用力往下压，突然，那个 V 折起来了，变成了一个立体的锲形。 接着，他上半身做出滚动的模样，那个锲形在一个角落中消失了。

他在整理一只箱子，把他妻子的东西整理到一个直竖着的大箱子中。

没多久，他再次在厨房的窗户前出现了，在那儿安静地站了一会儿。 我看到他抬起胳膊掠过前额，不是一次，而是几次，随后向空中一甩。 当然，在这种夜晚干这活的确很热。 随后，他顺着墙朝上摸，拿下来一件东西。 既然他是在厨房中，我的想象力对我说那是一个柜子、一个瓶。

然后，我看到他的手飞快地向嘴边递了两三次。 我宽容地告诉自己：整理完一只箱子，十个男人中有九个都会这样做——好好地喝上一气儿。 假如第十个人不这样做，那肯定是因为他的手边找不到酒。

接着，他又走近窗户，站在窗户旁，因此他的脑袋与肩膀都仅仅露出一点儿。 他专注地朝外窥视黑漆漆的四方院子，环顾那一排排窗户。 这时，绝大多数窗户中都没点灯。 他一直从我的窗子的对面，即他的左面开始，看上一圈。

这是我在同一个晚上看到他第二次这么做。 清晨时也做过一次，共计三次。 我偷偷窃笑。 你甚至会怀疑他是否做了什么亏心事，可能什么都没有，仅仅是一种小小的癖好，而他自己并不曾意识到。 每个人都有，我自己也有。

他退回房间，房间的灯熄了。 他的身影进到隔壁一个仍旧亮着灯的房间，起居室。 随后，那个房间的灯也熄了。 他走入第三个房间，即整天都没拉起窗帘的卧室时，没有开灯，我并不觉得意外。 他不想搅扰她，当然——尤其是假如她明天想出门疗养，从他为她整理箱子就能看出来。 上路以前她需要所有她可以得到的休息。 摸黑上床对他而言非常简单。

但是，过了一会儿，在一片漆黑的起居室中，突然亮起了火柴擦出来的火花，这倒让我大吃一惊。 他一定是躺在那儿，准备在沙发或其他什么东西上过夜。 他压根没进入卧室，始终待在卧室外面。 这倒使我百思不得其解。 这也太冷酷无情了。

过了十来分钟，又有火柴亮了一下，仍旧来自那个起居室的窗户。 他难以入睡。

这个夜让我们两个人一起陷入沉思——一个是凸窗中极端好奇的人，一个是四楼套房中接二连三地抽着烟的人——却都不曾得到答案。 只有那只蟋蟀在永无休止地鸣叫。

曙光初露，我再次回到了窗前，不是为了他。 我的被褥像一床滚烫的炭一样。 当山姆进来帮我收拾时，看见我在窗户前。 "杰弗先生，你会把身体搞坏的"，他仅仅说了这么一句。

起初，对面一时间毫无生命的迹象。 然后，突然间，我看到他的头从起居室底下的不知何处冒了出来，因此，我清楚我猜对了；他在那儿的沙发或安乐椅中过了一整夜。 此刻，无疑，他会去看望她，看着她情况怎么样，是否好一点儿了。这仅仅是一种普通的人性。据我推测，他已经整整两个晚上不曾靠近她了。

他没去看望她。他穿上衣服，向对面走过去，走进厨房，站在那儿，双手并用，饥不择食地吃了点什么。随后，他突然回过身，走到一旁。我明白那是套房的门的方向，仿佛是听见了什么呼唤，门铃响了。

很对，眨眼间他已经回来了，身后跟着两个围着皮围裙的男人——捷运公司的员工。我看到他站在一边，那两个人吃力地把那个黑色的立体楔形的东西朝他们过来的那个方向搬动。他不仅仅是袖手旁观，而是守在他们身旁，走来走去，焦虑不安地想看着他们把这件事处理好。

随后，他又独自回来了，我看到他用手臂擦着头，仿佛干活出力了，弄得大汗淋漓的人是他，而不是他们。

他就这么把她的箱子打发走了，送去她准备去的地方。就是这样。

他又沿着墙壁向上摸，取下来一件东西。他又在喝酒。一口、两口、三口……我告诉自己，有点儿疑惑不解。确实，这次他并没有整理。昨天晚上箱子已经整理好了。那么，他这次做了什么重活呢？搞得浑身大汗，并且还得用烈酒刺激？

此刻，过了这么长时间以后，他终于进屋去看她了。我看到他的身影从起居室经过，走进了卧室。那幅始终拉得特别严实的窗帘如今已经拉上去了。接着他转过头，看看背后。那种模样，即便从我这儿看过去，也绝对不会看错。他没向一个特定的方向看，像人们看一个人似的，而是从一侧看到另一侧，从顶上看到底下，又看周围，就仿佛是在观察——一个空房间。

他退后一步，略略弯下身体，双臂猛地向前一伸，一条无人用的垫被与卧具就倒放到了床脚下面。就那么摊放在那儿，被子中没有人。过了一会儿，第二套又放到了上面。

她不在那儿。

人们喜欢用"延迟的行动"这个词语，此刻我理解了它的含义。整整两天里，一种莫名的恐惧，一种不切实际的怀疑，我不知该如何称呼它，始终在我的脑海中盘旋，仿佛一条飞虫寻找降落之处。不止一次，正当它想降落下来时，一件不值一提的事情，一件不值一提的但又让人欢欣鼓舞的事情，例如压根极不正常地拉严了很长时间的窗帘的升起，就足以让它接着漫无边际地飞舞，不让它过久停留，让我可以认出它来。接触点长久地在那里等候，等着接受它。如今，由于某种原因，在他把空被褥倒放上去的刹那之间，它落地了——嗖！接触点扩大了——也可以说爆炸了，你想怎么说都可以——变成了一桩毫无疑问的谋杀。

换而言之，我脑海中的理智成分远远不如本能与下意识的成分。延迟的行动。如今这个行动追上了那一个行动。从这个同步中出入的信息是：他对她动手脚了！

我向下看去，我的手死死地抓住我的护膝，它被扎得这么紧。我竭尽全力把它拉开。我坚定不移地告诉自己：再等等，慎重些，不要着急。你什么都没看到。你什么都不知道。你仅仅有一个不够充足的证据：你没有再看见她。

山姆站在餐具室的门口望着我。他责怪道："你没吃任何东西。你的脸看起来像一块裹尸布。"

摸上去确实如此。当脸上的血色不受控制地消失不见时，的确有这种感觉，这种让人刺激的感觉。此刻的首要任务是把他弄走，让他别来扰乱我的思路，所以我说："山姆，下面那幢楼的门牌号码是多少？ 不要把头向外伸得太长，对着它发呆。"

"可能是瑟姆芬或者是贝尼迪克特大街。"他挠着脖子，把握十足地说。

"这我明白。 立刻跑到转角去，看看准确的号码，可以吗？"

"你为什么想知道那个呢？"他一边问一边转身准备走。

"和你没关系"，我忍耐着但语气坚决地说，应对这种局面，这种态度一直都是行之有效的。 正当他准备关门时，我在他身后喊："你去了那儿以后，进门洞中去，从邮箱上看一看，能否查清楚四楼后间住的是谁。 别弄错了。 小心别被人看见你。"

他一边走一边嘀咕，仿佛在说："一个人整天无所事事，只是闲坐着，他一定会想一些无聊乏味的事情出来——"门关上了，我坐了下来，这下必须认真地想一想了。

我告诉自己，你这种恐怖的推测究竟有何根据呢？ 让我们看一看你都得到了什么了吧。 仅仅是他们日复一日的日常习惯的这架机械装置的链带出了点小差错。 1．第一天晚上灯光整夜亮着。 2．第二天晚上他比往常晚回来。 3．他没有摘掉帽子。 4．她没有出来迎接他——从灯光整夜亮着的前一天晚上之后，她没再出现过。 5．他整理完她的箱子之后喝酒了。 但是，次日早晨，刚把她的箱子送走，他就又喝了三口烈酒。 6．他内心焦虑、不安，但是强加于这之上的是对外部那种，对四周的后窗的反常关心，这是十分不和谐的。 7．在箱子送走前的那天晚上，他在起居室中睡觉，不曾走进卧室。

非常好。 假如她第一个晚上就生病了，他为了她的健康着想而把她送走，那就理所当然地消除了上述的第一、二、三、四点。 剩下第五点与第六点就没有犯罪嫌疑。 但是突然出现了第七点，第一点就无法解释了。

假如她在第一个晚上刚刚生病就离开家了，那么他为何前一天晚上不想睡到他们的卧室中呢？ 伤感？ 不一定。 一个房间中有两张很好的床，而另一个房间中却只有不舒服的安乐椅或一只沙发。 假如她真的走了，他为何不去卧室呢？ 仅仅由于他思念她，因为他太孤独？ 一个成年男人不应该那样。 对，她那时仍在卧室中。

这时，山姆回来了，他说：“那幢房子的门牌号码是贝尼迪克特大街五二五号。 拉尔斯·索沃尔德夫妇住在四楼后间。”

“嘘——”我让他别出声，并以手背示意他不要挡住我的视线。

“想知道的是他，不想知道的也是他。”他坦诚地念念有词，忙他该忙的去了。

我开始费神琢磨。 假如她仍在那儿，在昨天晚上她所在的卧室中，那么她不会是去乡下了，因为今天我没看到她出门。假如她昨天清早就离开了，因此我没看到，这还能说得过去，由于我睡了几个小时，那段时间是一个空白。 但是今天早晨我比他起得早，我在窗前坐了一会儿，才看到他的头从沙发上抬起来。

假如她离开了，那只可能是昨天早晨离开的。 那么他为何直到今天始终把窗帘拉严，连动都不动呢？ 最关键的是，昨天晚上他为何待在卧室外面呢？显而易见她没走，还在那儿。今天，箱子刚刚送走，他就走进卧室，把窗帘拉开，把被子翻了过来，意味着她没在那儿。这正如一个疯狂地旋转的东西，使人难以看清它的真实面目。

不，问题也不在于此。箱子刚刚送走——

箱子。

问题正在此处。

我扭头看看，确定我和山姆之间的门是紧闭着的。我的手在电话机拨盘上迟疑了片刻。博伊恩，这件事应该通知他。他是专门负责调查谋杀罪的，总之我上次看见他时，他是负责这种案件的。我并不想和一群陌生的警探交涉，我不想牵连进超越我职责范围的是非圈子中。换言之，如果可以的话，不卷进任何是非圈子中。

电话连续两次都接错了，最后终于接通了，我终于找到他了。

"喂，是博伊恩吗？我是哈尔·杰弗里斯——"

"你好，你这十二年来一直在哪里呀？"他十分热情地说。

"这件事我们晚些再说。此刻我想让你做的是记好一个地址和一个名字。准备好了吗？拉尔斯·索沃尔德，贝尼迪克特大街五二五号，四楼后间。记好了吗？"

"四楼后间。记好了。怎么了？"

"调查。假如你开始调查，我保证你能在那儿发现一起谋杀案。不是因为这件事，不要来看我——我有十分的把握。此前，那儿一直住着一对夫妻，如今只剩下那个男人了。今早，那个妻子的行李箱被送走了，假如你能发现一个人看到她把她自己留在——"

像如此大声地发号施令，况且对方还是一个副探长，我自己都认为自己有点儿轻率。他犹豫地说，"好吧，但是——"随后，他接受了我的发号施令。由于我是报案人，因而我甚至彻底离开了窗户。我可以对他发号施令，并且不被责怪，因为他和我已经认识很长时间了，他不怀疑我的可靠性。这种热天，我不想让我的房间中乱七八糟地挤满了侦探和警察，轮番监视那个窗户。让他们进行正面接触吧。

"嗯，看看我们会发现些什么，"他说，"我会随时告诉你情况的。"

我挂断电话，回到窗户前，注视着，等待着事态的发展。我的位置和大看台一样，或者也可以说是在后台的位置。我只能从布景背后看，不能从前面看。我看不到博伊恩开始工作，我只能看到结果，假如真有什么结果。

随后的几个小时中，什么事都没发生。我明白，警察的工作一向是保密的，他们肯定已经开始干了。四楼窗户那儿的人影儿仍旧清晰可见，很孤单，没有被打扰，他没有出去。他烦躁不安，在房间中走来走去，每一个地方都没有停留太久，但是他没有出去。不过我看见他开始吃东西了——这次是坐着吃的——一会儿他刮了脸，一会儿他甚至想读报；但是不一会儿又把报纸放下了。

无形的小轮子在他身旁转动。尽管只是刚刚开始，又无害又细小。我暗暗疑惑，假如他知道，他还会那样傻傻地留在那儿吗，他是否会冲出门去逃跑呢？这倒不是取决于他是否有罪，而是取决于他是否认为自己会被豁免，认为自己可以骗过他们。我自己已经坚信他是有罪的，不然我也不会采取我已经采取的行动。

三点钟，我的电话响了起来。博伊恩回电了。

"杰弗里斯吗？ 嗯，我不明白。 你刚才的话说得毫无头绪，你能不能说得更详细一些？"

"为什么？"我支支吾吾地说，"我为什么必须得说呢？"

"我让一个人去那儿侦查，我刚刚得到他的报告。 几个邻居与大楼看守人与都说她昨天一大早就去乡下疗养了。"

"等等。 就你派去的人的报告，他们里有人亲眼看见她了吗？"

"那么，你所得到的仅仅是他给你的二手资料，而他的话毫无依据，完全不是一个目击证人的陈述。"

"那个男人为她买了车票并且把她送上了火车，他从车站返回时有人看见他了。"

"这个说法仍旧毫无依据，属于间接证明。"

"我派了一个人去车站，如果有可能，再找票务员问问。无论怎样，在那种大清早，他是十分引人注意的。 当然，我们正严密监控着他，并且，监视他的所有行动。 只要有机会，我们就会马上冲进去搜查他的屋子。"

我有一种预感，即使他们真的这样做，也无法发现什么。

"别想从我这儿得到更多的线索。 我已经把这件事交给你们了。 我把能交给你的都交给你了。 一个地址，一个姓名，还有一个提议。"

"是的，此前，我始终非常在乎你的意见，杰弗——"

"但是如今不在乎了，是吗？"

"当然不是。 问题是，迄今为止，我们还没找到什么看起来和你的感觉相吻合的东西。"

"迄今为止，你们仍没有走得很远。"

他又老调重弹。"嗯，我们得看看我们能发现些什么。待会儿通知你。"

差不多一个小时过去了，太阳下山了。我看到对面那个人开始准备外出。他戴好帽子，把手插到口袋中，安静地站在那儿对着它看了一会儿。在数零钱，我想。我突然有一种特别的感觉，一种压抑了的兴奋，明白他前脚走，那些侦探们后脚就会进去。我看到他最后环顾房间，就冷酷无情地想：兄弟，假如你想藏什么，此刻正是时候了。

他走了。套房里突然空空如也，但我确定那只是一种假象。这时，即使是火灾警报也别想使我的眼神从那些窗户上离开。突然，他刚刚出去的那扇门轻轻地打开了，两个人一前一后地溜了进来。此刻，他们来了。他们在身后把门关上，马上分开行动，忙活起来。一个人进了卧室，一个人进了厨房，他们开始从套房的这两个顶头行动起来，分别朝另一个顶端搜索。他们搜得非常彻底。我能看到他们把每一件东西都从上上下下地查了一个遍。他们一起走进起居室，一个人搜查一个角落，另一个人搜查另一个角落。

在听见警报以前，他们已经完成行动了。我能从他们挺直身体，站在那儿，垂头丧气地对视了片刻的样子发现这一点。随后，两人一起转过头去，一定是门铃声说明他回来了，他们飞快地跑了出去。

我倒没有太灰心，这在我的意料之中。我始终认为他们无法在那儿找到什么证据，那只箱子已经运走了。

他进来了，臂弯中挟着一只很大的褐色纸包。我死死地盯着他，想看看他是否会发现他不在时有人来过他的屋子。显而易见，他没有发现。 他们是做这种事的行家。

那晚他就始终待在那儿。 直挺挺地坐着，毫发无损。 他随便喝了点酒，我看到他坐在窗前。 他的手时而举起来，但是喝得并不太多。 如今，很明显所有事情都在控制之中，紧张的时刻已经度过了——箱子已经送走了。

一个晚上监视着他，我径自琢磨：他为什么不走？ 假如我猜得对——我的确是对的——既然箱子已经送走了，他为何还要留下来呢？ 答案是显而易见的！ 因为他不明白已经有人盯上他了。 他觉得无须着急。 她刚走，他就走，反倒危险，不如再待一会儿。

夜在消逝。 我坐在那儿等博伊恩的电话，电话来得比我设想的晚一些，我在黑暗中拿起话筒。 这时，对面那个人准备睡觉了。 他之前始终坐在厨房中喝酒，这时站起来了，关掉灯。他走进起居室，打开灯，他开始把衬衣的下摆从裤腰带中拽出来。 我一边听着博伊恩的声音，一边用眼睛盯着对面那个人。三角关系。

"喂，杰弗！ 听好，什么都没发现。 他出去时我们对那儿进行了搜查——"

我甚至想说"我知道你们搜查了，我能看见"，但我及时停止了。

"——什么都没发现。 但是——"他停止了，似乎有什么重要的事情想要说。 我厌烦地等着他继续说。

"在楼下他的信箱中我们发现了一张寄给他的明信片。 我们用弯的大头针把它从信箱中勾出来了——"

"怎么回事呢？"

"是他妻子寄的，昨天刚刚写的，是从内地的一个农场发出的。我们把信的内容抄下来了：'平安抵达。感觉好多了。爱你的，安娜。'"

我乏力但固执地说："你说是昨天刚刚写的。你有什么证据吗？上面的邮戳是几号的？"

他从扁桃体深处发出不耐烦的声音，是针对我，而不是针对明信片。"邮戳被弄脏了，一角被弄湿了，墨迹模糊了。"

"所有的都模糊了吗？"

"年与日模糊了，"他承认道，"月份和时间十分清楚。八月。是下午七点三十分寄出来的。"

这次我从咽喉中发出了不耐烦的声音。"八月，下午七点三十——一九三七或一九三九或一九四二。你根本不能证明它是如何进入信箱的，是邮差从邮袋中取出来的呢，还是从其他什么写字桌的抽斗下取出来的呢？"

"不要说了，杰弗，"他说，"太不靠谱了。"

我不明白我应该说些什么。我是说，假如我不是此刻正好看了看索沃尔德套房的起居室，可能就无话可了。那封明信片使我动摇了，无论我承认与否认。但是我始终看着对面。他刚脱下衬衫，灯就熄了。但是，卧室的灯没有亮。起居室中火柴光飘忽不定，低低的，看起来是从安乐椅或者沙发上发出来的。卧室中有两张空床，他却还是留在卧室外面。

"博伊恩，"我大声说，"即使你发现的那张明信片是从另外一个世界寄来的我都不管。我说那个人把他的妻子杀死了！去追查他托运的那只箱子。找到以后打开它——我想你肯定会找到她的！"

我没等听他准备如何做，就把电话挂断了。　他没有再打过来，我猜他虽然大声提出异议，终究还是会考虑我的建议的。

　　整个晚上我都在窗前守候着，紧紧地盯着。　后来又有两次火柴光，间隔大概半小时。　从那以后就再也没有了。　他也许就在那儿睡着了。　也许没有。　我自己倒是得睡一会儿了，在初升太阳的强烈光线里，我终于无法抵挡睡意的侵袭。　如果他想做什么，只能在黑暗的掩护下去做而不会等到天色大亮。　暂时没有什么需要监视了。　他在那儿还有什么需要干的呢？　没有了，只是呆呆地坐在那儿，消遣一些使人宽怀的时间。

　　差不多五分钟以后，山姆进来把我喊醒了，其实这时已经是正午了。　我生气地说：“我钉了一张纸条，让你别打扰我休息，你看见了吗？”

　　他说，“看见了，但是你的老朋友博伊恩警官找你，我想你一定想——”

　　这是一次私人访问。　博伊恩不等我说话就走进来了，也没多少寒暄客气。

　　我找了个借口支开山姆：“去煮面，打两个鸡蛋。”

　　博伊恩和镀锌铁皮一样的声音说：“杰弗，你为什么这样对我呀？　为了你，我当了一次大笨蛋。　听了你的话，立刻就派出手下进行追查，却是白费工夫。　感谢上帝，我幸亏没有干出更笨的事，把这个家伙抓起来，带回去审讯。”

　　“哦，如此说来你觉得没有这个必要？”我直接反驳道。

　　他表现出一本正经的神色，“你知道，我的部门里并不是只有我一个人。　我还有上司，我的行动应该对他们负责。　让我的一个手下坐一天半的火车去上帝遗弃的小车站，深入偏僻的小镇，得花我们部门的钱，这看似是一件大事，对吗——”

"你们发现那只箱子了吗？"

"我们通过捷运公司追查到了它的下落，"他生硬地说。

"你们把箱子打开了吗？"

"不但打开了，我们还接触了附近地区很多农家，索沃尔德太太乘坐一辆拉载农产品的卡车亲自来到车站，用她自己的钥匙，亲手为我的手下打开了箱子！"

我从他那儿得到一个脸色，几乎没有人会从一个老朋友那儿得到这种脸色。他站在门口，直挺挺的，和来福枪的枪杆一样，"我们把这件事彻底忘记吧，可以吗？这是我们可以为彼此做的最好的事情。你变得越来越不像你自己，我也损失了一些零花钱、时间，甚至发了脾气。这事就这样结束了。假如你以后还想打电话给我，我会十分高兴地告诉你家里的电话号码。"

在他身后，门砰的一声关上了。

他冲出去之后大概十分钟内，我的脑袋像被罩在约束衣里似的，失去了知觉。随后，它从麻木中挣脱出来。去他的警察吧。可能我无法拿出证据给他们，但我可以拿出证据给我自己，用这种方法或那种方法，一劳永逸。我或者是对的或者是错的，他用假面具蒙骗了他们。但是他对着我的后背，却是毫无遮拦的，没有任何保护的。

我把山姆喊了进来："我们在那个季节乘坐摩托艇兜风时用的那只小型望远镜还可以用吗？"

他在楼下不知哪儿找到了望远镜，拿了进来，吹了一下，用袖子擦了擦。我先把它放到我的膝盖上。我拿来一支铅笔，一张纸，在纸上写下几个字："你对她做了什么？"

我把它装到一个信封中封好，信封上什么都没写。我告诉山姆："这就是我此刻让你做的事，我要求你必须表现得机灵一些。你拿着这个，去五二五号大楼，上楼去四楼后间，把它从门下塞到里面。你的动作得迅速一些，至少你从前动作挺快。让我们看看你的动作够不够快，别被人抓住。等你安全下楼以后，轻轻按一下外面的门铃，让他注意到。"

他的嘴巴张得大大的。

"什么都别问，懂吗？我不是在说笑话。"

他走了，我把望远镜拿了起来。

过了一两分钟，我把望远镜的焦距瞄准了他。一张脸进入镜头，我第一次真正看清楚他。漆黑的头发，显而易见是斯堪的纳维亚血统。看起来像是一个肌肉发达的家伙，尽管他的身材并不魁梧。

大概五分钟之后，他的头突然朝侧面转了过去。是门铃在响，信一定已经塞进去了。

他冲着门口走过去，后脑勺对着我。望远镜的镜头能一路追踪他到后房间，之前我靠裸眼从来不能看到那儿。

他先打开门，向外平视，因此没有发现那封信。他把门关上。接着俯下身，又挺直腰，他拿到了那封信。我看到他把信翻来覆去地看。

他离开门口，来到窗户前。他认为留在门口太危险了，离开那儿才安全。他不明白事情正好相反，他越是朝屋子里一缩，越是危险。

他把信打开，读了起来。上帝哪，我多么聚精会神地注视着他的神情啊。我的眼睛像蚂蟥一样紧紧盯着它。我看到他猛地一阵抽搐、一阵惊恐——整张脸皮仿佛都被拉到了耳朵后面，他的眼睛眯缝起来，表现出一副傻傻的模样，痛苦、震惊。他把手伸出去摸到了墙，他倚在了墙上。随后他又朝门口走去。我能看见他轻手轻脚地走近它，偷偷地追踪它，似乎它是什么活物。他把门拉开一条缝，别人压根无法看出来，他心惊胆战地从门缝向外窥视。随后他把门关上，朝回走，因为过于绝望，步子踉踉跄跄的。他一屁股坐倒在一张椅子上，抓起一只酒瓶。这次他是直接对着瓶颈喝酒。正当把嘴对准酒瓶时，他还回过头去向门口张望，心里的秘密全都表现在脸上了。

我把望远镜放下来了。

有罪！肯定有罪，警察太可恶了！

我的手向电话机伸过去，又缩了回来。毫无用处，他们如今不会比以前更愿意听我的。"你真应该看看他的脸。"我能听到博伊恩回答："所有人收到匿名信——无论是真是假——都会紧张不安的。你自己也是这样。"他们有一个活生生的索沃尔德太太做人证——也可以说，他们觉得他们有这样一个人证。我必须给他们看一个已经死了的，证明这两个索沃尔德太太不是同一个人。我，从我的窗户，必须得让他们看到一具尸体。

嗯，必须先让他给我看。

几个小时以后我才达到目的。整整一个下午，我一直琢磨着这个想法。而他却像笼中鸟一样走来走去坐立不安。两个脑袋转着一个想法，把我的案子查个真相大白。怎么把它掩饰住，和怎么才能让它不被掩饰住。

我担心他企图逃跑，但是假如他真想逃跑，很明显也必须等到天黑，因此我还有一些时间。可能他还不想逃跑——除非到了迫不得已的时候——还是以为逃跑比留下来更危险。

身边我熟悉的那些景象与声音在不知不觉地消失，而我的思绪像洪流似的撞击着那个顽固地阻拦着它们的堤坝：如何才能让他将那个地点暴露出来，我可以转而把它告诉警方。

我记得，我模模糊糊地意识到房东或其他人带着一个准房客去看六楼一个装修好的套房。这个套房比索沃尔德家高两层，五楼的套房仍旧在装修。在某个时刻，突然发生了一件巧得让人难以置信的事情，当然纯粹是偶然发生的。在同一个时刻，六楼的房东与房客和四楼的索沃尔德同时在起居室的窗户旁出现。

双方又同时从那儿走入厨房，走过别人看不到的墙，在厨房窗户前出现，这真是难以置信，他们就像步伐精准的散步者或者是在同一根线操纵下的木偶。这种事可能在以后的五十年中都不会再发生。他们不久就分别走开，再也不会重复这种事情了。

问题在于，这件事的某个方面打扰我了，某种障碍或是裂缝阻碍了思维的流畅。我用了一两分钟的时间，试图想明白那是怎么了，但是没有成功。此刻，房东和房客离开了，我只能看见索沃尔德。我那无助的记忆无法回忆起那幕情景。假如它重现，我的视力就可以捕捉到它，但是它没有。

它进入我的潜意识里，像酵母一样在那儿不停地发酵，我则回头解决手上的关键问题。

我终于找到办法了。天色已经黑了，但我最终灵光一闪。可能会毫无用处，这个办法特别蠢笨，要绕圈子，但这是我能想出来的唯一的办法。我唯一需要做的就是让他惊讶地回一回头，对着某个方向飞快地迈出防备性的一步。为了他的这个短暂、飘忽、简单的暴露，我必须打两个电话，在这两个电话中间，得让他离开大概半个小时。

我点燃火柴，查阅电话号码簿，找到了我想找的：索沃尔德·拉尔斯。贝尼迪克特大街五二五号。……斯旺西5-2114。

我吹灭火柴，在黑暗中拿起话筒。像可视电话，我能清清楚楚地看见电话那端的人，只不过不是从电线，而是从窗户到窗户这个最直接的途径。

他嘶哑地问："喂？"

我想：太奇怪了。我整整三天咒骂他是杀人犯，但是直至此刻才第一次听到他的声音。

我不想改变我自己的声音。终究，他从没看见过我，我也从没看见过他。我说："你看见我的字条了吗？"

他警惕地说："你是什么人？"

"只是一个碰巧知道的人而已。"

他狡猾地说："知道什么？"

"知道你所有事情。你和我，只有我知。"

他十分克制。我什么都没听见，但是他不知道他又打开了别的通道。我把望远镜稳稳当当地放在窗台的两本书上，高度正好。从窗户我看到他把衬衫领子拉开了，似乎领子紧得让他难以忍受。接着他把手背遮在眼睛前，和人们在灯光刺眼时常做的一样。

他的声音坚定不移地传了过来。"我不知道你在说什么。"

"交易，我在谈交易。它对我应该有一些价值，对不对呀？别再让它扩散了。"我不想让他得知窗户的秘密。我还需要它们，我比所有时候都更需要它们。"那晚，你没注意你的门。也许是穿堂风把它吹开了些。"

这一下正中他的要害，从话筒中甚至能感觉到他的胸口在剧烈地起伏着。"你什么都没看见。没什么能让你看的。"

　　"这就必须看你了。我不一定非得去告诉警察。"我咳了一声，"假如可以给我钱使我不要去告诉。"

　　"哦，"他说，声音中有一种放松的感觉。"你是想——见我？对吗？"

　　"这是最好的办法，对吗？你如今可以出多少钱？"

　　"我现在只有七十美元。"

　　"好吧，剩下的我们以后再谈。你知道湖畔公园的位置吗？我此刻就在公园旁边。我们不如就在那儿见面吧。"差不多得三十分钟，十五分钟去，十五分钟回。"你进公园里，那儿有一个小亭子。"

　　"你们在那儿有多少人？"他谨慎地问。

　　"就我自己。一个人守住秘密才能得到好处，那样就不用和别人分享收益。"

　　他仿佛也喜欢这样。"我马上就去，"他说，"看看究竟是怎么回事。"

　　我比之前更认真地注视着他，直到他挂断电话。他匆匆忙忙地跑到最尽端那个房间——卧室，他始终没有去过那儿。他在那儿的一个衣橱中消失了，待了一分钟，又出来了。他一定是从那儿的一个阴暗的角落中或壁龛中取了什么东西出来，就连警探们都没发现。他的手像活塞一样动作，当它伸到外衣里之前的一刹那，我看见他拿的是什么了。一支手枪。

　　我想，幸好我不会去湖畔公园等我的七十美元。

　　屋里的灯灭了，他出发了。

我让山姆进来。"我要让你帮我做一件有些危险的事情。其实,非常危险。你可能会被打断一条腿,可能会挨枪子儿,甚至会被抓捕。我们在一起足足十年了,这件事假如我能亲自去做话,我肯定不会让你去做。但我无法做,而这件事又必须做。"接着我对他说,"从后门走出去,穿过后院围篱,看看你能否从太平梯爬到四楼套房里。他把一扇窗户从上面放下了一些儿。"

　　"你想让我去找什么呢?"

　　"什么也不用找。"警察已经去过那儿了,还能发现什么呢?"那儿有三间房。我让你把每件东西都胡乱翻翻,所有房间,让它们看起来就像被人翻过的模样。把每一块地毯边儿都掀开,把每张桌子和每把椅子都挪开一些儿,把橱门敞开。别漏掉任何东西。给,眼睛看着这个。"我摘下自己的手表,帮他戴上。"马上就去,你有二十五分钟的时间可用。只要你在二十五分钟里出来,保你平安无事。时间一到,别耽搁,马上出来,尽快出来。"

　　"再由太平梯上爬下来吗?"

　　"不。"他在紧张之余,不会想起来窗户是否被他拉起着。我不想让他从后面遇险,宁可让他从正面遇险。我必须守在我自己的窗前观察。"把窗户拉下来,你从房门出来,为了保证你的安全,从正面离开那幢楼!"

　　"我只是一个让你顺口骗来骗去的人。"他悲哀地说,但仍旧去了。

　　他从下面的我们自己的地下室的门走了出去,翻越了围篱。假如旁边窗户中有人质问他,我就帮他说话,说是我让他去找东西的。 但是无人质问他。 以他的年纪，他干得确实很好。 他到底不那么年轻了。 虽然屋子后面的太平梯少了一截，他仍然站在什么东西上，踏上去了。 他爬到屋里，打开灯，看看我。我暗示他接着干，别害怕。

我观察着他的行动。 我无法保护他，此刻他已经过了房间，就连索沃尔德都有权开枪打他——这是私闯民宅。 我只能像往常一样偷偷地躲在幕后，无法去幕前，为他把风，当他的盾牌，就连侦探们都会安排一个把风。

他干的时候肯定十分紧张。 我看着他干，比他更紧张。 二十五分钟仿佛是五十分钟一样。 他终于来到窗前，把窗户插销插好。 灯灭了，他走出去了。 他成功了。 我长长地呼了一口足足憋了二十五分钟的气。

我听到他用钥匙打开街门，他上楼时我警惕地说："不要开这儿的灯。 去美美地喝一顿吧，你的脸都变白了，对你而言这可是第一次呀。"

索沃尔德从家离开去湖畔公园二十九分钟以后，回来了。一个保护一个人生命的短暂的时间极限。 如今，这个繁杂的交易到了终曲，有希望了。 我乘他还没注意到丢失了什么，打了第二个电话。 时间不好掌握，但我始终坐在那儿，手拿听筒，不停地拨着号码，接着每次都挂断它。 他的电话号码是5-2114，他进屋时，我正在拨2，节省下之前那点时间。 当他的手刚刚从电灯开关上离开，电话铃响了。

这是一个准备摊牌的电话。

"我让你带钱，而不是带枪；因此我没有出现。"我看到他神色惊慌。 窗户的秘密仍旧无法暴露。 "我看到你走到大街上，拍了一下外衣里面，你的枪肯定就藏在那儿。"可能他根本没拍，但是这时他已经想不起来是否拍过了。 一个不经常随身带枪的人，身上带枪时经常会不自觉地做出这种动作。

"非常遗憾让你白跑了一趟。 但是，你去的时候，我也没有耽误时间。 如今，我所了解的比之前更多了。"

这是一个关键步骤。 我举起了望远镜，把镜头瞄准他，观察他的反应。 "我找到了——它在哪儿。 你知道我说的是什么。 我如今了解了你从哪儿得到——它。 你出去时，我就在那儿。"

没有说话的声音，只有急迫的呼吸声。

"你不信任我？ 朝周围看看。 放下话筒，自己看看。 我发现它了。"

他放下听筒，来到起居室门口，关了灯。 他仅仅向周围扫视了一次，脑子中没有形成任何固定的印象，压根没有进入脑子。

他走回电话机前时，面色扭曲。 他只是以恶毒的满足感小声地说了句："你说谎。"

随后，我看到他放下听筒，把手拿开。 我也挂断了电话。

试验失败了。 但是不算彻底失败。 他不像我希望的那样暴露出那个地点。 但是"你说谎"是一种此地无银三百两的招式，说明在那儿能找到真相，就在他周围的什么位置，就在那些房间的什么位置。 在一个非常保险的位置，他无须担心，甚至不用看就足以确保万无一失。

因此说，我的失败里又有一种无聊的胜利，但是对我没有任何价值。

他背向我站在那儿，我看不到他在做什么。 我明白电话机就在他前面某处，但我确定他仅仅站在那儿，在它后面深思。

他的脑头略略下垂，只见这样，我也已经挂断了电话。 我甚至不曾看到他移动胳膊肘，假如他的无名指在动，我也看不到。

他就那么站了一两分钟，最后走到旁边。 那儿的灯灭了，我无法看见他。 他非常小心，甚至连火柴都没有点燃，而他有时在黑暗里是用火柴照亮的。

我不再全心全意地想着观察他，我转而企图回忆一些其他事情——这天下午房东和他那么难以置信地同时从一扇窗户走向另一扇窗户。 我所能得到的最符合实际的线索是：这就像你从一块碎玻璃窗里看东西，玻璃上的一条裂缝把折射出来的形象在一瞬间匀称地扭曲了，直至它通过那个裂缝。 但是我的这种想法不对，不是这样的。 窗户始终是敞开着的，可能也并没有玻璃。 当时我也没有用望远镜。

电话铃响了。 我想也许是博伊恩打过来的。 这时，别人是不会打来的。 可能，当反省了他对待我的那些粗俗厌烦的态度以后——我漫不经心地用往常的声音说了一声：

"喂"。

没有回音。

我说："喂？ 喂？ 喂？"我接二连三地提供着我的声音的样板。

从始至终没有任何声音。

我最终挂断了电话。 我留心看，对面还是一片漆黑。

山姆向里看，想看看是怎么了。 他喝多了，舌头有点儿大，含糊不清地说："现在我能走了吗？"我没听见他的话。我正计划着想个其他办法，诱骗对面的他说出正确的地点。 我漠不关心地示意他能走了。

他摇摇摆摆地下到了底楼，在那儿耽搁了片刻以后，我听见街门在他身后关上了。 可怜的山姆，他的酒量的确不行。

我独自留在房间中，行动的自由被限制在一张椅子中。

突然，对面的一盏灯又亮了，转瞬间又熄了。 他肯定是想找什么东西，想看看他已经找好的某件东西在哪儿，发现不开灯就不能随心所欲地拿到它。 他甚至马上就找到它了——无论是什么东西，马上又回去关掉灯。 他转身关灯时，我看到他向窗外看了一眼。 他没有到窗前张望，只是在经过窗户时朝外看了一眼。

这件事让我有所感触，在我盯他的这么长时间内，他从没这样做。 假如能把这种神秘莫测的事叫作一瞥，我倒想把它叫作有目的的一瞥。 它绝对不是迷茫的，没有目的的，那其中有一种稳定的炫目的火花。 它也不是那种我曾见过的他的警惕的扫视。 它不是先由一端开始，然后扫视到我这面，也就是右侧。它突如其来地向我的凸窗的正中心射过来，只持续了极短的时间，然后又过去了。 灯熄了，他走了。

有时，人们的意识接受事物时不能用脑子把它们的正确意思翻译出来。 我的眼睛看到了那一瞥。 我的脑子不想把它进行正当的提炼。 "那毫无意义，"我想，"赶巧碰上，只是他外出时经过灯光处恰巧面对这里。"

延迟的行动。 一个只有铃声无人说话的电话。 是想测试声音？ 随后是死寂的黑暗，黑暗里两个人可以玩相同的游戏——不被人发现地搜索对方的窗户。 灯光最后一刻的飘忽，这是一个下策，但是无法避免。 一个离别时的眼神，带着恶毒的放射性。 所有这些都沉淀下来，但没有溶解。 我的眼睛特别尽职尽责，是我的脑子没有尽职——至少没有及早抓住它。

时间一分一秒地过去了。 房子后面熟悉的四方院子四周一片安静，一种使人压抑的宁静。 随后，一个声音走进了宁静里，不知从何处来，是什么东西发出的声音。 是一只蟋蟀在夜的静寂中发出的一清二楚的、若隐若现鸣叫，我记起了山姆关于它们的迷信，他坚信这个迷信从来没有失误过。 假如果真如此，对于待在四周这些昏睡着的房子里的人而言看来不是好事——

山姆刚刚走了大概十分钟。 如今他又回来了，肯定是落了什么东西。 酒真误事。 可能是帽子，甚至是他自己在市区的房门钥匙。 他明白我无法下楼帮他开门，他准备不声张，觉得我可能会打盹，我只听到大门的锁上发出的一阵细小的响动。 这是一幢老式的带门廊的房子，有两扇遮挡雨的外门，整夜都无拘无束地摇晃。 外门里有一个小门厅，再向里是内门，只要有一把特别简单的铁钥匙就可以打开它。 酒让他的手略略发抖，虽然他从前也曾碰到过一两次诸如此类的麻烦，甚至在没喝酒的情况下。 点燃一根火柴能帮他尽快找到锁孔，但是，山姆又不抽烟，我清楚他身上不像带火柴。

这时，声音停止了。 他一定已经罢手，决定把所有事情都留待明天解决，回头又走了。 他没进来，假如进来，他会让门自动关上，他的习惯我太了解了。 此刻没有这种响声，他经常粗心大意发出地砰的响声。

随后，突然间它爆裂了。 为什么只在这个时候，我不明白。 这是我自己脑子里的内部活动的一种秘密。 它啪地闪烁了一下，就像马上爆开的炸药，一颗火星沿着缓缓燃烧的导火线最后碰到它了。 我不再想山姆，前门还有与此类似的事情。 从今天下午开始，它就始终等在那儿，只是如今——这次延迟的行动更甚。 去他妈的延迟的行动。

房东与索沃尔德甚至一同从起居室窗前走动，走过一堵没有门窗的墙，两人一同再次在厨房中出现，还是一个在另一个的顶上。 但是那儿出来的一道裂缝、一个障碍或一下跳跃，使我困惑不已。 眼睛是可靠的鉴定人。 这事情与时机无关，这是一种并行现象，或者无论怎样称呼它。 那个障碍不是平行的，而是垂直的。 那儿有一个向上的"跳跃"。

如今我找到答案了，我懂了。 无法继续等待了。 好极了，他们想找一个尸体？ 此刻我就给他们一个。

无论恼火与否，博伊恩现在终究得听我的。 我片刻也不耽搁，在黑暗中拨了他警察局的电话，我凭着记忆拨着按键。 拨盘没有发出特别很大的响声，只有轻微的喀啦喀啦声。 甚至还不如那只蟋蟀的鸣声清楚——

"他早就下班了"，值班警察说。

这事无法再等了。 "好吧，告诉我他家中的电话号码。"

他一分钟之后给了我回音。 "特拉法加"，他说，之后声音就消失了。

"特拉法加什么？"没有声音。

"喂？ 喂？"我拍着电话机。 "接线员，我的电话中断了，再帮我接通。"但是连接线员都失去联系了。

我的电话是硬被挂断的。 我的电话线被割断了。 来得太猝不及防了，恰巧在这时被割断，说明是在我家中的某处被割断的。 外面的电话线通向地下室。

延迟的行动。 这次是致命的、最后的，终归也是太快的，一个只有铃声无人说话的电话。 对面一个目光直视着我。 "山姆"在一会儿之前试图回来。

转眼间，死神降临到这间屋子的某处，在我的身旁。 而我却不能动弹，我不能从这张椅子上站起来。 即便我此刻拨通了博伊恩的电话，也为时已晚了。 时间压根来不及了。 我想，我可以对着窗外向我周围的那些沉睡的后窗邻居们呼救。 我的喊声能把他们引到窗前来。 但是想把他们叫到这儿来，时间太短了。 不等他们弄明白喊声是从何而来的，所以就又会停止，结束了。 我没有作声，倒不是由于我有多么勇敢，而是因为那样做显而易见毫无用处。

他不久就会上来了。 他此刻肯定已经在楼梯上了，尽管我听不到他的声音。 连喀啦声都没有。 有个喀啦声倒也可以让我踏实一些，因为能知道他在哪儿。 这正如被关在黑暗里，身旁某处有一条盘卷着的、闪闪发光、默不作声的眼镜蛇。

我身旁没有武器，黑暗里触伸手可及的只有墙上的书。 我从来没读过那些书，是之前房客的书。 书上有一座孟德斯鸠或卢梭的胸像，我从来不能确定究竟是哪一位的像，总之是这两个长发蓬乱的绅士里的一个。 这是一座淡褐色的、劣质的泥塑胸像，但它也是我之前的房客遗留的。

我在椅子上向上弓起腰背，拼命地去抓那座胸像。 我的指尖从胸像上滑落了两次，第三次我摇动它了，第四次把它碰落到我的怀中，使我跌坐回椅子上。 我屁股底下有一块毛毯，天气这么热，我无须用它来缠身体，我始终把它作为椅子的软垫。我把它从屁股下面拽出来，把它像印第安勇士的毯子似的披到身上。 接着我在椅子中蠕动着，让一只肩膀与脑袋悬在紧贴墙的扶手外面。 我把胸像放到另外一只朝上耸起的肩膀上，摇摇欲坠的，暂且作为第二个脑袋，用毯子缠裹了它的耳朵。　黑暗中。　从背后看上去，我希望——它就像——

接着我的呼吸渐渐变得沉重起来，像是在熟睡一样。　这事很容易。　因为紧张，我自己的呼吸几乎已经变得那么累人了。

他是一个拨弄铰链、门锁之类东西的行家。　我根本没听到开门声，而这扇门和楼下那扇门不同，它就在我的背后。　黑暗里，一股细微的气流朝我吹来。　我之所以可以感觉到它，是因为此刻我的头发根儿都湿透了。

假如他是用刀或打我或砍我的头，我只要可以躲开一下，就会有第二次机会。　我明白，这也是我最大的希望。　我的肩膀和手臂都十分结实，当躲开了第一阵乱打猛砍以后，我就会像熊似的抱住他，摔倒他，折断他的锁骨或脖子。　假如他用枪，他怎么都会结果我的，也就是几秒钟的区别。　我明白他是有枪的，他原本准备在露天，在湖畔公园，冲我开枪。　他希望在这儿，在屋里，以便他自己可以顺利逃脱——

关键时刻来了。

子弹的火花在一瞬间把房间照亮了。　房间太黑了，子弹光就仿佛一划而过的微弱的闪电，至少把房间的角落照亮了。　胸像在我肩上弹跳了一下，碎了。

我想，他一定会由于没有射中我而气得在地板上暴跳如雷，跳上一会儿。　接着，我看到他从我身旁经过，到窗台前探身朝外看看有无出路。　枪声传到了屋后和楼下，变成了用屁股，用脚踢撞街门的声音。　虽然他们来得还算及时，但他还是可以杀死我五次。

我把身体钻到椅子扶手与墙壁中间的窄缝中，但是我的脚还竖在上面，我的头与那只胳膊也在外面。

他转过身来对我开枪，距离那么近，就像是当面观赏日出。我没什么感觉，因此——他没有射中我。

"你——"我听见他自言自语。 我想这是他所说的最后一句话，他的下半辈子都是行动，而无须说话。

他撑住一只胳膊，猛地跃过窗栏，落进了院子中。 摔下去两层楼。 他没有摔坏，因为他不曾落到水泥地上，而是落到了其中的条形草皮地上。 我在椅子扶手上把自己的身体支撑起来，朝前扑到窗户上，下巴首先砰地撞在了上面。

他玩命地向前跑。 当命悬一线的时候，你必须不停地跑。他跑到第一道围篱前，肚子向上一扑，翻过去了。 他手脚合用，纵身一跳，像只猫似的越过了第二道围篱。 随后，他回到了他自己那幢楼的后院中。 他爬到了什么东西上，正如山姆之前干的那样——剩下的都是脚上的功夫，每个平台上都有螺旋形的急转弯。 山姆爬进去时，曾经把他的窗户放下来拴住了，但是他回来之后，为了通风，又把它打开了。 如今，他的全部生命都靠着这个不经意的小动作——

一，二，三，他向自己的窗口爬过去。 爬到了。 出错了。他在下一个纽结形的转弯口更改了方向，绕过了他自己家的窗户，飞快向上面一层，五楼爬过去。 他自己家的一扇窗户中有东西闪了一下，随后是砰的一声沉重的枪响，仿佛一面大铜锣的声音回荡在四方院子中。

他爬过了五楼、六楼，径直爬到了顶楼。 他第二次上楼顶了。 咦，他珍惜生命！ 在他家窗户中的那些人无法抓到他，他通过一条笔直的路线超越过了他们，途中太平梯的交错点太多了。

我只顾盯着他，顾不上发生在我身旁的事情。转眼间出现在我身边的博伊恩，瞄准了他。我听到他小声嘀咕说："我太讨厌做这种事了，他必须从那么高的地方摔下去。"

他倚在那儿的屋顶栏杆上，头顶上方有一颗星星。一颗不吉利的星星。他延迟了一分钟，想在被杀之前自行了断。可能他会被打死了，自己明白。

一颗子弹"砰"的一声射向高高的天空，窗玻璃哗哗啦啦从我们两个头上飞落而下，我背后的一本书啪地掉下来了。

博伊恩没有再说诸如他讨厌做这种事之类的话。我的脸朝外紧紧地贴着他的胳膊。他的胳膊肘的后坐力使我的牙齿震得格格直响。我用手挥开烟雾，看着那人死去。

太可怕了。他站在栏杆上，用了一分钟时间，展示了一切。随后，他扔掉枪，仿佛是在说："我再也不用这个了。"然后，他也掉下去了。他根本没有碰到太平梯，而是直接向外面摔去。他碰在了凸出的木板上，摔在了那儿，从我这里无法看不见。木板把他的身体弹起来了，像一块跳板一样。接着，身体再次落下去了——再也不曾弹起来。

所有就这样结束了。

我对博伊恩说："我知道了。我终于知道了。五楼套房，他顶上那层楼，还在装修的那层楼。厨房的水泥地比别的房间的地面高出一截。他们既想遵守防火法规，又想尽量便宜地让起居室显得比较高。把它挖开——"

他马上就去那儿了，为了节约时间，穿过地下室，翻越了围墙。那儿还没通上电，他们只能用手电筒。只要干起来，那就用不了太久。大概过了半个小时，他来到窗户前，向我发出信号，意思是，我的想法很对。

大约早晨八点，他才过来。他们把现场清理干净，把他们带走——两个一起带着。一个刚刚死去，一个早就去了。他说："杰弗，我什么都记起来了。我派去检查箱子的那个蠢货——嗯，这也不全都怪他，也得怪我。他没有接到检查那个女人的长相特征的指令，只检查了箱子中的物品。他回来以后只是粗略地谈了谈。我回家了，已经准备睡觉了，突然，脑子中灵光一闪——整整两天前我询问过的一个房客，和我们说了一点儿细节，在几个重要环节上和他自己的陈述不相符。说是行动太慢，没赶上！"

"我天天想的都是这件可恶的事情，"我愤恨地承认说，"我把它叫作延迟的行动。它甚至害得我丢掉了性命。"

"我是一个警官而你却不是。"

"因此你会在合适的时候表现本色？"

"当然。我们过来抓他审问。当我们看到他不在房中时，我就安排手下人守在那儿，我自己来到这儿，一边你保护，一边等候。你是如何想到那个水泥地板的？"

我和他说了那个奇怪的同步现象。"房东与索沃尔德一同在厨房窗户前出现时，他比索沃尔德高的程度，比起片刻以前两个人一同在起居室窗户前出现时要高。大家都明白他们在铺水泥地板时会在上面铺上一层软木，把地面抬高了很多。但是这其中另有名堂。既然顶楼已经装修完了，那肯定是五楼。我就是从这儿在理论上理顺了思路。她长年卧病在床，他又没有工作，他因而产生厌恨。遇到了另一个——"

"她今天晚些会过来，我的手下会抓捕她。"

"他可能倾其所有地为她买了保险，然后缓缓地下毒药害她，想不留下什么痕迹。 我想象——记住，这仅仅是推测——那天夜晚，即电灯整夜没熄的那个夜晚，她发现他的目的了。从某种迹象可以发现，也许是他正在下手时被她发现。 他丧失了理智，做出了他所做的事情。 用暴力把她杀死了——打死或勒死了她。 剩下的事情都是临时决定的。 他碰见了他不配碰见的好运气。 他想起了楼上那个套间，就上去认真观察了一番。他们刚刚铺好地板，水泥还没干，材料还散落在周围。 他挖了一个深槽，恰巧放进她的尸体，他把她放了进去，又和了一些水泥盖在她身上，可能只要把地板抬高一两英寸，她的尸体就被彻底掩盖了。 真是一具不会发臭的、永久性的棺材。 次日工人回来，毫不知情地在顶上铺了软木表层，我猜他已经用了他们的泥刀把地面刮平了。 随后他派他的帮凶带着行李箱的钥匙飞快赶赴乡下，就在他的妻子几年之前的夏天曾经去过的那个地方的周围，住在别的农庄中，这样就能不被认出来。 接着把箱子送给她，他自己把一张用过的明信片扔到他的信箱中，把日期涂去。一两个星期之后，她可能就会用安娜·索沃尔德太太的名义在那儿'自杀'。 原因是久病不愈。 写一封诀别信给他，把她的衣服放到深水中某个尸体的附近。 这是一着险棋，但他们可能会顺利地得到保险赔偿。"

大概九点钟，博伊恩和他的手下离开了。 我仍旧在椅子中，激动得难以入眠。 山姆走进来说："普里斯顿医生来了。"

他和从前一样搓着双手走进房间，"看起来我们完全可以把你腿上的石膏取下来了。 你每天无所事事地坐在这儿，肯定已经厌烦了吧。"

（英莫 译）

336

心理玄机

你就是杀人凶手

[美] 埃德加·爱伦·坡

在拉托尔巴勒发生的一件奇事轰动了这一鲜为人知的僻静小镇。 那里的人们曾经祈祷神灵，乞求神灵惩治凶手。 终于，奇迹降临到了他们的头上。 这一奇迹是否真是上帝赐予的呢？ 我们姑且不谈。

一、沙特尔沃思先生失踪

事件发生在某年的夏天。 巴纳巴斯·沙特尔沃思先生居住在拉托尔巴勒镇已有无数个年头了。 他是一位在镇上钱财满贯、颇受人钦羡的长者。 一个星期六的早晨，沙特尔沃思先生骑马离家，向 P 城进发。 P 城离拉托尔巴勒镇十五英里。 他打算当日傍晚返回该镇。

两个钟头过去了。 沙特尔沃思先生的坐骑竟独个儿地奔了回来。 沙特尔沃思先生和他随身带走的两只装满金币的口袋均已不知去向。 那匹坐骑已经受了重伤，浑身泥污不堪。

这一突如其来的意外事件，自然会引起小镇上居民的无比惊讶和不安。 直至星期日早晨，沙特尔沃思先生仍然毫无踪影，杳无音讯。 他的诸亲好友决定出外寻觅。

最后决定外出查找的领头人，当然是沙特尔沃思先生的挚友查尔斯·古德费洛先生。 镇上人都称他为"老查尔斯·古德费洛"，因为他确实是一个名副其实的"古德费洛"（意为"好伙伴"）。 他忠实厚道，笑容可掬，心地善良；他嗓音洪亮，双目炯炯有神，显得坦率和真挚，毫无丝毫矫揉造作之态。

虽然古德费洛先生在拉托尔巴勒镇定居下来仅有六七个月，但他极其平易近人，深受人们的喜爱和尊敬。 当然，他名字的含义也有着某种推波助澜的作用。 沙特尔沃思先生对他尤有好感，倍加青睐。 两位先生又是邻居，没过多久，他们就成了莫逆之交。

老查尔斯·古德费洛并非富有者，平时颇为节俭，注意节约用钱。 这也许是沙特尔沃思先生常常主动邀请古德费洛先生作为座上客的部分原因。 古德费洛先生一天要去上三四次，中午常在沙特尔沃思先生家中就膳。 两人在筵席间觥筹交错，劝酒畅饮，享尽了珍味佳肴。 马高克斯酒是老查尔斯最喜爱的一种名酒。

一天，在喝完马高克斯酒以后，我曾亲眼看到，沙特尔思先生在酩酊大醉之际，兴冲冲地在古德费洛先生背后击了一拳，并且说："查尔斯，你真是好样的；咱们萍水相逢，情投意合，确是人生一大乐事。 你对马高克斯酒爱喝如命，我要亲自为你订购一大箱名牌的马高克斯好酒，而且是市场上价格最昂贵的一种！ 你不必吐露任何谦逊之词，事情就此决定下来了。 你等着吧，不过，总得候上一二个月，才能把酒运抵此地。"

慷慨大方的沙特尔沃思先生对于手头拮据的好友古德费洛先生的关怀备至，解囊相助，确实是前所未有，闻所未闻。

二、古德费洛和彭尼费瑟

直至星期日早晨，沙特尔沃思先生仍然毫无音讯。 老查尔斯·古德费洛先生眉宇紧蹙，忧心如焚，食不甘味，几乎到了精神崩溃、万念俱灰的地步。 他早已获悉马背上的两只钱袋下落不明；马的前胸有着两个弹孔——子弹从一端穿进，并从另一端飞了出去，但这未能使这匹坐骑顷刻殒命。

"我们还是耐心地等待吧。 沙特尔沃思先生一定会回来的，上帝会保佑他的！"古德费洛先生一开始就坚信这一点。

可是，沙特尔沃思先生的年轻侄子彭尼费瑟先生则竭力反对等待。 这样，老查尔斯·古德费洛先生未曾坚持己见，同意立即出发搜寻。

彭尼费瑟先生和沙特尔沃思老先生共居一处已有很多个春秋。 彭尼费瑟先生放荡不羁，常常聚众玩牌，酗酒生非，寻衅滋事。 因为他是沙特尔沃思先生的嫡亲侄儿，邻里诸亲只得让他三分，不敢惹他。 当彭尼费瑟先生提出"要去寻找尸身"时，大家只能唯命是从。

就在此时，老查尔斯·古德费洛先生提出了一个令人值得深思的问题："您怎么会知道，您的叔叔准已经死亡了呢，彭尼费瑟先生？ 看来，您对您叔叔的意外知之甚多哪！" "是呀，彭尼费瑟先生怎么会断定他叔叔已经死去了呐？"众人在七嘴八舌地轻声议论着。

由于彭尼费瑟先生对古德费洛先生的提问缄口不言，不予理会，两人之间开始了恶声恶语。 对此争吵，人们根本不以为意。 因为他们本来就是冤家对头，这次又狭路相逢了。 彭尼费瑟一向是个孤家寡人，他对于沙特尔沃思先生和古德费洛先生之间的深情厚谊恨之入骨。 在以往的一次争吵中，彭尼费瑟竟把古德费洛一拳击倒在地。 古德费洛从地上爬起后，拍掉了身上的尘土，只是说了句："我会永远记住这一拳。 君子报仇，十年不晚！"但是，人们深知古德费洛先生是个宽宏大量，非一般见识之人。

三、奇怪的马甲和小刀

刚才我插叙了一段小事，现在又该回到正文了。 经过众人商议，彭尼费瑟先生最后提出，搜寻工作应该在周围各处全盘铺开。 拉托尔巴勒和城市之间的一大片田野和树林的伸展范围将近十五英里。 彭尼费瑟先生坚持搜索其间的每一个地段。

可是，古德费洛先生却持不同看法。 他也许要比年轻的彭尼费瑟先生更加才华横溢，老谋深算。 他以一种果断而又正直的嗓音侃侃争辩着："这种做法似乎大可不必。 沙特尔沃思先生骑着马匹驰向 P 城。 他怎么可能老远地偏离道路呢？ 我们应该仔细地搜索靠近道路的两旁地段，尤其是在灌木丛、树林和野草之中。 诸位是否认为这样做更加合适些呢？"

压倒多数的人赞成此举。 这样，他们在查尔斯·古德费洛先生的带领下开始了搜索。 他们没有在偏离道路很远的地区寻找。 古德费洛带着人们寻觅了不少暗黑角落和崎岖小径。 他们接连查找了四天，结果一无所获。

我这里说的"一无所获"，是指未曾找到沙特尔沃思先生本人或者他的遗体，但他们确实发现了一些搏斗的痕迹。 他们沿着马匹的脚印向前搜寻，在拉托尔巴勒以东长约四英里处，经过几处转弯抹角的转悠，终于抵达了一个污水塘。那里存在着明显的搏斗痕迹，痕迹一直伸向了水塘之中。人们随后运来了工具，抽干了池塘里的污水。在池塘底下，他们发现了一件黑色的绸马甲。虽然马甲上面血迹斑斑，破烂不堪，在场的人们不难认出，此马甲是彭尼费瑟先生的。他在星期六那天，也就是他叔叔骑马去 P 城的那天，还曾穿用过。可是在此以后，再也未见他穿过那件马甲。此时的情况对彭尼费瑟异常不利，他张口结舌，不知所措，脸色显得苍白和阴沉。他仅有的二三位朋友也都不屑一顾地背叛了他。可是，古德费洛先生却走近了他，并站到了他的跟前。

"我们不应该仓促地做出任何结论，"古德费洛先生说，"各位都很清楚，对于我同彭尼费瑟先生以在发生的不愉快事件，我早已不以为意。我从心底深处原谅了他。现在对于小塘底下的这一发现，我坚信彭尼费瑟先生会解释清楚的。我当然应该帮助他把此事搞清楚。他是我的那位可怜的挚友沙特尔沃思先生的侄子，唯一的亲属。从他叔叔的立场出发，我现在应帮助他解决此事。"

古德费洛先生讲的每一句话，都体现了他的善良友好，直率爽朗。不过，他的讲话中也多次提及了彭尼费瑟是沙特尔沃思先生所有家产的唯一的继承人一事。

当时在场的人们立即意识到，如果沙特尔沃思先生确已死去，那么彭尼费瑟就能合理地继承那位老人所有的钱财！这时，人们就不由分说地把彭尼费瑟捆绑了起来，带往镇上。在回镇的途中，古德费洛先生在路边似乎又拾到了一件东西，他瞥了一下此物，就迅即塞向口袋。他的举动仍然让旁人见到了。

在众口同声的要求下，他只好把此物拿了出来。 原来这是一把西班牙小刀。 在拉托尔巴勒，只有彭尼费瑟备有此刀，标志着他姓名的缩写字母 D. P 还清晰地刻在刀柄上！

四、公认的谋杀犯

真根已经大白了，彭尼费瑟谋杀了他的叔父！ 其罪恶目的当然是为了早日攫取遗产。 此时已经无人再愿意进一步搜索了。 一个钟点以后，彭尼费瑟已被押送到了拉托尔巴勒的法庭上。

法官审问彭尼费瑟：“您的叔父失踪那天早晨，您上哪儿去了，彭尼费瑟先生？”

“我当时正在树林里狩猎。”彭尼费瑟不假思索地回答。他的这一毫不掩饰的答语使人们惊讶不已。

“您当时带枪了没有？”

“当然带了，带了我自己的猎枪。”

“您在哪个树林狩猎呢？”

“就在去 P 城道路旁的几英里处……”

彭尼费瑟所陈述的去处离那个污水塘确实很近。

法官随后要求古德费洛先生描述一下寻获马甲和小刀之事。古德费洛先生黯然泪下。 他凄惨哀伤地陈述了事情的经过，并接着说：“对于彭尼费瑟先生与我的私仇，我早已不予介意，并且宽恕了他。 如果法庭要我提供进一步的证据，我还能作证……”古德费洛先生伤心地掏出了手帕，揉着泪水，“它可真使我的心都碎裂了！”古德费洛先生的话语哽咽了。 过了一刻，他才得以继续往下讲述：“上个星期五，我像往常一样和沙特尔沃思先生共膳。 彭尼费瑟先生也在场。 当时沙特尔沃思先生对他的侄子说，他要在次晨去 P 城，并随身携带两皮袋的钱币，准备存进农业银行。 接着，沙特尔沃思先生一字一句、有板有眼地对他的侄子说：'侄儿，我死后，你将得不到我的任何遗产！ 你听见了吗？ 我一点儿也不给！ 我准备立个新的遗嘱。'"

"这是真的吗，彭尼费瑟先生？"法官问。

"是的，确实如此。"年轻人直截了当地回答又使旁听者吃了一惊。

就在此时，传来沙特尔沃思先生的坐骑伤重死去的消息。古德费洛先生解剖了死马，并在死马的前胸找到了一颗子弹。这颗子弹的体积很大，是用来射击巨兽用的。 警察随后查验了镇上所有的猎枪，发现此颗子弹只适用于彭尼费瑟先生的猎枪。情况看来已经昭然若揭。 彭尼费瑟被关进了监狱，等待着对杀人犯判刑之日的到来。 古德费洛先生泪流满面地苦苦哀求着，希望法庭给予年轻的彭尼费瑟以自由，他愿以身担保。 结果当然无济于事。

一个月以后，彭尼费瑟被押解到了 P 城。 P 城法庭正式开庭宣布："彭尼费瑟犯有谋杀罪，将处以绞刑。"锒铛入狱的彭尼费瑟等待着绞刑之日的到来。

五、"你——就是杀人凶手！"

一个晴空万里的日子，古德费洛先生意外而又兴奋地收到了W 城一家酿酒公司的来信。 信是这样写的：

亲爱的查尔斯·古德费洛先生：

在一个多月以前，我们收到了巴纳巴斯·沙特尔沃思先生的一个订购函件，要我们为您寄送一大箱高级马高克斯酒。我们愉快地通知您，我们已经把一大箱精制的马高克斯酒装车运出。在您接到此信不久，箱子将会抵达贵府。

请您转达我们对沙特尔沃思先生的最诚挚的问候。我们愿意永远为您效劳。

您最真诚的霍格斯·弗罗格斯·博格斯以及公司全体同仁

六月二十一日，于 W 城

注：箱内共装精制马高克斯酒六十大瓶。

自从沙特尔沃思亡故以后，古德费洛先生已经滴酒不沾，现在他却认为，在经过一番折磨以后，这些酒则是上帝赐予的礼物。他对此当然兴奋极了。古德费洛马上请他的左邻右舍，好友亲朋于第二日傍晚光临他处，准备开怀共饮。他并未挑明酒为何人所赠，只是谈及是他自己订购而得。

翌日傍晚六时许，古德费洛先生屋子里宾朋满座，晚宴即将进行。我当时亦在人群之中。大厅里陈设华丽，五光十色，宴桌上菜肴丰盛，香味满溢。人人对此称羡不已。可是，箱装高级马高克斯酒一直到八时许才抵达。酒箱一到，宾客们一起动手搬取那只笨重的大箱。我也参加了搬箱的行列。大箱子很快被搬进了宴会大厅。在这之前，古德费洛先生已经用别的好酒和宾客们大杯畅饮，约有九成醉意。此时他已面色绯红，满嘴酒气，说话哆嗦，走路踉跄。酒箱一进大厅，他就摆开双腿端坐了下来，并高声宣布："诸位安静，安静！我的精制高级马高克斯酒已经抵达敝舍大厅！"接着，他把一些开箱工具交给了我，我当然欣然从命。 我用榔头和钳子轻轻地、缓慢地敲掉了箱盖上的一只只铁钉……

就在此时，箱盖子突然崩飞得老远，从箱子里猛地跳出了一个满身沾满血迹和污泥的死者。 人们一眼就认出来，那位死者就是可怜的沙特尔沃思先生！ 死者背靠着箱子边缘，正好同古德费洛先生相对而坐。 一阵阵触鼻的血腥味弥漫开来，大厅里顿时烟雾缭绕，灯光随之显得黯然无色，周围死一般的寂静。人们惊恐万状，满腹疑惑，面面相觑。 原来笑语喧哗、杯光酒影的大厅顿时显得恐怖凄惨，鬼泣神惊。 死者哀伤的双眼直直地盯住了古德费洛先生。 接着，被害者开始说话了，话语中充满血泪，满怀惆怅，但声音清楚明确，低沉缓慢，似乎是从遥远的地方传来似的。

"你——就是杀人凶手！ 我要你偿命！"死者语毕，就顿时倒在大箱子的边缘。

我简直很难描述当时的情景。 死者话毕倒下后的一瞬间大厅里顿时人声鼎沸，乱成一片，宾客们都似发疯般地逃出门外，跳出窗子。 有些人由于惊吓过分，顿时晕了过去。 但过了不久，人们的情绪又开始恢复了正常，双双目光怒射到了古德费洛的身上。

古德费洛先生浑身瑟瑟发抖，双唇直打哆嗦，像一尊塑像似的僵坐在椅中。 他的慌乱失措的眼睛好像已经看清楚了藏在自己罪恶的心灵深处的那颗毒瘤。 蓦地，他的双眼似乎闪发出了光彩，他从椅子中一下子跳了出来，扑向了倒在箱边的沙特尔沃思先生的尸体，嘴里不停地向死者忏悔着罪恶。 大厅里所有的宾客都在倾听着杀人犯的自白。 古德费洛交代了整个谋杀犯罪的过程……

六、事件发生的真相

下面就是古德费洛供词的主要内容：

在那个星期六的早晨，古德费洛先生骑着自己的马匹紧跟在沙特尔沃思先生后面出发了。 在树林的污水池附近，他的枪弹射中了沙特尔沃思先生的坐骑，紧接着他用枪托猛砸沙特尔沃思先生的头部，置他于死地。 他随后取走了沙特尔沃思先生随身带的两皮袋钱币。 当时沙特尔沃思先生的坐骑已经奄奄一息，古德费洛以为它必死无疑，就把它拖到了灌木丛中。 接着，他把沙特尔沃思先生的尸体放在自己的马匹之上，并把尸体转移到了离路边相当遥远的一个小树林里隐蔽起来。 当晚，他又偷走了彭尼费瑟先生的马甲、西班牙小刀和一颗大型子弹。 他随即把马甲和西班牙小刀放到了易被发现之地点，以后利用为死马解剖之机，佯称发现了一颗子弹，以此混淆视听，达到隐瞒罪行、借刀杀人的目的。

古德费洛的忏悔之词接近尾声时，他已浑身瘫软，两眼无光，声音显得嘶哑虚弱。 他颤颤巍巍地挣扎着站了起来，伸出双手向墙壁处扑去。 可是，一个趔趄跌倒在地，就此呜呼哀哉！

我在开始讲述本故事时说过，这是一件轰动拉托尔巴勒小镇的奇事。 至今，那里的人们仍然认为是一个奇迹！ 古德费洛先生在被杀者面前的忏悔来得正是时候，它使即将走上绞刑架的彭尼费瑟先生免于一死。

七、死者"复活"的经过

读者现在百思不得其解的是，难道沙特尔沃思先生被杀后真的一度起死回生，返回人间，钻在酒箱里面，从而利用宴会之机，揭露凶手吗？ 事实当然不是如此，也绝不可能如此！

安排这一事情的经过者，不是别人，恰恰就是我本人。

我心里非常清楚，古德费洛先生挨了彭尼费瑟一拳以后，是绝对不可能就此善罢甘休的。 那次争吵时，我正好在场。 古德费洛先生从地上爬起来时的那种狠毒的目光和咬牙切齿的神情对我来说记忆犹新。 我当时自忖，他根本就不会宽恕彭尼费瑟先生的。 别的人认为古德费洛先生善良、忠厚，我却不以为然。我觉得他总有一天要报此仇的。

在搜寻失踪者的过程中，古德费洛先生竟然发现了那么多"罪证"，尤其是从死马的前胸取出了那颗大型子弹，更使我疑窦顿生。 上面已经提到过，子弹是从坐骑前胸的一端穿进，从另一端飞出。 可是，古德费洛居然在解剖时从马胸又发现了一颗子弹！ 这是从哪儿来的子弹呢？ 无可非议，这准是古德费洛先生另外搞来的。

此后，我花了几乎两个星期的时间，到处搜寻沙特尔沃思先生的尸体。 我当然不会在道路附近寻找，而是在离道路较远的偏僻之处查觅。 我终于在一个小树林里的枯井中发现了尸体。

下面的安排当然是清楚不过的了。 我记起了沙特尔沃思先生曾经对古德费洛作过的许诺，要赠送他一大箱名牌的精制马高克斯好酒。 一天深夜，我把沙特尔沃思先生的遗体运回到花园里的一间小棚屋之中。 我随后特地购买了一根约一英尺长的坚固的钢丝弹簧。 我把弹簧的一头固定在尸体的颈部，接着就把尸体放进酒箱之内，并把尸体卷曲起来。 这时，系在尸体上的弹簧也随之卷曲起来。 卷曲后的尸体已经高于酒箱的箱盖。 由于弹簧的弹性极强，我用尽了九牛二虎之力，才把箱盖紧紧地压住酒箱。 我的身子随之坐到了箱盖之上，并在箱盖周围钉上了数枚铁钉。 对于以后将会发生的情况，我是坚信无疑的。 只要酒箱盖子一揭开，由于弹簧的强大弹力，盖子将会飞得老远，尸体也必然会从箱子中跳将出来。

我把箱子携到了外地，再从外地把它运给了查尔斯·古德费洛先生。 我还以酿酒商的名义给古德费洛写了一封信。 我暗中指使我的仆人在古德费洛举办大型晚宴的八点钟光景把箱子运抵他的宅邸……

沙特尔沃思先生的说话声"你就是杀人凶手！ 我要你的命！"当然不是出之于死者之口，而是我经过无数天反复的练习，模仿沙特尔沃思先生的声调说出的。 由于当时大厅中一片惊恐、不安和混乱，加上古德费洛已经喝醉，而且心中有鬼，我又紧靠在死者附近，使得这一模仿获得了空前的成功。 当时所有在场的人都坚信，这是死者亲口说出的话语。 大厅里散发出的血腥味，是我预先放在酒箱中的一种能挥发出类似血腥味的药水。 至于弥漫开的阵阵烟雾，是我偷偷地把点燃着的卷烟掷到事先放在桌下的一个生烟物上引起的。

古德费洛在忏悔悔自己的罪行时，我并不感到吃惊，因为这是我事先估计到的。 但我没有想到他会顿时死去。

彭尼费瑟先生回到了拉托尔巴勒。 他已宣判无罪释放，恢复了一切自由。 他继承了巴纳巴斯·沙特尔沃思先生的所有家财，因为沙特尔沃思先生生前未曾来得及立下新的遗嘱。 年轻的彭尼费瑟先生从这一不幸的事情中幡然醒悟，他立志痛改前非，重新做人，从此过上了平静的日子。

（刘畅　译）

百万美元藏哪里

[美] 杰克·福翠尔

一

老人在床上蜷缩着，死神灰色的手已经向他伸过来。他那张长满皱纹的脸变成了铅灰色，露出了怨恨的神情。如果不是那双明亮而狂热的眼中偶尔发出奸诈恶毒的光芒，从整个衰老的身躯上差不多找不到一丝生气。那干枯的嘴唇一直沉默，瘦削暗黄的手指软绵绵地放在白色的床单上。浑身的力量即将全部要消失了，可是大脑依旧苟延残喘。两男两女站在垂死者的床边。老人用残酷且憎恨的眼神轮流打量着他们。一只形体庞大的圣伯纳犬蜷伏在地板上，房子的另一端有一只鹦鹉，发出令人讨厌的尖叫。

忽然，一道微红的阳光划过卧床，将这个阴暗而悲惨的小房间照亮了。老人觉察到了，他的嘴角由于一阵狠毒的微笑而翘了起来。

"这是我最后一次看见阳光了，"他虚弱地喘着气，"你们听见了吗？我要死了，要死了！你们开心了吧，你们每个人。对，因为你们想要我的钱。来这儿你们是要假装向你们的老爷爷致以临终前的敬意，实际上你们是冲着我的钱来的。我要让你们惊讶，你们永远拿不到我的钱。我把钱都藏起来了，十分稳妥地藏起来了，你们永远也不会找到。　你们恨我，我明白，你们已经恨我很多年了。　等到这阳光消失以后，你们所有人依旧会加倍地恨我，我走了，可你们永远找不到我藏起来的钱。那些钱就非常安全地躺在我藏起来的地方，发霉、变粉。　你们一辈子都碰不到，我藏起来……藏起……藏起！"

　　一阵锐利的声音从狭窄的喉管中逼了出来，然后是一阵沉沉的叹息。　老人的躯体变得僵硬，他扭曲的灵魂终于飘向了永远。

二

　　著名的"思考机器"S. F. X. 范杜森教授正在进行某项研究，他的双手从肘部以下都浸泡在化学药水里。　在耀眼的聚光灯下，管家玛莎将一张名片传了过来，他斜着眼看了一下。

　　"沃尔特·巴拉德医生，"他念道，"让他进来吧。"

　　没多久，巴拉德医生进来了。　范杜森教授依旧全神贯注地做他的实验，只是向椅子的方向点了点头。　巴拉德医生理解他的意思，非常自觉地坐到了椅子上，十分好奇地看着这位著名的科学家，一头乱得像稻草一样的黄发，宽大的额头和习惯于眯缝的双眼。

　　"嗯？"科学家忽然问道。

　　"非常抱歉，"巴拉德医生有点儿惊讶地开口说道，"不久之前，我偶然遇了一位名叫韩钦森·哈契的记者，他向我提起您的名字，提议我来找您，那时我觉得无法挽回了。　可是这个令我们十分关心的难题，现在看起来的确无法解决了，所以我今天来这儿求助您。

"我的祖父约翰·沃尔特·巴拉德于一个月前去世了。 他临死前将一批金条和政府债券藏了起来，它们总共价值将近一百万美元。 我的难题是想找出这笔财富。 整件事的确是不同寻常。"

　　"思考机器"的工作停下了，十分小心地将双手洗净，接着在巴拉德医生面前坐下来。 "跟我详细说说。"他要求。

　　"嗯，"巴拉德医生深凹进椅子里，回想起来，"老爷子——我的祖父，如我之前说的那样，在一个月前去世了。 他八十六岁了，临死之前五六年里，他始终一个人在距离市区二十五英里之外的一栋小房子里隐居。 在那里，他拥有大约半英亩的土地，四周也没有一个邻居。 虽然他至少身家百万，可是日子还是过得如个穷人一样。 在他到那栋小房子隐居以前，他和我的家人之间产生了争执。 我家里有我、我太太、我儿子和我女儿一共四个人。 我们是他唯一的亲人。

　　"在离群索居以前，我的祖父和我们已经住在一起十多年了。 我们不清楚他为什么要搬走，除非……"他耸了耸肩，"他是神志模糊了。 总之，他搬走了。 他从来不回来探望我们，也不许我们去拜访他。 据我所知，除了那栋可怜的小房子以外，他没有买过任何其他房产。 那栋小房子、里面的家具和周围土地加在一起也不值一千美元。

　　"大概一个月前，有个过路的人无意中发现他病了，于是就通知了我们。 我和我太太、儿子、女儿一块去探望他，想看看有没有什么地方能帮得上。 他却趁机在病床上将我们全家痛斥了一番，接着无意中说出他还留下了一百万美元的遗产，可是这笔财物却被他藏起来了。

"为了儿女的前程，我决心要将这笔财物找出。 我曾经向律师、私家侦探寻求帮助，什么方法都尝试过了。 倘若他把钱存放在银行里，这样的话就算他立下了遗嘱要剥夺我的继承权，最终法院还是会把钱判给我们的，因为我们是他在这个世界上唯一的亲人。 这一点他一定也明白，因此我相信财物不会存放在银行里。 另外，他并没有保险柜或类似的地方能存放贵重物品。 我也确定他不会把财物藏在小屋子里或是埋在地下。 临死前他特别指明那些财物是金条和债券，并讽刺我们永远都不可能会找到。 他并不想将那笔财物毁掉，他只是想将它藏起来，这就是他报复我们一家的方法。 看样子他是成功了，我们实在找不到他藏起来的东西。"

"思考机器"安安静静地坐了几分钟，长着一头黄发的大脑袋向后仰着，十根瘦长的手指轻轻触在一起。 "整栋房子和地下全搜查过了是吧？"他问道。

"整座屋子从地窖到阁楼都检查过了，"巴拉德医生回答，"我还找来了建筑工人，将地面、墙壁、天花板、烟囱和楼梯全都挖开来检查了一遍，甚至连屋顶上的小洞，屋子内外的所有柱子，烟囱的基座，从围墙铺到门前的石板路也翻开来一一检查了。 每根柱子都敲过以确定它是实心的，还最起码剖开了十多根看过。 每件家具全都被拆成了碎片，椅子、床垫、衣橱和桌子。 屋子外的土地也一样经过了彻底的搜查，我们每寸土地最起码挖了十英尺深。 可还是找不到。"

"肯定了，"科学家开口了，"像这样的搜查没有一点儿用处。 精明的老头子明白那些地方一定会被仔细搜查的。 同样，对银行和保险柜的搜查也不会有结果。 目前，让我们暂时假设老头子并没把那笔财物毁掉或送走，而是藏了起来。 倘若有人能有藏起东西的智慧，这样的话肯定会有人能聪明地将那些东西找出来，只要好好地进行一番计算就行了。 巴拉德医生，"他停了一下又继续说，"你祖父的主治医生是谁？"

"是我，他临终时我在场。 没什么能做的，他年纪太大了，身体不行了。 我签发了死亡证明。"

"他没有指定关于埋葬地点或方式吗？"

"没有。"

"他留下的一切文件你都检查过了吗？"

"每一张纸都查过了，一点儿蛛丝马迹都没有。"

"现在那些文件你带来了吗？"

巴拉德医生默默地掏出一袋资料，递给科学家。

"有时间我会慢慢检查这些东西的，""思考机器"说，"我也许会在一两天后找你。"

巴拉德医生离开了。 在接下来的十多个小时里，"思考机器"安静地坐着，将那些文件在他面前一一打开。 他那双蓝色的敏锐的眼睛眯缝着，认真分析着文件中的每一段、每一句和每一个字。 最末，他站了起来，非常不耐烦地把文件扎成一捆。

"哎呀！ 哎呀！"他烦躁地嚷起来，"我肯定这里面没有什么。 究竟是什么鬼东西？"

老人去世前住过的小房子已经被建筑工人拆得七零八碎了。站在一堆废墟中，"思考机器"用冷静的目光看了好长一阵子。

"您觉得如何？"巴拉德医生不耐烦地问。

"有时一个人能够解读另一个人的想法，""思考机器"说，"只要可以从另一个人的角度来仔细思考。 换言之，倘若这里有一个数字，这样一来，任何一个有逻辑的头脑就能按照这个数字往前或往后推演。 你的祖父有很多种方法能够用来隐藏他的财宝，倘若我们找不到一个适当的起点，要想找出那些方法，也未免太费劲了。 在这种情况下，耐心是非常重要的。 所以，我们要从心理学方面去想。 与其询问财物藏在哪里，倒不如问一问那个藏起财物的是个怎样的人。"

"如今，你的祖父是个怎样的人，让我们来探讨一下。"科学家接着说，"他性情乖戾，行为古怪，精神也可能不太正常。心理有病的人，通常比正常人更难对付。 他向你们夸耀说他遗留下一大笔钱，那些话明显是想激起你们的好奇心，让你们一生都没法安心，这是他用来折磨你们的方法。 他用狭隘、恶毒的头脑想出了这个法子，让他的财物近得足以能死死地吸引你们，却又远得让你们无法触摸，让你们难以捉摸。 在我看来，这就是精神上的毛病了。 你祖父非常明白你的为人，知道你这一个多月的举动，例如搜查房子、土地等等行为。 他也知道你会到银行或保险柜去查找。 为了一百万美元，他知道你一定会费尽心思寻找。 所以，我们能肯定地说：他肯定不会把财物藏在上述那些地方的。

"那么会在哪里呢？ 据我们所知，他没有别的房地产了，我们也可以判定，他不可能以他人的名义购买房地产，因此，还有哪里呢？ 倘若钱财依旧存在，那么非常可能是藏在别人的名义下。 一旦向这个方向考虑，我们就有了无数种搜索的可能性了。 但是反过来说，从这个满怀憎恨与恶意的老头子的心理来分析，他正是要别人永远记得，那个将一大笔财物藏在你附近，让你没办法得到的人正是他。 看见你将所有的房子和土地翻得乱七八糟，却没想到财物正埋在你所挖过的土地的六英尺之外，他肯定会感到有更大的乐趣吧。肯定，也有可能埋在六十英尺、六百英尺甚至六千英尺之外的地方。这样一来，最起码我们需要搜索的地方可就大得多了。所以……"

范杜森教授忽然转过身，穿过凹凸不平的地面，向房子的边缘走去。他走得非常慢，一边走一边认真地检查地面。他围着整片土地走过一圈，最后回到起点。巴拉德医生跟在他后面。

"你祖父留下的东西还在那屋里吗？"科学家问道。

"除了一只狗和一只鹦鹉，其他东西都在。大路那头有个寡妇暂时负责照顾它们。"

科学家飞快地瞅了巴拉德医生一眼。"那是一只什么样的狗？"他问。

"我想，是一只圣伯纳。"巴拉德医生有些纳闷地回答。

"你有没有收藏你祖父戴过的手套或者穿过的衣物？"

"只有一双他戴过的手套。"巴拉德医生说。

从屋内地板上的垃圾堆里，他翻出一只破旧的手套。

"现在，咱们去看看那条狗。"科学家说道。

那个寡妇住的地方就在一条街之外，很快就到了。他们把车停靠在屋子外面，等待寡妇将狗拉出来。那是一只毛茸茸的、漂亮活泼的圣伯纳，有着一对聪明的眼睛，被拴在一条皮带上。科学家拿手套在它面前晃动着，狗闻了一下，然后就伸开四肢趴在地上，把脑袋朝前方上下摆动，发出了轻轻的哀鸣。它在想念它的主人。

科学家用手轻抚它那长着厚毛的脑袋，另一手晃动手套，想让狗跟着手套走。但是狗仍然趴着不动，只是将脑袋缩在两只前爪之间，眼巴巴地望着他，再次发出了哀鸣。科学家试了十几分钟，想要引诱狗跟随着他，却没有一点儿反应。

"把这只狗留下来我倒是很喜欢，可那只鹦鹉实在吵得令人无法忍受。"在一旁的寡妇好奇地看了一会儿之后说。

"它怎么个叫法？"巴拉德医生问道。

"它骂人，又叫又唱，还吹着口哨，而且整天算个不停，"寡妇解释道，"简直要把我逼疯了。"

"它还会算算术？"科学家问。

"是的。"寡妇说，"而且脏话也说得很在行，简直就跟这屋里有个男人一样。你听，它又开始了。"

另一个房间里突然传来一阵嘎嘎的声音，喊着一些粗俗的咒骂话，紧接着是一阵口哨声，让趴在地上的狗伸起了耳朵。

"鹦鹉会不会说话？"科学家问。

"说得和人一般好，"寡妇说，"而且比我所认识的好多人说得更有条理些。它吹口哨我还无所谓，可就是受不了它说脏话，而且不管做什么它都非常急躁。"

过了好一会儿，科学家站在那里，低头望着狗，仿佛在思索。慢慢地，他的神情明朗起来。巴拉德医生在一旁认真地注视着他。

"我想，这只鹦鹉最好由我来照料几天。"最后科学家说，他转过身面对寡妇，"它会做什么样的算术？"

"好几种呢，"她很快回答，"它会做乘法和加法，不过就是减法不太灵。"

"跟我想象中差不多，"科学家说，"我要把鹦鹉带走几天，医生，你不介意吧？"

如此一来，当科学家回到自己的住所时，身边还带着一只非常吵闹的、没人愿意要的小鸟。

老女仆玛莎用惊讶的目光看着科学家走进房子。 "教授大概是年纪大了，"她自言自语，"下次他就该带只野狗回家来了。"

两天以后，科学家给巴拉德医生打了电话。

"带两个可以信任的人到你祖父的房间里去，"科学家简洁地说，"记得带上十字镐、铲子、指南针和长卷尺。 站在门前的台阶上，向东边看去。 你右边邻居的土地上有一棵苹果树。你走到树底下，树根那儿有一个大圆石。 从圆石那里用指南针和卷尺往北测量二十六英尺，再从那一个点往西测量十四英尺——那里就是埋藏财物的位置。 最后记得一定要让人来把鹦鹉带走，否则我一定要掐断它的脖子，我还从没见过这么令人讨厌的东西。 再见！"

三

巴拉德医生带回来了一只大皮箱，放在实验桌上。 他把里面的所有东西倒了出来：全都是美国政府债券，整整堆满了一桌子。 科学家若有所思地抚摸着它们。

"还有一些别的呢。"巴拉德医生说。

他从地上搬起一只特大号的麻布口袋，打开绳子，把里面装的东西通通倒在桌子上。 全都是金条，价值上千万。 科学家却无动于衷地看着。

"总共价值多少？"他平静地问。

"我还没有算过。"巴拉德医生说。

"你怎么找到的？"

"正是您所说的，从巨石往北二十六英尺，然后往西十四英尺。"

"那个我知道，"科学家不耐烦地说，"我问的是这些是怎么埋藏的。"

"这倒是相当不平常，"巴拉德医生解释说，"我带去的人往西走了十四英尺，那里正好是一口废弃的水井，有十二到十五英尺那么深。他没有看到那口井，于是就掉下去了。就在他挣扎着要爬出水井时，无意中踩在一块突出的石头上，石头掉落下来，里面竟然藏着一只木箱，木箱里就是这些东西。"

"换句话说，"科学家说，"如果再过一阵子，当那废水井被泥土和杂草埋起来以后，这些财物将深藏在地下十二或十五英尺了。"

巴拉德医生并没怎么注意听这些话，他正在抚摩那些金块。科学家轻蔑地看着他。

"您是怎么……怎么会找到宝藏的位置的？"最后，巴拉德医生问起。

"我还以为你没有兴趣问这个呢。"科学家讽刺道，"从简单的推理中可以知道，我认为财物不会埋藏在那栋小屋子或它的庭院中，你也知道我缩小了搜寻的范围，还看到我对那只狗所做的试验。我只是想看看，看看那只狗能不能带我们到藏有财物的地方。结果没有用。

"可是鹦鹉呢？它就不一样了。这只鹦鹉可以称得上是非比寻常。它可以流利地说话，而且它和老头子住在一起都五年了。我们知道，不管鹦鹉多么聪明，除非有人经常陪它说话，否则长此以往，它也会失去说话的本领。经常和这只鸟待在一起的人只有你祖父。 既然鹦鹉是一种善于模仿人类说话的鸟儿，因此我断定它模仿的正是你祖父所说的话。 我们知道，它会做算术，由此可见你祖父一定精于算术；它会吹口哨，表示老头子也经常吹口哨，也许是为了跟狗打招呼。

"同样，这也表示老头子一定经常自言自语，就像大部分自己住的人一样。 因此，这只鸟说不定会听到老头子在自言自语之中，说起埋藏财物的地方。 不会是一次，而是听到过好多次，这样它才能记得住。 我们知道，老头子费尽心思只是为了折磨你们，他时常自言自语，再加上精神状态恍惚，我们几乎可以肯定，他必然会在自言自语中多次提起这个他临终前的最大秘密。 然后，鹦鹉有机会听到并且熟记那些话。 不过鹦鹉所学到的当然是零零碎碎的词语，而不是完整的句子。 因此，我把它带回来，希望能在它所说的那些不连贯的词语中找出一些线索。果然，在忍受了它的一大堆脏话之后，有个词语我听到鹦鹉多次提起，'北极星二十六英尺'，这当然是指往北走二十六英尺的意思；另一个词句也经常听到，'十四英尺日落'，当然就是往西走十四英尺。 把二者连接在一起，很可能就是指向藏宝之地。

"这么一来，我们就有了方向和距离。 可是，要从什么地方开始找呢？ 此时，逻辑推理再次派上用场了。 在你祖父的房子范围里，除去一棵被你砍掉的苹果树外，再也没有其他大树或巨石之类的标志性东西了。 但是隔壁邻居的土地上却有一大棵苹果树，而且树根旁有一块巨石。 在方圆数百英尺里，我再也没有看见过其他的大树或巨石了。 那么，老头子会使用大树还是用巨石来作为起点呢？ 我倾向于巨石。 因为大树很可能会被人砍掉或自然地老死，因而失去作为标志的意义。 而巨石就不一样了，没有特别原因大多数人都不会去挪动它。你的祖父当然也会想到利用比较明显、固定的地标。因此起点是巨石，剩下的你都知道了。"

听完一分多钟的时间里，巴拉德医生惊讶得说不出话来。过了一会儿，他问道："您怎么知道是先往北走二十六英尺，再往西走十四英尺，而不是先往西走上十四英尺，再往北走二十六英尺呢？"

"那有什么区别吗？"科学家极其轻蔑地瞪了巴拉德医生一眼，很不耐烦地说，"如果你按我说的没找到宝藏，那么再换一种方向不就行了。"

半个小时后，巴拉德医生带着他找到的财物和装在笼子中的鹦鹉离开了。离开时，鹦鹉粗鲁地咒骂科学家的声音一路上清晰可闻。

（英彗 译）

心理测验

[日] 江户川乱步

一

露屋清一郎为什么会想到这将来可以记上一笔的可怕的恶事，其动机不详。 即使了解他的动机，与本故事也无关紧要。从他在某大学半工半读来看，也许他是为必需的学费所迫。 他天分极好，且学习努力，为取得学费，无聊的业余打工占去了他的许多时间，使他不能有充分的时间去读书和思考，他常常为此而扼腕痛惜。 但是，就凭这种理由，人就可以去犯那样的重罪吗？ 或许因为他先天就是个恶人，并且，除学费之外，还有其他多种无法遏止的欲望？ 这且不提，他想到这件事至今已有半年光景，这期间，他迷惑不安，苦思冥想，最后决定干掉他。

一个偶然的机会，使他与同班同学斋藤勇亲近起来，这成了本故事的开端。 当初他并无歹意，但在交往中，这种接近已开始带有某种朦胧的目的；而且随着这种接近的推进，朦胧的目的渐渐清晰。

一年前，斋藤在山手一个清静的小镇上，从一户非职业租房人家中租了间房子。 房主是过去一位官吏的遗孀，不过她已是年近六旬的老妪。 亡夫给她留下几幢房屋，靠着从租房人那里取得的租金，她可以生活得舒舒服服。 她没儿没女，只有金钱才是她唯一的依靠，所以一点一点地攒钱成了她生活中最大的乐趣。 她对确实熟悉的人才出租房子，且租金不高。 把房子租给斋藤，一是为了这都是女人的房子里有个男人比较安全，二来也可以增加收入。 无论东西古今，守财奴的心理是一脉相通，据说除表面上在银行的存款外，大量的现金她都藏在私宅的某个秘密的地方。

这笔钱对露屋是一个强烈的诱惑。 那老太婆要那笔巨款一点儿价值也没有。 把它弄来为我这样前程远大的青年做学费，还有比这更合理的吗？ 简而言之，他的理论就是如此。 因此，露屋尽可能地通过斋藤打听老妪的情况，探寻那笔巨款的秘密隐藏地点。 不过，在听斋藤说出偶然发现那个隐藏点之前，露屋心中并没有什么明确的想法。

"哎，那老婆子想得真妙，一般人藏钱大都在房檐下，或天花板里，她藏的地方真叫让人意外。 在正房的壁龛上放着个大花盆你知道吧？ 就在那花盆底下，钱就藏在那儿，再狡猾的小偷也绝不会想到花盆盆底会藏着钱。 这老婆子可以算个天才守财奴啦。"

斋藤说着，风趣地笑了。

从此以后，露屋的想法开始逐渐具体化。 对怎么样才能把老妪的钱转换为自己的学费，他对每一种途径都进行了各种设想，以考虑出万无一失的方法。 这是一件令人费解的难题，与此相比，任何复杂的数学难题都相形失色，仅仅为理清这个思绪，露屋花了半年时光。

不言而喻，其难点在于避免刑罚，伦理上的障碍，即良心上的苛责，对他已不成什么问题。 在他看来，拿破仑大规模地杀人并不是罪恶，有才能的青年，为培育其才能，以一只脚已踏进棺材的老太婆做牺牲是理所当然的。

老妪极少外出，终日默默坐在里间榻榻米上。偶尔外出时，乡下女佣人则受命认真看守。尽管露屋费尽心机，老妪的警惕仍无机可乘。瞅准老妪和斋藤不在的时候，欺骗女佣让她出去买东西，乘此机会盗出花盆底的钱，这是露屋最初的想法。但这未免太轻率。即使只是很少一段时间，只要知道这个房间里只有一个人，那就可能造成充分的嫌疑。这类愚蠢的方案，露屋想起一个打消一个，反反复复整整折腾了一个月。可以做出被普通小偷偷盗的假象来蒙骗斋藤或女佣，在女佣一个人时，悄悄溜进房中，避开她的视线，盗出金钱；也可以半夜，趁老妪睡眠之时采取行动。他设想了各种方法，但无论哪种方法，都有许多被发现的可能。

唯一的办法，只有干掉老妪。他终于得出这一恐怖的结论。他不清楚老妪藏有多少钱。但钱的金额还不至于让一个人从各个角度考虑，执着地甘冒杀人的危险。为了这有限的金钱，去杀一个清白无辜的人，未免过于残酷。但从社会的标准来看，即便不是太大的金额，对贫穷潦倒的露屋来说却能够得到充分的满足。而且，按照他的想法，问题不在于钱的多少，而是要绝对保证不被人发现。为了达到这个目的，无论付出多大的牺牲也在所不惜。

乍看起来杀人比单纯的偷盗危险几倍。但这不过是一种错觉。当然，如果预料到要被发现而去做的话，杀人在所有犯罪中是最危险的。但若不以犯罪的轻重论，而以被发现的难易做尺度的话，有时（譬如露屋的情形）偷盗倒是件危险的事。相反，杀死现场的目击者，虽残酷，却不必事后提心吊胆。 过去，大杀人犯杀起人来平心静气干净利索，他们之所以不被抓获，则得助于这种杀人的大胆。

那么，假如干掉老妪，结果就没有危险？ 对于这个问题，露屋考虑了数月，这期间他做了哪些考虑，随着本故事的进展，读者自然会明白，所以暂略不赘。 总之，在精细入微的分析和综合之后，他最终想到了一个滴水不漏、绝对安全的方法，这方法是普通人所不能想象到的。

现在唯一的是等待时机，不过，这时机来得意外地快。 一天，斋藤学校有事，女佣出去买东西；两人都要到傍晚才能回来，此时正是露屋做完最后准备工作的第二天。 所谓最后的准备工作（这一点需要事先说明）就是确认，自从斋藤说出隐藏地点后，半年之后的今天钱是否还藏在原处。 那天（即杀死老妪的前两日）他拜访斋藤，顺便第一次进入正房，与那老妪东拉西扯地聊天，话题逐渐转向一个方向，而且时不时地提到老妪的财产以及她把那笔钱财藏在某个地方的传说。 在说到"藏"这个字时，他暗中注意着老妪的眼睛。 于是，像预期的效果一样，她的眼光每次都悄悄地注视壁龛上的花盆。 反复数次，露屋确信钱藏在那儿已毫无疑问。

二

时间渐渐地到了案发当日。 露屋身着大学制服制帽，外披学生披巾，手戴普通手套，向目的地出发。 他思来想去，最后决定不改变装束。 如果换装，购买衣服，换衣的地点以及其他许多地方都将会给发现犯罪留下线索。 这只能使事情复杂化，

有害而无益。　他的哲学是，在没有被发现之虞的范围内，行动
要尽量简单、直截了当。　简而言之，只要没有人看见他进入目
的地房中就万事大吉。　即使有人看到他在房前走过，这也无
妨，因为他常在这一带散步，所以只要说句当天我在散步即可摆
脱。　同时，从另一角度看，假如路上遇上熟人（这一点不得不
考虑），是换装好，还是日常的制服制帽安全，结论则不言而
喻。　关于作案时间，他明明知道方便的夜晚——斋藤和女佣不
在的夜晚——是能等到的，为什么偏偏选择了危险的白天呢？
这与着装是同样的逻辑，为的是除去作案的不必要的秘密性。

　　但是，一旦站到目的地房前，他便瞻前顾后，四处张望，同
普通盗贼一样，甚至有过之而无不及。　老妪家大院独立而居，
与左右邻居以树篱相隔。　对面是一家富豪的邸宅，水泥围墙足
有百米多长。　这里是清静的住宅区，白天也时常见不到过路行
人。　露屋艰难地走到目的地时，老天相助，街上连条狗都看不
到。　平时开起来金属声很响的拉门，今天露屋开起来顺顺当当
毫无声响。　露屋在外间的门口以极低的声音问路（这是为了防
备邻居）。　老妪出来后，他又以给她谈谈斋藤的私事为借口，
进入里间。

　　两人坐定后，老妪边说女佣不在家，我去沏茶，边起身去沏
茶。　露屋心中正等待此刻的到来。　待老妪弯腰拉开隔扇时，他
猛然从背后抱住老妪（两臂虽然戴着手套，但为了尽量不留指
纹，只能如此），死死勒住老妪的脖子。　只听老妪的喉咙
"咕"的一声，没有太大的挣扎就断了气。　唯有在痛苦的挣扎
中抓向空中的手指碰到立在旁边的屏风。　这是一扇对折的古式
屏风，上面绘有色彩鲜艳的六歌仙，这一下刚好无情地碰破了歌

仙小野小町的脸皮。

确定老妪已经断气后，露屋放下死尸，看着屏风的残点，他有点儿担心，但仔细考虑之后，又觉得丝毫没有担心的必要，这说明不了任何问题。于是，他走到壁龛前，抓住松树的根部，连根带上一块儿从花盆中拔出。果然不出所料，盆底有个油纸包。他小心翼翼地打开纸包，从右口袋中掏出一只崭新的大票夹，将纸币的一半（至少有五千日元）放入其中，然后将票夹放入自己的口袋，把剩余的纸币仍包在油纸里，原样藏入花盆底。当然，这是为了隐瞒钱被盗的痕迹。老妪的存钱数只有老妪一人知道，虽然只剩下一半但谁也不会怀疑钱已被盗。

然后，他将棉坐垫团了团，塞在老妪的胸前（为防备血液流出），从右边口袋里掏出一把大折刀，打开刀刃，对准老妪的心脏咔嚓一声刺去，搅动一下拔出，然后在棉坐垫上擦净刀上的血迹，放入口袋中。他觉得仅仅勒死还会有苏醒的可能，他要像前人一样，刺其喉而断其气。那么，为什么最初没有用刀呢？因为他害怕那样自己身上会沾上血迹。

在此必须对他装钱的票夹和那个大折刀做一叙述。这是他专为这次行动，在某个庙会的露天小摊上买到的，他看准庙会最热闹的时间，在小摊顾客最多的时候，按价目牌付款、取物，以商人及顾客无暇记忆他面孔的速度迅速离去。而且，这两件东西极其平常，没有留下任何印记。

露屋十分仔细地查清没有留下任何线索之后，关上折扇，慢慢走向前门。他在门边蹲下身，边系鞋带，边考虑足迹。这一点无须担心。前门的房间是坚硬的灰泥地，外边的街道由于连日的艳阳天而干爽无比。　下面只剩下打开拉门走出去了。　但是，如果在此稍有闪失，一切苦心都将化为泡影。　他平心静气，极力倾听街道上有无足音……寂然无声，只有什么人家的弹琴声悠然地奏着。　他横下心，轻轻地打开门，若无其事地像刚刚告辞的客人一般，走了出去。　街上一个人影也没有。

在这一块住宅区，所有街道上都很清静。　离老妪家四五百米处有一神社，古老的石头围墙面临大街伸延好长一段距离。露屋看了看确实没有人，于是顺手把凶器大折刀和带血的手套从石墙缝中丢入神社院内。　然后溜溜达达向平常散步时中途休息的附近一个小公园走去。　在公园，露屋长时间悠然地坐在长椅上观望孩子们荡秋千。

回家路上，他顺便来到警察署。

"刚才，我拾到这个票夹，里面满满地装着一百日元的票子，所以交给你们。"

说着，他拿出那个票夹，按照警察的提问，他回答了拾到的地点和时间（当然这都是可能发生的）和自己的住址姓名（这完全是真实的）。　他领到一张收条，上面记有他的姓名和拾款金额。　的确这方法非常麻烦，但从安全角度讲最保险。　老妪的钱（谁也不知道只剩一半）还在老地方，所以这票夹的失主永远不会有。　一年之后这笔钱必然回到他的手中，那时则可以毫无顾忌地享用了。　精心考虑之后他决定这样做。　假如是把这钱藏在某个地方，有可能会被别人偶然取走。　自己拿着呢？　不用说，这是极其危险的。　不仅如此，即使老妪的纸币连号，现在的做法也万无一失。

"神仙也不会想到，世间还有偷了东西交给警察的人！"

他抑制住欢笑，心中暗悦。

翌日，露屋和往常一样从安睡中醒来，边打着哈欠，边打开枕边送来的报纸，环视社会版，一个意外的发现使他吃了一惊。但这绝不是他所担心的那种事情。反而是他没有预料到的幸运。朋友斋藤被作为杀人嫌疑犯逮捕了。理由是他拥有与他身份不相称的大笔现金。

"作为斋藤最密切的朋友，我必须到警察署询问询问才显得自然。"

露屋急忙穿起衣服，奔向警察署。与昨天交票夹的是同一地方。为什么不到别的警察署去呢？这就是他无技巧主义的精彩表现。他以得体的忧虑心情，要求与斋藤会面。但正如他预期的那样，没有得到许可。他一再询问怀疑斋藤的原因，在一定程度上弄清了事情的经过。

露屋做出如下想象：

昨天，斋藤比女佣早到家，时间在露屋达到目的离去不久。这样，自然他发现了尸体。但就在立刻要去报案之前，他必定想起了某件事，也就是那个花盆。如果是盗贼所为，那里面的钱是否还在呢？出于好奇心。他检查了那个花盆，可是，钱包却意外地完好无缺。看到钱包后，斋藤起了恶念。虽说是想法肤浅，但也合乎情理。谁也不知道藏钱的地点，人们必然认为是盗贼杀了老妪偷去了钱，这样的事情对谁都有强有力的诱惑。然后，他又干了些什么呢？若无其事地跑到警察署报告说有杀人案，但他太粗心，把偷来的钱竟毫无戒意地塞在自己的缠腰布里。看样子他一点儿没想到当时要进行人身搜查。

"但是，等一等，斋藤究竟怎么样辩解的呢？看样子他已经陷入危险境地。"露屋对此做了各种设想，"在他腰中的钱被发现时，也许他会回答：'钱是我自己的。'不错，没有人知道老妪财产的多寡和藏匿地点，所以这种解释或许能成立。但金额也太大了！那么，最后他大概只得供述事实。不过，法院会相信他吗？只要没有其他嫌疑人出现，就不能判他无罪，搞不好也许要判他杀人罪，这样就好了。……

"不过，预审官在审讯中或许会搞清楚各个事实。如他向我说过老妪藏钱的地点。案发二日前我曾经进入老妪房中谈了半天，还有我穷困潦倒，连学费都有困难等等。"

但是，这些问题在计划制定之前，露屋事先都认真考虑过。而且，不管怎样，再也别想从斋藤口中说出更多对露屋不利的事实来。

从警察署回来，吃过早餐（此时他与送饭来的女佣谈论杀人案），他与往常一样走进学校。学校里到处都在谈论斋藤。他混在人群中扬扬得意地讲述他从别处听来的新闻。

三

读者诸君，通晓侦探小说精髓的各位都知道，故事绝不会就此结束。的确如此。事实上，以上不过是本故事的开始。作者要让各位阅读的是以后章节。即露屋如此精心筹划的犯罪是如何被发现的？其中的经纬曲直如何？

担任本案预审的审判员是有名的笠森先生。他不仅是普通意义上的名审判员，而且因他具有某些特殊的爱好，更使他名气大增。他是位业余心理学家，对于用普通方法无法判断的案子，最后用他那丰富的心理学知识频频奏效。虽然资历浅，年纪轻，但让他做一个地方法院的预审员确实屈才。 这次老妪被杀事件由笠森审判员审理，毫无疑问，谁都相信此案必破。 笠森先生自身当时也这样认为。 同往常一样，他想，本案要在预审庭上调查透彻，以便公判时不留任何细小的麻烦。

可是，随着调查的推进，他渐渐明白此案确非轻易可破。警方简单地主张斋藤有罪，笠森判官也承认其主张有一定道理，因为，在老妪活着的时候，进出过老妪家中的人，包括她的债务人、房客、熟人，均一个不剩地进行了传讯，做过周密的调查，却没有一个可怀疑的对象（露屋自然也是其中之一）。 只要没有其他嫌疑人出现，目前只有判定最值得怀疑的斋藤为罪犯。 而且对斋藤最不利的，是他那生来软弱的性格。一走进审讯室就神情紧张，结结巴巴地答不上话来。 头昏脑涨的斋藤常常推翻先前的供述，忘记理当记住的事情，讲些不必要的话，越急越着急，于是嫌疑越来越重。 自然也因为他有偷老妪钱的弱点，若非这一点，斋藤的脑子还是相当好使的，再软弱，也不至于做那么多蠢事。 他的处境，实在值得同情。但是，否定斋藤是杀人犯，对此，笠森先生确实没有把握。 现在最多是怀疑而已。 他本人自然没有承认，其他也没有一件令人满意的确证。

如此，事件已过去一个月，预审仍无结果。 审判员开始有些着急。 恰在此时，负责老妪所在地治安的警察署长给审判员带来一个有价值的报告。 据报告，事件当日，一个装有五千二百一十日元的票夹在离老妪家不远的住宅区被拾到，送交人是嫌疑犯斋藤的密友露屋清一郎。 由于工作人员的疏忽，一直没有引起注意。 如此巨款，时间已过去一个月，尚无失主前来认领，这其中意味着什么？

困惑不安的笠森审判员得到这个报告，恰如看到一线光明。他立即办理传唤露屋清一郎的手续。可是，尽管审判员精神十足，却未得到任何结果。在事件调查的当日为什么没有陈述拾到巨款的事实？对此露屋回答，我没有想到这与杀人事件有什么关系，答辩理由充分。在斋藤的缠腰布里已经发现老妪之财产，谁会想到除此以外的现金，特别是丢在大街上的现金是老妪财产的一部分呢？

难道这是偶然？事件当日，在离现场不远的地方，并且是第一嫌疑犯的密友（根据斋藤的陈述，露屋知道藏钱的花盆）拾到大笔现金，这能是偶然吗？审判员为此苦思冥想。最使判官遗憾的是，老妪没有将纸币连号存放。如果有了这一点，就可以立刻判明这些可疑的钱是否与本案有关。哪怕是件极小的事，只要能抓到一件确凿的线索也行。审判员倾注全部心力思考，对现场调查报告又反复检查数次，彻底调查了老妪的亲戚关系，然而，什么也没得到。如此又白白过去了半个月。

只有一种可能，审判员推想，露屋偷出老妪存钱的一半，反把剩下的放回原处，将偷来的钱放入票夹，做出在大街拾到的假象。但能有这种蠢事吗？票夹做过调查，并无任何线索，而且，露屋相当镇静地陈述，他当时散步，沿途经过老妪家门前。罪犯能说出这样大胆的话吗？最重要的，是凶器去向不明。对露屋宿舍搜查的结果，什么也没找到。提到凶器，斋藤不是同样也可以干得出来吗？那么，究竟怀疑哪一个呢？现在没有任何确凿证据。如署长所说，若怀疑斋藤，那就像是斋藤。但若怀疑露屋，也不是没有可怀疑之处啊。唯一可以确定的，这一个半月侦查的结果表明，除他二人以外，没有别的嫌疑者存在。绞尽脑汁的笠森审判员觉得，该是进一步深入的时候了。 他决定对两位嫌疑者，施行过去每每成功的心理测验。

四

事过两三天后，露屋清一郎再次受到传讯。 第一次受传讯时，他已经知道这次传讯他的预审审判员是有名的业余心理学家笠森先生，因此，心中不由得十分惊慌。 他对心理测验这玩意儿一无所知。 于是，他翻遍各种书籍，将有关知识烂熟于心，以备将来之用。

这个重大打击，使伪装无事继续上学的他失去了往日的镇静。 他声称有病，蛰居于寄宿的公寓内，整日思考如何闯过这个难关。 其仔细认真的程度，不亚于实施杀人计划之前，或者更甚。

笠森审判员究竟要做什么心理测验呢？ 无法预知。 露屋针对自己所能知道的心理测验方法逐个思考对策，可是心理测验本来就是为暴露陈述的虚伪而产生的，所以对心理测验再进行撒谎，理论上似乎是不可能的。

按露屋的看法，心理测验根据其性质可分为两大类。 一种是依靠纯生理反应，一种是通过问话来行。 前者是测验者提出有关犯罪的各种问题，用适当的仪器测试，记录被测验者身体上发生的细微反应，以此得到普通讯问所无法知道的真实。 人纵然可以在语言上、面部表情上撒谎，但却不能掩盖神经的兴奋，它会通过肉体上细微的征候表现出来。 根据这一理论，其方法有，借助自动描记法的力量，发现手的细微动作，依靠某种手段测定眼球震动方式，用呼吸描记法测试呼吸的深浅缓急，用脉搏描记法计算脉搏的高低快慢，用血压描记法计算四肢血液流量，用电表测试手心细微的汗迹，轻击膝关节观察肌肉收缩程度，及其他类似的各种方法。

假如突然被提问"是你杀死老太婆的吧？"他自信自己能够镇静地反问"你这样说有什么证据呢？"但是，那时血压会不会自然地升高，呼吸会不会加快呢？这绝对防止不了吗？他在心中做出各种假定和实验。但奇怪的是，自己向自己提出的问题，无论怎样紧急和突然，都不能引起肉体上的变化。虽然没有测试工具，不能说出确切的情况，但既然感觉不到神经的兴奋，其结果自然产生不了肉体上的变化是确定无疑的。

在进行各种实验和推测之中，露屋突然产生一个想法，反复练习能不能影响心理测验的效果？换句话说，对同一提问，第二次比第一次，第三次比第二次，神经的反应会不会依次减弱？也就是说习以为常呢？很有可能！自己对自己的讯问没有反应，与此是同样的道理，因为在发出讯问之前，心里早有预知了。

于是，他翻遍《辞林》几万个单词，把有可能被用于讯问的词句一字不漏地摘录下来，用一周时间对此进行神经"练习"。

然后是语言测验，这也没什么可怕，毋宁说仅仅是语言游戏，容易敷衍。这种测验有各种方法，但最常用的联想诊断，这与精神分析学家看病人时使用的是同一种把戏。将"拉窗""桌子""墨水""笔"等毫无意义的几个字依次读出，让被测验者尽可能不假思索地讲出由这些单词所联想到的语言，如由"拉窗"可以联想到"窗户""门槛""纸""门"等等，什么都行，总之要使他说出即时突然想到的语言。 在这些无意义的单词中，不知不觉地混入"刀子""血""钱""钱包"等与犯罪有关的单词，以观察做测验者对此产生的联想。

以杀害老妪事件为例，智力浅弱者对"花盆"一词也许会无意中回答"钱"。 因为从花盆盆底偷"钱"给他的印象最深。这样就等于他供认了自己的罪状。 但是，智力稍深的人，即使脑中浮现出"钱"字，他也会控制住自己，做出诸如"陶器"之类的回答。

对付这种伪装有两种方法：一种是，一轮单调测验后，稍隔一段时间再重复一次。 自然做出的回答则前后很少有差异。 故意做出的回答则十有八九后次与前一次不同。 如"花盆"一词，第一次答"陶瓷器"，第二次可能会答"土"。

另一种方法是，用一种仪器精确地记录从发问到回答所用的时间，根据时间的快慢，如尽管对"拉窗"回答"门"的时间为一秒，而对"花盆"回答"陶瓷器"的时间却是三秒，这是因为脑中最先出现的对"花盆"的联想之抑制占用了时间，被测验者则成为可疑。 时间的延迟不仅出现在这一单词上，而且会影响以后的无意义单词的反应速度。

另外，还可以将犯罪当时的情况详细说给被测验者听，让他背诵。 真正的罪犯，背诵时会在细微之处不自觉地顺嘴说出与听说内容相悖的真实情况。

对于这种测验，当然需要采取与上一种测验相同的"练习"，但更要紧的是，用露屋的话说，就是要单纯，不玩弄无聊的技巧。 对"花盆"，索性坦然地回答"钱""松树"更为安全。 因为对露屋来说，即使他不是罪犯，也会自然根据审判员的调查和其他途径，在某种程度上知道犯罪事实，而且花盆底部藏钱这一事实最近必然会给自己留下最深刻的印象。 做这样的联想不是极其自然吗？ 另外，在让他背诵现场实况时，使用这个手段也相当安全。 问题在于需要时间，这仍然需要"练习"。 花盆出现时要能毫不犹豫地回答出"钱""松树"，事先需要完成此类练习。 这种"练习"又使他花费数日时间。 至此，准备完全就绪。

露屋算定另有一事对他有利。 即便接触到未预料到的讯问，或者进一步说，对预料到的讯问做出了不利的反应，那也没有什么可怕。 因为被测验的不止我一人。 那个神经过敏的斋藤勇，心里也没做过亏心事，面对各种讯问，他能平心静气吗？恐怕至少要做出与我相似的反应吧。

随着思考的推进，露屋渐渐安下心来，不由得直想哼支歌曲，他现在反而急着等待笠森审判员的传讯了。

五

笠森审判员怎样进行心理测验，神经质的斋藤对此做出什么样的反应，露屋又是怎样镇静地对付测验，在此不多赘述，让我们直接进入结果。

心理测验后的第二天，笠森审判员在自家书斋里，审视测验结果的文件，歪着头苦想，忽然传进明智小五郎的名片。

读过《D 坡杀人案》的读者，多少知道这位明智小五郎。从那以后，在一系列的疑难犯罪案中，他表现出非凡的才能，博得专家及一般民众的一致赞赏。 由于案件关系，他与笠森的关系也较亲密。

随着女佣的引导，小五郎微笑的面孔出现在审判员的书斋里。本故事发生在《D坡杀人案》后数年，他已不是从前那个书生像了。

"嘿，这次真让我为难啊。"

审判员转向来客，神情忧郁。

"是那件杀害老妪案吗？怎么样，心理测验结果？"

小五郎边瞅着审判员的桌上边说。案发以来他时常与笠森审判员会面，详细询问案情。

"结果是清楚的，不过，"审判员说，"无论如何不能令我满意。昨天进行了脉搏试验和联想诊断，露屋几乎没什么反应。当然脉搏有许多可疑之处，但与斋藤相比，少得几乎不算回事。

联想试验中也是如此，看看对'花盆'刺激语的反应时间就清楚了，露屋的回答比其他无意义的词还快，斋藤呢？竟用了六秒钟。"

"唉，这还不非常明了吗？"审判员边等待着小五郎看完记录，边说："从这张表可以看出，斋藤玩了许多花招。最明显的是反应时间迟缓，不仅是关键的单词，而且对紧接在其后的第二个词也有影响。还有，对'钱'答'铁'，对'盗'答'马'，联想非常勉强。对'花盆'的联想时间最长，大概是为了区别'钱'和'松'两个联想而占用了时间，相反，露屋非常自然。'花盆'对'松''油纸'对'藏'，'犯罪'对'杀人'，假如露屋是罪犯，他就必须尽力掩藏联想，而他却心平气和地在短时间内答出。如果他是杀人犯，而又做出这种反应，那他必定是相当的低能儿。可是，实际上他是x大学的学生，并且相当有才华啊……"

"我看，不能这样解释。"

小五郎若有所思地说。但审判员丝毫没有注意到小五郎这有意味的表情，他继续说：

"由此看来，露屋已无怀疑之处，但我还是不能确信斋藤是罪犯，虽然测验结果清楚无误。即使预审判他有罪，这也并不是最后的判决，以后可以推翻，预审可以到此为止。但你知道，我是不服输的，公审时，我的观点如果被彻底推翻，我会发火的。所以，我有些困惑啊。"

"这实在太有趣了。"小五郎手持记录开始谈到，"看来露屋和斋藤都很爱看书学习啊，两人对书一词都回答《丸善》。更有意思的是，露屋的回答总是物质的，理智的，斋藤则完全是温和的，抒情的，如'女人''服装''花''偶人''风景''妹妹'之类的回答，总让人感到他是个生性懦弱多愁善感的男人。另外，斋藤一定有病在身，你看看，对'讨厌'答'病'、对'病'答'肺病'，这说明他一直在担心自己是不是得了肺病。"

"这也是一种看法，联想诊断这玩意儿，只要去想，就会得出各种有趣的判断。"

"可是，"小五郎调整了一下语调说，"你在说心理测验的弱点。戴·基洛思曾经批评心理测验的倡导者明斯达贝希说，虽然这种方法是为代替拷问而想出来的，但其结果仍然与拷问相同，陷无罪者为有罪，逸有罪者于法外。明斯达贝希似乎在哪本书上写过，心理测验真正的效能，仅在于发现嫌疑者对某场所某个事物是否有记性，把它用于其他场合就有些危险，对你谈这个也许是班门弄斧，但我觉得这是十分重要的，你说呢？"

"如果考虑坏的情况，也许是这样。当然这理论我也知道。"

审判员有些神色不悦地说。

"但是，是否可以说，这种坏的情况近在眼前呢？假定一个神经非常过敏的无犯罪事实的男人受到了犯罪的嫌疑，他在犯罪现场被抓获，并且非常了解犯罪事实。这时，面对心理测验，他能静下心来吗？啊！要对我测验了，怎么回答，才能不被怀疑呢？他自然会兴奋。所以在这种情况下进行心理测验，必然导致戴·基洛思所说的'陷无罪者为有罪'。"

"你在说斋藤吧？我也模模糊糊有这种感觉，我刚才不是说过，我还有些困惑吗？"

审判员脸色更加难看。

"如果就这样定斋藤无犯罪事实（当然偷钱之罪是免除不了的），究竟是谁杀死了老太婆呢？"审判员中途接过小五郎的话，粗暴地问，"你有其他的罪犯目标吗？"

"有，"小五郎微笑着说，"从这次联想测验的结果看，我认为罪犯就是露屋，但还不能确切地断定。他现在不是已经回去了吗？怎么样，能否不露痕迹地把他叫来？若能把他叫来，我一定查明真相给你看看。"

"你这样说，有什么确切的证据吗？"

审判员十分惊异地问。

小五郎毫无得意之色，详细叙述了自己的想法。这想法使审判员佩服得五体投地。小五郎的建议得到采纳，一个佣人向露屋的宿舍走去。

"您的朋友斋藤很快就要判定有罪了。 为此，我有话要对您说，希望您能劳足到我的私室来一趟。"

这是传话的言词。 露屋刚从学校回来，听到这话急忙赶来。 就连他也对这喜讯十分兴奋。 过分的高兴，使他完全没有注意到里面有可怕的圈套。

六

笠森审判官在说明了判决斋藤有罪的理由后，补充说：

"当初怀疑你，真对不起。 今天请你到这儿来，我想在致歉的同时，顺便好好谈一谈。"

随后叫人为露屋沏了杯红茶，神态极其宽舒地开始了闲谈。小五郎也进来插话。 审判员介绍说，他是他的熟人，是位律师。 死去的老妪的遗产继承人委托他催收银款。 虽然一半是撒谎，但亲属会议决定由老娘乡下的侄子来继承遗产倒也是事实。

他们三人从斋藤的传闻开始，山南海北地谈了许多。 彻底安心的露屋，更是高谈阔论。

谈话间，不知不觉暮色临近。 露屋猛然注意到天色已晚，一边起身一边说：

"我该回去了，别的没什么事了吧？"

"噢，我竟忘得一干二净，"小五郎快活地说，"哎呀，这事也没什么，今天正好顺便……你是不是知道那个杀人的房间里立着一个对折的贴金屏风，那上面被碰破了点皮，这引起个小麻烦。 因为屏风不是那老太太的，是放贷的抵押品，物主说，是在杀人时碰坏的，必须赔偿。 老太太的侄子，也和老太太一样是个吝啬鬼，说也许这伤原来就有，怎么也不答应赔。 这事实在无聊，我也没办法。 当然这屏风像是件相当有价值的物品。你经常出入她家，也许你也知道那个屏风吧？ 你记不记得以前有没有伤？ 怎么，你没有特别注意屏风？ 实际上我已经问过斋藤，他太紧张记不清了。 而且，女佣已回乡下，即便去信询问也不会有结果，真让我为难啊……"

屏风确实是抵押品，但其他的谈话纯属编造。 开始，露屋听到屏风心中一惊，但听到后来什么事也没有，遂安下心来。

"害怕什么呢？ 案子不是已经决定过了吗？"

他稍微思索了一下该如何回答，最后还是决定与以前一样照事物的原样讲最为安全。

"审判员先生很清楚，我只到那房间去过一次，那是在案件的两天前，也就是说是上个月的三号。"他嘻嘻地笑着说。 这种说话方法使他乐不可支。 "但是，我还记得那个屏风，我看到时确实没有什么伤。"

"是吗？ 没有错吗？ 在那个小野小町的脸的部位，有一点点伤。"

"对、对，我想起来了，"露屋装着像刚刚想起似的说，"那上面画的六歌仙，我还记得小野小町。 但是，如果那上面有伤，我不会看不见的。 因为色彩鲜艳，小野小町脸上有伤一眼就可以看出来。"

"那么，给你添麻烦了，你能不能作证？ 屏风的物主是个贪欲深的家伙，不好应付啊。"

"哎，可以可以，我随时听候您的方便。"

露屋略觉得意，立即答应了这位律师的请求。

"谢谢。"小五郎边用手指搔弄着浓密的头发，边愉快地说，这是他兴奋时的一个习惯动作。 "实际上，一开始我就想你肯定知道屏风的事，因为，这个，在昨天的心理测验的记录中，对'画'的提问，您做出了'屏风'这一特殊的回答。唔，在这儿。 寄宿舍中是不会配置屏风的，除斋藤以外，你似乎没有更亲密的朋友，所以我想你大概是由于某个特别的理由才对于这屏风有特别深的印象的吧？"

露屋吃了一惊，律师说得丝毫不错。 昨天我为什么漏嘴说出屏风的呢？ 而且到现在我竟一点儿也未察觉到这一点。 这是不是危险了？ 危险在哪里呢？ 当时，我确实检查过那伤的痕迹，不会造成任何线索啊。 没事，要镇静，要镇静！ 经过考虑之后，他终于安下心来。 可是，实际上他丝毫未察觉到他犯了个再清楚不过的大错误。

"诚然，你说得一点儿不错，我没有注意，您的观察相当尖锐啊。"

露屋到底没有忘记无技巧主义，平静地答道。

"哪里哪里，我不过偶然发现而已。"假装律师的人谦逊地说，"不过，我还发觉另一个事实，但这绝不会使您担心。 昨天的联想测验中插入八个危险的单词，你完全通过了，太圆满了。 假如背后有一点不可告人的事，也不会干得这样漂亮。 这几个单词，这里都打着圆圈，在这里，"说着，小五郎拿出记录纸，"不过，对此你的反应时间虽说只有一点点，但都比别的无意义的单词回答得快。 如对'花盆'回答'松树'您只用了零点六秒钟。 这真是难得的单纯啊。 在这三十个单词中，最易联想的首先数'绿'对'蓝'，但就连这个简单的词你也用了零点七秒时间。"

露屋开始感到非常不安。 这个律师究竟为了什么目的这样饶舌？ 是好意？ 还是恶意？ 是不是有什么更深一层的居心？他倾尽心力探寻其中的意味。

"除'花盆''油纸''犯罪'以外其他的单词绝不比'头''绿'等平常的单词容易联想。 尽管如此，你反而将难于联想的词很快地回答出来。 这意味着什么呢？ 我所发觉的就是这一点，要不要猜测一下你的心情？ 嗯？ 怎么样？ 这也是一种趣事。 假如错了，敬请原谅。"

露屋浑身一颤。 但他自己也不明白为什么会搞成这个样子。

"你大概非常了解心理测验的危险，事先做了准备。 关于与犯罪有关的语言，那样说就这样对答，你心中已打好腹稿。啊，我绝不想批评你的做法。 实际上，心理测验这玩意儿，根据情况有时是非常不准确的。 谁也不能断言它不会逸有罪于法外陷无罪为有罪。 但是，准备太过分了，自然虽无心答得特别快，但是那些话还是很快就说出来了。 这的确是一个很大的失败。 你只是担心不要迟疑，却没有觉察到太快也同样危险。 当然，这种时间差非常微小，观察不十分深的人是很容易疏漏的。总之，伪造的事实，在某些地方总要露出破绽。"小五郎怀疑露屋的论据仅此一点。 "但是，你为什么选择了'钱''杀人''藏'等词回答呢？ 不言而喻，这就是你的单纯之处。 假如你是罪犯，是绝不会对'油纸'回答'藏'的。 平心静气地回答这样危险的语言，就证明了你丝毫没有问心有愧的事。 啊？ 是不是？ 我这样说对吗？"

露屋一动不动地注视着说话者的眼睛。 不知为什么，他怎么也不能移开自己的眼睛，从鼻子到嘴边肌肉僵直，笑、哭、惊异，什么表情都做不出来，自然口中也说不出话来。 如果勉强说话的话，他一定会马上恐惧地喊叫。

"这种单纯，也就是说玩弄小花招，是你显著的特长，所以，我才提出那种问题。 哎，你明白了吗？ 就是那个屏风。我对你会单纯地如实地回答确信无疑。 实际也是这样。 请问笠森先生，六歌仙屏风是什么时候搬到老妪家中的？"

"犯罪案的前一日啊，也就是上个月四号。"

"哎，前一日？ 这是真的吗？ 这不就奇怪了吗？ 现在露屋君不是清楚地说事件的前两天即三号，看到它在房间里的吗？实在令人费解啊，你们大概是谁搞错了吧？"

"露屋君大概记错了吧？"审判员嗤笑着说，"直到四号傍晚，那个屏风还在它真正的主人家里。"

小五郎带着浓厚的兴趣观察露屋的表情。 就像马上要哭出来的小姑娘的脸，露屋的精神防线已开始崩溃。 这是小五郎一开始就计划好的圈套。 他早已从审判员那里得知，事件的两天前，老妪房中没有屏风。

"真不好办啊！"小五郎似乎困惑地说。

"这是个无法挽回的大失策啊！ 为什么你把没见到的东西说见到了呢？！ 你不是从事件两天前以后，一次也没进那个房间吗？ 特别是记住了六歌仙的画，这是你的致命伤。 恐怕你在努力使自己说实话，结果却说了谎话。 嗯？ 对不对？ 你有没有注意到两天前进入正房时，那里是否有屏风？ 如你所知，那古屏风发暗的颜色在其他各种家具中也不可能特别地引人注目。现在你自然想到事件当日在那儿看到屏风，大概两天前一样放在那儿吧？ 而且我用使你做出如是想的语气向你发问。 这像是一种错觉，但仔细想想，我们日常生活中却不足为奇。 如果是普通的罪犯，那他绝不会像你那样回答。 因为他们总是想方设法能掩盖的就掩盖。 可是，对我有利的是，你比一般的法官和犯罪者有一个聪明十倍、二十倍的头脑。 也就是说你有这样一个信念，只有不触到痛处，尽可能地坦白说出反而安全。 这是否定之否定的做法。 不过我又来了次否定，因为你恰恰没有想到一个与本案毫无关系的律师会为了使你招供而制作圈套，所以，哈……"

露屋苍白的脸上、额上渗出密密的汗珠，哑然无语。 他想，事到如今，再进行辩解，只能更加露出破绽。 凭他那个脑袋，他心中非常清楚，自己的失言是多么雄辩的证词。 在他脑海里，奇怪的是，孩童时代以来的各种往事，像走马灯似的迅速闪现又消失。 他长时间地沉默。

"听到了吗？"隔了一会儿，小五郎说："沙啦沙啦的声音，隔壁房间里从刚才开始就在记录我们的谈话……你不是说过可以做证词吗？ 把它拿过来怎样？"

于是，隔扇门打开，走出一位书生模样的男子，手持卷宗。

"请把它念一遍！"

随着小五郎的命令，那男子开始朗读。

"那么，露屋君，在这里签个名接上手印就行，按个手印怎么样？ 你绝不会说不接的吧，我们刚才不是刚刚约定关于屏风任何时候都可以作证吗？ 当然，你可能没有想到会是这样作证。"

露屋非常明白，在此纵使拒绝签名也已无济于事了。 在同时承认小五郎令人惊异的推理意义上，露屋签名按印。 现在他已经彻底认输，蔫然低下头去。

"如同刚才所说，"小五郎最后说道，"明斯达贝希说过，心理测验真正的效能仅在于测试嫌疑者是否知道某地、某物或某人。 拿这次事件来说，就是露屋君是否看到了屏风。 如果用于其他方面，恐怕一百次心理测验也是无用的。 因为对手是像露屋君这样，一切都进行了缜密的预想和准备。 我想说的另一点是心理测验未必像书中所写的那样，必须使用一定的刺激语和准备一定的器械，如同现在看到的我的测验一样，极其平常的日常对话也可以充分达到目的。 古代的著名审判官，如大冈越前守等，他们都在不自觉的情况下严谨地使用着现代心理学所发明的方法。"

（夏勇　译）